中国当代著名女作家大系

四人行

滕肖澜 作品

陕西新华出版传媒集团
太白文艺出版社

图书在版编目（CIP）数据

四人行 / 滕肖澜著. — 西安：太白文艺出版社，2018.1（2022.1月重印）

（中国当代著名女作家大系 / 何向阳，张莉主编. 小说卷）

ISBN 978-7-5513-1353-7

Ⅰ. ①四… Ⅱ. ①滕… Ⅲ. ①小说集—中国—当代 Ⅳ. ①I247

中国版本图书馆CIP数据核字（2017）第293493号

四人行
SI REN XING

作　　者	滕肖澜
责任编辑	耿　英　卢虹竹
装帧设计	焚香图文
内文设计	前程设计
出版发行	陕西新华出版传媒集团 太 白 文 艺 出 版 社（西安北大街147号 710003） 太白文艺出版社发行：029-87277748
经　　销	新华书店
印　　刷	三河市华东印刷有限公司
开　　本	787mm×1092mm　1/16
字　　数	281千字
印　　张	17.75
插　　页	4
版　　次	2022年1月第1版 第3次印刷
书　　号	ISBN 978-7-5513-1353-7
定　　价	38.80元

版权所有 翻印必究
如有印装质量问题，可寄出版社印制部调换
联系电话：029 87250869

序言

社会变革中的女性声音

何向阳

　　进入 21 世纪以来，中国社会发生了巨大变化，作为目睹社会进步的中国作家，未曾缺席于社会变革的记录，而在中国社会前进历程的忠实的录记者中，当代中国女作家已成为一种不容忽视的力量。于新时期蹒跚起步、于新世纪日臻成熟的当代女作家，无论其社会观察的视野，人性探索的深度，还是对人类文化的传承与借鉴，对艺术风格与艺术手法的积淀和历练，就整体风貌而言，都较 20 世纪初、中期女作家写作有极大的进步。文学史将会对这一代，甚或几代女作家的写作成就做出高分值的评估。作为中国改革开放受益者的当代女作家，正以她们敏锐的洞察和细腻的书写，投入中国突飞猛进的现代化进程中，并为后人提供着观照和研究这一时代变化的精神档案。

　　20 世纪末，我曾以《夏娃备案：1999》为题，对 1999 年的由女作家写作、以女性作为主人公的十二部小说加以梳理。20 世纪、21 世纪的世纪更替之年，中国女作家经由写作提出的一些与自身、与人类相关的问题，给出了寻勘身心发展的道路，其对于性别心理与社会发展的深入思考，不仅丰富了文学的承载量，更提供了人类认知自我的新经验，比如铁凝《永远有多远》传递给我们母性教育的传统乃至本能；王安忆《剃度》展示了特立独行的时代女性的决绝个性；而方方《在我的开始是我的结束》让我们看到的是女性在亲密关系中寻求自我的渴望或是在他者身上印证自我的失败。分歧的，共生的，冲突的，裂变的，未成型的，已板结的，需解冻的，身体的，心灵的，灵魂的，我们从她们的文学中得到的东西根植于一个国度一个时代却终将超越对一个国度一个时代的了解。

哲人曾言,"女性的进步是社会进步的一面镜子",足见女性在社会中的重要地位。文化亦然。女性的文化进步是社会文化进步的投影,其实两者更是深层互动的,女性对于文化、身份、性别、社会的思考,已成为推动整体社会向前运动的力量。

这种力量的成因源于中国女性在20世纪经历的三次解放。1919年,新文化运动,使中国妇女从封建性的三从四德中解放出来。这次的解放,思想解放意义大于经济独立意义,男女平等平权的思想深入人心,于此,如丁玲、冰心、林徽因、萧红等女作家写出了她们年轻时期的代表作。其中,《莎菲女士的日记》《生死场》影响深远。1949年,新中国成立,宪法规定男女平等,中国妇女的地位与作用发生了巨大变化,经济上的独立使其摆脱了对男性的依附,而在各领域取得进步与成就。女作家得益于这一社会风气之先,丁玲、杨沫、茹志鹃等均有佳作推出,中国女作家的写作开始受到国外研究者的重视。1978年,中国实行改革开放,思想上的解放使作家焕发出极大的创造力,女作家作为思想活跃、敏感的一个群体,在思考社会问题的同时,更注重对性别文化的勘探。张洁《爱,是不能忘记的》、宗璞《三生石》等作品代表了这一时期的探索。三次思想文化上的洗礼和社会发展的互动,使得中国文学在1978年之后迎来了迅速发展的黄金时代。

中国自20世纪70年代末改革开放以来,这一时期的文学被称为新时期文学,新时期文学近四十年来,女作家写作发展迅速,可以说,就是从这个新时期开始,中国女作家集体发声,并以其强劲的写作,呈现出时代女性对于社会发展的文化"干预"。巾帼不让须眉,这种独有的文化现象引人瞩目,以致在新世纪成熟壮大,被一些文化研究者们称为她世纪。20世纪80年代,女作家的性别觉醒与文化自觉开始较早,她们在关注外部世界变革的同时,开始关注内心,关注精神。张洁《爱,是不能忘记的》、张抗抗《隐形伴侣》写社会问题,但却是女性立场上对于情感的深度审视与叩问。张辛欣《在同一地平线上》,关注精神上的两性平等与女性自我价值的实现,以及知识分子女性在爱情与自我之间试图寻找到一个两全存在空间的努力。刘索拉《你别无选择》,反思男性文化传统,也对传统女性化写作提出了颠覆性的质疑。刘西鸿《你不可改变我》《花儿为什么这样红,为什么这样红》的女性书写,将"我"与"你"即女性与男性的一系列性别问题提出来,并均做出了来自女性个人的答案——你别无选择！你不可改变我！其勇敢的姿态更是对历史框定的女性顺从与懦弱的文化性格的诘问与反叛。

20世纪八九十年代，叶文玲、池莉、赵玫、范小青、裘山山等佳作频仍，其在多个文体间的跨越更打磨了小说的锋芒；90年代始，林白、陈染、海男等期望通过身体而将视点拉回到性别关注上来。这种写作在历史、个人、身体、社会、情感间跳跃，呈现出女性写作的犹豫和艰难的自我调整。而从20世纪80年代《对一个精神病患者的调查》、90年代《羽蛇》，到21世纪《炼狱之花》《天鹅》，三十年跨度始终坚守女性精神自我深度写作的徐小斌引人瞩目。新一代女作家，注重隐藏在身体性后面的社会文化，不那么尖锐，更倾向温暖、幽默、智性的表达，但她们心底仍然保留着一个完整的女性空间，如徐坤《厨房》、迟子建《世界上所有的夜晚》、潘向黎《白水青菜》、魏微《大老郑的女人》、盛可以《手术》、叶弥《小男人》等，都体现了以女性文化视角介入历史现实的丰富性追求。

新世纪伊始，女作家写作成果斐然，杨绛等老一代作家也有新作推出。张抗抗《把灯光调亮》在坚守其新时期开端之作《北极光》的浪漫主义理想底色的同时，强化了传统知性写作的典雅；叶广芩《梦也何曾到谢桥》《黄金台》为代表的我称之为"后视镜"式的写作，在对传统文化与现代化的可持续性发展的探索方面可谓独树一帜；方方的《水随天去》等探讨经济不平衡发展对于纯真爱情的挤压；蒋韵《心爱的树》《完美的旅行》《行走的年代》试图在对"已逝"岁月的追踪中确立传统价值的独立性；林白《长江为何如此远》和《妇女闲聊录》提供给了我们回溯历史与观察现实的与众不同的角度；孙惠芬《歇马山庄的两个女人》等系列作品将观察点定位于出走与还乡两大母题，使其作品在现实性的叙事之上平添了哲学的意蕴；葛水平《喊山》《地气》承续了中华山川地气中深藏的诗意之美，其利落的行文中苍凉的味道耐人寻味；邵丽《明惠的圣诞》聚焦纷繁复杂的社会环境中日常生活的个人体验与情感微澜；金仁顺《云雀》《桃花》等根植饮食男女，其心思缜密又声色不动的叙事兼具温润与冷凛两种魅力；乔叶《走到开封去》等承续了她个人创作中对"慢"的探求，审视的目光于小事情间不经意扫过，却如探照灯一般揭示出最深处的幽怨和最原始的黑暗；鲁敏的写作确如"取景器"，隐秘的、细微的、节制的，带有缠绕感甚或是残缺的生活，成就了她小说的"气象与光泽"，《思无邪》《饥饿的怀抱》均写日常生活的不如意处，却在极简主义式的写作中透出干净与温暖；付秀莹《爱情到处流传》《六月半》篇篇出手不凡，以感伤与坚忍并存的从容气度体认着中华美学的精髓，并使诗化小说通过个人的写作向前推进了一步；滕肖澜《美丽的日子》等笔触在沪上弄堂里小人物的日常生活间腾挪有致，有柴米油盐的实在，也有细碎世俗中的温情；阿袁《长门赋》《鱼肠剑》等让我们看到了人性的丰富驳杂，其小说的精神分析与反讽意味承接了现代写作的传统。

以上列举的只是活跃于文坛的当代女作家群体的一小部分。无论是社会发展还是写作环境，当代女作家们都身处一个创造力得以充分发挥的时代。1977年以来，作为中国文学长篇小说最高奖的茅盾文学奖，评出九届，有四十余部长篇小说正式获奖，女作家占八部，所占比例五分之一。1995年以来，作为除长篇小说以外的其他门类文学作品的最高奖鲁迅文学奖，已评六届，共有二百多人获奖，女作家超过四十人次，所占比例五分之一。1980年以来，全国优秀儿童文学奖，评出十届，获奖者中，女作家在小说、童话、幼儿文学（绘本）等均有收获。20世纪70年代始评的全国少数民族文学创作骏马奖，获奖者中多次见到女作家的身影。而由中国当代文学研究会下属的中国女性文学研究会设立的中国女性文学奖，有效推动了女性文学的创作与理论探索。获奖只是专业荣誉，更广泛的社会承认，还包括作家文学作品的读者拥有度、文学作品的文化艺术衍生品以及国外研究与译介，在此不一一列举。总之，女作家无论创作还是思想，都表现出不让须眉的强劲实力，她们通过文学所表达的对于社会人生诸多问题的思考，在整体上已然超越了文学史上她们前辈的书写。

这就是我们今天编选《中国当代著名女作家大系》的原因。当今世界正发生着日新月异的变化，置身于这样一个时代是作家们的幸运，作为中国社会变革的见证者，同时也是人类社会发展的一个重要组成部分的女作家，她们的录记、思考与贡献，我们不能忘记。

2017年10月12日　北京

（何向阳，女，中国作家协会创作研究部主任，研究员。出版诗文集《思远道》《自巴颜喀拉》、理论集《夏娃备案》、专著《人格论》等，获鲁迅文学奖，作品译成英、俄、西班牙文）

目录

1/四人行
52/姹紫嫣红开遍
97/倾国倾城
147/小久事
182/美丽的日子
219/又见雷雨
271/评论 文学的加法
277/滕肖澜创作年表

四人行

谢宁

　　谢宁的坐姿很漂亮，腰挺得笔直，双臂自然地呈八字形。面前一杯茶，一张报纸。旁边，同事们大多趴在桌上睡着了。

　　谢宁看手表，下午3点三刻。

　　食堂每周四下午的点心是菊花松酥。两月前，她对他说，菊花松酥真好吃——其实她根本不爱吃菊花松酥。但她不能说小笼、麻球，或是双档什么的，因为那些东西每天都有，唯独菊花松酥每周只有一天供应，数量又少，一会便卖完了。谢宁放出了饵——是姜太公的饵，愿者才会上钩。结果，每个星期四，他必然会送来两块菊花松酥。其实是桃酥，四只角用糖熬焦，卷起来做成菊花的形状。谢宁显得喜不自禁："只是随口说说的，亏你放在心上，谢谢了。"说完伸手到皮包里掏钱。他连连摇手，脸都红了——谢宁有些好笑，看着他，就像一个憨憨的玩具熊，真想拍拍他的脑袋，再捏上几捏。

　　4点半。

　　今天是怎么了？谢宁急归急，脸上还是若无其事的。抿一口茶，稳稳地看报纸。一个字也没看进去。感觉没底，空荡荡的很揪心——他是食堂的临时工，高中毕业，比她小四岁。谢宁不能想这些，一想就烦，还有些丢脸。她二十九岁，过年就三十了，却在为一个小男生心神不宁。

　　5点时，下班铃声大作。同事们互道再见，匆匆而去。谢宁最后一个离开办公室。走出来，走廊空荡荡的。忽然，楼道里响起一阵急促的脚步声。一个人飞奔过来，高个子，发白的牛仔衣，手里拎着一个塑料袋。他在她面前停下，一笑，露出雪白的牙齿。

"不好意思，来晚了。"他喘着气，"幸亏你没走。"

冯佑

冯佑吃了坏东西，整个下午都拉肚子。他在马桶上给要好的同事打手机："替我留两块菊花松酥。"

第一次见到谢宁，她坐在桌前看文件。冯佑瞟她一眼，又一眼。这大概是缘分吧，他后来这么想。谢宁是财务科科长，不漂亮，年纪也比他大。如果不是他答应了老爸，要安定下来好好过日子，放在从前，像这样的女人他看也不会看。人真是奇怪的东西，一旦决定换一种生活方式，连品位也会跟着改变。那时他喜欢的是穿超短裙松糕鞋的辣妹，丰乳肥臀走路一扭一扭的那种。半年前，他打架弄断六根肋骨，老爸拿菜刀对准胸口，说："你要是不改，我就死给你看。"

冯佑称呼她阿姐，心里清楚，她和他是两条平行线，永远不搭界的。真正的转变其实是那次他到财务科领工资，办公室只有谢宁一个人。她手指很灵巧，数钱时像兰花那样好看。她把钱给他，手指轻轻触到他的手掌，软软的，指甲划过，麻麻的，痒痒的——钱不多，只是薄薄的几张。她很郑重地交到他手上。他看着她的手，不知怎的，竟想起老爸的话：找个过日子的女人。

每到阴雨天，冯佑的胸口隐隐作痛，便想，真该找个过日子的女人呢。他觉得谢宁就是这种女人。她是那样恰到好处，不美也不丑，有些世故，又有些可爱——很适合当老婆。他第一次把菊花松酥放到她面前时，她要给他钱，他怎么可能收她的钱呢？其实他做的还是很明显的。他完全可以再拿些点心，说请大家吃。但他没有这么做。他故意显得很紧张，说话都口吃了。

今天，冯佑来到财务科，刚好是下班时间。办公室只剩下谢宁一个人。冯佑见她站起身来，便轻手轻脚地跑到楼梯口，下了一层楼，接着，咚咚咚，重新迈开大步上楼来，喘着气，来到她面前。

冯佑说："拉肚子，所以来晚了。"谢宁说："噢，我倒忘了，原来今天是星期四，有菊花松酥的。"冯佑说："阿姐的事，杀了我的头也不会忘。"谢宁笑笑。冯佑故意走得很慢。公司5点一刻放班车，现在是5点10分。他算好时间，到5点13分，看表，叫起来："糟糕，阿姐你要赶不上班车了。"谢宁也看表，吃了一惊，奔过去。但还是晚了，眼看着班车的尾巴在那里冒黑烟。冯佑把摩托车推过来，说："我送你。"谢宁有些犹豫。冯佑笑道："上车吧，总比叫出租方便些。"

谢宁

摩托车开得飞快。谢宁原先只是轻轻抓住冯佑的衣服，后来车身一个急转弯，不得不抱住他的腰。她感觉冯佑的身体微微一动，似是在笑。谢宁心里骂了句："小赤佬。"甜甜的很受用，随即，把脸轻轻靠在他背上。

刚才，不晓得他看出来没有。现在想想，她戏做得过头了。人家身体不舒服，还惦记着给她送点心，无论如何应该表现得更感激些的，她居然连"谢谢"都忘了说。谢宁想着想着，就有些懊恼。他会怎么想？看穿了不好，不看穿也不好——伤脑筋啊。

谢宁暗暗叹了口气。

第一眼见到他，他在窗口打菜。一米八五的身高，穿白色的工作服，剪个平头。大家都说，食堂来了个帅哥。女孩们争着排在他那队，挤眉弄眼。谢宁觉得很好笑。轮到她了，她看他——五官俊朗，周身洋溢着青春的气息。她把目光移开，很快又落到原处，微笑着说："噢，新来的同志。"

这个人，让她想起多年前的那个人。

高三开学，转来一个插班生，与她同桌。他叫刘鹏，双眼皮，薄嘴唇。谢宁给他抄笔记，督促他做作业。那时她还小，喜欢读岑凯伦、琼瑶的书。一天，他邀她到海边玩。两人坐在沙滩上。他告诉她，他父母早年离婚，跟着改嫁的母亲过活，家境不好，继父同他商量，让他高中毕业就上班，省下钱来供同母异父的弟弟读大学。

刘鹏弹吉他。悠扬的琴声，和着海边的风声，远处隐约有船的影子，夕阳浮在海面上，映红天边的云彩。

谢宁不能想象刘鹏的生活——从小到大，父母把她捧在手心里，她没吃过苦。刘鹏因为作弊受过处分，学习成绩也不好。这些她不在乎。相反，还有些新奇，跃跃欲试。天色一点点暗下去。刘鹏脱下外衣给她披上，接着，小鸡啄食般，在她唇上吻了一下。

高中毕业，就各奔东西了。那天的情景像一张老照片，偶尔拿出来翻看，日子久了，渐渐泛黄，几乎已模糊了——很奇怪，见到冯佑，竟又想了起来。

吃饭时，谢母又提起相亲的事。"男人，三十多岁四十不到，台湾人，未婚，在大陆做生意。"谢母一边说，一边偷瞟女儿的脸色。谢宁不吭声，拿勺子舀汤。谢母说："去还是不去，你倒是表个态呀。"谢宁说："去，为什么不去？去看看又没关系。"谢母便转向谢父，气呼呼地说："你女儿大概是个怪胎，不想结婚了。"谢父好脾气地笑笑："她又没说不想结婚。"谢母道："都老大不小了……"谢父朝妻子使了个眼色，阻止她说下去。谢宁装作没听见，一口一口喝汤。

相亲挑在一个阳光明媚的星期天。谢母一遍又一遍地叮嘱女儿："要认真对待，要诚恳，要耐心。"谢宁赶到咖啡厅，刚好是下午5点。按照约定，那人手里应该拿着一份《新民晚报》。谢宁环顾四周，在窗口座位找到了目标。那人也看到了她，急急地站起身来。两人隔着六七米，对望了几秒钟。

谢宁走上前，道："你好，我是谢宁。"伸手与他相握。男人个子很矮，比谢宁矮半个头。他大概感觉到了身高上的差距，挺了挺腰。脸上原本带着笑，这样一努力，笑容显得勉强了。他说："你好。"

男人眼角皱纹很深，嘴角耷拉下来，有些苦相。头发后面很短，涂了摩丝服服帖帖，前面却像小孩那样留着平平的刘海——他看上去足有四十多岁。男人帮谢宁拉开椅子，谢宁坐下。男人问她："喝点什么？"谢宁回答："橙汁好了。"男人傻傻地说了句："怪不得你皮肤这么好。"谢宁一笑："谢谢。"

男人把手摆在桌上，像小学生在听课——整个身体是僵的。一会，慢慢向后靠去。椅子太大太宽，而他上身又太短，这样一来，脸上陡然出现失足落水的惊恐神情——他终究觉得不自在，依旧朝前坐着。

这样一个人，没什么指望，谢宁倒是心定了。她准备把他的一举一动都记下来，回家好说给父母听。不是她挑三拣四，实在是这人条件太差了。

"我叫吴根水。"男人带着浓重的闽南口音，递上名片。

"噢，吴先生是做玩具生意的。"

"对——谢小姐喜欢玩具吗？"

谢宁笑了笑："一般吧。我又不是十六七岁的小姑娘，再整天抱个洋娃娃就不像样了。"

"不是啊，谢小姐看上去很年轻，顶多——呃，二十出头。"

"噢是吗？谢谢你。"谢宁端起橙汁，喝了一口。

半小时后，谢宁提出要走。她道："谢谢你的款待，我还有事。"说完站起来。男人猝不及防，也跟着站起来。他像是有话要说。谢宁看着他，他又说不出来了，神色尴尬，许久才憋出一句："再联系啊。"

谢宁笑笑，朝他挥挥手。相亲结束了。走出咖啡店，吸一口新鲜带着凉意的空气。那一刹，失望像潮水那样铺天盖地地袭来，翻来覆去地想，完了完了，嫁不出去了——谢宁觉得挺难为情。她从口袋里取出名片，揉成一团，准备扔到垃圾桶。再一想，还是放进包里了。

吴根水

吴根水的老家在台湾花莲。父母都是农民，上面有三个姐姐。吴根水这个名字，花了父亲不少心思。一来他是吴家唯一的根；二来，根有了水，才能从小苗长成大树。吴父找人为儿子算过命，说他五行缺木，还缺水。吴根水里又有木，又有水，齐了。吴根水出生没几年，父亲便病死了。母亲辛辛苦苦把四个孩子养大，却在一起车祸中意外丧生。那年吴根水才十五岁，三个姐姐都出嫁了。大姐三姐不管他，唯独二姐心肠最好，带他回家，给他买衣服买书。二十岁时，吴根水向二姐借了点钱，去了台北。

吴根水在一家玩具公司打工。他读书不多，话也很少，但干起活来扎扎实实，漂漂亮亮。两年后，升级做工头。

真正改变他人生的一件事，发生在他二十四岁那年——有一天，他救了一位心脏病发作晕倒在路边的老人，将他送进医院，并垫付了医药费。没想到，老人居然是公司董事长的父亲。老人直截了当："有什么要求尽管提。"吴根水没有狮子大开口，而仅仅是希望参加公司的玩具设计。他如愿以偿。一连几周，他每天只睡两三个小时。起初大家以为他不过是痴心妄想，但最后，当他把设计呈上来时，每个人都不得不承认，他天生就该是做这行的。十年后，吴根水有了自己的玩具公司。

吴根水回到家乡，买了一幢别墅送给二姐。对于大姐和三姐，他也没有记恨，照样有求必应。吴根水说："爸妈在天上，不就指望着我们四姐弟和和睦睦嘛，我能做到的一定会做！"吴根水说的都是真心话。那天夜里下了很大的雨。他听着屋檐上滴滴答答的雨珠，回想这十几年发生的事，自己其实真好运啊。吴根水是个好名字，就是因为太好了，所以一开始要遭点劫受点灾。爸妈把坏的都受了，留下好的给他。吴根水一想到这些，就觉得心酸。

吴根水的女秘书姓任，三十出头，未婚，很漂亮也很能干。好几次在吴根水的住所里，两人做了越轨的事。任秘书偶尔会向他提出一些要求，但绝不过分。吴根水觉得这样很好，哪个女人不爱珠宝首饰啊，无欲无求的女人也会让男人觉得无趣，关键是分寸要把握好。吴根水从没想过要和她结婚。他躺在床上，抚摸着任秘书纤细的头颈，道："我跟你说，我想要找个处女……"这些话他只好意思跟任秘书说。他道："我跟你说，我要找处女没别的意思，就是图个单纯一点简单一点。我是个传统的人啊。"

谢宁是任秘书介绍给吴根水的。吴根水见到谢宁第一眼，便有一种强烈的预感——眼前这个女人，或许会成为他的妻子。他告诉任秘书，说他以前好像见过谢宁。任秘书调皮地学越剧《红楼梦》里的对白："咦，这个妹妹我见过的。"吴根水很肯定地说："真的，我见过她，要不就是在梦里。"

相亲时，吴根水很紧张。他问谢宁喜不喜欢玩具，她说一般。他就懊恼极了，为什么要问这个呢？他应该主动提出送她一件玩具，或许就能多一次见面机会。他还夸谢宁年轻。这是任秘书教他的，说赞美女人年轻总没错。可事实上谢宁并不年轻，吴根水担心马屁拍过头了，她反而不高兴。其实他真的不很看重女人的长相，相反，谢宁身上那种端庄娴静的气质，倒是他所喜欢的，但这些话又不方便说给她听。吴根水是真的手足无措了。短短的一个小时，他背后不停地冒汗。

后来，吴根水仔细想了想，觉得谢宁的长相有一点像他妈妈，这就怪不得他有似曾相识的感觉了。吴根水对任秘书说，谢宁的眼睛和他妈妈一样，都是肉里眼，但又不像别人的肉里眼那么凶，而是很有灵气、很秀丽的。任秘书听了，说："原来你有恋母情结。"吴根水笑了笑，说："这大概是缘分。"

谢宁

谢宁回到家，沙发上一躺，伸个懒腰。谢母很紧张，凑过来问怎么样。

谢宁说："妈你其实应该跟去看看的。"谢母问："什么意思?"谢宁说："我要是实话实说，你一定会怀疑我没诚意，故意糟蹋人家，把人家讲坏。"谢母泄气了，一屁股坐在沙发上。过了一会，不死心，又问："真的不行?"谢宁说："年纪看上去比爸爸小不了多少，个子比你都矮，模样像个小丑，你说行不行?"

谢宁双手一摊，做出无可奈何的样子。

不一会，电话铃响了，是吕贝贝打来的。

吕贝贝是去年分进财务科的大学生，苏北人，工作很勤恳，整天谢姐长谢姐短，跑前跑后。上海女孩子是不屑这样的，背地里骂她马屁精、乡下人，还嘲笑她的苏北口音。

吕贝贝常常打电话找谢宁聊天。她说："谢姐，我在上海没亲人，你就像我的亲姐一样，我有什么心里话，只能跟你说……"这几句话她翻来覆去地说。谢母对谢宁道："这个小姑娘门槛很精，可别小看她。"

吕贝贝告诉谢宁，她很喜欢冯佑。

谢宁听了心里一动，不吭声。

吕贝贝道："我也不晓得为什么会喜欢他。他家里条件很差，我家里条件也不好，我父母都希望我找个有钱的男朋友。有时候我觉得自己真是不像话。男人光长得好有什么用啊，还得有本事。我应该替家里着想，我哥哥到现在还没结婚呢，对象倒是谈了六七年了，人家父母不同意，说我家没钱，女儿嫁过来会受苦。我到上海来工作，爸妈都对我抱了希望，家里翻身全靠我了。"

"可没办法，我就是喜欢他。"吕贝贝有些不好意思。

"那你约他出来玩啊。"电话里，谢宁给她出点子。

"嗯，多不好意思啊。"

"这有什么，都21世纪了。既然你真心喜欢他，就不要胆怯。抓紧机会，免得将来后悔。"

"那也得找个借口啊——要不然，谢姐你陪我一起。"

"嘿，我才不要做电灯泡呢。"

"帮帮忙吧，谢姐。"吕贝贝恳求道，"后天星期六是我生日，我请他过来，你也来，替我壮壮胆，好不好?"

"那，好吧。"

挂掉电话，谢宁有一点内疚——利用了这个女孩。她想到下月科室有个到香港培训的名额，决定让吕贝贝去。

吕贝贝

吕贝贝从手机里找出冯佑的电话号码，打了过去。

冯佑问："有事吗？"吕贝贝说："后天是我生日，想请你过来。"冯佑问："就我们两个？"吕贝贝说："不，还有谢姐。"冯佑想了想，说："好啊。"又问她喜欢什么礼物。吕贝贝甜甜地说："只要你能来，我就很高兴了。"

吕贝贝住在公司的集体宿舍里，原本是两个人一间，后来同屋的女孩嫁人了，变成她一个人住。宿舍里的女孩们都不做饭，去外面买现成的，或是半成品，放进微波炉一转就好。吕贝贝不这样。她买来新鲜蔬菜、活鸡活鸭，自己弄。她杀鸡的本事一流，牢牢抓住鸡的翅膀，露出脖子，手起刀落，温热的鸡血准确无误地滴落到碗里，还不会弄得鸡毛满天飞。管宿舍的阿姨常拿她来教育那些上海女孩："喏，学一点啊，免得将来嫁不出去。"

吕贝贝出生在江苏盐城的一个工人家庭。父母早年下岗，生活很艰苦。吕贝贝大学毕业后留在上海工作。她非常节俭，每月的工资，一大半寄回家。她还在外面帮人翻译资料。白天上班，晚上翻译。虽然辛苦些，但很高兴，每个月多赚几千元，一年就是几万——这些钱，是给自己备下做嫁妆的。她不像那些上海女孩，可以吃光用光。她没这个福气，一切都要自己来，谁也靠不了。

吕贝贝打完电话，才发现心跳得很快，扑通扑通，像是要跃出胸腔来。

她知道，冯佑是喜欢她的。

——要不然，他为什么老是到财务科来呢？他给谢姐送菊花松酥，不过是个借口罢了，目的是想看看她。吕贝贝一想到这，就有些不好意思。谢姐是领导，放出话来说喜欢吃菊花松酥，他当然得照办。吕贝贝猜想，冯佑其实也想给她买的，但没办法，办公室里有那么多人，光给她买不给别人买，影响不好。如果都买，那花的钱就多了，他又不富裕。吕贝贝是很能体谅他的。其实她只要能经常看到他，就很开心了。菊花松酥什么的，她一点也不在乎。

生日那天，吕贝贝很早便起床了，趁着人少，赶到菜场，菜又多又新鲜。回到宿舍，随便吃了点午饭，换了一身衣服，坐在梳妆台前，很精细地化妆。先是粉底，均匀地抹上一层；画眉，淡淡的；再是眼影，薄薄地涂一点；搽粉，拿粉扑蜻蜓点水般扫上几扫；涂口红，轻轻地用纸巾一按，很自然很清新。

冯佑和谢宁陆续到了。冯佑捧着一束花，谢宁拎着蛋糕。两人都是第一次来，先参观了一遍房间。谢宁说："我们贝贝就是能干，屋子收拾这么干净，将来哪个男人娶到她，真是有福了。对吧，冯佑？"冯佑道："是啊。"

吃饭时，谢宁举起杯，说："来，祝贝贝生日快乐！"三人干了杯。谢宁很感慨地说："二十三岁，风华正茂，真是令人羡慕啊！我二十三岁的时候在干什么呢？眼睛一眨，快三十了，自己都吓一跳。"吕贝贝说："我三十岁时要是能有谢姐现在一半好，就开心死了。"谢宁笑道："我有什么好？你要是像我就糟糕了。"吕贝贝说："谢姐什么都好，就是太谦虚了。"她一推冯佑："哎，你说是不是？"冯佑说："是啊。"谢宁笑着问他："什么叫是啊？你是说我谦虚，还是说像我就糟糕了？"冯佑刚喝了一口可乐，听她这样说，顿时呛进喉咙，咳嗽起来。

吕贝贝拿来纸巾，递给他。冯佑一边咳，一边道："阿姐欺负我不会说话。"谢宁道："你要是不会说话，天下就没人会说话了。公司里谁不知道，小冯的嘴巴最甜，最会讨女孩子喜欢了。"冯佑问吕贝贝："我嘴巴很甜吗？很会讨女孩子喜欢吗？"吕贝贝笑道："谢姐说是，那肯定就是了。"谢宁说："这是大家公认的，可不是我说的。"冯佑忽地凑近她，问："那么，阿姐，我讨不讨你喜欢？"谢宁微微一笑："我这个年纪已经不能叫女孩子了，你讨我喜欢也没用。"冯佑说："没结婚就是女孩子，别说三十岁，四十岁也是女孩子。"谢宁笑着对吕贝贝说："对领导讲话这么没规没矩，贝贝你说怎么罚他？"吕贝贝说："罚他待会洗碗。"

吃完蛋糕，吕贝贝本以为谢宁会找借口先走，谁知她竟聊个没完。吕贝贝有些后悔让她来。后来，她一下子想到，谢宁是老姑娘，公司里传说她从来没有谈过恋爱，连男人的手也没拉过，根本没有经验。这样一想，吕贝贝倒又内疚了。自己过二十三岁生日，年龄是最让女人敏感的东西。将心比心，她一定不好受。

9点多，谢宁提出要走。吕贝贝说："这么晚了，谢姐你一个人走不安全。"冯佑也站起来，道："听这话的意思，像要赶我走。"吕贝贝笑道："是又怎么样？"

冯佑

冯佑和谢宁走在马路上，慢慢地，像散步。风掠过鼻尖，能闻到草木清新的香气，带着微微的潮气——大约快要入梅了。路灯把两人的影子拉得又长又直。谢宁说："贝贝是个不错的女孩。"冯佑说："是啊。"谢宁说："贝贝烧的菜味道很好。"冯佑说："是啊。"谢宁说："贝贝待人也好。"冯佑说："是啊。"

谢宁忽然停下脚步，看着他，道："贝贝说她喜欢你。"冯佑说："不会吧？"谢宁说："怎么叫不会吧？人家就是喜欢你。"冯佑摸摸头，笑了笑。

谢宁说："其实我觉得，你们两个人挺配的。"冯佑说："是吗？我怎么不觉得？"谢宁看他一眼，笑道："别装。"冯佑耸了耸肩，道："我装什么了？"谢宁道："人家小姑娘是真心真意的，如果你也有意思，那我就当个媒人好了。你看怎样？"

冯佑笑笑，说："我送你。"谢宁摇头："你家住得远，送完我回去就晚了。"冯佑道："我高兴送你，再晚也没关系。"

出租车停在谢宁家门口。谢宁掏出皮夹，要付钱。冯佑抢着付了。下了车，谢宁又问："哎，你到底觉得贝贝怎么样？"冯佑说："没怎么样。"谢宁有些不高兴了，说："我可是好好问你呢。"冯佑说："我也是好好地在回答啊。"

谢宁道："我要回家了。"说完拿钥匙开防盗门。冯佑叫住她："阿姐。"谢宁转过身，问："还有什么事？"冯佑说："你——要回家了？"谢宁说："对，我要回家了。"冯佑停顿一下，说："再聊会好吗？"谢宁问："有什么好聊的？"

冯佑看看表，说："其实还早，10点都不到。"

晚风柔柔地吹在身上，像一双手拂着，轻轻地，又似在撩拨些什么。有东西堵在他喉口，难受得很。一张嘴，便迫不及待蹦出来："阿姐，我喜欢你。"

突如其来地，他自己也吓了一跳。

周围静悄悄的。只有风撩动树枝，发出窸窸窣窣的声音，远处隐隐约约的几声蛙鸣。冯佑习惯性地伸手摸摸鼻子，咳了一声："我知道，我配不上你。你读过大学，又是领导，我不过是个临时工。我是痴心妄想，癞蛤蟆想吃天鹅肉。阿姐，我没什么奢望，只要每周给你送一次菊花松酥，能看看你，就很满足了，真的。"

冯佑的一双眼睛，黑暗中显得很亮，只是不停地眨。

他在等谢宁的回答。偏偏，谢宁不说话。

"阿姐，你生气了？"他问。

过了一会，谢宁说："我真的——要回家了。"

她在包里找钥匙。翻了半天，才找到。不留神落到地上，发出细碎的金属碰击声。她低下身要去捡，冯佑抢在前头拾了起来，递给她。

冯佑说："你上楼，我看到你灯亮了再走。"

嫩黄色的灯光。冯佑在楼下等了好一会。他猜想谢宁也许会拉开窗帘，跟他打个招呼。一刻钟，半小时，三刻钟——灯熄灭了。

冯佑回到家，快 10 点半了。烟纸店（江浙方言，小杂货店）还没关门，冯干巴坐着，露出半个身子。隔着一扇窗，他道："回来了？"冯佑嗯了一声。冯干巴问："吃了饭没有？"冯佑说吃了。冯干巴又道："早上的茶叶蛋还剩下几个，我给你热一热，当夜宵。"冯佑不耐烦地道："吃不下了。"冯干巴便不说话了。

冯干巴是土生土长的上海人，结过两次婚。第一个妻子是病死的。冯干巴抱着不满三岁的儿子又结了婚，生下女儿露露。不久第二个妻子也因意外去世了。冯干巴又当爹又当妈，硬生生把两个孩子拉扯成人。退休后，用积攒下的钱开了一爿烟纸店。其实就是自己家，窗子打开，算是个柜台。左邻右舍不愿跑远，便到他这里买些日用品。近年来超市便利店越开越多，烟纸店生意不好做，冯干巴把价钱压低，又兼卖早点小吃，咬紧牙关挺着。他不做饭，卖不完的茶叶蛋和葱油饼，拿来当一日三餐。

冯佑问他："露露还没回来？"冯干巴说："跟同学玩去了。"冯佑问："男同学还是女同学？"冯干巴说："我盯着呢，是女同学。上次张老师打电话来说，露露这阵子还算老实。"冯佑道："你当心点，别让她跟不三不四的男孩在一起。"

冯干巴答应着，又问他想不想吃茶叶蛋。冯佑无话可说，进房间了。这个十平方米不到的房间，用布隔成里外两间，他睡里面，冯干巴睡外面。家里只有两个房间，父子俩一间，露露一间。家具都是旧的，二十一寸金星彩电，单门的双鹿冰箱，墙纸用了多年，早已呈暗黄色。客厅小得不能再小，摆满了商品，窗前是方凳。头顶一个吊扇，斑斑驳驳褪了色，一年四季都不拆。

冯佑看了一会电视，睡了。

也不知过了多久，迷迷糊糊听见有开门的声音，接着，是冯干巴高八度的嗓门："这么晚才回来，干什么去了？"露露的声音毫不示弱："不是说了吗？和同学去玩，真是的！"冯干巴说："怎么有酒味，你喝酒了？"砰！敲击桌子的声音。冯干巴吼道："说了不许喝酒，你把老子的话当放屁啊？！"

墙那头传来两声咚咚——半夜三更，隔壁邻居在抗议。

冯佑一点睡意也没有了。

冯佑现在思路与过去完全不同了。他会认真地考虑一件事情，会设身处地为自己打算，为家人打算。二十岁那年，他迷上一个舞厅里的小妞，为了追她跟别人动刀子，还偷老爸的钱包下一家西餐厅，跟她共进烛光晚餐。其实他连一丁点娶她的意思都没有。那时他还太小，自己都不知道自己想干什么——放到现在，他是绝对不会的。老爸骂他，他嘴巴犟，其实心里后悔得要命。

冯佑知道吕贝贝喜欢他。可惜吕贝贝没钱，又是外地人。冯佑想得很远。结婚要买新房子，钱是个大问题。老爸没钱，自己也没钱，全得靠老婆。婚后多半要和爸爸、妹妹住在一起。将来有了孩子，家里没一个读书人，孩子也得靠老婆管教。谢宁性格温柔，收入稳定。这些都是优势。

第二天，他拨通谢宁家里的号码。一个女人接的电话，她问："找谁？"冯佑猜测她应该是谢宁的母亲，便道："您好，我找谢科长。"女人说："等一会。"电话搁下了。冯佑咽一口唾沫，握电话的手上都是汗。

很快地，谢宁拿起电话。她问："哪位？"冯佑又咽一口唾沫，说："是我。"电话那头停顿了一下，问："有事吗？"冯佑道："也没什么事。"说完直骂自己是猪。谢宁果然说:"没事你打来干吗?"冯佑说:"阿姐你有空吗?我想和你谈谈。"谢宁道:"你说。"冯佑道:"我们找个地方谈谈,好吗?"过了一会,谢宁才道:"去哪里?"冯佑道:"就你家楼下的咖啡馆。"

二十分钟后,冯佑骑摩托车赶到咖啡馆。谢宁已经等在里面了。

两人点了咖啡。冯佑道:"昨晚我说的那些话……"谢宁打断他:"我知道你是开玩笑,我没当真。"冯佑说:"我不是开玩笑。"谢宁捋了捋头发。冯佑说:"我昨晚说的每句话,都是真心的。"

谢宁低下头,喝了一口咖啡。

冯佑说:"阿姐,你知道我家的情况吗?"谢宁说:"我为什么要知道?"冯佑说:"你不知道没关系,我可以告诉你。"谢宁道:"我又没问你。"冯佑笑笑,道:"是我自己想告诉你。"

冯佑道:"我家一共三个人,我、我爸爸,还有我妹妹。妹妹比我小六岁,跟我不是一个妈生的。我爸快六十岁了,在家门口开个小烟纸店。妹妹明年职高毕业。我家住在一套旧房子里,有机会阿姐你可以过去玩玩。"

谢宁不作声。

冯佑道:"我说这些没别的意思,就是想告诉你,我家很穷,穷得叮当响。凭阿姐你的条件,能找到比我好一千倍的对象,比我有钱也比我有出息。如果你不喜欢我,喜欢别人,我一点也不会怪你。阿姐你结婚的时候,有什么需要我的地方,吩咐一声,杀了我的头也给你办到。"

谢宁低着头,像是一句话也没听进去。

过一会,她缓缓地抬起头来,道:"我不要听那些乱七八糟的话,我只问你一句。"她放慢了语速:"你的心,你能确定吗?"

冯佑一愣,随即重重地点了点头。

谢宁道:"我只在乎别人的心。别的,我一点也不在乎。"

说完,她就笑了,嘴角微微翘起,是她这种年纪少有的一种俏皮的笑容。笑得很媚,又是一点一点露出来的,缓缓地,淡淡地,由浅入深,像清晨的露水那样饱满甜美——幸福几乎满溢出来。

起初冯佑还在发呆,及至看到她的笑容,心上陡然似被什么顶了一下。先是挤得胀胀的,后来,又慢慢地松懈下去,空了,轻了,像要飞起来似的。

谢宁说:"以后别叫我阿姐了。"

冯佑不知该说些什么。心里有许多话，滑到嘴边，却只是简单的一句："阿——，我真的喜欢你。"

谢宁

谢宁完全陷在一种梦幻般的感觉里了。

依稀便是刘鹏。一样的家境，一样的气质，都有同父异母的弟妹——是老天注定。她等了十年的东西，像迷路的人那样姗姗来迟。

冯佑带她来到一个歌舞厅。老板是个头发染成金黄的男人，三十多岁，跟冯佑很熟。他问冯佑："女朋友啊？"冯佑看谢宁一眼，回答："是啊。"谢宁朝男人笑笑，道："打扰了。"男人说："冯佑来还有什么好说，老朋友了。"

老板领他们到KTV包房，就出去了。

冯佑点了一支歌。

"——我把你紧紧拥入怀里，捧你在我手心，谁叫我真的爱的就是你，在爱的纯净世界，你就是我唯一，永远永远不要怀疑；我把你当作我的空气，如此形影不离，我大声说我爱的就是你，在爱的幸福国度，你就是我唯一，我唯一爱的就是你，我真的爱的就是你……"

冯佑一边唱，一边看她。谢宁也看他，仔仔细细地，看他的五官、他的眼神、他的表情、他嘴角的酒窝。他是那么帅气、亲切，还有些可爱。她从未这么近距离地看他，她几乎要眩晕了，窒息了。她问自己：为什么会爱上他呢？她认识他不过才两个月。

"我唯一爱的就是你，我真的爱的就是你。"他看着她。

在公司里，两人表现得若无其事，还跟以前一样，没人发现他们。下班时，谢宁坐在班车靠窗的座位——这是他们约好的。冯佑骑摩托车，靠她这边。他掌握着车速，与班车并排而驶。班车上的人们大多在打盹。两人你看着我，我看着你，只用眼神交流，还有心——这是一段美妙无比的路程。

公司举行歌唱比赛，冯佑得了二等奖。他在台上又唱又跳，还脱掉衣服，露出肩膀上的肌肉。喝一口矿泉水，把剩下的水连瓶子朝台下扔去——女孩子们激动得尖叫。谢宁是评委之一。比赛结束，她告诉他，她给他打了满分。可惜没用，最高分被去掉了！她大笑。

谢宁仿佛看到，一种崭新的生活方式正慢慢地走来——很奇妙，很有趣。

她已经做好准备，迎接它。

　　星期天，谢宁提着水果和补品，来到冯佑家里。冯干巴在门口迎着，两只手放在前面反绞着，脸上的笑容因时间太久，早僵了。谢宁叫："伯父。"冯干巴说："坐，坐。"露露没有叫人，斜倚着墙，朝谢宁看了看，走开了。

　　谢宁环顾四周，真如冯佑所说，一个简陋的家。几乎没一件像样的家具，房间里弥漫着一股不清不楚的腐旧的气味。她看到冯干巴端来的茶，杯内积了一层黄黄的陈年老垢，而端茶的那双手，指甲缝里黑乎乎的。谢宁笑眯眯地接了过来，说声谢谢。冯干巴说："房间乱，连个好好坐的地方都没有。招呼不周啊。"他不敢靠谢宁太近，倒完茶便立即退开，站在墙边，也不敢看她，只望着儿子，不停地笑。

　　谢宁要到厨房帮忙。冯干巴死活不肯，她才不坚持了，坐着看电视。冯佑问她："吃不吃瓜子？"她说不吃。冯佑又问："吃不吃话梅、巧克力？"她还是摇头。冯佑说："你想吃什么，自己到货柜上去拿。"谢宁笑道："我又不是小孩。"冯佑也笑道："我是怕你客气。"谢宁道："在你家里，我不会客气的。"冯佑笑道："你的意思是，我的家也就是你的家，对不对？"谢宁用手指轻轻弹了一下他的额头，道："你这个人啊，很不老实。"

　　吃饭时，露露才走出来，慢腾腾地坐下。她长得又高又瘦，像根芦柴棒，轮廓和冯佑有点像，但五官不如她哥哥好看。她头发很长，披到腰间，穿一条有好几个洞的牛仔裤。谢宁问她："头发留了几年？"露露说："三年。"谢宁很羡慕地道："留得这么长，发质还能保持得这么好，真不容易啊！换成是我，早就开叉了。"谢宁又问，"明年要毕业了，对吧？"露露嗯了一声。谢宁说："用功读书，毕业了阿姐送你一件礼物。"露露不屑地笑笑。冯干巴指责女儿："好好跟你说话呢，别死样活气的。"他转向谢宁赔笑道，"小姑娘就是这样不懂事，刚才她要出去玩，我说今天有客人，不许她出去，她就不高兴了。"谢宁笑笑："我像她这么大的时候，也喜欢玩。小姑娘都是这样。"

　　冯干巴的手艺不怎么样，鱼煎得掉了尾巴，猪手没有炖烂，鸡汤又太咸。他没有意识到，还一个劲地叫冯佑为谢宁夹菜。谢宁硬着头皮把油腻腻的猪手全吃下去。冯干巴又让冯佑给她夹菜。冯佑看看谢宁，说："爸，她自己会夹的。"冯干巴到厨房又拿来一双筷子，笨拙地夹下半条鱼，抖抖地，放进谢宁的碟里。他再三解释："喏，你看，筷子是干净的。"他不停地说："招呼不

— 15 —

周，招呼不周。"谢宁看到他鬓角边的白发，非常不好意思，说："伯父，你自己也多吃点。"

过了一会，冯干巴说："有点闷嘛。才5月份，天气就热了。"他把吊扇打开。头顶上响起嘎吱嘎吱的声音，叶片有气无力地转起来。

冯佑说："爸，该换个吊扇了，别哪天掉下来。"

冯干巴说："掉不下来，放心吧。"他喝了点黄酒，略微有些醉意，对谢宁说："我家的情形，你也看到了。我只有这么一个儿子，儿子不争气，老子也没花头，委屈你了。这爿烟纸店，再加上这套房子，虽然破破烂烂，多少还值些钱，将来都是你们的。我也不怕露露生气，她是女孩，总归要嫁人的。你看，我身体还结实，以后帮你们带小孩，做家务，绝对都没问题。"

冯佑道："爸，你说这些干什么？"冯干巴张口结舌道："我，我没说错啊，我大概老糊涂了。小谢，你生气了？"

谢宁微微一笑，道："没有。"

吃完饭，冯佑送谢宁回家。两人手挽手，静静地走了一段路。冯佑忽道："你很好，比我想象中的还要好。"谢宁道："我没那么好。"冯佑坚持道："不，你很好，真的很好。"谢宁一笑，说："傻瓜。"

旁边驶过一辆红色的宝马。谢宁忽然咦了一声。冯佑问："怎么了？"谢宁说："车里那个人，有些面熟，好像是认识的。"冯佑问："是谁？"谢宁道："想不起来，也许认错了。"冯佑道："走吧，回家。"谢宁道："不叫出租，我们坐公共汽车。"冯佑在她嘴上亲了一亲，笑道："老婆，你真是体贴。"谢宁斜他一眼："不许这么叫我。"冯佑又亲了一下，说："我偏要叫，你就是我的好老婆。"

回到家，谢宁一下子想起来，那人是吴根水——他应该也看到她了。

吴根水

谢宁没有看错，那人的确是吴根水。

吴根水最近很忙，白天开会，晚上应酬，好不容易签了一笔大合同，人瘦了一圈。任秘书劝他："何必这么拼命呢？让底下人去忙好了。你看内地的那些董事长、经理，谁不比你潇洒？你啊，天生的劳碌命。"吴根水被这几句话说得很惬意，公司里也只有她会这么说。他接过任秘书端来的热牛奶，说：

"我是白手起家，一分一厘都是自己赚的血汗钱，潇洒不起来啊。"

晚上，任秘书在他的别墅里，为他煲汤——雪蛤煨人参鸡汤。她把碗端到他面前，一勺一勺地喂他。她问："味道怎么样？"他说："好喝。"任秘书嗲嗲地说："你啊，真该找个女人照顾你。"吴根水说："是啊，可哪个女人比得过你呢？"任秘书把头靠在他怀里，说："那你就娶了我吧。"吴根水笑起来："我要是娶了你，全上海的男人都来找我决斗，我怎么吃得消？"

吴根水心里想的是谢宁。

他不知道谢宁旁边那个男人是谁。那一刹，他几乎要叫司机把车停下来。他看到谢宁在笑，她的笑容，像极了他母亲。她的笑容里有一种敦厚宽大的味道，像陈年老酒那样醇香。吴根水想，漂亮有什么稀奇？年轻有什么稀奇？他要的是一种味道，母亲的味道，亲人的味道。让他一看到她，就会想起老家门口那条小溪，心也立刻变得像小溪那样平静。

吴根水忍不住给谢宁打了电话。

他问她："最近好吗？"她说："挺好的。"他说："到公园走走吗？聊聊天。"谢宁说："好啊。"

吴根水比约定的时间早到了一刻钟。买好门票，等着。谢宁准时赶来。

两人找了个亭子坐下。吴根水说："今天天气不错。"谢宁说："是啊。"吴根水说："这样正好，不冷不热，再下去就要热了。"谢宁说："是啊。"吴根水又问："你渴不渴？我去给你买饮料。"谢宁摇头，道："我不渴。"

吴根水一挪屁股，换了个坐姿。他说："前几天，我看见你了。"谢宁问："哪一天？"吴根水想了想，说："好像是上个星期天，晚上9点多钟，你旁边还有个男的。"谢宁说："噢，我想起来了，那天我们同事聚会，他是我同事，送我回家的。"吴根水笑笑："你们好像挺熟。"谢宁道："是啊，关系不错，平常总是阿姐长阿姐短的，这个小朋友人挺好。"吴根水笑道："在我眼里，你也是小朋友。"谢宁摇了摇头，笑道："不行了，都三十了。老了。"

吴根水说："待会赏脸一起吃顿饭，怎么样？"谢宁没有拒绝。吴根水抑制不住心头的喜悦，脱口而出一句闽南话："太好了！"谢宁笑了笑，问他："最近忙吗？"他道："忙，所以才没和你联系。"谢宁又笑了笑。

吴根水问谢宁喜欢吃什么菜，谢宁说随便。吴根水开玩笑："随便最难办了。"谢宁说："我真的无所谓，吃什么都可以。"吃饭时，吴根水细心地为她把鱼骨剔去，贝类拆了壳放进她碟里。他为能替她服务感到高兴。他不时偷瞟她的脸。她安静地吃着东西，不发出一点声音。她的嘴很小，眉毛也淡淡的，脸上的皮肤像瓷娃娃那样细腻。吴根水看着，心里暖洋洋的。

两周后，吴根水又约谢宁吃饭。电话里，谢宁问他："介不介意我带个朋友？"吴根水一愣。谢宁说："是个女孩子。"吴根水说："行啊。"

约在西餐厅。谢宁带来一个年轻女孩，叫吕贝贝。席间，谢宁不住地夸奖吕贝贝，说她如何能干如何聪明，还说谁娶到她，真是走运。谢宁笑眯眯地问吴根水："我朋友不错吧？"吴根水觉得很别扭，不明白谢宁为什么要说这些。

女孩二十出头，烫着长波浪卷发，穿着时下流行的波西米亚裙。吴根水觉得这是个很大众化的女孩，街上到处都是。这不是他欣赏的类型。

吴根水有些慌，他想：谢宁不会是要把这个女孩介绍给他吧？

吕贝贝

吕贝贝不知谢宁找她有什么事。中午吃完饭，谢宁就把她叫到一边，脸色郑重得让她惴惴不安。她说："谢姐，什么事？"谢宁说："我下面说的话，每一句都是真心真意为你好，哪怕你听了不顺耳，也不许生气。"

吕贝贝道："谢姐你说。"

谢宁说："我想介绍个男人给你。"

吕贝贝一怔。

谢宁接下去说："这个男人是台湾人，很有钱，人也老实，就是年纪大了点。不瞒你说，我跟他相过亲。你别误会，我不是因为自己不喜欢他，就把他推给你。除了他，我不认识别的有钱男人。请你相信，我是真的为你好。"

吕贝贝前几天接到父亲的来信，告诉她哥哥的厂已经关门，现在待业在家。他女朋友的父母坚决反对他们来往。母亲的哮喘病又发作了，整天咳个不停。父亲在信中说："有空就回来看看吧，只有见到你，我才会开心些。"

吕贝贝请假回家了一趟，带着两万元钱。母亲不肯看病，舍不得医药费，被她硬逼着去了医院。父亲抽两元钱一包的烟，吕贝贝劝他："干脆戒了吧。"父亲无奈地说："戒不掉啊，我也想省点烟钱啊，辣块妈妈的（苏北方言，咒骂意）。"哥哥是个木讷的人，话很少，这次居然把她叫到一边，恳求道："你本事大，又在上海，认识的人多，给我找个工作好不好？"哥哥说话时脸涨得通红，声音压得低低的。吕贝贝比他还要难堪。她受不了家里的气氛，提前两天回到上海。

她说："谢姐，年纪大就大点吧，台湾人也好香港人也好，见见面又没关系。我知道你是为我好。"

吕贝贝去找冯佑，直截了当地问他："你喜欢我吗？"冯佑愣住了。她道："说真话没关系，反正就我们两个人。"

冯佑摸摸鼻子，又摸摸脑袋，告诉她："我们是好同事，仅仅如此而已。"

吕贝贝眨了眨眼睛。她以为他在跟她开玩笑——他居然还会说"仅仅如此而已"这样文绉绉的话。她觉得很滑稽。

"你，不喜欢我？"她问。他点点头。

她定定地看了他一会。

她问他："你有女朋友了吗？"他回答："是的。"

吕贝贝笑笑，干咳一声。她说："谢姐给我介绍了一个男的。我要去相亲了。这个人挺有钱，是台湾人。"

她看到冯佑如释重负的神情。分别时，吕贝贝一直站在原地，望着他的背影，抱着一丝希望，他会突然回过头来，促狭兮兮地笑："我是跟你逗着玩的……"可惜没有，他头也不回地走了。

这样也好。吕贝贝想，如果他说喜欢，那又该怎么办呢？

她一遍又一遍地想：没关系，没关系。也许那个台湾人真的不错。

吕贝贝买了一条新裙子，见面时穿。她特意请谢宁替自己化妆。她说："谢姐，我是乡下人，不会化妆。"谢宁说："别瞎说，哪有这么漂亮的乡下人？"吕贝贝看着镜子里的自己，怔怔地发呆。她说："我喜欢冯佑。"谢宁说："我知道。"吕贝贝说："谢姐我想哭。"谢宁严肃地说："不许哭，一哭妆就花了。"

吃饭时，吴根水话不多，吕贝贝也没怎么吭声，只有谢宁絮絮叨叨，说着一些无关紧要的话。吕贝贝朝吴根水看去——他低头切盘中的牛排，用力过猛，一块肉飞了出去，汁水溅到衬衫上。他拿餐巾纸擦拭。然而擦不干净，衬衫胸口处留下一摊咖啡色的污渍——吕贝贝听见他轻轻地叹了口气。

吕贝贝喝了不少酒。结束后，谢宁让吴根水送她回家。

车上，吴根水还是不说话，两只手平放在大腿上，眼睛直视前方。

窗半开着。风挺大，吕贝贝几绺长发飘起来，在吴根水眼前晃荡。她把车窗关上，将头发拨到耳后。车里更安静了。

"我是苏北人。"她忽道，"苏北话听过吧？辣块妈妈没得命（苏北方言，不得了），乖乖笼的冬。"

她笑眯眯地看他。他有些不明白。她道："你一定觉得很无聊对吧？莫名其妙多了一个人出来。其实我也很没劲。"

吴根水有些尴尬。他说："对不起。"

她道："没什么，反正我也无所谓。顶多有些不好意思，硬塞给人家，人家还不要。"吴根水道："不是这样的。"她摇手，道："没关系，真的没关系。"

她道："坐着太闷了，我们聊聊好吗？"吴根水点头，道："好。"

吕贝贝道："从小到大，我爸妈不怎么管我读书，可我学习一直很棒。我对爸妈说，我要让你们过上好日子——我觉得这是十拿九稳的事情。后来到了上海，我才发现光读书好是不成的。你得有后台，我资格证书早就考出来了，可到现在连个屁也没聘上，名额全让给那些关系户了。还有，你要会打扮会发嗲。小姑娘不会打扮，一口苏北腔，没人瞧得起你。艰苦朴素早就不流行了，没钱就只能被人笑话，被人骂成乡下人。吴先生，你是国民党，我是共产党，我说的这些，你大概不会明白。"

吴根水说："都差不多，差不多。我以前也很穷。"

吕贝贝打着酒嗝，道："呃，做人真累啊。有时候我想，干脆就这样混下去算了，反正总有人比你还惨。可不甘心啊。我怎么就不能过上好日子呢？呃！我又不想傍大款，也不偷也不抢，大家凭真本事总可以吧？妈的，不公平，这个社会真他妈的不公平！呃！"

她说完笑了笑，道："真不好意思，说粗话了。"吴根水说："没关系。"吕贝贝说："我平常不是这样的，今天大概酒喝多了。"吴根水说："噢。"

吕贝贝说："没人喜欢我。"吴根水一怔："嗯？"她又问："我很丑吗？"吴根水说："当然不丑。"吕贝贝瞪着他："真的？"吴根水很郑重地点了点头："真的。"

吕贝贝停下来，对他道："我想哭，怎么办？"

吴根水还没说话，她就哭了，眼泪大颗大颗地夺眶而出。吴根水手忙脚乱地从口袋里摸出纸巾，递给她。忽地，吕贝贝一下子靠在他肩上，大哭起来。吴根水吓得不敢动，吩咐司机开得稳一点。

吕贝贝闻到他身上淡淡的烟草味道。他的手在她背上轻轻拍了两下，说："不哭，不哭。"

谢宁

谢宁向吴根水道歉。她说："吴先生，请你不要见怪，如果我预先告诉你，你肯定是不会答应的。贝贝是个好女孩，比我好多了。"

吴根水看着她，忽道："你长得真像我妈。"

谢宁一愣。

吴根水叹了口气，说："你的眼睛太像我妈了，像极了。我妈辛苦了一辈子，到死也没享过一天福。她死的时候我才十五岁，什么也不懂，整天就知道吃，胃口还特别好，一顿饭要吃几碗。我老家是种田的，没钱，小孩又多，我妈把好吃的让给我和姐姐，自己只吃一点点，结果越来越瘦，身上一点肉也没有。"

他说："那时候我老想给我妈买蹄髈，红烧蹄髈。乡下没什么好吃的，蹄髈算是好东西了，一年到头也吃不到两回。我瞒着她到工地里帮别人扛水泥，扛了半个月，赚钱买了一只蹄髈，兴冲冲地拿回去。我想，这只蹄髈一定要全部给妈吃掉，让她吃得胖乎乎的。我保证一口也不吃，三个姐姐也不许吃。"

谢宁道："你妈肯定舍不得自己一个人吃的。"

吴根水苦笑："我回到家，就看到她躺在床上一动不动。她骑脚踏车摔到河里，淹死了。我妈到死也没吃上我给她买的蹄髈。她躺在那里，好瘦啊，脸凹下去，就一张皮包着骨头。她一定是饿得没力气，才会连脚踏车也骑不动。谢小姐，你也太瘦了，你要多吃点，胖些会更好看。"

谢宁点点头。

吴根水沉默了一会，最后道："如果你真的喜欢我跟那个女孩好，那我就跟她好。"

谢宁把前额一绺头发朝后捋去，鼻子痒痒的，为了掩饰，便打了个哈欠。吴根水见了，道："我不会说话，听了想睡觉，是吧？"她忙说不是。吴根水朝她笑笑。她想解释说不是这样的，张嘴却说了句："昨晚没睡好。"吴根水点头道："女人一定要睡好。"

吴根水给了她一种前所未有的感觉，淡淡的，像水彩，一点一点晕开来，不知不觉。只一会工夫，周身便暖洋洋的。

"你有男朋友了对吧？"他问她。

"没有。"她脱口而出。

晚上，冯佑让谢宁去他家。她在附近的马路上遇见了露露。露露和一个男生在角落里拥吻，旁若无人。谢宁呆了呆，径直朝另一边走。露露看见了她，高声喊道："喂，阿姨！"

谢宁被这声阿姨叫得很不是滋味，但还是停了下来，挤出笑脸，说："你好。"露露朝旁边的男生嘴一努："这是我同学，这是我哥哥的女朋友。"男生长得很白净，戴一副眼镜，大方地对谢宁道："你好。"谢宁也道："你好。"

男生先走了。露露对谢宁道："我有件事想和你商量。"谢宁说："什么事？"露露道："我想跟你借点钱。"谢宁有些意外，道："你要钱干什么？"

露露爽快地说："流产。"

谢宁吃了一惊，问她："你爸爸和哥哥知道吗？"露露嘴一撇："我要是敢告诉他们，会问你借钱吗？这没什么大不了的，班上女同学有好几个都打过胎呢。"谢宁问："是刚才那个男孩的吧？你们在一起多久了？他父母知道吗？"露露不耐烦地道："你问那么多干吗？一句话，借还是不借？"

谢宁拉她手臂，道："走，我跟你一起回家。"

露露使劲一甩，挣脱了，道："不借拉倒。真是的，我哥以前那些女朋友，都比你好说话。你不借，我去找别人。"说完，扭头走了。

谢宁来到冯家，才发现家里只有冯佑一个人。他告诉她，冯干巴去看望一个亲戚，露露到同学家庆祝生日，都要很晚才回家。冯佑说这些话的时候，手很不老实，伸到谢宁衣服底下。谢宁一颤，起了一身鸡皮疙瘩。

"谢宁，谢宁。"他叫着她的名字，把她按到床上。他在她耳边喃喃低语着。指尖划过她的颈部，冰冷地，落到她衬衫的纽扣上。他试图解开它们。

谢宁推开他，说："不可以。"冯佑问："为什么？"他以为她只是害羞。谢宁坐了起来，用一种平静但坚决的口气，说："真的不可以。"

她说："我不是随便的人。"冯佑说："我知道。"谢宁说："知道你还这样?"冯佑看了看她,问:"你生气了?"谢宁说:"没有。"

哪儿不对劲。谢宁觉得,好像有哪儿不对劲——冯佑的脸,离她很近,能看到脸上新冒出来的一颗青春痘。他皮脂分泌非常旺盛,前几天她刚帮他挤了一颗。她的手软软的,用纸巾抵住两头,一挤,带血的脓水就出来了。她说:"你呀,真脏。"他抓住她的手,放到嘴上亲了一下。

她仔细看他的脸。当年她也曾这样看过刘鹏的脸——虽然五官都淡忘了,但应该还剩下些什么。她以为冯佑会让她想起来,浪花、海风、夕阳、帆船。冯佑的手又在蠢蠢欲动,隔着衣服,这双手不安分得很。他的脸棱角分明,很硬朗很帅气;他的手却在偷偷摸摸,得寸进尺。

她凝视着他的脸,感受着他的手,忽然间觉得很恶心。他的手像他脸上那颗青春痘一样,很脏——她像吃了个死苍蝇那样别扭。

头顶上的吊扇,有气无力地转着,发出刺耳的嘎吱声。

谢宁又一次重重地推开他。她说:"不许这样。"

冯佑有些诧异地看她。他说:"你怎么了?"她摇摇头。

房间里灯光昏暗,她还是一眼便看到他床头那本皱巴巴的旧杂志,封面是一个半裸的妖冶女郎。房间里弥漫着一股霉味——他的被子,不知有多久没有晒过了。地上有一些瓜子壳,一片狼藉。

谢宁说:"我要回家了。"冯佑要送她,她道:"家里没人,你待着吧。"冯佑还想再说些什么,谢宁笑了笑,说:"到家给你打电话。"

谢母坐在沙发上看电视,见女儿开门进来,便问:"去哪儿了?"谢宁说:"到同学家玩。"谢母问:"哪个同学?"谢宁随口说了个名字。谢母狐疑地看着她。谢宁见到母亲的神情,干脆道:"你不信就打电话去问。"谢母白她一眼,进房间了。

谢宁一直瞒着父母。她完全可以想象母亲听见这件事的反应——猛地从沙发上跳起来,神情激动,唾沫横飞:"给你介绍了那么多你都不满意,现在居然看上一个小混混,你昏头了!"他们无论如何也不会接受这样一个女婿的。谢宁觉得这很正常。她第一次去冯佑家的时候,也是吓了一跳:居然会有那么破烂的家。破烂这两个字,像长了翅膀,扑棱飞着进了谢宁的大脑。

谢宁不是没有犹豫过。冯佑家很阴很潮,墙壁上有一些黄黄绿绿的霉点。还有冯干巴的手,厚厚结了一层茧,又黑又粗,似是也发霉长毛了。那个地方，是怎样一种不洁的感觉啊！让她一想起便倒胃口，想吐。但谢宁很快说服了自己。她要的是一种感觉，完全透明的感觉，浪花、海风、夕阳、帆船。穷一点苦一点有什么关系？越是困难重重，越可以证明爱情的坚贞。

吕贝贝与吴根水正式交往了，速度比谢宁想象的还要快。吕贝贝手里有许多调休单，都是以前积下的，不怎么用，近来一连用了七八张。都是快下班的时候，躲着别人，羞答答地问她："谢姐，我明天可以不来吗？"谢宁微笑地答应："好啊。"吕贝贝脸上洋溢着幸福的神采，这谁都能看出来。大家私下里议论，小苏北有男朋友了。谢宁想象吴根水和吕贝贝在一起的情形，总有些奇怪。两个原本都心有所属的人，竟会这么快进入状态。

吕贝贝手腕上多了一条亮闪闪的铂金手链。在食堂吃饭时，她脱下来给谢宁看，说这是吴根水买给她的，镶钻的，五千多块。她道："我把吴根水的事跟爸妈说了，他们都挺高兴，要我好好珍惜。"吕贝贝又戴上手链，在阳光下晃了晃。

"吴根水对你好吗？"谢宁问她。

"挺好的。"吕贝贝道。

"那就好，真替你高兴。"

"嗯。"

谢宁见她欲言又止，猜她是想问自己为什么不接受吴根水——大概觉得这个问题比较尴尬，又不问了。谢宁想，是啊，干吗要把吴根水介绍给吕贝贝呢？好像只是一时冲动，就这么做了。其实这真是一件尴尬的事情。

谢宁喝了口水，朝吕贝贝笑笑。吕贝贝也朝她笑笑。

旁边几张餐桌的人在小声聊着什么。吕贝贝道："谢姐，你知道吗？这阵子公司里传得沸沸扬扬，说老总有经济问题，上头要派人来查……"谢宁当然知道。总经理的丈人原先是市人大的领导，去年刚退休。谢宁很清楚，这件事非常复杂，弄不好会牵扯进一大片。但她不愿意去想那些。

她对吕贝贝说："好好把握吧，别像我这样，三十岁了，还嫁不出去。"话刚出口，她自己便吓了一跳——即使在父母面前，她也从未说过这样丢脸的话。她是怎么了？谢宁笑一笑，把头发朝后一捋，耸耸肩，做出开玩笑的模样。

吕贝贝说："谢姐，吴根水好像是个挺传统的男人。"谢宁说："大概是的。"吕贝贝忽然凑近她,轻声道:"谢姐我跟你说,以前读大学的时候,我谈过一个男朋友。"谢宁点点头,不明白她为什么要说这些。吕贝贝接着道:"他是上海人,在校外租了一套房,我们同居过大半年。"

谢宁有些吃惊,嘴上说:"噢,是吗?"

吕贝贝道:"你说,他会在乎这个吗?"谢宁道:"应该不会吧。"吕贝贝道:"我也觉得不会,现在还有谁会在乎这个?谢姐你说是吧?"谢宁说:"是啊。"吕贝贝道:"他是台湾人,不管怎样,台湾总归比内地开放些,对吧?"

谢宁答应着,装作不经意地看吕贝贝。她脸上有几颗雀斑,眉毛许是有一阵没修了,有些乱;她的眼睛很大,说话时更是习惯性地往上翻,露出大片眼白;鼻尖上有黑头,除了T字部位,其余的皮肤偏干,微微有些脱皮;嘴唇上有淡淡的茸毛。她朝谢宁笑笑。

谢宁也朝她笑笑。

谢宁想:这也没什么,连露露都要去流产呢,这算什么?

冯佑

歌舞厅的黄毛老板叫张华,以前跟冯佑一起做过摩托车载客生意。他也没结婚,冯佑常去他那里,两人一聊就是半天。张华对冯佑说:"你和你女朋友是两种人。"冯佑说:"我知道。"张华问:"你喜欢她吗?"冯佑笑笑,说:"你他妈别问这种无聊的问题。"张华说:"这不是无聊的问题,你要是喜欢她,就要抓紧。你小子,找个良家妇女不容易。"冯佑笑道:"我找良家妇女不容易,我算是什么人,流氓?无赖?"张华道:"你以为你不是?你过去那些乱七八糟的事情,打群架,讨赌债,白刀子进红刀子出,这些她知道吗?别看你现在穿得规规矩矩,整天笑眯眯装得像个乖小孩。档案一辈子都记着呢,抹不掉的。"冯佑听了不说话。张华道:"说真的,既然决心要安定下来,就别拖拖拉拉的,爽快点,把她搞定。"

张华说到搞定这两个字的时候,朝冯佑眨眨眼,道:"你懂的,对吧?"冯佑说:"我不懂,什么意思?"张华哈哈一笑,道:"喝酒,喝酒!"

那天下午,冯佑支走了冯干巴,还有露露。冯干巴没说什么,露露很鄙夷地丢下一句:"有本事你就到宾馆去开个房间。"冯佑说:"你听听,这是女孩子说的话吗?"露露哼了一声:"你自己又是什么好人了?"冯佑没心思理她，关照一句："不到10点不许回家。"

冯佑准备了避孕套，放在枕头下。他还买了一瓶红酒。他原先的计划是，先聊一会，说些情意绵绵的话，再来点红酒，水到渠成。

那天，他打开门，谢宁站在面前。她的脸很光洁，像剥了壳的鸡蛋，眼睛清澈得能照见人影——他在她瞳孔里看到了自己。她是有些稚气的，虽然她年纪不轻了，但冯佑清楚，她跟他以前那些女友不同。他反倒有些局促了。谢宁没有一丁点意思，连一个眼神也没对上。冯佑甚至找不到借口喝红酒。有那么一瞬间，他觉得无可奈何，好像使不出劲。他干脆直奔主题，存着一个念头：大不了吃耳光。结果耳光是没吃，但，依然是使不出劲。

后来冯佑想，这样也好，这就说明谢宁是个好女人。没一个男人不希望找个正正经经的好女人当老婆的。冯佑后悔听张华的话，他是流氓痞子，狗嘴里吐不出象牙——冯佑曾经也是流氓痞子，但今后不再是了。他要找个好女人，好好地过日子。

冯佑打电话向她道歉。他说："我是一时冲动，你别放在心上。"谢宁问："你喝酒了？"冯佑道："没有啊。"谢宁道："喝酒倒也算了，没喝情节就更恶劣，不值得原谅。"冯佑道："你在我身边，我是酒不醉人人自醉。"他听到谢宁在电话那头骂了声"无聊"，嘻嘻一笑，道："你不生气了？"谢宁道："我才没空跟你生气。"

冯佑这阵子没怎么见到吕贝贝。据说她找了个有钱的男朋友，还是台湾人。一次他在窗口里打菜，一抬头，看到吕贝贝对着他笑。她头发剪短了，拉得笔直。冯佑道："越来越漂亮了。"她问他："最近怎么样？"他道："挺好的。"

吕贝贝要一份鱼香肉丝，他给她满满一勺。她道："不怕领导看见了说你？"冯佑笑道："说就说吧。"他干完活，坐到她那桌，和她聊天。吕贝贝问他："女朋友谈得怎么样？"冯佑说："还行。"吕贝贝道："漂亮吗？几时带来让我看看？"冯佑道："有机会吧。"他看看她，一笑。吕贝贝问："有什么好笑？"他道："没什么，就是想笑。"吕贝贝白他一眼："神经病！"

冯佑不禁想起过去，每次到财务科送菊花松酥，别人都不怎么睬他，只有吕贝贝给他泡茶，还搬椅子给他坐。两人很快便混熟了。吕贝贝常骂他神经病。其实也不是骂，讲到兴头上，带着笑，嘴一噘，眼睛朝上一翻："神经病！"如果财务科没有吕贝贝，冯佑找不到一坐就是半小时的理由。嘴里和她敷衍，一颗心却系在谢宁身上——冯佑每次想到这，就有些内疚。

冯佑是真心为吕贝贝高兴。"还是贝贝你有本事啊，上海滩多少女孩子费尽心思想钓大户都钓不到。哪像你，轻轻松松手到擒来。"

吕贝贝笑道："不瞒你说，那是谢姐让给我的。"

冯佑一愣："嗯？"吕贝贝道："讲给你听也没关系，谢姐跟他相过亲，觉得不合适，就介绍给我了。"冯佑摸摸鼻子。吕贝贝问他："是不是觉得我挺皮厚，捡别人不要的东西还在这里沾沾自喜？"冯佑忙说不是。吕贝贝笑起来："跟你闹着玩的。说句实话，吴根水这人不错，我真担心谢姐后悔，又来跟我抢。"

张华打电话叫冯佑出来喝酒。冯佑告诉他晚上约了谢宁。

冯佑开摩托车抄小路，先到，靠着车抽烟。几分钟后，公司班车也到了。谢宁从车上下来，其实已看见了冯佑，照例是装作不在意，等同事们走散了，才慢慢向冯佑走来。冯佑把安全帽递给她，道："你应该去当特工。"谢宁不明白："嗯？"冯佑笑笑："没什么，夸你聪明呗。"

吃过晚饭，两人去看电影，美国片《谍影重重》。冯佑盯着大屏幕，脑子乱糟糟的，什么也没看进去。谢宁推推他，问："怎么了？"冯佑先是不吭声，随即没头没脑地说了句："你像那个女主角。"谢宁对着女主角看了一会，道："我没人家漂亮。"冯佑缓缓地说："让人捉摸不透啊。"谢宁不禁好笑："你吃错药了？"冯佑摇摇头，不说话了。

看完电影，下起雨来，偏偏摩托车又熄火了。叫不到出租，两人在车站等着。旁边是几个卖雨伞的小贩。"要伞吗，要伞吗？"对着冯佑不停地问。一会又过来个小男孩，拿着几束玫瑰，黏膏糖似的缠着冯佑。放在平时，冯佑是不会买的。今天也不知怎的，居然掏出钱买了一束。"小家伙下雨天还出来，蛮可怜的。"他道，把玫瑰给谢宁。谢宁接过，看了看冯佑。"我总觉得你今天有点怪。"她道。

好不容易叫到了出租。车上，冯佑问她："吕贝贝的男朋友是你介绍的？"谢宁说："是啊。"冯佑问："你怎么会认识那个台湾人？"谢宁说："跟朋友吃饭时认识的。"冯佑道："没听你提起过嘛。"谢宁道："普通朋友，有什么好提的？"

她看他一眼:"为什么要问这个?"冯佑耸耸肩:"没事,随便问问。"

把谢宁送回家后,冯佑去修车,接着,又到了张华的舞厅。这阵子全国闹非典,舞厅生意不好。老板张华坐在角落里抽烟,愁眉苦脸。看见冯佑,顿时来了精神。"你小子不是不来嘛。"他笑道。开了一瓶洋酒,两人你斟我饮起来。

张华问他:"怎么样了?"冯佑道:"什么怎么样了?"张华笑得不怀好意:"别跟我装糊涂。"冯佑没理他。张华看看他,道:"不会吧,还搞不定?"冯佑皱眉道:"别说得这么恶心,我是在找老婆,又不是玩玩就算。"张华道:"对呀,就是因为找老婆,才要花点心思。"冯佑说:"干什么?我他妈的又不是找不到老婆。"张华在他肩上拍了拍:"老婆嘛,我知道你是肯定找得到的,不过像谢宁那样的,错过了,你就未必能再找一个。"冯佑不吭声,过了一会,说:"这我知道。"张华给他杯里倒满酒,道:"光知道不行,还得用心,必要时还得耍点手段。女人心海底针,谁也摸不透,说不定她哪天就改变主意了。她是有恃无恐,你不一样啊,不是每个女人都肯跟着男人吃苦的。我觉得谢宁这人还不错。真的。"

冯佑把杯中的酒一饮而尽。

第二天是周末,下班时,冯佑穿了一套新买的西装,皮鞋擦得锃亮,还涂了点古龙香水,站在财务科门口。大家先是闻到一股香气,接着看见他,一愣,都笑:"小伙子今天样子很好的嘛。"吕贝贝提醒他:"报销吗?下班了,明天再来吧。"冯佑笑着摇头:"不是,我来接我——女朋友的。"他把女朋友三个字说得很大声。吕贝贝一怔。几个人原本已走出办公室了,听见这话,又退了回来。

谢宁慢慢地整理桌上的东西。

冯佑上前一步,道:"谢宁,我们可以走了吗?"

他没有叫谢科长,也没有叫阿姐,而是直呼她的名字。

周围有小声议论的声音,很快又低了下去。

谢宁看也不看他,把桌上的钥匙、手机、圆珠笔逐一放进包里,随即站起来,说:"走吧。"冯佑接过她的包,亲切地说:"我来提。"

一时间,办公室变得很安静。大家饶有趣味地看着,让出一条通道。

"再见啊。"冯佑笑着对他们道。

走到公司门口，冯佑坐上摩托车，把安全帽递给谢宁。谢宁拿了，却不上车。冯佑道："上车啊。"谢宁问他："你什么意思？"冯佑笑了笑，道："干吗呀？上车再说。"谢宁把安全帽朝他身上一丢，径直朝前走去。

冯佑追上她，抓住她手臂。谢宁甩不掉，气道："让人家看见像什么样子？"冯佑道："看见了又怎么样？男未婚，女未嫁，又没做犯法的事。"

路过的人都停下来看他们。谢宁只好上车，说："走吧。"

很快地，摩托车到了冯佑家门口。谢宁说："我不想去你家。"冯佑说："为什么不想？"谢宁道："有话我们换个地方说。"冯佑道："不，我就要在这里说。"

谢宁一言不发，跳下车要走。冯佑把她拉进屋，反过身关上门。谢宁脸一沉，道："你干什么？"冯佑道："不干什么。"谢宁道："你发什么神经，我们不是说好了吗？在公司里不让别人知道，为什么又跑来我办公室？"冯佑道："我接自己的女朋友下班，不可以吗？"谢宁道："你应该事先跟我说一声。"冯佑道："我为什么要跟你说一声？你跟那个台巴子相亲的事，又跟我说过吗？"

谢宁一怔。她道："贝贝告诉你的？"冯佑说："你别管。"谢宁道："这是认识你之前的事了。"冯佑道："为什么不告诉我？"谢宁皱眉道："这有什么好说的？你以前也有女朋友，是不是也要向我一一汇报？"

谢宁拿起包，说："爸妈在等我吃饭，我要回去了。"

冯佑拦住她，道："别走。"谢宁道："还有什么事？"冯佑看着她，用一种恳求的口气，道："今天别回家了，好吗？"

他放在她腰间的手一下子握紧。他牢牢地抱住她。谢宁惊道："不许这样！"冯佑道："你是我老婆，我偏要这样。"他把她推倒在床上。

谢宁叫道："你干什么？"冯佑不再说话，飞快地脱她的衣服。他把她压在身下。谢宁使劲地挣扎，叫喊。冯佑像是失去了理智，狠狠地，用嘴堵住她的嘴。他口齿不清地，一遍又一遍地说："你是我的老婆，我的老婆。"

谢宁叫道："放开！"他似是没有听见。

谢宁在他手臂上死命一抓，指甲很尖，顿时抓出一道血痕，鲜血淋漓。冯佑啊的一声，放开了她。谢宁爬起来，喘着气，用力打了他一记耳光，声音清脆响亮。她看着他，从齿缝里迸出："流氓！"

冯佑呆了呆，忽地叫起来："是啊，我是流氓。你终于把这句话说出口了。我知道，你一直看不起我，我比不上你有文化，也没有你上档次，我是流氓、小混混，我配不上你。"谢宁看了他一会，道："我没想到你这么不讲道理。"冯佑冷笑："奇怪了，你跟一个流氓有什么好讲道理的？"

两人沉默了一会。谢宁说："冯佑，别闹了，我们平心静气地谈一谈。"

她的声音非常温柔，一点也不像刚刚生过气的样子——谢宁脾气很好。两人在一起的日子里，她不像别的女孩那样喜欢无理取闹。她像姐姐，又像老师。有时反而是冯佑会为点小事闹情绪，她也不计较。一次冯佑对她说："你能不能对我发发嗲？哪怕发发脾气也可以。"她笑着戳了一下他的额头："你这个人啊。"好像他真是她的弟弟或是学生。那时他听着很舒服。现在回忆起来，他觉得她的表情是很丰富的，有许多东西包含在里面。就像她第一次去他家，她很客气，客气得过了头。没有人看到这个家，还会笑得那么甜。

冯佑曾经为谢宁的温婉懂事而欣慰。现在，一切都变了味。他觉得，应该把事情想得复杂些。他是真心想找个好女人的，可她呢——忽然之间，他没信心了。

谢宁的耳坠因为刚才的纠缠弄掉了。她在床上找到它们，重新戴上。很别致的仿钻耳坠，是她自己买的。她从不要冯佑送她东西。她说："没关系，我不在乎这些。"冯佑有时想，结婚后，她大概还会像现在这样，买名牌服饰和手袋。他做不到，只能穿普通得不能再普通的衣服。婚后夫妻的钱财，应该是放在一起的。他厚着脸皮，吃她的用她的，还有老爸和露露的开销。这些问题，本来都只是一个个影子，一晃而过。现在，突然间变得具体了，清楚了，很难堪，很丢人。

他看她。她轻轻抿一下嘴唇，对他微微一笑。

居高临下的微笑。冯佑忽然想起少管所里那个女教官——那时他十七八岁，因为偷工厂里的铜管，被罚劳教两个月。女教官三十出头，高高瘦瘦，总是站得笔直，笑眯眯地对他讲道理。一次又一次，他被她的目光压得抬不起头来，好像他是一只小蚂蚁。后来他听人说女教官有不孕症，结婚六年还没小孩，老公正准备跟她离婚。于是，当她又一次来到他面前，他嬉皮笑脸地问她："生不出小孩挺没劲吧，在吃中药还是西药？"女教官的脸抽筋似的突然扭曲，仓皇而去。以后的日子里，她见了他，腰板再也挺不直了，也笑不出来了。

冯佑从谢宁脸上看到了女教官的笑容。他不再是个孩子了，这笑容，比当年更让他羞愧，自卑，愈发难以忍受。张华对他说过，谢宁跟他是两种不同的人——谢宁跟那个台湾人相过亲，也许她还跟很多人相过亲，条件都比他好得多。他向她示爱那天，说自己是癞蛤蟆想吃天鹅肉，说这话的时候很难为情，现在，他更加深刻地意识到了这一点。

生什么气呀？他听到自己笑了笑，声音比平时尖刻了许多，高了八度。

"除了我，还有谁会要你？"他笑嘻嘻地问她。

"老女人。"他说。

谢宁睁大了眼睛，惊愕无比地看着他。

"没人要的老女人。"他一字一句道。

谢宁像个傻瓜那样愣住了，脸上全是不敢置信。忽地，抓起桌上的皮包，头也不回地打开门，冲了出去。

冯佑呆呆地，从抽屉里取出香烟，叼上一根，却不点火，用嘴抿着一上一下地动。他走到窗前，看着谢宁快步渐渐走远，点上火，吐了一个烟圈。接着，长长地吐出一口气，把烟掐灭，一屁股坐在床上。

怎么会到这一步？他傻傻地想了一会——居然就这样吵翻了。

头顶上的吊扇依然不知疲倦地转着，嘎吱嘎吱。

谢宁

谢宁到家门口的时候，才发现脸上全是泪珠。她掏出纸巾，把眼泪擦干净。听见里面的锅铲声，想必是母亲在做饭——终究还是不敢进去，又轻声轻脚地走了下来，来到小区里一个僻静的角落，在长凳上坐下。

风很轻很柔，吹在身上暖暖的。她刚哭过，眼皮很重，竟有了些倦意。闭上眼睛，心跳得很快，怦怦怦。刚才的情景像一场噩梦——他居然叫她老女人。他的表情真可怕，两只眼睛射出来的都是阴冷的光。谢宁从来没想过自己会被人骂成老女人。这是他的心里话吧？她年纪比他大，长得也不美。

她怔怔地发了一会呆。

坐了很久，直到天黑了，谢母打手机催她回去，她才慢腾腾地站起来。

抬头看，天上的月亮很圆很白，挂在那里，像——菊花松酥，热乎乎香喷喷的菊花松酥。她笑了笑，其实一点也不像。不知怎的，竟会有这种感觉。

第二天上班，她坐着，感觉到周围异样的眼神。她装作没看见——财务科科长和食堂临时工搞姐弟恋，够人们聊上十天半个月了。谢宁有心理准备，说去吧。她只是觉得挺对不住吕贝贝，怕她想歪。

然而，吕贝贝没事人似的，依然一口一个谢姐。谢宁倒不好意思了，想对她解释一下，又不知该怎么开口，怕越抹越黑。不久公司人事调整，准备在财务科增设一个副科长，公开竞聘。谢宁找吕贝贝谈了，劝她参加。吕贝贝有些犹豫。谢宁说怕什么，试试又没关系，这是个好机会。吕贝贝同意了，谢宁心里才好受了些，对她说："别担心，我会尽全力帮你的。"

中午，谢宁到食堂吃饭。每个窗口前都排着长长的队，以往总有人殷勤地要替她带饭菜，今天破例没有。谢宁知道他们是想看好戏——她排在了冯佑这队。吕贝贝道："谢姐你坐一会，我帮你打菜。"谢宁说不用。很快排到了。谢宁像往常一样，环顾一下四周的菜肴，说："番茄炒蛋，油煎小黄鱼，青菜。"

冯佑看也不看，动作熟练地把菜打好，递给她。谢宁却不接，问他："怎么不戴口罩？"冯佑瞟她一眼。谢宁道："现在是什么时候？公司刚开过会说要加强预防非典，这种特殊时期，谁允许你不戴口罩的？"

谢宁控制着语气，完全是上司对下属的批评，不重也不轻。

"按照规定，平常就应该要戴的，更何况是现在！"

冯佑戴上口罩。旁边几个窗口的职工也急急地戴上口罩。谢宁没有再说话，拿了饭菜，慢慢地从队伍中走了出去。

周围的人都朝她看，没人说话。谢宁强自镇定，心跳得很快。

她猜，冯佑也许会将口罩一摔，眼睛一瞪，破口大骂。说不定，后面还会飞过来一盘菜，砸在她脑门上。他挑最难听的话骂她，比那天还要厉害。今天人多，如果骂起来，效果会出奇地好。谢宁想，他再怎么骂她，她也不能跟他计较。她年纪比他大，身份也跟他不同——她不能真的让人看好戏。她最多是冷冷地瞟他一眼，一切就尽在不言中了。

谢宁有些恶毒地想着，鼻子却酸酸的，想哭。

不久，冯佑辞职了。

合同没到期，他要赔一笔钱。

冯佑来到财务科办手续。谢宁坐着，钢笔在表格上唰唰写着，很快便写完了，空出最后一块地方给他。"喏，签字。"他从口袋里拿出一个信封，交给她。很巧，办公室只有谢宁一个人，就像当初她把工资交给他一样。也是这样一个信封，只是，现在的信封比那时的要厚。谢宁把钱拿出来，数了两遍。她没什么精神，整个人松松垮垮的，手指也是懒洋洋的。

谢宁知道，她数钱的样子肯定不如上次好看——上次，她是故意的，把手指弄得像兰花那样优美，一根一根伸展开，很夸张。她的手指相当漂亮，又白又细又长，所以她要把他的注意力移到她的手上来——她要把她最好的一面给他看。她每次想到这，就有些不好意思，像故意勾引他似的。但现在，无所谓了。一幕一幕，像放电影，在眼前掠过。

冯佑站着，不说话。谢宁知道他在看她的手。她想把动作做得再优美些，可惜，她一点心情也没有。她的手和心一样，都僵了。

她希望他说几句话，哪怕是骂她也可以。偏偏，她只听见他的呼吸声。

过了一会，冯佑说："我走了。"

谢宁点点头。她抬头看他，他也看她。就这么对视了一会，两人居然还笑了笑。冯佑说："再见。"谢宁说："再见。"

合同上写着冯佑进公司的日子。到现在，还不满一年——时间过得好快啊。谢宁听着冯佑的脚步声渐渐消失在走廊尽头。熟悉的脚步声——她想起那一个个星期四，都是盼望的星期四。吃过午饭，她便坐着，等待着，每分钟都像一个世纪那样漫长。但因为有了盼望，便不觉得枯燥，是苦中带甜的盼望。她盼望着他的脚步声。当那有节奏的咚咚咚响起，她心跳了，想笑，强忍着，低头看报纸，眼睛却偷瞟着门口。

一样的脚步声。那时，忍着不笑；现在，忍着不哭。

究竟是为了什么——谢宁拼命地想。

好像不觉得悲伤，只是，空荡荡的。

这空荡荡，不全为了冯佑 前两天，老总找谢宁谈过话。老总的脸色很差，黑里发青。五十来岁的人，本来红光满面的，没几天工夫，白头发和皱纹全出来了，苍老无比。他用一种凄凉的口气对谢宁说："我和你爸爸是老朋友了，这个公司里，你是我最信任的人。"

其实老总平时说话不是这样的，很严厉，六亲不认，这大概就叫人之将死，其言也善。当然老总不一定死，就看法院怎么判了，也许只关个十年八年。谢宁知道自己也很麻烦。她是财务科科长，老总在经济上的问题，多多少少都与她有些关系。谢宁并没得什么好处，她向来不屑理会那些乱七八糟的事情。然而，有些事情想躲也躲不了。谢宁不是个中高手，缺乏让自己立于不败之地的能力。

谢宁被调查小组叫去问话。几个人都是认识的。以前老总请他们吃过饭，让她作陪。她不会说场面上的话，也不高兴说，傻傻地坐着，看他们拼酒，说荤段子，搞笑起哄。此刻，几张脸变得异常严肃。当初谢宁没有在酒桌上跟他们建立交情，现在他们也无须给她面子。口气很硬，完全是审问的形式。到后来，谢宁竟有些害怕了，似是有一只手在推着她往前走，完全不由自主。只一会工夫，周围的世界都变了，就像小时候第一次去幼儿园，她看不到爸妈，眼前只有老师和同学，一个完全陌生的环境，竟吓得哭了。现在，她也想哭。谢宁终于意识到，原来自己是个没用的人。

公司里草木皆兵，人人自危。谢父利用仅有的那点人际关系，使出浑身解数，替女儿上下打点。十几天过去了，最终结果是：老总因贪污挪用公款，数目巨大，被开除党内和行政一切职务，入狱十五年；谢宁撤去财务科科长一职，并做出深刻检讨。

谢父谢母放下心头大石，到庙里烧香还愿。他们一遍遍地提醒女儿："你算是运气好的了。"那些日子，谢宁请了长假，整天躲在房间里睡觉。

一个月后，再回到公司，原先的那张办公桌有了新主人——吕贝贝。接任的老总，也就是以前的副总，要在公司建立自己的力量，首先便要培植一批心腹。财务科大多是旧老总的人，于是，新老总看中了吕贝贝，年纪轻，能力强。她在竞聘中成绩突出，有目共睹。新老总当即拍板，提拔了这个女孩。

吕贝贝烫了头发，把发梢卷起一些，往外翻，很职业化，整个人显得成熟了。口红的颜色以前没见过，大概是新买的。她看见谢宁进来，本来是想站起来的，屁股已离了椅子，稍一犹豫，依旧坐着，只是点了点头——她整了整裙子，借以掩饰刚才的变化。"谢姐。"她道。

谢宁叫她贝贝，随即苦笑了一下，说："不对，该叫吕科长了。"

吕贝贝道："谢姐，别这样，还是叫我贝贝吧。"

谢宁从吕贝贝脸上看到志得意满的微笑。她应该是想忍住的,却还是忍不住,流露出来——她好年轻啊,二十三岁,比谢宁当科长还早了几年。

吕贝贝说:"谢姐,待会我请你吃饭。"她抬高了嗓门,又笑道:"也请科室的所有同事吃饭,吃海鲜。"大家欢呼一声,低下头做自己的事。非常时期,又是新官上任三把火,没有人敢怠慢。下午两三点钟,大家精神抖擞地工作,没一个打瞌睡的。谢宁看他们,回忆当初这些人四仰八叉趴在桌上睡觉的情形——她忽然有种预感,吕贝贝会是个很厉害的领导。

当然了,吕贝贝原本就比她能干得多。

谢宁低下头看报表。吧嗒,一滴眼泪落到纸上。

谢宁从 ATM 机里取工资,屏幕上打出的数字让她呆了呆。虽然早就知道,可还是有些难过——怪不得那么多人想当官,只不过是个科级,便能多出一大笔。谢宁从来不把钱放在眼里,现在她知道了,不是她不在乎钱,而是她向来不缺钱。平常的薪资,加上年底的红包,明的暗的,够她经常到恒隆广场去买上一件名牌衣服。

她觉得自己好天真。许多东西早该知道的,她却要像个小孩那样,从头学起——三十岁了,什么都没有。

朝四周看去,景物依然,却像是镀上一层陌生的颜色,硬生生地,把她挡在老远,毫不留情。今后的日子会怎样?她问自己。心底空落落的。

皮夹里掉出一张名片。拿起来一看,是吴根水的。

皱巴巴的,像咸菜——那次,她把名片捏成一团,原本是想扔进垃圾箱的。后来不知怎的,又放进了皮夹。

她将名片拿在手里,看了一会,捏得很牢,连汗都捏出来了。她掏出手机,拨了上面的号码。通了。那头刚拿起电话,便道:"是谢宁吗?"语气非常激动。谢宁明知故问:"你怎么知道是我?"吴根水道:"你的电话号码,我背得比谁都熟。"他问她:"有事吗?"谢宁说:"没事,打个电话问候你一声。"停了停,吴根水道:"你声音好像不对。"谢宁不说话。吴根水很焦急,追问道:"你怎么了?"

谢宁还是不说话。忽然间,她哭了出来,吓了吴根水一跳。连谢宁自己都有些奇怪,演戏似的,居然说哭就哭。眼泪像开了闸的洪水,到后来已是泣不成声。吴根水急急地说:"你在哪里?我要跟你见面。"

一刻钟后,吴根水赶到。谢宁坐在商场门口的花圃边。她这阵子明显消瘦了,下巴那里尖了。她没化妆,眼圈发青,嘴唇白得像死人。吴根水一看到她,便叫了出来:"天哪,发生了什么事?"

谢宁没说冯佑,只告诉他公司的事。吴根水听了,皱眉道:"贝贝怎么没跟我说?"谢宁说:"她刚上任,大概是太忙了。"吴根水道:"你脸色不好,要不要去看看医生?"谢宁说不用。她道:"不好意思,让你担心了。"

吴根水摇摇头,关切地看着她。

"你越来越瘦了。"他道,"人一瘦就显得没油水,很憔悴。"

他问:"有什么地方需要我帮忙吗?你现在这个样子,我很不放心。"谢宁说:"我没事,回去睡一觉就好了。"

坐了一会,谢宁道:"我想喝水。"吴根水连忙买来饮料。谢宁接过,喝了一口,问他:"最近忙吗?"吴根水道:"还行。"谢宁又问:"你和贝贝挺好吧?"吴根水道:"挺好的。"谢宁道:"我说过,贝贝是个好女孩。"吴根水道:"嗯。"停了停,忽道,"不过没有你好。"谢宁听了,看他一眼。吴根水有些尴尬,低下头。两人沉默着。

忽然,谢宁道:"别动。"吴根水一愣:"怎么?"谢宁凑近了,在他头上拔下一根白头发,递到他面前,道:"你看,白头发。"吴根水说:"我一直有白头发的。"谢宁说:"才不是呢,我记得你以前头发像芝麻一样又黑又亮,一定是最近不注意营养。"吴根水咧嘴笑了笑。她在他头上摸索着,又发现一根白头发,问他:"还拔吗?"吴根水爽快地说:"拔。"她用一只手按住发根,另一只手轻轻一拉,又拔下一根。她凑近了,问他:"疼吗?"吴根水说,"一点也不疼,你看看还有没有?"谢宁把拔下的头发衔在嘴里,一会工夫,拔下十来根。

"人家说,白头发会越拔越多的。"她道。

"没关系,"吴根水道,"多就多吧。"

谢宁把白头发一根一根向他展示——她的手柔若无骨,优美地伸展着。吴根水的目光随着她的手在动——她的手像兰花。

吴根水请谢宁吃晚饭。他提议喝点酒。谢宁说:"我不会喝酒的。"吴根水道:"喝一点红酒没关系。"谢宁没有再坚持。结果两人都喝了不少酒。走出餐厅,脚下一个劲地打飘。吴根水送她回去,在车上,他道:"现在还早,去看看我的别墅怎么样?"谢宁打了个酒嗝,道:"好啊。"

吴根水的别墅在郊区,车足足开了一个小时才到。谢宁摇摇晃晃地走进去,在客厅里那个壁炉面前停下,看了一会。吴根水扶着她。谢宁的手指几乎点着他的鼻子了。她说:"我现在才意识到你是一个有钱人。"吴根水笑笑。

谢宁到吴根水的卧室参观。她坐到那只宽大的水床上,颠了两颠。吴根水坐在她旁边。他把手伸到她背后,拉裙子的拉链。谢宁不让他拉。吴根水抓住她的手。谢宁挣扎了两下,不动了。

裙子脱下来,扔在地上。

谢宁仰天躺着。天花板上有一盏很大的吊灯,造型很奇特,像古时候的酒杯。它似是微微晃着。不知怎的,谢宁想起了冯佑家那只吊扇——她眨也不眨地看着它。

"我真是喝醉了呢。"她喃喃道。

"我也是。"吴根水说,"你的眼睛真像我妈。"

起风了。窗开着,窗帘吹得微微扬起。吴根水左胸有一颗又圆又大的红痣。他身上都是肌肉,比穿着衣服的样子要好。"我以前是做体力活的,练出来的。"他道。谢宁的头发垂下来,长长的,绕到他的脖子里,很痒。他伸手将她头发向后拂去。他的手很大很暖。

"我喜欢你。"他道,"你会喜欢我吗?"

谢宁眯着眼,看他的脸——不太清楚。他是谁?她想了一会。渐渐地,有些清晰了,是冯佑。他似笑非笑地看着她,眼里闪着光。

谢宁说:"我喜欢你。"

他紧紧地抱住她,抱得她喘不过气来,几乎要窒息了。他热烈的吻,雨点般地落在她身上。谢宁忽地打个战。

"你是处女吗?"他口齿不清地问她。

谢宁愣了愣。天花板上那盏吊灯射出柔和的光线。她看清了——吴根水头顶的几根白发。她倒吸一口气,声音像是从某个很遥远的地方传来,幽幽的,又或许是房间太大,竟带着回音。

"是的。"她说。

他听清了她的话,大脑却还来不及反应。几秒钟后,他点点头。

"我喜欢规规矩矩的女人。"他说,"你很好。"

吕贝贝

吕贝贝给苏北老家寄去一笔钱，随后又写了一封信。信中她说："哥哥的工作我会想办法，不用担心。爸妈要注意身体，别再老是买落市的便宜菜，吃得好些。现在，我完全有能力让你们享福，和上海人一样。"

吕贝贝写信时脸上带着微笑，充满着自豪。

早在老总倒台之前，副总就找她谈过话。三言两语，她便明白了他的意思。副总说："小吕啊，现在公司缺的就是你这样有能力、工作又积极的年轻人啊。"吕贝贝说："副总您过奖了，我做得还很不够。"副总说："江山代有才人出啊，只有不断推陈出新，新老交替，公司才会进步，这也是社会发展的总趋势嘛。"

吕贝贝心里清楚，老总已经没戏了，跟着他的那些人迟早都要完蛋，包括谢宁。副总让她把财务科的账看一下——她知道看是什么意思。长期以来，财务科是一盘散沙，没人理也没人查。吕贝贝当然晓得问题出在哪里。这是一个传统的国有企业，制度上存在着太多的弊端。财务科是张薄纸，一戳一个洞。吕贝贝想到和谢宁的关系，有些犹豫，但很快就下了决心。这些年，她紧跟谢宁亦步亦趋，却没得到任何实质性的报酬。谢宁是科长，只要她一句话，评职称的事是小菜一碟。吕贝贝不好意思开口求她，以为她心中有数的。可实际上她云里雾里，甚至到后来连一句安慰的话也没有，好像无所谓似的。吕贝贝有时候想想也挺伤心，不是伤心谢宁这样，而是想不通，大家都是女人，偏偏她能活得那样潇洒，自己却什么都要斤斤计较。

因此，早在上级进驻公司之前，副总就掌握了老总在经济上的许多问题。

那天，冯佑到办公室接谢宁下班。她惊呆了——她觉得这两个人在捉弄她。不过吕贝贝没有发作——她想的是副总交代的任务，那才是大事。吕贝贝在心里对自己说了一千遍一万遍：机会就在眼前，要抓牢抓紧。那阵子，她小心翼翼，对谁也不漏口风，包括吴根水。谢宁撤职时，吕贝贝已是副科长了。但她没料到，会这么快升作正科长。她本以为会安排一个资历深的人坐这个位子的。对于新老总的知遇之恩，她很感激，也很意外。庆祝新领导上任的酒宴上，吕贝贝以一个乖巧可人的女孩形象出现，相比谢宁，她更像是一朵带着晨露的鲜花。她酒量很好，也会插科打诨，把奉承话说得像真心话，那杯酒便成了迷魂汤，哄得领导们眉开眼笑。他们说："这么可爱的小姑娘，怎么以前一直没留意到呢？"还有人说："财务科前后两个科长都是女的，不过新科长做人更道地些。"吕贝贝拿定主意，不能重蹈谢宁的覆辙。脸上不妨傻些，心里却要清清楚楚。她到任第一天，便要求科员把所有账目都整理一遍。吕贝贝不会像谢宁那样，落下把柄让人家来抓。老总的话要听，老总交代的事要照办，但要给自己留一条退路。

吕贝贝仿佛看见前面的路，又宽敞，又明亮——是朝着太阳的。她不再帮人翻译资料了，也不去襄阳路淘便宜衣服了，有时睡得晚了，也不买菜，打个电话给附近的必胜宅急送，让他们送个比萨上来。她以前不买比萨，因为价钱贵，味道又怪。她宁可自己煮一碗面条，再加个荷包蛋。现在，她懒洋洋地躺在床上，抓起比萨往嘴里送。她吃得很慢，细细地咀嚼——味道还不错。

她越来越舍得花钱了。买两千元一套的化妆品给自己，一千元一双的皮鞋给父亲，五千元一个的按摩椅给母亲。很多人羡慕她有个有钱的男友，可吕贝贝觉得，花自己的钱更舒服。她后悔那天——就是吴根水送她钻石手链的那天晚上，稀里糊涂陪他过了夜，好像她是为了他的钱，才跟他上床似的。吕贝贝想澄清这个误会，又不知怎么说。幸亏吴根水没有在意。她想，反正我对得起自己的良心。现在好了，她用事实向他证明：她和那些肤浅的女孩不同，她是有实力的。没有他，她照样可以改变自己的生活。

吕贝贝对吴根水说："最近外面不干净，我们不出去吃了。"她让他在沙发上坐坐看报纸，一个人在厨房忙碌，用不了多久，香喷喷的菜便端上桌，清蒸鳕鱼、香酥鸭、蟹粉豆腐。浸着几颗生蒜头，她硬逼着他吃下去，说杀菌的。另有一锅鸡汤，能增强免疫力。吴根水吃饱了，便往沙发上一躺。她凑近了，伏在他怀里，陪他看电视，眼前忽然呈现出嫁给这个男人，身披婚纱的情景。吕贝贝觉得，如果真有这么一天，倒也不错。

冯佑走的那天，吕贝贝本来想送他，后来又没去，只站在窗前看他——她不想多生枝节。目前为止，她是幸运的，所以更要珍惜。要稳，要心如止水。

一切都在往好的方向发展。

吕贝贝没料到，任秘书竟会约她吃饭。这个女人，吕贝贝老早就看出她跟吴根水关系不一般。她见了谁都笑眯眯的，又精明，吴根水离不开她。吕贝贝嘴上亲热地叫她阿姐，心里打定主意，等她跟吴根水结婚了以后，无论如何要把这个女人开掉。

她故意晚到一刻钟，说是路上塞车。任秘书说："没关系。"

侍者送上菜单，吕贝贝让她点，说："这顿我请。"任秘书说："不用客气。老板叮嘱我把发票拿回去，公司报销。"说着，她从包里掏出一份文件，递过来。吕贝贝打开一看，墨绿色的封面上写着"房屋产权证"。

"房子在浦东，两室一厅，价值八十万。老板让我交给你的。"任秘书道。

吕贝贝一愣，有种不好的预感。她问："什么意思？"

任秘书耸了耸肩。

吕贝贝的心怦怦地跳。她道："我不明白。"

任秘书把产权证往她面前一推，道："请收下。"

吕贝贝还是说："我不明白。"

"老板不好意思亲自跟你说，这是一点补偿。你还不明白？"

吕贝贝一颗心沉了下去。

"开玩笑！"短暂的沉默后，她叫了出来，"他人呢，干吗不自己过来？开什么玩笑，以为是小孩子过家家吗？真是的，玩笑开过头就没意思了。"她又大声说了一遍："让他过来！"

任秘书很平静地说："说实话，我也很尴尬，如果不是老板的吩咐，我是不会来的。吕小姐，我好心劝你一句，男人不喜欢你了，说什么也没有用。"

吕贝贝停下来，愣愣地看着她。

任秘书说："我对你表示同情，希望这件事不至于对你的打击太大。"

吕贝贝还是不说话，像做梦。她想到吴根水那张黑黑胖胖的脸，小眼睛，塌鼻子，大嘴巴。她忽然感到很滑稽——真是的，到底怎么回事？

她去公司找过吴根水几次，吴根水都不在。她又去看了那套房子。在浦东世纪公园旁边，房型、装修、小区管理都不错。周围环境也过得去，交通也方便。她站在宽敞的客厅里，环顾四周，想，再过一阵子，这房子应该还会升值。现在，她的身价至少值八十万。

父亲写信问她什么时候带毛脚女婿回家看看。她怔怔地呆了一会，随即写了回信，说她把他甩了，因为没感情。她在信里说："现在想想，其实我一直都没有爱过他，真是浪费时间，他硬是要送我一套房子，我想推掉。"很快地，父亲在回信中劝她："房子既然是他送的，好歹也是一片心意，收下就收下吧，做人不要太绝。"吕贝贝其实没想过要把房子还给吴根水，只是不想让家人看轻，才这么说。她还担心父亲会强迫她还掉房子——看来，担心是多余的。

父亲还说："你哥哥女朋友的爸妈终于同意了。他们听说你找了个有钱的男朋友，都很高兴。你回来可千万别说你们吹了，啊？"

吕贝贝邀任秘书喝茶，问她吴根水去哪里了。她带着恳求的口吻，连自己都觉得奇怪，为什么要这么低三下四呢？任秘书告诉她，老板出差去了。吕贝贝问大概几时回来，任秘书说她也不清楚。吕贝贝有些怅然。任秘书看看她，忽道："说句不该说的话，其实吕小姐你不觉得吗？你并不适合我们老板。"吕贝贝问："怎么说？"

任秘书道："我们老板喜欢的女人，是那种让人一看就觉得很平静的女人，不要很漂亮，也不要很能干，长相淡淡的，说话也慢腾腾的，有一双像她妈妈那样的眼睛。就像——"她说到这里，停了一下："谢宁。"

吕贝贝睁大了眼睛。

任秘书道："其实，我也喜欢他。"她笑了笑，眉毛朝上一扬。

"因为我们都是失意人，我才说这句话的，不至于太丢面子。"她道。

吕贝贝有些惊讶，不知说什么好，跟着笑了笑。

"你知道吗？"任秘书道，"我们老板喜欢处女。我不知道你是不是，反正我肯定不是。"她大概觉得这很好笑，放下茶杯，拿纸巾抿着嘴笑。

她道："人家说，只有没自信的男人，才喜欢找处女。"

"你是喜欢他的钱吗？"她问吕贝贝。吕贝贝想了想，说："我也不知道。"

"你真可爱，小妹妹。"任秘书笑道。

不久，公司里许多人都收到了谢宁的喜帖，吕贝贝却没有。谢宁像是故意躲着她，见了面也不说话，只是笑笑。吕贝贝坐在位子上，对自己说：吕贝贝，没什么了不起的，上去跟她打招呼，要一张喜帖，腿却像灌了铅那样重。她头也不抬地工作。一会，有人在笑："新郎官的名字真够土的。"

"吴根水……"不知是谁，念了出来。

冯佑

冯佑又开始抽烟了。当初他花了半年戒烟，吃了几十斤话梅、几打口香糖。现在，只短短几天，便又吞云吐雾了。他坐在小板凳上，佝偻着身子，一根接一根地抽。烟雾把他的脸遮得严严实实。

冯佑以前做过装潢生意，后来搁下了。现在重操旧业，招来几个民工，托朋友在附近揽些生意。他要价比正规公司低，却总在最后关头要些手段，让人家不得不多付个三五千。他穿一条紧身背心，露出一块块肌肉，鼓鼓的，横的竖的，剪个平头，叼支烟，腰里插把尺许长的刀。往往是快要完工了，告诉人家，预算超了，要加钱。别人看他这副模样，不敢硬碰硬，只好乖乖地付钱。

冯干巴劝儿子，做生意还是正正当当的好。冯佑朝老爸冷笑："我哪里不正当了，你看见我打人还是杀人了？"冯干巴无话可说，又问他这阵子怎么谢宁不来了。冯佑淡淡地丢下一句："死了。"冯干巴吓了一跳，道："胡说八道！"冯佑说："是啊，我是胡说八道，她没死，是我死了。"冯干巴斥道："不许触自己霉头！"冯佑笑笑，说："其实死了也蛮好，活着没意思。"冯干巴听了有些难受，不知说什么好，只好摸摸儿子的头发——其实也不是摸，只是轻轻一抚，怕他发火，很快又把手放下了。

冯佑的肌肉和刀也不是百试百灵的。很快，遇上一个难缠的，这人姓王，四十出头，只是个坐办公室的小文员，却有着不屈不挠的精神，硬是到法院把冯佑给告了。起初因为没有正式合同，法院不受理，王先生铁了心要告倒冯佑，一级一级上去，又找到原先几个雇主，联合起来做证，总算是成功了。法院判冯佑退还多收的款项，冯佑当然不肯，耍起了赖皮，不露面，连睡觉也不回家。其他人倒也不在意，唯独王先生单位效益不好，上班也是闲坐，索性请了长假，到冯家住了下来，一日三餐拿烟纸店里的茶叶蛋充饥。冯干巴拿他没办法。王先生每天搬张凳子坐在门口，旁边一沓报纸，一瓶矿泉水。两人一个窗内，一个窗外，大眼瞪小眼。一个说："让你儿子回来吧，他不回来我就不走了。"一个说："我也想儿子啊，可他去了哪里，我也不知道。"一个说："我这人没别的优点，就是有耐性，高兴起来住上个半年你可别嫌我。"一个说："你住吧住吧，反正我儿子那张床也空着，你爱住多久就住多久。"

几周后，冯佑摸透了王先生的规律，这人每周六晚上都要回去看老婆儿子，星期天下午再过来。冯佑便趁这个机会，回家一趟，拿点换洗衣服和必需品。

星期六吃过晚饭，冯佑先打个电话回家问，知道人走了，骑着摩托车急急地回来。刚进小区，就被一个人拦住了，抓住车把。冯佑一惊，定睛一看，原来是吕贝贝。冯佑拍拍胸口，叫起来："大姐你帮帮忙，人吓人，要吓死的。"吕贝贝白他一眼："谁吓你了？没做亏心事你怕什么？"

冯佑一笑，问她："你怎么来了？"吕贝贝道："来看看你。"冯佑道："我有什么好看的？还是老样子。走，到我家坐会。"吕贝贝道："不了。"她从皮夹里拿出一张存折，递给他："喏。"冯佑道："干什么？"吕贝贝塞到他手上："三万元，算是我借给你的。你拿去还给那个阴魂不散的男人。"冯佑摸摸鼻子，道："这么多钱，我怕我还不了。"吕贝贝爽快地道："不还也没关系，就当我送给你的。"

冯佑笑了笑，把钱还给她："我不要。"吕贝贝急了，道："为什么不要？收下来吧，就当为了我。"冯佑摇摇头："你别这样。"吕贝贝道："我不想看到你整天躲来躲去像只过街老鼠一样，老老实实找个工作，太太平平过日子不好吗？"

冯佑把摩托车停好，坐在后座上，拿出一支烟，叼在嘴里。

他笑道："没什么，我本来就是这样的人。那种老老实实的工作不适合我，我这种人，天生就要做点偷偷摸摸见不得光的事，让人追来追去才舒服。你别以为我这样很累，其实我心里快乐得不得了。我是贱骨头，你明白吗？"

吕贝贝看着他："你这样说话，是存心想让我难受，对不对？"

冯佑点上烟，吸了一口。他道："你不用难受。我也不晓得该怎么说，反正我现在说的每一句话都是心里话，真的，我为什么要让你难受？我知道你是为我好——怎么说呢？你赚钱也不容易。"

他吐了一个老大的烟圈。

过了一会，吕贝贝问他："还跟她有联系吗？"冯佑说："没有。"吕贝贝道："其实再想想，你和她也不合适，晚断不如早断。我这样说，你不要生气。"冯佑笑道："你不说我也知道。我早想通了，这种事情不能强求，也不能痴心妄想。芝麻配绿豆，王八配蛤蟆，老天都帮你配好了。前几天我找了个瞎子算命,他说我的姻缘在往南十里处,我看了,那正好是个理发店,里面有几个洗头的小妹挺漂亮,我想我的老婆大概就是其中一个了。"

他笑起来:"小流氓跟洗头妹,是不是绝配?我现在老婆也有着落了,心里别提有多踏实。等躲过这一阵,我再把人重新召集起来,别的不敢说,一个月千八百,混口饭吃不成问题。"

吕贝贝说:"挺好的。"她怔怔地发了一会呆,告诉他:"我被台湾人甩了。"冯佑一愣。她又道:"他马上就要跟别人结婚了。"

冯佑摸摸鼻子。停了停,他问:"你喜欢他吗?"吕贝贝道:"有时候喜欢,有时候不喜欢。"冯佑笑笑:"这么神奇?"吕贝贝道:"是真的。刚见面的时候肯定是不喜欢的,接触久了,觉得好像也不错,现在又不喜欢了。"

冯佑又笑了笑。

吕贝贝道:"我这人就是这样。人家说爱情是盲目的,莫名地就会喜欢一个人。我不同,我会先考虑这段感情会不会成功,如果会,我才会去喜欢。就像那时候我觉得你是喜欢我的,所以我才喜欢你。吴根水一开始对我很好,我以为会跟他结婚的,所以慢慢就喜欢上他了。现在他不要我了,我也就没感觉了。我这个人很功利,你觉得呢?"

冯佑想了想,说:"不是功利,是比较实际。"

吕贝贝一笑:"他送给我一套八十万的房子。"她道:"本来想不要的,把房产证往他头上一扔,转身就走。后来想想,又何必争这口气呢?八十万,在苏北可以买好几套房子了,我哥哥结一次婚,也不过才花了十多万,够他结六七次婚了。我每个月工资不吃不喝,要攒到哪一年才有八十万啊?人哪,跟什么过不去,也不能跟钱过不去。"

吕贝贝说完笑了笑。冯佑闻到一股酒味,问她:"喝酒了?"她用手比画着:"不多,就这么一点点。"她脸色泛着红光,鼻尖那里亮亮的。冯佑说:"很晚了,我送你回家。"她皱起眉头:"不好,我是专程来找你聊天的,你怎么能赶我走?"冯佑没办法,道:"那就继续聊吧。"

吕贝贝反而不说话了,停下来,朝他看。冯佑说:"你别这么看我,我全身发毛。"吕贝贝嗔道:"稀奇死了,看看也不行吗?"冯佑只好道:"行,随便看。"

吕贝贝伸出一只手,在他脸上摸了一把。冯佑笑道:"怎么,吃我豆腐吗?"话音刚落,啊的一声,叫了出来——原来吕贝贝竟用指甲在他脸上重重掐了一下,血立刻流了下来。吕贝贝问他:"疼吗?"冯佑摇摇头:"不疼。"吕贝贝道:"不疼你为什么叫?"冯佑道:"舒服了我才叫的。"

吕贝贝一笑,取出纸巾按住伤口止血。她道:"会留疤的。"冯佑道:"男人脸上有疤很帅气。"吕贝贝道:"以后别的女孩子见了这条疤,问你,你怎么回答?"冯佑道:"我就说,是一个又漂亮又可爱的小姑娘抓的,她要让我永远记住她。"

吕贝贝看着他,忽然,把纸巾往他脸上一扔,道:"你这人真讨厌。"

她转身便走,已经走出几步了,又回来,抱住冯佑,飞快地在他脸上亲了一下。她把那个装钱的信封给他,说:"如果你不收,我就杀了你。"

吕贝贝走了。

冯佑在她离开的那一瞬间,又把信封放在了她的包里——他以前当过扒手。吕贝贝没发现。

冯佑早知道了谢宁和吴根水的事。吕贝贝没提,他也装着毫不知情。

那天,他在一家婚纱店门口看见谢宁和一个男人。有那么几秒钟,他脑子转不过来,有些不适应。很快地,他坐到摩托车上,戴上头盔。两人走进婚纱店。冯佑隔着大玻璃,看他们和店员在交谈。一会,谢宁站起来,走到里面去,大概是换衣服。再出来时,果然已穿上了一套婚纱。镜子正对着外面,谢宁站在那里,冯佑看见的是镜子里的她。婚纱很漂亮。她依然站得笔直,身材挺拔,只是脸略有些苍白。冯佑眼睛眨也不眨地看着她。男人四十多岁,又矮又胖像个熊猫,也和冯佑一样,看着她。他的手揽在谢宁腰间。他的笑带着得到幸福后的满足,相当动人。谢宁与他目光相接,便也微微一笑。两人出来时,店员恭敬地送到门口,冯佑听到她叫男人吴先生。

他应该是吴根水。

谢宁挽着吴根水。门前停着一辆红色宝马,冯佑是见过的。司机下车为他们开门,谢宁缓缓地坐进去,吴根水再进去。门关上,接着,车开动了。

好像是有些预感的,并不觉得十分吃惊。再一想,世上很多事其实早就安排好的,当事人还在浑浑噩噩,不知不觉,便已水到渠成了。

什么样的人,就有什么样的命,冯佑这样想。

已经快11点了,他这才想起要回家。这个破烂小区,连路灯也舍不得多装几个，很暗。

忽然，近处有人咳嗽了一声。冯佑一惊，前面居然站着一个人，黑乎乎的看不清模样。走上几步，再一看，竟然是那位王先生。他神情呆呆的，赤着膊，胸口绑着一圈爆竹似的东西，手里拿着火柴。

是雷管。王先生道："我在黑市买的，今天你要是不还钱，我们就同归于尽。"

冯佑先是吃了一惊，随即笑笑，满不在乎地说："我没钱，要点就点吧。"

王先生矮矮的个子，手短脚短，脸上的表情却惨烈无比："工作没了，老婆又生病，小孩要读高中，拿不到钱，大家一起死掉拉倒！"他抖抖地，点燃一根火柴。

冯佑从口袋里掏出一个打火机，不慌不忙地递给王先生，道："用这个吧，火柴容易灭。"果然，他才说完，那根火柴就熄灭了。冯佑朝他笑笑："我没说错吧？喏，拿着。"他把打火机塞在王先生手里。"你干什么？"王先生叫起来，退后一步，打火机掉在地上。冯佑捡起来，又交给他。

"钱我是没有的，要命有一条，你高兴就拿去。"冯佑道。

王先生嘴唇在发抖。"你不要逼我。"他道。

冯佑哧一笑。

"我敢担保，你这排雷管绝对是大兴货。"他道，"没人会把雷管卖给你，你这个傻子，被人家骗了还不知道。"王先生叫道："胡说！"冯佑道："不信你就点，如果点不燃，我们的钱一笔勾销，怎么样？"王先生大叫："放屁，放屁！"

"你点吧，能点燃我就是龟孙子。"

王先生拿打火机的手抖个不停。

"点吧。"冯佑微笑。

啪！王先生真的打亮了打火机。他全身都在发抖，慢慢地，把打火机移近。雷管的引线像毒蛇的芯子，长长的很吓人。

冯佑还在笑。

忽然，身后有人叫了一声，接着，一桶水浇在王先生的身上，像晴天里的一场雨，突如其来。王先生还没反应过来，身上已经湿透。打火机灭了，雷管湿了。冯佑朝后看——冯干巴拎着空桶，直直地站着，喘着气。

"多少钱?"他涩着嗓子,问王先生。

王先生还在发愣。他又大声说了一句:"这小赤佬欠你多少钱?"

"两万三。"王先生咽了口唾沫,说。

"我来付。"冯干巴道。

"你干什么?这事我会处理。"冯佑不耐烦地对父亲说。

"你怎么处理?"冯干巴问他,"你有钱吗?没钱你怎么处理,啊?"冯干巴第一次在儿子面前拔高了音量。

冯佑有些意外。他看着父亲。

冯干巴缓缓地说:"你有本事,胆子大,喜欢拿命跟人玩。我老了,吃不消了,心脏也不好,我只有你这么一个儿子,我玩不起。我不指望你将来给我养老送终,只要你平平安安,你能做到吗?"

冯佑摸摸鼻子,不说话了。

冯干巴见儿子软了,本想语气再狠些,趁热打铁,谁知话到嘴边,居然声音嘶哑了,再也说不出话来,两行浑浊的老泪从眼眶里滑出。冯干巴重重地捶了冯佑两拳。他抽抽搭搭地道:"儿子啊,至少,你别死在我前头,行吗?哪怕我今天死,你明天再死,我也瞑目了——儿子啊。"

不久,冯干巴便退休了,烟纸店交给冯佑管。冯佑坐在方凳上,旁边是装零钱的饼干盒。他干活很有一套,商品摆放得有条有理,什么时候该进什么货,进多少货,心里清清楚楚。更难得的是,他每隔几小时便消一次毒,还在窗外挂了一块小黑板,上面写着:预防非典,人人有责。居委会给他发了一面锦旗,鼓励他这种自发的抗非典行动。

冯干巴剥茶叶蛋吃。汁水滴滴答答,落在衣服上,他吃得很香甜。烟纸店的生意一天比一天好。他看着儿子乖乖的样子,非常欣慰。

吊扇在头顶转着,嘎吱嘎吱。

谢宁

谢宁试婚纱时,看着镜子里的自己,才意识到真的要结婚了。

那天,她想自己是眼花了,居然在镜子里看见冯佑。转过头去,哪有半个人影?吴根水就在旁边,握着她的手。他的手永远是那么暖,握着很舒服。婚纱是请法国设计师量身定制的。谢宁问吴根水:"很贵吧?"吴根水道:"再贵也没关系，只要你穿上漂亮就行……"确实很漂亮。谢宁在镜子前转了个圈。旁边几对新人都被吸引了，纷纷过来看。吴根水像个孩子那样问他们："怎么样，我老婆漂亮吧？"

婚礼定在一家五星级酒店，办了三十几桌。谢宁问吴根水："你在上海哪有这么多亲友？"吴根水笑道："管他呢，凡是认识的都叫来，热闹热闹。"

吴根水的姐姐姐夫从台湾赶来参加婚礼。每人都有一份见面礼。大姐另外给了谢宁一只玉镯，说是吴母生前留给儿媳妇的。谢宁戴上手镯，挺合适。三个姐姐拉着她问长问短，谢宁渐渐地便有些累，眼前竟浮起第一次到冯佑家去的情景，与现在不同，那次，她是花了些心思的，讨他家里人的喜欢。

吴根水的胖脸泛出红光，喜滋滋地把她介绍给每个亲友。他挽着她，轻轻柔柔地，好像她是一件珍宝，太用力就会弄坏。

"老婆。"他叫她。

她朝他笑了笑。

"叫我老公。"他道。

她道："老公。"

"嗯，真乖。"他在她脸上亲了一下。

婚礼上，谢宁看见了吕贝贝。她刚进来，谢宁便感到一丝寒意，好像有某种不好的事情要发生。吕贝贝没有停顿，径直向他们走来，她的神情很可怕。谢宁的心怦怦直跳，嘴巴发干。

吕贝贝一字一句地说："冯佑死了。"

昨天，他家的吊扇掉下来，正好砸在他脑门上。医院都没去，尸体直接送火葬场。

谢宁一动不动，似是呆了。

吴根水问什么事。吕贝贝说："公司里一个同事出意外死了。"吴根水看看谢宁，拍了拍她的肩膀。"多大年纪？"他问吕贝贝。"二十多岁。"她道。

"真是不幸。"吴根水叹了口气。

谢宁盯着吕贝贝的脸，希望她说这是场恶作剧，目的是报复她，让她在结婚喜宴上失态出丑。她甚至希望一会，冯佑就会从外面走进来，穿着西装礼服，冷笑着说："没有你，我照样活得好好的。"

她是那么渴望，他活得好好的。

她使劲地摇了一下脑袋。

奇怪，竟然一滴眼泪也没有。她只是呆了一会，便又继续敬酒，一桌一桌地敬，说着重复的话。她穿着绛红色的旗袍，勾勒出美好的身材，仪态万方。她听到有人说："新娘子气质很不错啊。"

她不用伴娘，来者不拒，喝了很多酒。宾客们惊叹："新娘子酒量好得很啊。"

谢宁到卫生间补了几次妆，化妆师是一流的，三下两下，走出来又是唇红齿白。化妆师说："你肤质不错，注意保养的话，到四十岁也差不到哪里去。"

"谢谢。"她道。

新房里，天花板上那盏吊灯，她看着看着，眼花了。

那次，冯佑说吊扇时间长了，该换一台了，别哪天掉下来。冯干巴说不用。她想，其实早该送他一台吊扇的，吊扇又不贵。还有什么比生命更宝贵呢？她真该送他一台的。新吊扇不会掉下来，他也不会死。

她很后悔。不为什么，反正就是后悔。

伤心像冬眠的虫子，一开始蛰伏着，没知觉，慢慢地苏醒了，一点一点袭上心头。扩散到全身，鼻子酸了，心酸了，五脏六腑都是酸的。

冯佑的头发长得很快，一个月要剃两次。他说剃一次头要五块钱，倒不如自己动手来得合算。于是有一次，谢宁帮他剃，她拿着剪刀，像狐狸吃大饼那样，这里短了剪那里，那里短了剪这里，结果越剪越短。他照镜子，大笑说，都快成光头了。她看着他的头发，也跟着大笑。

每次约会，她总是先给他几百块钱，让他埋单用。他不要，她硬塞在他口袋里。她靠在他肩膀上，柔柔地说："等你将来有钱了，我就不塞了。"说完她有些懊悔——伤了他的自尊心。通常他都不用她的钱，回家前又把钱还给她。她上楼，打开窗。他站在树下——这是他们约好的位置，视角最好，看得最清楚。她朝他招手。从上往下看，他笑得有些腼腆，像个大男孩。有时候，他们就这样互望，能看上半小时。她舍不得，他也舍不得。

一会，他弹起吉他来。他和她坐在了海边。海风将他们的头发吹得微微飘起。悠扬的琴声，和着风声，远处隐约有船的影子，夕阳浮在海面上，映红天边的云彩。她侧头看他——双眼皮，薄嘴唇。是刘鹏。

"我教你弹吉他。"他道，抓住她的手指拨动琴弦。她一缩，有些不好意

— 49 —

思——那时她才十几岁呢，扎个小马尾，脸颊红红的，喜欢看言情小说。

"阿姐。"她听到他在叫她。一转眼，又成了冯佑。

他捧着菊花松酥，笑眯眯地看她。他摸摸鼻子——这是他的习惯动作。

他好帅啊。他在台上唱歌，女孩子们叫着他的名字，疯了似的。她坐在前排，不动声色，偷偷地笑，幸福从嘴角、眉梢那里流露出来——他是喜欢她的。他是帅哥，那么多人喜欢他。他谁都不要，只喜欢她一个。

"阿姐，我喜欢你。"他拍胸脯保证，"阿姐的事，杀了我的头也帮你办到。"

他的眼睛很亮，像天上的月亮。她现在才想起来，那天好像是十五，月亮又圆又大。人家说，这是团圆的时候。她的钥匙掉在地上，他帮她拾起来，手指触到她的手指。她一缩，钥匙险些又掉在地上。

"我真的喜欢你。"他道。

谢宁终于哭了出来。吴根水惊愕地看着她。

她顾不得那么多了。

新婚之夜，她哭得比谁都伤心，眼泪落在衣服上、地板上、他的手上。

她想叫冯佑，在冲出喉口的一刹那间，忍住了。只是含含糊糊的两个字，吴根水听不清，也不好意思问她在叫什么。他一句话也不说，静静地看着她。她也看他——她忽然想起几个月前，吴根水打电话约她出来，其实那时她已经和冯佑交往了。可不知为什么，她居然接受了邀请。那时不觉得，现在想想，其实一切隐隐约约早就在那儿了。有样看不见的东西，能摆布人的心，把真心遮住了，却牵着另一颗看不见的心走。或许，那颗才是真心，只是自己不知道罢了。

过了好久，吴根水才道："别哭了，睡吧。"

吴根水

谢宁怀孕五个月时，从前读书的那所高中举行校庆。吴根水的意思是，还是别去的好。谢宁不听。吴根水拗不过她，只好陪她一起去。

谢宁和以前的老同学聊天。吴根水找不到话题，便在旁边看着妻子。谢宁这阵子胖了很多，脸色红润润的。吴根水喜欢富态一点的女人。他对谢宁说："你太瘦了，要胖一点才好。"怀孕前，谢宁吃得很清淡，最近大概是有了孩子，居然也爱吃油腻的东西了。吴根水亲自下厨，给她做蹄髈，红烧蹄髈。她吃得嘴上都是油。他笑眯眯地看她吃——去年这个时候，她还离他远远的，他只能在心里偷偷想她；现在，她的肚子里，竟已孕育着他们的孩子。吴根水觉得很踏实，很满足。

他听到有人在叫刘鹏。接着，谢宁浑身一震——只是很轻微的，旁人根本不会注意，但吴根水不同，始终都关注着她。

走过来一个身材魁梧的男人，穿黑色皮夹克，系领带，走路四肢摆动得很厉害。他朝几个同学打招呼。他的声音和身材一样粗壮，笑起来眼袋毕露。

谢宁几乎是直直地看着他。吴根水觉得奇怪，谢宁很少会这样失态。

男人跟别人大谈股票，言辞间，他透露自己赚了不少。他分析起最近的行情，滔滔不绝，声音很响亮。有人朝他看看，皱起眉头表示不满，他却丝毫没有意识到。他说："要赚就要趁现在，晚了世道就不对了。"他的口气很急吼吼，还有着巫师般的诡异。后来，渐渐就没人听他说了。他拿一张报纸，坐在角落里看，随手抓一把桌上的瓜子，嗑起来。

吴根水问谢宁："那人也是你同学吧？"谢宁说："是啊，不过不太熟。"
她的声音涩涩的。

又坐了一会，谢宁说想回家。吴根水道："这么早？"

谢宁显得有些乏力。她长长地呼出一口气，说："是啊，我累了，走吧。"

回家的路上，谢宁买了半斤点心——味道是桃酥，但样子又很怪，四只角卷起来，有点像菊花的形状。吴根水以前没吃过。他问妻子："这叫什么？"

谢宁告诉他："叫菊花松酥。"

发表于《钟山》2005年第1期
转载于《小说精选》2005年第3期
《中篇小说选刊》2005年第2期
《作品与争鸣》2005年第9期
《2005年小说月报中篇增刊1》

姹紫嫣红开遍

一

"原来姹紫嫣红开遍，似这般都付与断井颓垣，良辰美景奈何天……"

天还未亮，项忆君便被父亲的唱戏声弄醒。她爬起来，轻手轻脚地开了门。客厅里，父亲项海把四周门窗关得严严实实，拉上窗帘。穿一身褶子，舞着两只水袖，腰肢柔柔软软，身段袅袅婷婷。头一扭，嘴一撇，眼神再一挑，跷个兰花指，便活脱脱是杜丽娘了。

声调压得有些低，好几个音该往上的，都硬生生吃回了肚里。项忆君知道父亲是怕影响隔壁邻居。不够尽兴了，但也不要紧，客厅不是舞台，父亲不是为了博台下的喝彩，只是自娱罢了，为的是一刹那的迷醉，像鱼儿游回大海，鸟儿重归林间。那是说不出的、深入骨髓的惬意。那一刻，是另一个世界，只需微微闭上眼，周围便是良辰美景。

项忆君关上门，重新回到床上。她不想吵了父亲，便装睡。一会，父亲项海在外面敲门："忆君，该起床了。"

"哦！"项忆君应了一声，起身穿衣服，到卫生间刷牙洗脸。收拾停当出来，客厅桌上已摆了早饭——白粥，腌的嫩香椿，邵万生的蟹胠，还有刚烤好的吐司配煎蛋，另有一杯牛奶。项海吃东西一向讲究，即便是早饭也不马虎。他的祖父，项忆君的曾祖父早年是上海滩赫赫有名的琴师，不算大户人家，也是享过荣华的。项海受祖父的影响，从小研习京昆，嗓子好扮相也好，早年是京剧团的台柱子，专演梅派花旦。后来嗓子不行了，改唱昆曲，渐渐地便不唱了，赋闲在家。

项忆君一边吃饭，一边朝父亲看。项海胡子刮得干干净净，下巴上青灰一片。这还是演花旦时的规矩，胡子要刮彻底，胡楂也不能露个一星半点。他的刮胡刀是博朗原装进口，剃须水、须后水也都是高档货，早年养成的习惯，照镜子看到胡楂，便浑身不舒服，像生虱子般难受。每次刮完胡子，还要跷起兰花指轻抚一遍，再朝镜子里抛个眼风，定个格，才作罢。

项忆君看墙上的挂钟——7点了，上班时间有些紧。她依然细嚼慢咽。父亲说过，再急的事都要慢慢来，不能乱了身段，女孩子尤其如此。项忆君气定神闲地咽下最后一口吐司，站起来，拿上包，说声："爸，我上班去了。"

项海微微点头，举起一只手，优雅地挥了挥。

"去——吧。"也是京白的韵调。

项忆君在机场海关上班。

高中毕业时，项忆君原先想考戏曲学院，一是自己喜欢，二来也是想让父亲高兴。她长相跟父亲有些像，瓜子脸，五官不算出众，却清清爽爽。父亲说过，这种脸形饰花旦最好，平常看着普通，妆一上，眉眼便活了。临填志愿那几天，她常在父亲面前舞个水袖，或是哼上几段，还捣乱似的"台台依台台，台台依台台"唤个不停。她以为父亲肯定支持，谁晓得舅舅来了一趟，父亲就改了主意。

项忆君的母亲死得早，舅舅心疼外甥女，便常过来看她。舅舅是生意人，见的世面多，眼界也宽。舅舅对项忆君说："你这个爸爸呀，是外星人，你可千万别像他一样。"项忆君听了，笑笑。项海与这个大舅子也淡得很，每次见面都只是笑笑，极少说话，茶水点心一应待客之道却是毫不含糊。离开时必定是送到楼下，直到人远去了才进门。"舅爷，慢走。"这轻轻柔柔的一声，在项海是礼貌，对项忆君舅舅来说，却是折磨了。"你跟你爸爸说，让他千万别这么讲话，鸡皮疙瘩都掉一地了。"舅舅央求项忆君。项忆君听了，还是笑。

项忆君是最懂爸爸的。这份默契是与生俱来的，勉强不得，也做不了假。还未懂事起，她便听父亲唱戏，起初是咿咿呀呀觉得好玩，渐渐地，便融了进去。确实是好,到兴头上,整个人嗖地穿了出去,只一瞬间,便似穿越了几千几百年,到了不知名的所在。戏里的人,都活生生地在旁边呢。轻摆罗衫,眉眼含春,一蹙一颦,都美到了极致。项忆君也爱听流行歌曲,可跟京昆比起来,便完全是两码事了。一个像嘴里嚼的话梅,另一个却是泡得酽酽的茶,光闻那香气,便已醉了三分。一个是听了便忘,一个是直落到心里,曲罢了还兀自傻傻的。

项忆君小的时候,到杂货店买酱油,手拿瓶子,嘴里哼着"海岛冰轮初转腾,见玉兔,玉兔又转东升,那冰轮离海岛",脚下踩着碎步,眼神定定的,小嘴念念有词,痴了似的。路过的人便笑她是个傻丫头,长大了和她那傻爸爸一样。

项忆君唱戏时,项海便在一旁坐着,两指间夹支烟,随节拍在桌上轻轻敲着。项忆君的嗓子比父亲亮,身段也好。男人演女人,扮相总有些别扭。项海却说,早先的四大名旦,有哪个是女人?男人比女人更晓得女人的美。项海说,如今的角,再没有像当年那样出众的了,总是少了些什么,也是世道的缘故,能出电影电视明星,却出不了拔尖的名角。项忆君有天赋,没受过专业训练,单靠父亲的指点,小学时便得了全市京剧票友赛儿童组的冠军。上台领奖时,主持人问她长大了要做什么。她想也不想,便回答说名角,她夹着上海口音的普通话,单这名角二字却是标准的北京话,翘舌音,清清脆脆地说出来,惹得台下大人们都是一阵笑。

高考前一个月,项忆君把填好的志愿给父亲看。那天舅舅也在,一见志愿表便跳起来:"帮帮忙,唱戏会有什么出息,有几个唱戏唱出名堂的?你爸爸唱戏,你也唱戏,你看看你爸爸,就晓得唱戏好不好了!"舅舅确实是为项忆君好,以至于到后来都有些失言了。项海没作声,端起桌上的茶,掀开盖,轻轻撇去茶沫,吹了吹。不喝,又放下了。

"整天在天上飞啊飞,到了紧要关头还是要落下来,脚踏实地,看看外面的世界,都变成什么样了,你还以为是戏里的世界呢!"临走时,舅舅丢下一句。

那天晚上,项海没有睡觉。房间的灯始终亮着。关着门,烟味却还是源源不断地飘出来。项忆君也是一直睡不着。躺在床上,不知怎的,眼前老是出现这么一幅情景——父亲站在门里,一只脚想要往外伸,却总是跨不出去。

门外吵得很，门里却是安安静静。他双手掩耳，兰花指跷得漂漂亮亮。

第二天，父亲让项忆君把志愿改了——改成工商管理专业。那日，项忆君第一次看到父亲竟忘了刮胡子，胡楂密密麻麻，一直延伸到两颊。父亲长长地叹了口气："唉——"音调在空气里转了几个弯，忽地一下止住，几乎都听出喉头的那口浓痰了。父亲摇摇头，转身进屋了。

项忆君穿上海关制服，在父亲前一站，项海朝她的肩章看了又看，半晌，才道："女孩子穿这身衣服，有些武气。"

项忆君说："是刀马旦的路子。"

项海笑了笑，不吭声了。

日子一天天地过。项忆君还是爱唱戏，每天总要抽半个小时，让父亲指点。这半个小时，与另外二十三个半小时，像是隔着几个世纪。项忆君知道，这半个小时，她其实是梳着髻化着油妆呢，水袖舞得花团锦簇，周围是小桥流水亭台楼阁。一会待月西厢，一会又是此恨绵绵无绝期了。这半个小时，比那二十三个半小时都要精彩，是点睛的一笔。

舅舅给项忆君介绍过两个男朋友。第一个在银行里当科长，三十岁不到，身材魁梧，说话像放鞭炮。见面不过三次，就要亲项忆君的嘴，手还直往胸口探。项忆君是吓坏了。依着戏台上的进度，这会还只到你瞧我我瞧你眉目传情的份呢，连手都碰不得，怎么就能这样呢？忙不迭地断了。

第二个在会计事务所上班，父母都在国外，家里条件不错。项忆君和他谈了半年，感觉还行，他父母专门从国外飞回来看准儿媳。见面那天，小伙子的母亲随口问了声："平常有什么爱好？"项忆君答道："唱戏。"两个老人倒有些意外了，说："那就来一段好不好？"项忆君便演了一段《贵妃醉酒》。为了逼真，拿出一条床单披在身上当戏服。因有讨好的意思，演得比平常更卖力三分。

"——杨玉环今宵如梦里，想当初你进宫之时，万岁是何等待你，是何等爱你，到如今一旦无情明夸暗弃，难道说从今后两分离？"唱到最后，不知不觉竟落下泪来，眉眼间说不尽的缱绻情意。两个老人看得呆了，半晌，才鼓起掌来。项忆君以为给他们留了好印象，谁晓得过了两天，小伙子跑来说："我爸妈讲你身上有股妖气，不像好好的女孩子。"项忆君是第一次被人这样说，委屈得回家就哭倒在床上。

项海听说后，也不安慰，只淡淡地说了句："管他们做甚？他们未必懂你，只要你自己懂自己就行了。你是什么人，他们又是什么人！"

项忆君愣愣地听着父亲的话，只觉得这里头有无穷的意思，却又说不出来，胸腔里被什么充得满满的，一阵阵地往上漾。鼻子竟又酸了，却与刚才的委屈不同，是另一番情怀，自己也说不清的。

二

年底，项忆君去参加一个同学聚会，吃烤肉。毕业后大家各奔东西，许久没见面，一见之下，竟似比在校时还要亲热几分。项忆君平常是不喝酒的，这天兴致一高，喝了两杯红酒，顿时有些醉意，话也多了起来。

席间，有个穿皮夹克的年轻男人，叫毛安，并不是班上的同学，也不晓得他怎么混进来的，好像是某位同学的朋友。他不喝酒，也不吃肉，尽顾着推销保险，名片一张张地发，雪片似的。项忆君也拿到一张，看了上面的名字，忍不住笑道："毛安？你爸妈怎么会给你取这样的名字？"

毛安怔了怔，反问她："这名字怎么了，很怪吗？"

项忆君打着酒嗝，告诉他："是有点怪，毛安，毛安，听着像是毛府里家人的名字。以前的大户人家，都喜欢给家人取名字叫什么安的。主人姓张，家人就叫张安，姓王，就叫王安。你晓不晓得，唐伯虎为了追秋香，到华府里当家人，就改了名字叫华安。"

毛安听了，朝她看了一眼。项忆君脸颊泛着红光，越说越来劲："我可没有骗你，不信你去翻书……"说完，咯咯地笑。

毛安也笑了。问她："你叫什么名字？"项忆君告诉他："项、忆、君。"毛安说："名字真好听，像琼瑶片里的女主角——你要不要买保险？你这么年轻，又是小姑娘，我推荐你买一种我们公司新推出的女性特别险，保管你合算。"

项忆君摇了摇头。

"我不买保险。你晓得我为什么不买保险？我一个好朋友的哥哥就是保险公司的，薪水高，福利又好，年终奖有十万八万，每年都能去欧洲玩一圈。保险公司这么有钱，还不都是从投保的那些人身上赚的？你让我们买保险，就是想圈我们的钱。所以啊，我才不买保险呢。"她一本正经地道。

毛安一愣，还没说话，便听旁边一个同学道："项忆君，给大家唱段戏吧，好久没听你唱戏，都想死了！"

项忆君嘿嘿一笑，站起来，走到中间，款款低下身子，朝大家做了个万福。清一清嗓子，便唱了段《苏三起解》。因是脍炙人口的段子，她唱得轻松，大家听得也开心。唱毕，几个同学都嚷着："再来一段！"项忆君说："好啊。"又唱了段《我家的表叔数不清》，也是家喻户晓的段子。

项忆君唱完，回到座位坐下。那个毛安凑过来，问她："你京戏怎么唱得这样好——以前练过？"项忆君还未开口，旁边的同学已替她回答了："忆君的爸爸是京剧团的。"

毛安一听，忙道："京剧团的——那你认不认识一个叫余霏霏的女孩？"

项忆君想了想，说："不认识。我爸爸大概认识，我回去问问他。"毛安哦了一声，说："那就算了，我也是随便问问。"

当天，项忆君回到家，便上床睡觉了。第二天直睡到近中午才醒来，头疼得厉害，想到昨天的事，隐约觉得自己有些失态，酒喝多了。她记起那个叫毛安的青年，自己在他面前似是絮絮叨叨个没完，有些话好像还挺过分。项忆君这么想着，便有些懊恼。父亲最不喜欢女孩子在外面喝酒，她起床洗了澡，仔仔细细刷了一遍牙，怕留下酒味，不放心，又刷了一遍。走出来，见父亲在沙发上看报纸。

项忆君叫了声"爸"，便坐下吃饭。吃了两口，忽然想起来，问道："爸，你晓不晓得京剧团有个叫余霏霏的女孩？"

项海摇头说："不晓得。新进来的年轻人，我大半都不认识。"

吃完饭，项忆君陪父亲去买菜。打开门，刚好罗曼娟也从隔壁走了出来，穿一条米色的羊毛裙，扎个马尾。项忆君叫了声"罗阿姨"。

罗曼娟的丈夫原先是京剧团的丑角，两年前得肝癌去世了，留下一个读初中的儿子。罗曼娟四十来岁，长得蛮秀气，只是眉宇间常年带着一丝忧伤。她见了项海，也不多话，微微点头，唤了声"项老师"，便下楼了。

到了底楼，罗曼娟打开防盗门，正要关上，见项海父女也跟了下来，便扶着门等他们。项海赶上一步，说声"谢谢"，闻到她身上淡淡的香气，心里一动，不禁朝她看去。恰恰她也在看他，目光一接，忙不迭地分开。

"再会。"罗曼娟轻声道。

"再会。"项海也道。想再说些什么，又觉得说什么都不好，反而累赘，便看着她的背影渐渐远去。阳光斜斜地落在她身上，瞬时添了一抹金色，柔柔地向外晕开，整个人似是浸在雾里，影影绰绰的。

项海在家通常不看电视，即便看，也只看两个频道——戏曲频道和文艺频道。戏曲频道是老本行，白天一般是整场戏，傍晚放几段精彩的折子戏，到了8点以后，竟然是电视购物，锅碗瓢盆一大堆。再看文艺频道，大多是滑稽戏，讲上海方言，说些无趣的干巴巴的笑话。要么便是杂技、电视剧什么的，闹闹哄哄，没多大意思。项海越看越失望，心想，不是文艺吗？怎么净是这些玩意？

文艺频道每晚都有档滑稽戏情景剧《老爷叔外传》，讲一个小区里的故事，家长里短。演员都是滑稽剧团的，当中夹杂着一个京剧演员，隔三岔五唱上那么一段两段，倒也蛮热闹。项海认得这个人是白文礼——当年拜的同一个师父，算起来是自己的师弟，现在是京剧团的副团长。项海听他唱得并不出色，比起从前反倒是退步了。这些年，他演小品，演滑稽戏，反串。在老本行上没什么建树，名头反倒比那些获梅花奖的演员还要响亮得多，几乎是老少皆知的。

楼上传来一阵乒乒乓乓的吵闹声。五楼那户人家，夫妻俩都在团里工作，本本分分的人，偏偏生了个不争气的儿子，年纪轻轻便迷上了赌博，自己的钱输掉不算，还成天拿父母的钱去赌，弄得家里鸡犬不宁的。

砰！似是玻璃碎在地上的声音，隐约还有吵架声。过了好一会，才渐渐平息下来，安静了。

项海摇了摇头，打开电脑，上网聊天。这还是项忆君教他的。在家闲着没事，时间都凝结成块了。上网聊天，时间便液化了，一下子就流了过去。

项海有个固定的网友——柳梦梅。半年前，项海第一次上网聊天，给自己取了个网名——杜丽娘，也是图个新鲜好玩。一会，柳梦梅便出现了。

"你是女的吗？"柳梦梅问。

项海打下这么一行字："在梦里，我就是杜丽娘，你何必管我是男是女？你叫柳梦梅，你是男的吗？"

柳梦梅说:"我同你一样,也在梦里呢。你又何必管我是男是女?"

这么一来一去,两人便成网友了。项海打字很慢,一行字要打半天。柳梦梅从不催他,是个耐心的聆听者。项海说出的话,一点也不像网上聊天,倒跟散文似的,抒情得很:"昨天,一片叶子飘到我家阳台上,我捡起来,看到都有些微红了,我便晓得,秋天到了。一叶知秋,应该就是这个意思吧。"

柳梦梅接着道:"秋风也起了。你闻过风的味道吗?其实春夏秋冬,各个季节,风的味道都是不同的。春天的风有泥土气;夏天是潮潮的水气,带点腥气;秋天有一股烧尽的枯木的味道;冬天则是冷冷的水门汀(吴方言,水刷石地面)的味道。"

项海说:"你倒是研究得透彻。下次我也仔细闻一闻——我猜你该是个挺细致的人。你爱听戏吗?"

柳梦梅回答:"爱听,尤其是京昆,喜欢得不得了。你自称杜丽娘,想必也是个爱听戏的人吧?"

项海犹豫了一下,说:"我岂止爱听?我唱了几十年的戏。"

这一聊,便是半年之久,每隔几天都要聊上几句。项海觉得这也是缘分,他叫杜丽娘,偏偏就有人叫柳梦梅。都说网络乱得很,没想到居然能遇到一个谈得来的人,真是很难得了。

今天,项海告诉柳梦梅:"我喜欢上我家隔壁的一个女人。"说完,心怦怦乱跳,脸都有些红了。"现在,你该晓得了,我是个男人。"

柳梦梅停顿了一会,问他:"那女人也喜欢听戏吗?"

项海说:"这个我不晓得,但她前夫是京剧演员,耳濡目染,想来她应该也不会讨厌。"

柳梦梅道:"那很好啊。你去跟她说。"

项海愣了愣,半晌,才道:"这个,你让我怎么说呢?"

打完这行字,项海便下线了。心兀自跳个不停,盯着电脑屏幕,都有些后悔说这些了。原以为说出来,心里会轻松些,谁晓得反倒更彷徨了。

项忆君上班时接到一个电话。

"你好,我是毛安。"一个男人的声音。

项忆君先是一怔,随即才反应过来:"哦,你好。"想起那天的失态,微微有些局促:"你——找我有事吗?"

"我想跟你学唱戏。"

"什么?"项忆君还当自己听错了。

"我说,我想跟你学唱戏。"毛安提高音量,又说了一遍。

下班后,两人约在咖啡馆见面。项忆君进去时,毛安已等在那里了。分别点了咖啡。毛安直奔主题:"我说要向你学戏,可不是开玩笑。我是非常非常认真的。"他看着她。

项忆君觉得很好笑:"我自己也是半桶水,哪里会教人啊?我们院子里有许多专业演员,我介绍几个给你认识好不好?"

毛安摇头道:"不用很专业,我又不指望上台表演。我要求不高,只要像那么回事就行了。"项忆君朝他看看,忍不住问道:"你为什么要学戏?"

毛安拿起咖啡喝了一口,笑笑,说:"也不为什么,说出来你肯定会笑我的。不过你现在成我师傅了,被你笑一下也没关系。还记得我上次跟你讲的那个余霏霏吗?嘿,我不用说下去,你也猜出来了,是吧?"他摸摸头,咧嘴一笑,似有些不好意思。

项忆君一愣,随即哦了一声,明白了。朝他看了一眼,笑道:"你这人倒蛮有趣的。"

"不是有趣,是认真,做事认真。"毛安强调道,"我这人就是这样,不管做什么事,要么不做,要做就一定要做到最好,准备工作做足,不打没把握的仗,知己知彼,百战不殆,争取一击即中。"他越说越兴奋。

项忆君忍不住又笑了。

"你把追女孩当成打仗啊?"她道。她本来是想拒绝他的,现在一下子改了主意,像是马上要投入到一场游戏中去的心情,是以前从未有过的,有些新奇,又有些跃跃欲试。她眼珠一转,问他:"那个余霏霏,是不是很漂亮?"

毛安不加犹豫地说:"那当然!"

项忆君下班回到家,看到楼下停着一辆白色的本田雅阁。她认出这是白文礼的车。她上楼,开门进去,果然见到白文礼坐在沙发上,穿一套休闲西装,手拿茶杯,笑吟吟地在和项海聊天。项忆君叫了声:"白叔叔。"

"忆君回来啦?"白文礼笑道,"几个月不见,越长越漂亮了。"

不久前，白文礼筹办了个戏曲学校，生源不错。这次他过来，便是想请项海出山，到学校教戏。

项海推辞了："这么多年不唱，都生疏了。"

白文礼一笑："师兄啊，这话搪塞别人可以，搪塞我可就不行了。说句实话，除了你，我谁都信不过。要是能请到你，我这个学校啊，就有九成把握了。"

项海摇摇头，淡淡地道："师弟这是抬举我了。我现在不过是个糟老头子，什么也不懂。你让我去教学生，可别砸了你的金字招牌。"

白文礼微微一笑，说："师兄又何必过谦？你啊，就是亏在退得太早，要不然唱到现在，谁还能强得过你？就当给我个面子，一来是为了我，二来也是为了那些学生，发扬国粹，功在千秋的事，啊？"

项海嘿了一声，不说话了。

项海留白文礼吃晚饭，白文礼高高兴兴地答应了，又说要进厨房帮忙，被项海推了出来。白文礼便踱到项忆君房间，见她正在翻一本厚厚的《京剧大戏考》，奇道："怎么想起看这个了？"

项忆君告诉他："不是我要看，是有人要向我学戏，我在备课呢。"

白文礼笑了："倒是蛮巧，我请你爸爸教课，别人又跟你学戏——父女俩都成老师了。"

项忆君摇头笑道："我算什么老师啊？只不过是闹着玩。那个学生动机也不纯，嘿，你晓得他为什么要学戏……"说到这里，忽地想起一事，便问："白叔叔，向你打听个人，余霏霏你认识吗？"

白文礼愣了愣："哦，认识的，去年刚分到团里，程派旦角。怎么，你认识她？"

项忆君一笑："我不认识，不过我的徒弟认识。"

吃完饭，又坐了一会，白文礼起身告辞。项海说要送他，白文礼忙道不用。项海便让项忆君代他送到楼下。两人缓缓走下楼梯。项忆君走在前面，白文礼走在后面，停了停，忽地说了句："你走路的样子真像你妈。"

项忆君回头一怔："像吗？"

"像。"白文礼看着她，道，"不光走路的样子像，长相也很像呢。"

项忆君笑笑，道："我舅舅也这么说，不过他说，我没有妈妈好看。我妈妈是鹅蛋脸，鼻子很挺。我鼻子塌塌的，像个洋葱。"

白文礼也一笑："你比你妈还要文静些。放在戏台上，她是花旦的路子，你就是青衣。"

项海打开电脑。柳梦梅也在网上。

"吃过饭了吗？"柳梦梅问。

项海说："刚吃完。今天，我师弟来了。"

柳梦梅说："是一起学戏的师弟吗？他唱得好，还是你唱得好？"

项海说："这个不好说。不过，以今时今日的境遇来看，他比我要好得多。我和他是两种人——我只是个戏子，他却是个人物。"

项海打到这里，停了停，又接下去道："这番话，我从没和别人说过。我没有半点贬他的意思，只是有些感慨。"

柳梦梅说："我明白的。"

项海怔怔地看着屏幕上这四个字，一时间竟不知该再说些什么。心头倒是积得满满的，百感交集，想不出合适的话，便道："柳梦梅，你喜欢现在这个世界吗？"

柳梦梅说："喜欢不喜欢，都要在这个世界过。难道你有时空穿梭机？"

项海想了想，道："我不用时空穿梭机——窗帘一拉，戏服一穿，眼睛一闭，就变成另一个世界啦。"他说到这里不禁一笑，是笑自己傻的意思，摇了摇头。

"隔壁那个女人，你和她说了没有？"柳梦梅忽然问道。

项海一愣，反问："说什么？"

柳梦梅道："当然是袒露心迹了。"

项海迟疑着，没吭声，半晌才道："我要去睡了，下次再聊吧。"匆匆下了线。呆呆坐了片刻，便踱到阳台上，抬头望天上的星。头一侧，瞥见隔壁阳台上有个人影，借着月光，一看，竟是罗曼娟。两人目光一接，都是一怔。

"还没睡啊？"项海干咳一声，问道。

罗曼娟嗯了一声。一甩手，将刚洗完的羊毛衫挂在衣架上。

"晚上晾衣服，不怕沾了露水吗？"项海又问。

罗曼娟道："羊毛衫干得慢，放到明天再晾，一整天干不了。"

项海哦了一声，一时找不到话接下去，便依然抬起头，两手撑在栏杆上，看天上的星——其实是在想话题。又怕她晾完衣服便要进去，心里忐忐忑忑，脸上却是带着微笑，悠悠闲闲的。

"项老师今早又唱戏了吧？"罗曼娟忽道。

项海说："嗯。吵了你睡觉是吧？"

"没有。"罗曼娟道，"我早醒了。就算没醒，在这样好听的声音中醒来，也是件美事呢。"她一边说，一边整理着羊毛衫。

项海心里一动，想再说些什么，罗曼娟已转身进屋了。"再会。"她是苏州人，这声"再会"甜中带糯，听着说不出地惬意。

"再会。"项海看着她的背影，一时间，胸中有东西在涌动，一波一波的，又似被什么撩了一下，浑身轻轻打个激灵，思路都有些跟不上了。

三

项忆君把授课地点定在她家附近的一所中学。周六周日，学校的操场上到处可见打球的学生，教室里却几乎空无一人。项忆君挑了底楼的一间教室。

"我们先来了解一下京剧的起源。"第一堂课，项忆君说，"京剧的前身是徽剧和汉调。清朝乾隆年间，徽班进京，与汉调的艺人合作，又吸收了昆曲、秦腔的曲调和表演方法，渐渐就发展成了京剧……"

毛安道："老师，能不能不学那些理论知识，直接教我唱戏？"

项忆君问："你想学哪段？"

毛安嘿了一声，说："我不懂的，反正只要好听就行，再有就是别太难，你晓得，我一点基础也没有。"

项忆君想了想，说："那就学《苏三起解》吧。"

毛安说："这个我会唱。"说着，便抢在前头唱了一遍。唱完，朝项忆君看了一眼，笑笑："我晓得我唱得不好，你别这么看我，我会自卑的。"

项忆君摇了摇头，道："不是好不好的问题。你运气的方法不对，应该用丹田运气，那样唱出来的音才浑厚。你这么唱，就像唱流行歌曲似的，轻飘飘的。"

毛安问："丹田在哪里？怎么用丹田运气？"

项忆君说："丹田就是小肚子，你试着深吸一口气，把气从那里升上来，喏，就是这里。"她指指自己的小肚子，深深吸了口气，又吐出来，"感觉到没有？平常你是用肺呼吸，现在是用丹田呼吸。唱戏时一定要用丹田的气。"

毛安学她的样子，呼吸了一遍。

"项老师，"他笑着道，"我记得以前生物课老师说过，人是用肺呼吸的。我实在想不通——小肚子里只有大肠和盲肠，怎么个呼吸法？你倒是说说看。"

项忆君愕然，倒不晓得说什么好了。她想起自己从前跟父亲学戏的情景，是何等地屏息凝神，连喷嚏也不敢打一个。现在这个人，居然嬉皮笑脸，浑然不当回事。项忆君觉得，学戏不该是这个样子。她有些不快，朝他看了一眼。转念又想，反正他也是闹着玩的，自己又何必太认真？

"那你还是继续拿肺呼吸吧。"项忆君淡淡地说，"《苏三起解》你已经会唱了，我们再学段别的，嗯，《智取威虎山》好了。"

白文礼专门派车去接项海上课。司机按门铃时，项海刚刚熨完衣服。他原先预备穿中山装，已经拿出来熨好了。谁知穿上后才发现，袖口那里居然有个洞，也不知什么时候破的。只得另拿一套西装，急急地熨了，穿上，随司机走下楼。他站在一旁，等司机开门，谁晓得司机自顾自地上了车。项海一愣，想这人真是不懂规矩，只得自己开门，上了车。

学校大楼新建不久，教室里的玻璃窗和课桌椅都是崭新的。项海走进去，见下面坐了五六成学生，一个个眨巴着眼睛朝自己看。项海暗暗提了口气，竟也有些紧张。"大家好，"他道，"自我介绍一下，鄙人姓项名海，现在开始上课。"

项海教授《霸王别姬》。他先唱一遍："自从我随大王东征西战，受风霜与劳碌年复年年。恨只恨无道秦把生灵涂炭，只害得众百姓困苦颠连……看大王在帐中和衣睡稳，我这里出帐外且散愁情。轻移步走向前荒郊站定，猛抬头见碧落月色清明。适听得众兵丁闲谈议论，口声声露出那离散之心。"

项海许久没在公众场合唱戏了，额头渗出细细的汗珠。他唱完，朝台下看去，见这些学生一个个表情木木的，毫无反应。项海正有些失落，忽听见角落里响起欢快的手机铃声，一个女学生拿着手机，飞也似的奔了出去，一会再进来，大咧咧地坐回位子，招呼也不打。项海被她的高跟皮鞋声弄得好一阵发愣。

第一堂课上得索然无味，手机声此起彼伏。听电话的，上厕所的，进出教室旁若无人。后排一个男生边听课边吃口香糖，手插在口袋里，靠着椅背，对着项海吧嗒吧嗒嘴巴灵活地翻转着。前排的一个女生，赫然在项海眼皮底下看一本画报，翻页时毫不顾忌，弄出哗啦哗啦的声音。项海对着她发了一会呆，还没想好该说什么，女生却抬起头看他，还朝他笑了笑，继而又低头看画报。

项海没说话，心里却有些糊涂——难不成现在学生上课都是这个样子？几十年没进课堂，都变得让人看不懂了。

上完课，项海微一欠身，朝台下道："今天就到这儿吧。"说着慢慢地收拾东西。他静若处子，学生们却是动若脱兔，只一会工夫，便走个干干净净，只留下项海一人。教室内顿时空空荡荡。

司机告诉项海，车坏了，不能送他回去。"你坐校车吧，到人民广场。喏，就在那边！"司机叼着烟，手朝校门口一指。

项海只得走过去，上了大巴。车上座位已满了。零零星星有几个人站着，坐着的都是些学生，说说笑笑，有些是刚才班上的学生，见到项海，也不理会。项海挑了个位置站着，一手拿包，一手抓住上面的行李架。一会车开了，起步时不大稳，项海没抓牢，整个人朝后倒去，"啊哟！"幸好后面有人，扶住了他。

"谢谢。"项海重新抓住行李架，这次抓得牢牢的。

"项老师，我帮你拿包吧。"旁边座位上一人道。项海一看，见是刚才上课时吃口香糖的男生。男生一抬臂，再一伸手，将他的包拿了过来。

"这趟校车人最多了，每天都有人站着——项老师你累不累？"男生嘴里嚼着口香糖，问他。

"嗯，还好。"项海听他这么说，还当他会给自己让座，谁知他纹丝不动，并没有让座的意思。便有些后悔，该说很累才是。再一想，整车的学生只有他一人提出给自己拿包，已经是出类拔萃的仗义了，不该再奢求什么。

好在路上不堵，不到半小时便到了人民广场。项海从男生手里拿过包，说声"谢谢"，下了车，换乘一辆地铁，很快到了家。

项海走进门洞，被迎面冲下来的一人撞得险些跌倒，他踉踉跄跄看去，那人已冲出十来米之外。"小赤佬，你给我死回来！"与此同时，一个上了年纪女人的尖叫声，在项海头顶响起。项海抬起头，五楼的女人见到他，顿时有些不好意思，讪讪地："项老师，这个——回来啦？"忙不迭地把头缩回去。

这女人以前唱裘派，是京剧团里唯一的女花脸，一度前途远大，后来跟着老公炒期货，心思全放在赚钱上，把家当输个精光才回头。几年不唱戏，全撂下了。现在拿着一份死工资，日子清苦得很。项海猜想，她儿子刚刚必定又是拿了家里的钱去赌，她才会如此失态。不由得叹了口气，慢慢地走上楼。

"项老师。"忽听见一个轻轻柔柔的声音。

项海抬头，见罗曼娟站在面前，手里端着一碗馄饨，正望着自己："自己包的馄饨，虾仁馅的，拿一碗给您尝尝。"

项海哟的一声，连忙放下包，双手接过："这怎么好意思？多谢多谢。"他正要开门，才发现自己端着馄饨，竟腾不出手拿钥匙。罗曼娟微微一笑，又从他手里拿过碗："您先开门吧。"

项海也笑了笑，掩饰脸上的窘态，打开门。"进来坐会，"他对罗曼娟道，"我昨天刚买了些上好的普洱，请进来尝尝。"

罗曼娟推辞道："不了。家里的衣服还没收，小囡马上就放学了，还要烧饭。"

项海哦了一声，兀自不死心，道："只是喝杯茶，耽误不了多少工夫的。"说完朝她看。又觉得自己死缠烂打，有些过头了。正踌躇间，听见罗曼娟道："这个——好吧。"

项海泡了杯酽酽的普洱茶，端过来。罗曼娟坐着，在看旁边镜框里的照片。有项海父女的合照，还有早年项海在舞台上的戏照。

"项老师这几年都没怎么变呢，保养得真好。"罗曼娟道。

"哪里？"项海笑笑，"老了，脸上的褶子拿熨斗也熨不平了。来，请喝茶。"

罗曼娟接过，放在一边，朝项海看了一眼，停了停，忽道："项老师，我们家小伟昨天在学校里闯祸了。"说完眼圈一红，几乎要落下泪来。

项海见她这副模样，先是一惊，随即问道："怎么了？"

罗曼娟说："他和同学打架，把同学的头打开了，送到医院缝了十几针。

校长对我说，要给小伟记一次大过。我晓得记三次大过就要退学。项老师你说，这可怎么得了？"急得又要哭。

项海劝慰她道："小孩子打架，也是难免的事。男孩子嘛，自然调皮些。再大几岁就好了，你不用担心。"

罗曼娟摇头，道："项老师你不知道，这个小囡啊，我当妈的心里最清楚，要是不好好管教，将来就跟五楼上那个宝贝差不多。"

这是罗曼娟第一次跟项海谈起家里的事。项海没料到她会说这么琐碎的话题，楼里有的是三姑六婆，她大可以找她们去谈，远比跟自己说要有用得多。项海朝她看了一眼，见她低垂眼睑，鼻尖微微耸动，心里一动，忽然觉得从这样的话题谈起，家长里短的，更显得亲近，倒也不错。项海劝她："人生不如意十之八九，儿女的事，只有尽力而为——"他说着，又觉得不妥，斟酌着："嗯，这个，男孩子不像女孩子，开窍得晚，到十五六岁的时候，一夜之间，说懂事就懂事了。"

罗曼娟嗯了一声，忽道："我倒是挺喜欢你们家忆君，又文静又听话，工作又好，还会唱戏。项老师你是怎么培养的女儿？有时间一定要教教我。"

项海笑笑："也谈不上什么培养。这孩子和我一样，有些呆气，在如今这个社会里，可不见得是什么好事。"他端起茶，让了让罗曼娟："请喝茶。"

罗曼娟喝了一口，赞道："这茶真香。应该很贵吧？"

项海回答："还好。"

罗曼娟又坐了一会，便走了。项海送她到门口，直到她关上门，才进来。他收拾茶杯，见罗曼娟喝的那个杯子上有浅浅的口红印。项海一愣，才晓得她并不是真的素面朝天，也是修饰过的。

项海回想刚才的对话，一句一句，放电影似的掠过。他每一句话，都是在脑子里过了一遍才说的，生怕有哪里说得不妥当，又担心是不是过了头，反倒着了痕迹，那就尴尬了。项海这么想了一遍又一遍，不禁笑自己忒傻，像个毛头小子似的。转念又想，戏里头那些多情种，张君瑞、柳梦梅，又有哪个不是傻到了家？其实也不是傻，是痴。项海这么想着，都有些脸红了。却不是害羞，而且隐隐透着激动，心口那儿一波一波的，有什么东西冒着泡，不断漾着，都快溢出来了。

四

项忆君上班时,被科长说了一通。事情是这样的——海关规定机场员工不可在免税店里购买烟酒和化妆品。那天项忆君值晚班,抓住一个买免税烟的员工,谁晓得这人竟是指挥处的副总,科长忙不迭地让项忆君把烟送回去。"你抓谁不好,偏偏去抓他!"科长恨恨地说。

项忆君便很想不通——那人脸上又没写字,她怎么晓得他是副总?再说了,规定又没说只能抓老百姓,不能抓当官的。项忆君那几天一直闷闷的,见了科长,也不搭理。她其实是个倔脾气,脸上藏不住事的。科长不跟小姑娘计较,一笑了之。坐在项忆君对面的年轻女人叫丁美美,二十七八岁,瘦瘦高高的个子,最擅长跳国标舞。大老板喜欢跳舞,出席大场面常带着她,丁美美最受宠不过。大家都猜下届领导换任,这个小女人有希望升一升。丁美美平常跟项忆君话并不多,这天居然朝科长横了一眼,凑近了,对项忆君说:"别睬那种马屁精!"项忆君一愣,倒有些意外了。再一想,换了丁美美是她,自然不会把科长放在眼里,该怎样就怎样。项忆君想到这里,便有些懊悔——当初该去学跳舞才对呀。

舅舅又给项忆君介绍了个男朋友,家里是做饭店生意的,小伙子大学毕业后,在一家玩具公司当销售员。见面前,舅舅再三关照项忆君:"别跟人家说你喜欢唱戏。"项忆君反问:"为什么?"舅舅眉头一皱,道:"让你别说就别说,又不是到京剧团面试,跟人家说这个干什么?"

相亲地点定在麦当劳。小伙子叫赵西林,个子不高,不胖也不瘦,戴副眼镜。两人有一搭没一搭地聊了几句,赵西林问项忆君:"平常有啥爱好?"

项忆君脱口而出:"唱戏。"说完才想起舅舅的嘱咐,暗暗伸了伸舌头。赵西林见了,问她:"怎么了?"项忆君忙道:"没什么——嗯,你有啥爱好?"

赵西林想也不想,便道:"打牌。大怪路子、八十分、斗地主、红五星、捉猪猡,我都很拿手。"

项忆君哦了一声,又问:"那你喜欢听戏吗?"

赵西林摇摇头,很爽快地道:"听不懂,不喜欢。你喜欢听戏?现在还有喜欢听戏的年轻人?真是蛮少见的。"

项忆君觉得这人倒也有趣,便告诉他: "我不是喜欢听戏,我是喜欢唱戏。"

这时，项忆君一抬头，竟然看到毛安从窗外走了过去，旁边是一个女孩，二十岁出头，披肩长发，侧面看去五官很精致。项忆君一愣，猜想这女孩应该就是余霏霏。可惜还来不及细看，人已经走远了。

项忆君低头吸杯里的果汁。赵西林朝她看了一眼，道："其实这个，我妈也蛮喜欢听戏的，还会唱，《天上掉下个林妹妹》《沙漠王子》什么的，蛮好听。"

项忆君笑笑，说："那是越剧。我只会唱京剧，越剧可不会。"

"反正差不多，都是戏嘛。"赵西林道。

项忆君又笑了笑。

赵西林看看她，犹豫了一会，忽道："嗯，下礼拜你哪天有空，出来打牌怎么样？"

周末，毛安又来向项忆君学戏。他脸色闷闷的，也不怎么说话，一改往常的嘻嘻哈哈。项忆君原先还想问他那天的事，见他这样，倒不好意思开口了。

毛安问项忆君："《牡丹亭》会唱吗？"

项忆君说："昆曲我不大拿手，勉强会一点点。"

"那你唱一段给我听听，好吗？"毛安掏出烟，点上火。

项忆君愣了愣，随即说："好的。"

"原来姹紫嫣红开遍，似这般都付与断井颓垣。良辰美景奈何天，赏心乐事谁家院……！"

项忆君唱完了，见毛安怔怔地看着自己，动也不动，似是在发呆，便拿手在他面前晃了一晃："你怎么了，不舒服？"

"嗯，是有点不舒服。这儿，"他指指心口，"这儿不舒服，难受得要命。"

"胃不舒服吗？"项忆君道，"要不要我陪你去医院看看？"

毛安瞟了她一眼："亏你还是唱戏的，怎么这么直来直去的？这是胃吗？是心！我跟你讲，我的心很痛，痛得一塌糊涂。"

项忆君朝他看看，笑了笑，没说话。

毛安叹了口气，道："你唱得真好听。我还是第一次觉得戏这么好听，好听得不得了。该怎么形容呢？好像唱到我心里去了，像是有一双手，把我整个人给拽了进去。我现在才晓得，为什么以前的人那么喜欢听戏，原来真是有点道理的。嗯，真的，不服不行。"他说着，重重地点了点头。

毛安告诉项忆君，他和余霏霏吹了。

"其实也不是吹，应该说，我们本来就没真正好过。"毛安苦笑了一下，"我追了她整整一年，她从来就没把我当回事。她心里想什么，我清清楚楚。她怎么肯随随便便找个男人呢？她条件那么好，能找到比我好一百倍的男人。"说到这里，他狠狠吸了口烟，随即便把头转开，看向窗外。

毛安鬓边一撮头发有些泛白发亮，或许是阳光落在上面的缘故。他手插在裤袋里，眼朝着窗外，嘴微微动着，似是在自言自语。

"嗯，我跟你讲，人间何处无芳草……"项忆君说着，停下来，觉得这样安慰人实在太傻，便笑一笑，道，"喂，你到底还要不要学戏啊？你喜欢《牡丹亭》，那我就教你这一段，好不好？"

毛安也笑了笑："好是好，不过这段太难了，我怕我学不会。"

"学不会就多学几遍，有什么关系？我这个做老师的都不怕烦，你还怕什么？"项忆君说完，从包里变戏法似的拿出两个袖套，"来，把这个戴上。"

毛安朝她看："干什么？"

项忆君一笑："水袖啊，戴上这个就有感觉了。"一边说，一边给他套在手腕上，甩了两下，说："你眼睛看着这里，袖子就往那边甩，眼神要妩媚一点……"

毛安叫起来："帮帮忙，我可不想变成娘娘腔。"

项忆君嘿了一声，道："放心吧，你离娘娘腔还远着呢。"说着，把他的烟夺下，往旁边的垃圾桶里一扔："别抽烟，烟会把嗓子熏坏的。我爸就很少抽烟。你呀，要是想继续跟我学戏，就得把烟戒了。"

毛安笑了笑，又朝她看了一眼，想说什么，忍住了："好吧，你是师傅，听你的。"他甩甩两个袖套，不禁又笑："要是给我的客户看见，保管以后再也不敢买我的保险了。呵呵。"

白文礼最近很忙。又是学校，又是团里，加上同时有两个情景剧在拍，还有一个汇报演出要排练，忙得陀螺似的。倘若光是忙，倒也算了，偏偏还有一件更烦人的事。余霏霏几次打电话过来，说想当《牡丹亭》的女主角。《牡丹亭》是香港人投资的昆曲电影，白文礼只是经朋友介绍，跟这个香港老板吃过两顿饭。香港老板托他帮忙物色演员，其实也是客气，随口一说。偏偏就让余霏霏知道了，天天缠着他，软的硬的，一副不达目的不罢休的模样。

一年前，白文礼带团去新加坡公演。那次，余霏霏半夜里敲了他的门，还上了他的床。白文礼每次想起这个，就后悔得要命。余霏霏很漂亮，戏唱得也不错，因此，很自然地，下一个年度大戏里，他推荐她当了女二号。团里有不少人提出异议：让一个刚踏出校门的小女孩担当重任，是不是合适？白文礼力挺余霏霏。最后团长还是同意让余霏霏上了。演出后，反响不错，余霏霏也一跃成了团里数一数二的年轻花旦。

白文礼没料到余霏霏胃口这么大，居然还想演电影。他拒绝了她。她没说什么，过了两天，从网上发了一张照片过来。白文礼看了，整个人差点跳起来——是他和她在床上亲热的照片。白文礼才晓得了这丫头的厉害。他马上打电话给她，说可以替她把香港老板约出来，但最后是否能谈得成，就是她自己的事了。

"白老师，谢谢你哦。你最好了！"电话里，余霏霏的声音又柔又嗲。

白文礼擦了把汗，正想进去洗个澡，这时电话又响了。他接起来，是项海。

"我这阵子身体不大舒服，上课的事，你还是另请高明吧。"项海道。

白文礼一听，便有些烦。但他没流露出来，反而笑眯眯地道："师兄啊，你这不是为难我吗？你又不是不知道，好多学生都是冲着你才去听课的，你一走，我找谁给他们上课去？你千万帮我这个忙，就一个学期，行不行？这样，我把讲课费再给你提高一成……"

项海说："不是钱的问题。"

白文礼说："我晓得师兄你不是看重钱的人，再说，你也不缺这几个钱。师兄啊，我求求你，小弟给你作揖了！"

白文礼放下电话，哼了一声。那天司机跟他报告，说车坏了，没送项海回去，他一听，就晓得这个师兄心里肯定不舒服了。又问了几个学生上课的情况，就更清楚了。项海唱得再好，终究不是名家，现在的学生势利得很，根本不把他放在眼里。白文礼早料到他会打这个电话。

"你又何必请他上课?"白文礼的妻子在一旁说,"他那个人呀,脑子不清不楚,你这么求他,他还真当自己是个人物,学校缺他不可呢。"

白文礼没说话。

"那么高的讲课费,请谁不好,偏要请个拎不清的傻子。"妻子撇嘴道。

白文礼道:"也不能这么说,他还是有几手真功夫的。"

"什么真功夫,我还不晓得你们唱戏的,说穿了就是熟练工,日日唱夜夜唱,就是傻子也会哼上几句。他都搁下那么久了,还能有什么真功夫!"

白文礼皱了皱眉头,借口抽烟,到阳台上去了。他站了一会,却没点烟,倚着栏杆,歪着身子朝远处看。不知怎的,竟想起当年和项海一起学戏的情景。两人都是二十来岁的小伙子,天蒙蒙亮便开始吊嗓,接着再是扎马步、拉腿、盘头。那时,旁边总有个清秀的小姑娘跟着他们,她喜欢笑,一笑眼睛就弯成月牙。她喜欢荀派,最爱唱《卖水》:"清早起来菱花镜子照,梳个油头桂花香,脸上搽的桃花粉,口点的胭脂杏花红。"后来,她成了项海的妻子。项忆君出生没多久,她便去世了。白文礼至今还记得,她生病的那段日子,他去医院看她。她很郑重地对他说:"我们项海只会唱戏,别的什么也不懂,以后要靠你多照顾了。"白文礼当时只是笑笑,没说话。她去世后,项海从来不喝酒的人,竟然连着几个月,天天喝得酩酊大醉。不排练也不演出,渐渐地,把个大好的前途都放下了,谁劝也不听。

白文礼叼上一支烟,点上火,朝天上喷了个烟圈。

耳边似是响起一串笑声。他晓得,其实并没有人在笑,是他在想着某个人,才会有这样的幻觉。他还晓得,他之所以请项海去上课,就是为了这人的一句话。这些年来,多次有人提出要停发项海的工资,都被他竭力顶住了。这些事情,项海并不知情,他也不在乎项海知不知道,反正他也不是为了他。

项海打完电话,便上网,与柳梦梅聊天。

"他说,好多学生都是冲着我才来听课,我晓得他这是逗我高兴。其实,我又不是梅兰芳,哪会有人冲着我的名头来听课?"项海说到这里,苦笑了笑。

"最近和隔壁那个妇人有无进展?"柳梦梅似乎很关注这件事,每次聊天都要谈及。换了两个人面对面，项海是死也不肯说的，可是网上百无禁忌，反正谁也不认识谁。而且项海也想找个人倾诉，好把心里的话透一透，便一五一十地都告诉他。

"那天，她给我送了碗馄饨，我请她到家里坐，喝了杯茶，聊了一会。"

"聊什么？"柳梦梅问。

"也没聊什么，东一句西一句的，都是家常话。"

"她主动找你，莫非她也有意？"

项海看着屏幕上这行字，心跳了跳，随即道："我不知道，我也不敢猜。我宁可她不明白我的心意，也不说穿，就这么打哑谜似的。柳梦梅，你说我是不是有点傻？"

柳梦梅说："换了别人，或许会笑你傻。我不会，我是最了解你的。不说穿才有意思呢，就跟戏台上似的，你看我一眼，我再偷瞟你一眼，这么一来一去的，把想说的话都藏在心里，就算说了，也只是短短一两句，却能让人回味半天。是不是这样？"

项海细细琢磨这番话，觉得有些近了，又有些不好意思，道："柳梦梅，你是个什么样的人？我猜你年纪应该不会太轻，从事的也是艺术行当，对不对？"

柳梦梅在屏幕上打出一个笑脸。

"我不告诉你，"他道，"说穿了就没意思了。"

项海也打了个笑脸。这是柳梦梅教他的，在动画栏里，单击就可以了。

柳梦梅忽道："那个女人漂亮吗？"

项海想了想，道："不算漂亮，但看着比较舒服。"

"你怎么会喜欢上她的？"柳梦梅问。

项海一愣，迟疑了一会，随即打下几个字："因为，她长得有点像我去世的妻子。"

毛安连着两个礼拜没找项忆君学戏——意料中的事。项忆君没放在心上，他本就是为了追女孩才学的戏。现在两人吹了，他当然也不会再来了。项忆君倒是每周都去那个学校，等上半小时，见他不来，便回家。她也没打电话，怕触痛他的伤心事。谁知到了第三个周末，他又笑嘻嘻地出现在她面前。

"项老师，你好啊！"毛安手里拿着一个汉堡，边啃边说，"刚陪一个客户签完单，就到这儿来了。您还是老样子，没怎么变嘛。"

项忆君看了他一眼，本想板起面孔吓吓他的，想想还是算了，便一笑，说："您也是老样子，没变哪！"

毛安嗨了一声，有些不好意思，说："还以为你不会在这儿——真对不起，上两次忘记打电话给你了，害你白等了，是吧？"

项忆君耸耸肩，说："没关系，就当过来散步，反正离家近。"

毛安忙道："晚上我请你吃饭，当是赔罪。"项忆君一笑，说："好啊，刚巧我爸爸去见老同学了，家里没人做饭。"

毛安说要继续学戏，就学那段《牡丹亭》。项忆君怔了一下。毛安摸摸头，似有些害羞，忽道："这个，我们又好了。"

项忆君哦了一声，暗骂自己迟钝，早该想到的。"恭喜你哦。"项忆君道。瞥见他眉宇间抑制不住的喜悦，不知怎的，竟有些淡淡的失落——只是一闪而过，自己也没知觉的。她对他微笑，取出一套戏服。是从父亲那儿偷拿出来的。她猜他多半不会过来，却还是把戏服带来了。项忆君想到这里，便觉得自己有些奇怪，白等了两个礼拜，一点也不生气，看到他来了，竟是开心得很。

毛安笑呵呵地把戏服往身上一套，甩了甩长长的袖子："现在道具齐全了，学起来劲道十足呀！"

毛安唱昆曲的模样有些滑稽——嘴巴微微噘着，眉毛上扬，两只眼睛凑得近了，有些斗鸡。四肢都是硬邦邦的，一个个动作连起来，像木偶。项忆君在一旁看着，也不笑他，晓得他已是很难得了。她教他跷兰花指，拇指与中指搭着，小指向上，脸也朝上。眼观鼻，鼻观心。手到哪儿，眼神便跟着到哪儿。

毛安一边做，一边笑。

"这没什么好笑的，唱戏就是这样。"项忆君道，"你记住，你现在就是杜丽娘，大家闺秀，父母管得很严，足不出户，好不容易来一趟园子，看到园里那么美的景色，觉得自己青春年华都耽搁了，便生出许多感慨来。你好好地体会一下，等你整个人融进去了，你的表情、眼神、动作，就会自然而然地到位了。"

毛安嗯了一声，跟着项忆君做。项忆君唱一句，他也唱一句，项忆君转身，他跟着转身，动作不够灵巧，几乎要撞到项忆君身上。项忆君纠正他道："转身不是这样的，要这样……"她又做了一遍，毛安做了，还是老样子。项忆君扶住他的手臂，教他转身，另一手轻轻拽牢他的腰："先是头，再是眼神、肩膀，最后才是腰，慢慢地，慢慢地……"毛安做了，这回进步了不少。项忆君点点头，说："有点意思了。"她松开手，见他笑着朝自己看，心里一动，也报以一笑。

毛安学了一会，忽道："我好像有点体会到了。"项忆君问他："体会到什么？"毛安沉吟着说："戏里的那种感觉。我也说不上来，很奇怪，好像穿上你这套戏服，就有感觉了。"他停了停，又笑道："唱戏真的蛮有意思的。"

项忆君点了点头，想说些鼓励的话，话到嘴边，竟成了一句："等你跟你女朋友结了婚，达到口的后，肯定就不会再学戏了。"话一出口，自己都觉得不伦不类。讪讪地，朝毛安看了一眼，又道："你啊，足三分钟热情。"

毛安摇头说："不会的，我真的开始喜欢唱戏了。我晓得，项老师你怕我每个礼拜都来烦你，最好我早点打退堂鼓。"他笑着看她。

项忆君嘿的一声，把目光移开。"这个——我是无所谓的，你高兴就学，不想学我也没意见，反正我又没好处……"说到这里，顿时觉得不妥，想自己是怎么了，竟接二连三地说傻话。毛安果然道："哎呀，是我疏忽了。项老师，我送你件礼物吧，你喜欢什么？"

项忆君愣了愣，说："我什么都不喜欢，你别买。"这话口气又重了。说完，她窘得脸都有些发烧了，低下头，佯装把前额刘海朝耳后捋去。"我饿了，咱们吃饭去吧。"毛安看了看表，奇怪道："才4点不到，饿了吗？"她很郑重地点了点头，说："是啊，不晓得怎么回事，这么早竟然饿了。你说怪不怪？"

五

上午，项海在阳台晾衣服。他晾得很慢，一个夹子就要夹半天，一边晾，一边朝罗曼娟家的阳台张望。他估摸这个时候，她也该出来晾衣服才对。衣服晾完了，项海又拿水壶浇花。一会，花也浇完了。他想干脆先进去，等她出来了，再出来。又怕这样被她看穿，便还是在阳台上等着。伸伸腿，扭扭腰。

等了十来分钟，罗曼娟出来了，却不是晾衣服，而是晾一些香肠、咸肉、酱牛肉，吊在丫杈上，伸到阳台外。项海先开腔："早啊！"她抬头见了，也道："早。"项海问："腌了这么多东西啊？"她回答："嗯，儿子喜欢吃，今年已经腌晚了，也不晓得春节时腌不腌得好。"

项海口袋里揣着两张戏票，是团里发的，美琪大戏院的老生折子戏专场。他朝她看了一眼，揣摩着该怎么开口。一时拿不定主意，便又去摆弄那些花，一边修剪那些枝叶，一边偷偷瞧她，生怕她又要进去。犹豫了半天，才装得若无其事地道："昨天团里发了两张戏票，本来想跟忆君去看的，谁晓得她有事去不成，唉，这下要浪费了。"说完，朝罗曼娟笑了笑。

罗曼娟先是一愣，随即道："那项老师你一个人去看吧。"

项海说："一个人看没意思。算了，浪费也只有浪费了。"他话一出口，便觉得不对，这样岂非自己把路封死了？正懊恼间，只听罗曼娟说："星期五我家小赤佬去同学家庆祝生日，家里就我一个。项老师，我也爱听戏的，要不然，我和你一起去？好好的票，别浪费了。"她说完，朝项海看。

项海听了，又惊又喜，差点就要叫出声来："这样也好。"他兀自强作平静："我们是邻居，一块去，再一块回来，路上说说话，也有个伴。"

"没错。"罗曼娟笑了笑，便进屋了。

项海回到房里，想了想，便觉得刚才的态度似乎过于冷淡了。人家一个女人，主动提出陪你去看戏，你倒是一副无所谓的样子，岂不让人家尴尬？做戏做过头了，都有些不近常理了。

项海从抽屉里拿出一枚紫色的胸针，呈贝壳形状，旁边一簇簇蔓延开去，像是树枝，很别致。这原本是项忆君买的，买回来又觉得老气，想退。项海觉得不错，便要了过来，说留着送人。他准备看戏那天送给罗曼娟。这别针秀秀气气，配罗曼娟刚好合适。项海想着罗曼娟戴上它的模样，不禁微笑了一下。

星期五晚上吃过饭，项海和罗曼娟便出发了。罗曼娟穿了件绛紫色的大衣，下面是灰色的羊毛裙，头发烫了烫，盘起来梳了个髻，手里拎一个淡咖啡色的小包。项海朝她看一眼，赞道："很漂亮。"罗曼娟有些不好意思，道："项老师，你取笑我了。"项海再看一眼她的紫色大衣，心想配那枚胸针刚刚好。

路上有点堵,两人到戏院不久,便开场了。都是团里的一线演员,一大半项海是相识的,都是差不多时间入团的。演的是几段经典老生戏：《文昭关》《空城计》《徐策跑城》《甘露寺》……老生戏好听,调子朗朗上口,因此观众也最多。剧场里几乎都坐满了。项海一边看戏,一边瞟罗曼娟,见她看得很是认真,眼睛眨也不眨,便觉得她的模样有些逗,轻轻拍了拍她,问她要不要喝水。罗曼娟摇了摇手,说声"谢谢"。

看完戏出来,两人在路边等了半天,也不见出租车。罗曼娟说："我们还是坐公共汽车吧,又省钱,也不见得慢多少。"项海想着这样能多和她待一会,便同意了。两人走到公车站,很快车来了,上去一看,还有两个位置,却是一前一后。罗曼娟坐在前面,项海坐在后面。

晚上天黑,车窗便成了一面镜子,将里面的人照得一清二楚。项海见罗曼娟从包里拿出手机,似是在发短消息。 会发完了,她又掏出粉盒,给脸上补了点粉。项海有些好笑,想,女人就是女人,都快到家了,还不忘补妆。

到站了。两人走下车,慢慢地往家走。项海问她："晚上风大了,你冷不冷？"罗曼娟道："还好。"项海说："今天谢谢你了,陪我看戏。"罗曼娟微微一笑,说："客气什么,照理我还该谢你呢,请我看这么好的戏。"项海也笑了笑,说："也谈不上请,团里发的,顺水人情。"手插在口袋里,心想挑个什么时机把胸针送出去,又怕太突兀,她不肯收,反倒不好。这么患得患失的,不知不觉已到了楼下。罗曼娟拿钥匙把防盗门开了。"也不晓得小赤佬回来没有？"她说着往楼上看,"灯暗着,玩到这么晚还不晓得回来。"

项海嘴里胡乱应着,刚上了两格楼梯,便听到一个孩子清清脆脆的声音："妈！"回头一看,是罗曼娟的儿子小伟。歪背着书包,手里拿着一串羊肉串,嘴上抹的全是油。项海忙撑住门,让他进来。

"怎么又吃羊肉串？说了多少遍了,别吃,脏！"罗曼娟埋怨儿子。

小伟嘴巴一咧,说："我肚子饿死啦。"罗曼娟朝项海看了一眼,道："怎么会饿？没吃晚饭啊？"小伟还没说话,罗曼娟便拽着他上楼："快点回家,洗个澡,早点睡觉,都这么晚了。"

走到门口,项海晓得今天胸针是送不出去了,有些惆怅。罗曼娟对小伟说："跟伯伯说再见。"小伟朝项海招了招手,说："伯伯再见。"项海朝他笑了笑,也说了声"再见"。罗曼娟带着儿子先进去了,临关门那一刹,项海听见这孩子嘴里咕哝:"奶奶家的菜一点也不好吃……"话没说完,门便关上了。项海一愣,想:不是同学生日吗,怎么去奶奶家了?

回到家,项海把那枚胸针放回抽屉。掏口袋的时候,带出两张票根。他看到上面盖着"内部票"的图章,忽地脑子里电光一闪:这票是团里发的,罗曼娟是职工家属,当然也有。项海回忆那天的情景,他还没告诉她时间,她却已先说"星期五我家小赤佬去同学家庆祝生日,家里就我一个"。她自然是有票的,否则也不会知道是星期五。项海怔了怔,没想到事情竟是这样,不禁呆了半晌。

项海对柳梦梅说:"女人真是难以捉摸啊。早知她这样,我就大大方方请她去看了,也省得猜来猜去的。"

柳梦梅打出个笑脸:"你不是就喜欢这样吗?若即若离欲迎还却的。人家晓得你喜欢这个调调,所以就陪你玩玩喽。"这番话说得很是轻佻。项海听了,有些不悦。

柳梦梅停了停,说:"她应该也有些喜欢你,是吧?"项海一愣,回答道:"也许吧。"柳梦梅又问:"她要是想跟你结婚,你肯吗?"

项海又是一愣,说:"她未必想跟我结婚。"

柳梦梅说:"她未必不想。"

项海瞧着这几个字,怔怔地,有些吃惊,又有些异样的感觉,说不出的,心里顿时便有些乱。这时,听见有人敲门。项海走过去开门,一看,是罗曼娟。

罗曼娟手里端着一碗热腾腾的汤。"鸡汤,正宗苏北老母鸡,煲了一下午了,拿一点过来给你尝尝。"她微笑着,把碗递到项海面前。

项海看着黄澄澄的鸡汤,愣了愣,接过来——这个动作不如几天前接馄饨那么麻利。罗曼娟感觉到了,看了他一眼,随即笑了笑,说:"天气冷,喝点鸡汤补一补,能御寒。"

项海说了声"谢谢你",拿着鸡汤,有些怔怔的。鸡汤拿久了烫手,他嘴里哑的一声。罗曼娟忙道:"快放到桌上去吧。我走了。"说罢,便回去了。关门时,见项海还看着自己,脸微微一红,朝他笑了笑。

项海见到她脸红,心里竟莫名地跳了跳,忙不迭地把门关了。他走到电脑前,想上网再聊一会,一看,柳梦梅已下线了。

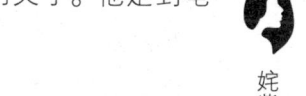

项忆君到赵西林家里打牌。她原本没想打牌,但赵西林约了她几次,不去有些不好意思。赵西林来接她,上了车才告诉她,是去他家打牌。项忆君觉得这人有些自说自话,心想反正就这一次,也就不放在心上了。

他家里人倒是很和气,说了一会话,便直奔主题:"打牌,打牌。"赵西林的父母、赵西林、项忆君,刚好凑成一桌。斗地主。项忆君不会打,赵西林便教她,什么是农民,什么是地主。他父母一边听他说,一边看着项忆君微笑。项忆君对打牌不是很在行,勉强懂了规则,却不得要领。这么打了一会,赵西林笑呵呵地对她说:"幸亏不来钱,要不然你就输惨了。"

项忆君也笑了笑。电视机开着,在播娱乐新闻。她听见主持人说:"昆曲电影《牡丹亭》即将开拍,这是国内目前为止投资最大的一部戏曲电影,女主角由青年京剧演员余霏霏饰演……"项忆君听到这句,不觉回头看了一眼,屏幕上一个穿紧身黑色小礼服的靓丽女孩,笑吟吟地,对着台下此起彼伏的闪光灯。项忆君记得她便是那天在麦当劳门前看见的女孩,与毛安走在一起的。有记者问她:"你不是京剧演员吗?怎么会想到演昆剧电影?"她嫣然一笑,将长发朝后捋去,说:"我在学校里学的就是昆曲,昆曲是我的老本行,再说,京昆是一家嘛,许多京剧演员都会唱昆曲的呀。"她说话声音甜甜的,嘴角的酒窝若隐若现。

项忆君怔怔地看着,这才明白了毛安为什么要学《牡丹亭》。她有些走神,打错一张牌。赵西林的妈妈一边打牌,一边问她:"你为什么没去唱戏呀?"项忆君一愣,随口道:"我嗓子不好,唱着玩可以,真唱可不行。"赵西林说:"唱戏没啥意思,又苦又累。"项忆君朝他看看,忍不住道:"你是不懂唱戏的好处,其实还是很有意思的。"

赵西林嘿了一声,说:"有意思的事情多着呢,何必吃这碗饭?喏,"他指指电视,"唱戏的都出来拍电影了,这下更没人唱戏了。"

吃过饭,赵西林送项忆君回去。路上,项忆君本想跟他挑明说以后别见面了,再一想,又何必让人家难堪,自己也尴尬,下次电话里说就是了。

项忆君回到家,洗了澡,躺在床上,脑海里浮现出电视里余霏霏如花的笑厣，又想起毛安逼尖喉咙唱的那几句"原来姹紫嫣红开遍，似这般都付与断井颓垣……"，有些好笑，又有些感慨。这么想着想着，竟又有些难过。项忆君关了灯，在黑暗中坐了一会，忽然跷起兰花指，对着自己额头，念着京白，道："你呀，真是傻……"最后那个"傻"在空中转了几个弯，缠缠绵绵的，忽地一下，戛然而止。

这天，项海下了课，司机吃坏了东西，拉肚子，几趟厕所出来，脸色都白了。项海便主动提出坐校车回去。上了车，依然是坐满了。项海正要找个位置站着，却听旁边一人道："项老师，您坐吧。"项海一愣，见是课堂上吃口香糖的那位男生，有些意外，便说声谢谢，坐了下来。

"要不要我给你拿包？"项海问他。

男生忙道："不用，您坐着吧，包不重。"项海嗯了一声，见他把包吊在脖子里，双手攀住头顶的扶手，像只荡秋千的猴子。又问他："你住在哪里？"男生回答："五角场。"项海说："哦，那你住得倒是蛮远。"男生嚼着口香糖，吧嗒有声，说："还可以，校车下来，再换两辆车。项老师您住哪里？"项海说："浦东。"男生说："那您住得更远了。"项海笑笑，说："远是远，不过坐地铁蛮方便。"

项海有些累，原本是想小眯一会的，因他在旁边，便不好意思不和他说话。男生说着说着，聊起了京戏，说自己从小就喜欢唱戏，高考都上一本分数线了，还是决定考戏曲学校。"我爸妈都不同意，说好好的学什么戏啊，可到头来还是拗不过我。"男生笑道，"我说，要是不让我唱戏，我就去大街上扫垃圾去。他们怕了，就同意了。"项海也跟着笑了笑。

下了车，两人有一段是同路，便一起走。男生问项海要了手机号码，把自己的号码也留了。快到站的时候，男生道："项老师，以后您家里要是有什么力气活，就找我，我知道您有个女儿，干力气活不方便。"项海听了，倒有些感动了，说："谢谢你。"两人又说了好一会话才分开。

项海走上楼，因心情不错，便一边嘴里哼着戏，一边拿钥匙开门。忽地想起隔壁的罗曼娟，生怕她又端碗什么馄饨、鸡汤出来，立即收了声，轻手轻脚地走了进去。又觉得自己像做贼似的，竟连进自己家门也要偷偷摸摸。

赵西林又打来电话，约项忆君去看电影，说几个朋友一起，看完电影再去打牌。项忆君婉拒了，犹豫着，正要和他说清楚，赵西林已挂了电话。只得作罢。

下班时，有同事过生日，大家提议去吃火锅庆祝。科室里十来个同事都参加，只有丁美美说家里有事，不去了。吃饭时，大家谈及这次领导班子换届，老总因为内部原因被调走，还降了半级，丁美美一点光没沾上，连个副科也没捞到，因此心情不好，也属正常。据说新来的老总不喜欢跳舞，是个舞盲。

"丁美美这下没戏了，彻底打入冷宫了。"有人道。

一个同事开玩笑道："不晓得新老总喜欢什么，打听到了就赶紧去学，还来得及。"另一人道："要是他喜欢打高尔夫，或是听歌剧什么的，那开销就大了。"旁边一人笑道："开销大也要学，下半辈子飞黄腾达就靠它了。"

项忆君并不参与众人的议论，只在一旁听着，不断拿羊肉、牛肉下锅去涮，涮好了再夹到旁边人的碗里。邻座的顾大姐是科室里年纪最大的，也最热心，说要给她介绍男朋友。项忆君笑了笑，没说好，也没说不好。顾大姐见状，又问她喜欢什么样的。项忆君说："谈得来就行啊。"说完，又笑着加了一句——最好是喜欢唱戏的。顾大姐哟的一声，说："这个可难找了。"

吃完饭，项忆君叫了辆出租回去。路上，手机响了。接起来，是毛安。周围似是很嘈杂，乱哄哄的。他问她："我想去唱歌，你来不来？"项忆君听了一愣。毛安又道："在卢湾钱柜，你来不来？"项忆君问他："几个人？"毛安说："就我和你。"项忆君又是一愣，半晌才道："好啊。"

半小时后，项忆君赶到钱柜，走进包厢，毛安一个人趴手趴脚地坐在沙发上，扯着嗓子唱《老鼠爱大米》："我爱你，爱着你，就像老鼠爱大米……"见项忆君来了，他指指旁边的位子："项老师来啦？喝点什么？"

"柠檬茶。"项忆君脱下大衣，坐下来，"怎么想起请我唱歌了？"

毛安说："没什么，就是想请你唱歌。"项忆君问："怎么不叫你女朋友陪你？"毛安一笑，说："她忙呀。"项忆君朝他看了一眼，也笑了笑，说："哦。"

毛安把歌本递给她。项忆君随意点了几首。她唱歌时，毛安一动不动地听着，每首歌唱完，便很夸张地鼓掌，说："项老师，唱得好，唱得好！"项忆君闻到一股酒味，问他："你喝酒了？"他摇了摇头，说："没喝多少，那一点点能叫喝酒？过过嘴还差不多。"他说完咧嘴一笑。

项忆君看了他一会，想说什么，终究没说出来。

毛安忽道："我唱段戏给你听，怎么样？"项忆君还没开口，他已站了起来，一只脚向后跨去，身子微微下蹲，手指翻转，轻轻巧巧地做了个兰花指。

"原来姹紫嫣红开遍，似这般都付与断井颓垣。良辰美景奈何天，赏心乐事谁家院！朝飞暮卷，云霞翠轩，雨丝风片，烟波画船，锦屏人忒看的这韶光贱！"

项忆君静静听着。他没受过专业训练，声音都是毛的，好几个调该往上提，都被他硬生生地拉下来。他眼睛明明看着项忆君，却似什么都没看，眼神是空荡荡的，像是整个人进了戏里，又像是没心没肺地唱着。项忆君听的戏多了，专业的、业余的、好的、差的，却还是第一次听人这样唱戏。也说不出是什么感觉，被他唱得心里竟有些难受，也不知怎么回事。

毛安唱完，顿了顿，坐下来，一句话也不说。过了一会，他道："我记得第一次碰到你那天，你说我的名字像用人。"项忆君纠正他："不是用人，是家人。"他摆手道："都差不多。你说唐伯虎追秋香，改了个名字叫华安。唐伯虎最后还是把秋香追到手了吧？他叫安，我也叫安，他的运气可比我好多了。"

他说着嘿了一声，问项忆君："项老师，你说我唱得好不好？"

项忆君点点头，说："蛮好。"

毛安打了个酒嗝，说："我昨天也唱给她听了，你晓得她怎么说？她说，'你再讨好我也没用，你就算把所有的京剧昆剧段子都学全了，我们俩也不会合适。'项老师，早晓得这样，我就不学戏了。"他说完一笑，随即低下头，从怀里取出烟。

项忆君看着他，没说话。

他点上烟，沉默了一会，又道："不是都说唱戏的人都有点傻气吗？她可一点也不傻，傻的是我。"他朝项忆君笑笑，道，"真的，最傻就是我了。"

他吐了个烟圈，烟雾把他的脸缠绕起来，加上灯光昏暗，便有些隐隐的怖人的感觉。项忆君瞥见他眼圈都有些红了，心里顿时便觉得不好受。项忆君迟疑着，脸上忽地堆满笑意，在他肩上拍了拍，故作轻松地道："帮帮忙，你傻吗？你才不傻呢。你自己说，你骗了我们同事多少保险？吃了多少提成？你这个人啊，门槛不要太精喔……"她正要往下说，毛安抬头朝她看，她被他看得有些不好意思，顿时卡了壳。毛安笑了，忽道："项老师，你是个好人。"

项忆君不知该说什么，也只得跟着笑。毛安又道："我现在看出来了，喜欢唱戏的人，还是有点傻乎乎的。"项忆君装出生气的样子，道："咦，你骂我傻？"

毛安摇了摇头，道："不是傻，是可爱。项老师，你很可爱。"

项忆君看着他，心里似被什么轻轻击了一下，脸不由自主地红了，只得侧过身，从包里拿出一面小镜子，佯装照了照脸。不料，镜子里映出毛安的脸，笑眯眯地看着自己，她这下脸更红了，连掩饰也掩饰不了。愣了半晌，只得道："以后别叫我老师了，这个，叫得我脸都红了，你——以后就叫我名字好了。"说完这句，她一颗心扑通扑通直跳，竟似要跳出胸膛来。

六

机场海关一年一度的冷餐会，在市中心一家五星级酒店的宴会厅举行。这也是新上任的谭总第一次和全体员工见面。照例先是领导讲话，这位谭总四十来岁，长得白白净净，看着很和蔼的模样，说话也细声细气的。

席间，主桌那边有人站起来，大声道："大家不知道吧，谭总的京戏唱得很棒，我们现在就请他上台给大家来一段，怎么样？"

大家都说好。掌声中，谭总走上台去，笑眯眯地抱拳示意，站定了，对着麦克风道："别让我一个人唱啊，还有谁会唱京剧的，上来一块唱。"台下有人跟着起哄："就是，一块唱才有意思，来段《夫妻双双把家还》什么的。"另一人笑道："帮帮忙，那是黄梅戏，我们谭总唱京剧，档次不一样的。"

项忆君夹起一块面饼，把烤鸭摆在上面，又放了大葱，蘸了酱，正要往嘴里送，忽听科长在旁边道："项忆君，愣着干吗？上去啊！"她听了一怔，还没反应过来，旁边几个同事已对着台上说道："这儿，我们这儿有个会唱京戏的！"

项忆君几乎是被同事拽着离开座位的。站起来，见厅里几百双眼睛都瞧着自己，顿时便有些不好意思。上了台，手都不知往哪儿摆了。谭总笑着问她："小同志，咱们唱什么？"项忆君说："听您的吧。"谭总道："那咱们唱《四郎探母》'坐宫'，行吗？"项忆君点了点头，说："好。"

"非是我这几日愁眉不展，有一件心腹事不敢明言。萧天佐摆天门两国交战，我的母押粮草来到北番。我有心回营去见母一面，怎奈我身在番不能过关。"

"你那里休得要巧言改辩，你要拜高堂母是我不阻拦。"

"既是公主不阻拦，无有令箭怎能过关？"

"有心发你金批箭，怕你一去不回还。"

"公主赐我的金批箭，见母一面即刻还。"

"宋营离此路途远，一夜之间你怎能还？"

"宋营虽然路途远，快马加鞭一夜还。"

"方才叫咱盟誓愿，你对苍天与我表一番……"

两人唱毕，台下便是掌声雷动。这段戏全是西皮快板，节奏快，又要咬字清晰，没有点基本功是不行的。项忆君倒有些惊讶了，朝谭总看了一眼，见他也在看自己，目光中满是欣赏，两人都微笑了一下。

项忆君回到自己座位，几个同事都对她道："原来我们新老总喜欢唱戏。项忆君你运气好到天花板了。"项忆君嘿了一声，反问："老总喜欢唱戏，我就运气好了？"她端起杯子喝了一口橙汁，忽地瞥见旁边的丁美美看着自己，脸上冷冷的，没一点表情。

很快便是春节。除夕，楼前楼后响了一整晚的鞭炮声，几乎都没怎么停。关着窗，还是能闻到一股火硝味。初一早上起来，吃口香糖的男生便打电话来拜年，说些身体健康万事如意的吉祥话，又问项老师要不要换煤气买米什么的。项海很是感动，说年前都预备好了，不劳费心，多谢了。挂掉电话，项海想去花市逛逛，见项忆君还在睡，便不叫醒她，自己一个人穿上衣服，走出来。还没关门，便听到嗵嗵嗵一阵脚步声，五楼的少年从楼下冲下来，到项海面前，顿了顿，也不打招呼，便冲了下去。紧接着，他母亲也奔了下来，一边奔，一边叫："小×崽子，给我死回来！"楼道里顿时像炸开了锅，热闹得很。

项海被这对母子弄得一愣，半晌才回过神，摇了摇头。正要下楼，隔壁门打开了。罗曼娟从里面走了出来，见到项海，便道："新年好！"

项海忙道："新年好。出去啊？"罗曼娟嗯了一声，道："去菜场逛一圈，买点蔬菜回来。"项海点点头，道："我去花市，一块走吧。"

两人慢慢走在路上。才9点不到，路上人很少，稀稀拉拉的。气温是低，不过太阳好，便不觉得冷，反而暖洋洋的。项海问她："过年要不要走亲戚？"罗曼娟说："我亲戚都在外地，孩子他爸一死，他那边的亲戚也不大往来。这几天就待在家里。"项海说："我也不用怎么走动，也就是忆君舅舅那里去一次。"罗曼娟道："平常倒没什么，到了春节，才觉得有些冷清。"说着轻轻叹了口气。项海觉出这声叹气中透着些凄凉，不敢搭腔，停了停，道："冷清也有冷清的好处，走亲访友这个拜年那个应酬，乱糟糟一团，其实没啥意思。"罗曼娟嗯了一声，说："是吗？我倒是挺喜欢热闹呢。"项海笑了笑。

很快到了花市，项海说："我进去了。"罗曼娟说："再见。"两人正要走开，罗曼娟忽道："项老师……"项海停下脚步，朝她看："嗯？"

罗曼娟捋了捋头发，道："这个，你和忆君要是没事，晚上就到我家一块吃饭吧。反正是邻居，住得近，也省得你再烧。"她这番话语速极快，竹筒倒豆子似的，一股脑冒了出来。脸顿时有些微红了，露出局促的神情来。

项海也有些局促了："嗯，就是麻烦你了，多不好意思……"心里是一半想去一半不想去，这么支支吾吾的，听在罗曼娟耳里便是答应了。罗曼娟说："也没什么麻烦，现成的几个荤菜，再炒些素菜就是了。"项海更不好拒绝了，便道："好啊，我带瓶红酒过来。"罗曼娟点点头，嗯了一声。

晚上，项海带了瓶1994年的干红，和女儿一起来到罗曼娟的家里。罗曼娟系着围裙，在茶几上摆开几盘开心果、话梅、牛肉、瓜子："你们坐会，吃点零食，马上就开饭了。"项忆君要去厨房帮忙，被她笑着推了出来："又没什么菜，我一个人忙就行了。"罗曼娟的儿子小伟手里抱着游戏机，躲在角落里玩，见项海父女来了，草草说了声"伯伯姐姐新年好"，便不管不顾了。

桌子上碗筷已摆好了，几碟冷菜是她自己腌的香肠、咸肉、酱牛肉，还有木耳烤麸、香炸小黄鱼、拌黄瓜。一会，罗曼娟端着一盘碧绿生青的西兰花出来。于是四人上桌，项忆君在每人的杯子里都倒了些红酒，罗曼娟说小孩子不能喝酒，给小伟倒了可乐。四人碰了杯。项海对罗曼娟说："让你受累了，我敬你一杯。"

罗曼娟道："哪有什么受累——你们过来吃饭，我高兴得很呢，又热闹。光我们母子俩，这个年过得冷冷清清。"她一笑，对项忆君道："小姑娘，过年了，又大一岁了。"项忆君摇头，说："不是大一岁，是老一岁了。"

罗曼娟哟的一声，道："你这个年纪叫老，那我可怎么办呀？"项忆君道："阿姨是年纪越大，就越有味道，年轻小姑娘都比不上的。"罗曼娟笑着对项海道："项老师，你这个女儿啊，说话真是讨人喜欢。"项海微笑道："有什么讨人喜欢？戆戆的，什么也不懂。"说着，从口袋里拿出一个红包，塞到小伟的手里。罗曼娟见了，忙不迭地道："这个不行，不行！"拿过儿子手里的红包，要还给他。项海道："新年新势，讨个吉利嘛，你就别跟我客气了。"说着，摸了摸小伟的头，朝他笑了笑。罗曼娟这才不坚持了，对小伟道："快跟伯伯说谢谢！"小伟正在啃一个鸡翅膀，头一抬，张嘴便道："谢谢伯伯！"

吃完饭，又坐了一会，项海父女便说要回去。罗曼娟忽道："项老师，你白天买了什么花呀？"项海说："百合。"罗曼娟哦了一声，说："百合清清秀秀的，又文气，我也蛮喜欢百合。"项海说："我买了几枝，都是多苞的，要不要过来看看？"罗曼娟说："好啊，我洗了碗就过来。"

项海父女回到家，一会，罗曼娟便过来了，看茶几上的那簇香水百合，边看边说好，说家里的布置本来就雅致，配百合刚刚好。项海微笑，又问她家里怎么不买些花。罗曼娟说，小伟对花草过敏，只能养些文竹、仙人掌什么的。项海便又笑了笑。

罗曼娟说要拿点酱牛肉、香肠过来。"腌了好多，放到天热要发霉，项老师你就当是帮个忙，分担一点。"项海忙说不用。罗曼娟道："都是邻居，有什么好客气的，浪费就造孽了。"项海不好再拒绝，便说一会过来拿。罗曼娟点了点头，回去了。项海上了个厕所，便又到罗曼娟家。自己想想都有些好笑，只一会工夫，你到我家，我到你家，两人已跑了两个来回。

罗曼娟把酱牛肉、香肠塞进一个塑料袋，说："项老师你让忆君来拿就行了，又何必自己跑一趟？"项海一想不错，该让女儿来的。一瞥眼，见罗曼娟眼波在自己脸上一转，又移开，眉目间带着淡淡的笑意，竟像是逗他似的。项海愣了愣，接过她递来的塑料袋，说："谢谢啊。"罗曼娟没说话，给他开了门。项海走到门边，听见电视里放的"恭喜恭喜恭喜你呀，恭喜恭喜恭喜你呀",罗曼娟站在一边,身上淡粉色的唐装,发际斜斜地别了枚金色的小发夹,整个人都是暖暖的。看了心里又是一动。罗曼娟说:"好吃就再过来拿,我这儿反正有多。"项海嗯了一声,又说了声谢谢,回家了。

临睡前,项海上了会网,告诉柳梦梅去罗曼娟家吃饭的事。柳梦梅说:"不错啊,都有点像过日子了。"项海说:"人家盛意邀我,不好意思不去。"

柳梦梅说:"干脆你们就到一起算了。也挺合适。"

项海怔怔瞧着屏幕上的字,不说话。柳梦梅又道:"杜丽娘,你多大年纪,五十岁有吗?"项海说:"五十二了。"

柳梦梅说:"那还不算老。这个岁数,那方面应该还有需要吧?"

项海一愣,半晌才明白柳梦梅的意思。他的脸顿时红了,朝旁边看了看,生怕女儿过来。不晓得该怎么回答,心想这个人讲话真是越来越过分了。虽说是在网上,你看不见我,我也看不见你,可还是得留些余地,不该这么赤裸裸的。

项海迟疑了一下,岔开话题问道:"你过年过得好吗?"

柳梦梅说:"年年过年都是这样,有什么好不好的?我不喜欢过年。只有小孩才喜欢过年。"项海说:"是啊,年纪越大,越不喜欢过年。"

柳梦梅说:"杜丽娘,我敢打赌,那个女人肯定想跟你上床。"项海又是一怔,犹豫着,道:"你怎么晓得?"柳梦梅说:"她要是不想跟你上床,怎么会那么热情,又是请你吃饭,又是给你东西?杜丽娘,这可是个好机会,这出戏都唱到'惊梦'了,也该有些实质性的进展了。"

项海给他这么一说,胆子索性也大了,半是认真半开玩笑地道:"那你倒是教教我,接下去该怎么办?"柳梦梅说:"还用教?你都五十二岁了,还用我教?"项海说:"我是真不知道,不骗你。"

柳梦梅打出一个大大的笑脸:"杜丽娘和柳梦梅在梦里怎么样,你和她也就怎么样喽,呵呵!"说完,便下线了。

白文礼最近总觉得喉咙不舒服,像有口痰堵在那里,吐不出来也咽不下去。他去药房买了些金嗓子喉宝,也不见效。过年几天,天天都有人来拜年,应酬这个应酬那个,忙得不可开交。渐渐地,觉得喉咙那里像火烧似的,又发起烧来。

到医院里去看病,医生给他的喉咙拍了个 X 光。白文礼见医生看片子的脸色有些凝重,便问是什么病。医生说,喉咙里长了个小瘤。白文礼心里一沉,又问是良性恶性。医生说,现在还不能判断,要做进一步检查,下周才知道结果。

白文礼回到家,并不告诉妻子,怕她担心,也怕她惹自己更烦。他做什么事都没精神,剩下的几天休息,天天都窝在家里。几个朋友约他出去吃饭,都被他婉拒了。原先拍的那个情景剧,还剩下几集,通告时间都定了,只得勉强去了,却总不在状态,一个镜头拍了十来遍,老是卡词。相熟的几个演员跟他开玩笑:"白老师是不是过年酒喝得太多,舌头有些不听使唤?"他只能苦笑。

白文礼接到余霏霏的拜年电话:"白老师,新年好呀!"电话那头掩饰不住的意气风发:"老想请您吃顿饭,可又忙得没时间。您是我的恩师,我有今天,离不开您的提携,我祝您身体健康,事事顺心!"

挂掉电话,白文礼忽然想去项海那儿走一趟。他买了两瓶邵万生的蟹股——项海最爱吃这个,又拎了个水果篮,来到项海家。

项海见到他,有些意外,说:"干吗不先打个电话,万一我不在家怎么办?"白文礼笑笑,说:"我晓得师兄不爱应酬,多半是在家里。"项海也笑笑,随即又嘿了一声,说:"我不像你,应酬多,到家里来找我总是没错的。"

白文礼又笑了笑,坐下,问:"忆君不在家吗?"项海说:"同学聚会,出去了。年轻人,不像我一把老骨头,动也不想动。"说着,打开电视,是《老爷叔外传》春节特辑。屏幕上,白文礼穿着大红的唐装,手里拎着一个水果篮,到朋友家拜年。脸上油彩涂多了,显得油光光的。一会,又来一段京剧,词是现编的:"你看那——东方明珠豪光万丈,洋山水港弯弯长长,我怎能不心怀激荡,正当这好时光……"

项海静静听着,忽道:"你嗓子最近不好吗?"白文礼一愣,随即道:"有点感冒。"心里顿时涌起一阵暖流,想毕竟是师兄,换了别人肯定是听不出来的。项海道:"做我们这行的,嗓子顶顶要紧,感冒就多在家里休息,何必到我这里来?"白文礼听出这话里的关切,又是一阵感动,说:"师兄,昨天晚上我做了个梦,梦到我们以前的那段日子,一起练功,一起吊嗓,一起到山上打麻雀。现在条件好了,可回过头想想,还是那段日子有意思。"

项海说:"你这么说,是因为什么都经历过了,倘若早个二十年,你就不会是这个想法了。"白文礼点头说:"也对。过年过得好吗?"项海说:"没什么好不好的,老样子。"白文礼又问:"忆君有男朋友了吗?"项海说:"还没有,小姑娘过年也二十四了。你手头有合适的吗?"白文礼说:"现在没有,不过我会留心的,保管给忆君找个家境人品都好的。"项海说:"家境倒是其次,关键是人品。"白文礼说:"家境也是要紧的,贫贱夫妻百事哀,光人品好过不了日子。"项海点头,说:"那就拜托你了。"

师兄弟俩说了一会话,不觉已到了中午,白文礼手机响了,接起来,是妻子,说下午有两个外地亲戚要来,让他回去。白文礼只得起身告辞。项海开了门,叮嘱一句:"感冒别忘了去看病,耗着可不行。"白文礼嗯了一声,朝项海看了一眼,说:"师兄,有空就去我那儿坐坐。我们说说话。"话一出口,竟觉得鼻子那里酸酸的,转身便下了楼。

项海关上门,想起白文礼刚才的神情,和平常似有些不同。大过年的,竟透着一丝伤感。项海坐着又看了一会电视,朝窗外看去,见离得最近的那棵树的枝干隐隐冒出一两点新绿。今年春节迟,其实早已是立春了。项海过去打开窗户,嗅到空气里带着微微的草木清香,和着泥土的温润气息,还有些暖意。

又是一年过去了。像翻书似的,一年就这么翻了过去。人的一生,不过是本薄薄的书,禁不起翻几次的。

有人敲门。项海过去打开门,一看,是罗曼娟。两人对视,也不说话,就那样呆呆看着。半晌,项海把她让进屋。他闻到她身上淡淡的香味,一点一点。她嘴角带着些许微笑,看着他,目光会说话。他一下子便读懂了。不知怎的,便有些局促起来,呼吸也不自然了。他给她倒了杯茶,她接过,手指不经意间触到,两人都是微微一颤。目光再一对视,便更不相同了。

项海把那枚紫色的胸针给她,亲手替她戴上。这个动作有些过分亲昵了。戴胸针时,很自然地碰到了她的胸。他脸红,她脸也红了。又是别样的感觉。

接着,两人便进屋了,上了床。也不知是谁先主动的,好像就是水到渠成,没有一丝牵强,像是老夫老妻,按部就班。稳稳当当的,似是熟悉得不能再熟悉的。

两只麻雀停在窗台上,踱着碎步。风从外面飘进来,将窗帘微微吹起一角,扬啊扬的,像是撩拨着什么。周围静静的,只剩电视机里不断放着"恭喜恭喜恭喜你呀,恭喜恭喜恭喜你呀"……

春节很快便过去了。

项忆君想着那天晚上在 KTV 的事,心里便七上八下的。她等着毛安把话挑明,可自那天起,毛安连着几个星期没音信。不来学戏,连电话也没一个。项忆君想给他打电话,又犹豫着,想这事女孩子怎么好先主动,便一天天等着。满肚子的话都憋着,一颗心陀螺似的转啊,有些盼头,却又没底。

直到过完元宵节,毛安才打来一个电话。项忆君拿着手机,心怦怦跳个不停。毛安问她:"年过得有意思吗?"项忆君说:"还行,你呢?"毛安说:"天天到客户那儿拜年,忙得要死。"项忆君说:"过年都这样。"

项忆君一边说,一边揣测他打电话的用意。便故意只顺着他的话头,不往下说。一会,毛安说:"我想跟你说件事。"项忆君竖起耳朵,心也跟着提了起来。毛安说下去:"我要去成都工作了。"项忆君一愣,问:"是出差吗?"毛安道:"不是出差,是调到那里的分公司。我们领导找我说了,工资加三成,还给我分套房子。我想蛮好,就同意了。"

项忆君怔了半晌,哦了一声。

毛安停了停,继续道:"到那边去也蛮好。找个成都小姑娘谈谈恋爱,蛮好。他们说成都小姑娘一个个水灵灵的,皮肤又好,性格又好。不像上海小姑娘——我想,要是一切顺利,就在那里安定下来算了。"他说到这里,轻轻叹了口气,"就是一点,到了成都,没人教我唱戏了。项老师,我挺舍不得你呢。"

项忆君心里一酸,差点就脱口而出:"那就别走了,留下来吧。"终是忍住了。她不是傻子,晓得他去成都工作的真正原因。她不是余霏霏,留不住他的。项忆君呆呆的,忽地一笑,说:"你要是真舍不得我,那我休假的时候就来成都看你,不过机票钱可得你出。"毛安说:"好,一句话,你来成都教我唱戏,我们再唱那段《牡丹亭》。"

项忆君心里又是一酸,说:"好啊。"

挂掉电话,项忆君怔怔地发了一会呆。半晌,竟又笑了笑,走到卫生间,对着镜子里的自己，眉眼间尽是怏怏的。一动不动地看着，忽地，手缓缓升起，朝镜子里那人跷个兰花指，嘴角带着嘲弄，念着京白："你啊你，实在是忒傻啊……"眼角竟不知不觉涌出泪来。

七

转眼已是初夏，吃了端午的粽子，外套便怎么也穿不住了，草木渐渐郁郁葱葱起来，鸟儿们欢快地四处窜着，活蹦得很。

自春节那次后，罗曼娟便不给项海端馄饨、鸡汤什么的，见了面也不怎么说话。项海晓得她的心思，是想让自己先开口。可项海心里犹犹豫豫——"惊梦"都唱完了，这出戏接下去该怎么唱呢？项海心里一点底也没有。便一直拖着。觉得说什么都不好，做什么都不合适。这么拖着拖着，渐渐地，便僵了。两人偶尔在楼道里遇见，想做得亲切些，觉得没到那个分上，又怕生嫌疑，只能一味地客气，自己看着都假得很。到后来，反比陌生人更拘谨了。

好像只是一眨眼的工夫，也没什么铺垫，就这么断了。

罗曼娟把紫色胸针还给项海。项海想让她留着，又不知该怎么说，便收下了。那天是下雨天，外面的雨淅淅沥沥的，落在窗上，滴滴答答个不停。

罗曼娟说："项老师，别人给我介绍了个男人，在证券公司当会计。"

项海先是一愣，随即不住点头："蛮好蛮好。现在股市好，证券公司肯定赚钱。蛮好蛮好。"

罗曼娟摇了摇头，说："好不好都没什么，关键是人蛮老实，是个过日子的人。项老师，我就是想找个过日子的男人啊。"话一出口，只觉得声音有些暗哑，竟似要落下泪来。她瞥到项海干干净净的袖口，没有一丝瑕疵。她想，这个男人把自己料理得这样周全，他哪里是要找个过日子的女人啊？这么简单的道理，她暗怪自己竟到现在才弄明白。茶几上那束百合，开得袅袅婷婷，弄得满屋子都是沁人的清香，幽幽的，一点点地散开来。阳光从窗外直透进来，落在地板上。这间屋子，似是腾在云雾中，泛着光，看不甚清。罗曼娟想起家里的阳台上还吊着咸肉、香肠，天气潮热，已长了白白的霉点。"项老师，我走了……"她几乎说不下去，低下头，转身走了。

项海手里握着那枚紫色胸针，怔怔地瞧着她的背影。有那么一瞬，他想叫住她。但随即又想，叫住她又能怎样呢？项海拿自己的心，去比照她的心，觉得终究不是一样的。项海琢磨着她那句"过日子的男人"，便有些惭愧，隐隐又有些鄙夷，也不晓得是对她，还是对自己。

吃口香糖的男生给项海送来一箱葡萄，正宗马陆葡萄，说是他大伯家里种的。项海拒绝不过，只得收下了。他留男生吃饭，男生说还有事，不了。临走前，男生向项海提及学校下一季度排戏的事，想让项海求求白校长，看是否能让他演个角色。项海听了一怔。男生神情坦坦荡荡，项海倒有些不好意思了，说有机会看看。男生匆匆走了。项海瞥见那箱葡萄，心里顿时有些不是滋味。

不久，项忆君调至总经办。调令下来，同事们都半开玩笑地说："项忆君你高升了，以后可不能忘了我们啊！"项忆君谦逊地说："这哪是高升啊？不过是换个岗位。"整理东西时，对面的丁美美一声不吭。项忆君对她道："美美，有空我来跟你学跳舞。"话一出口，便后悔了。不该这么说。果然，丁美美嘴角一撇，道："学跳舞干什么呀？我还想跟你学唱戏呢。"

项忆君有些窘，笑笑，没说话。3月间，海关举行了一次戏曲演唱比赛，其实是投谭总所好。项忆君和谭总合作了一段《西厢记》，谭总演张生，项忆君演红娘，拿了第一名。拿奖时，谭总笑眯眯地对项忆君说："和你唱戏挺过瘾的，可惜你在一线工作，要不然就能常常过把瘾了。"项忆君一笑，说："那您就把我调到机关来呀。"其实依着她平常的脾性，这句话是无论如何说不出口的，那天也不知怎么了，一张嘴，便说了出来。谭总朝她看了两眼，也笑了笑。

项忆君收拾好东西，走了出去。瞥见众人的神情，便想到他们当初背后嘀咕丁美美的情形——现在该换成她了。项忆君有些不好意思，又有些说不出的滋味。她从未想过唱戏会有这样的效果，很错愕了，而这也并非她所期盼的。心里别别扭扭，忍不住又有些好笑。想这世上的事真是难捉摸，不像戏台上，总是那些才子佳人因果报应的套路。现实其实比演戏要复杂得多，奇怪得多。

毛安从成都给她发来一张照片——他穿着戏服站在阳台上，摆了个造型，身后隐隐看得见一排排的小房子。毛安说，这套戏服是在一家小店买的，才一百多块钱，没想到成都还有卖这个的。"留作纪念吧。"邮件末尾，他这么对项忆君说。项忆君对着照片端详半天，想，不晓得是谁给他拍的，莫非是个水灵灵的成都姑娘？项忆君忍不住苦笑，再想起那阵子学戏的情景，不禁感慨万分。

白文礼确诊为喉癌，住院接受治疗。项海去医院看他，他刚做完化疗不久，身体虚弱得很，连说话的力气都没有。项海叮嘱他好生休息，说等他好了，就陪他唱一出《群英会》，师兄弟俩好好地演一回，就像当初刚学戏那阵。

白文礼艰难地笑笑，说："怕只怕我等不到那个时候了。"

项海皱起眉头，说："你讲这个话很没有道理。现在医学这么昌明，换个肝换个心都不在话下，还怕你这点小病？你要鼓起劲来，要是连你自己都没信心了，那真是大罗神仙也没用了。"项海故意做出很气愤的模样，瞥见他憔悴的面容，不禁暗暗伤心。

白文礼望向窗外，半晌，说："师兄，别看我这些年风风光光，其实我还是更喜欢以前的日子。我很想像过去那样，和你一起唱戏，真的。"

项海叹了口气，点头说："我也是。"

白文礼忽道："师兄，君妍去世差不多有二十年了吧？"项海说："不止，都快二十三年了。"白文礼又道："她走的时候，也就和忆君现在差不多大吧？"项海嗯了一声，说："差不多。"

白文礼接下去便不说话了，躺在那里，愣愣地看着天花板。过了一会，嘴里竟轻轻唱道："清早起来菱花镜子照，梳个油头桂花香，脸上搽的桃花粉，口点的胭脂杏花红……"声音越唱越低，到最后已是轻不可闻，如同梦呓。

项海静静听着，眼前渐渐浮现出一个女孩的模样，碎花袄子青布裤，眼睛笑得弯成月牙。清晨，第一抹阳光映在她的脸上，她整个人都是金色的，笑容和阳光一样灿烂。项海想着想着，也不由自主地跟着哼道："清早起来菱花镜子照，梳个油头桂花香，脸上搽的桃花粉，口点的胭脂杏花红——"

从医院回到家，项海在楼下遇到五楼的赌博少年。少年叫了声"项老师"，项海嗯了一声，正要上楼，少年又道："项老师，跟您借点钱行吗？"

项海一怔，还当自己听错了。回过头看他："什么？"

少年瘦长的脸庞浮上一丝有些狡黠的笑意："也没什么，这么说吧，柳梦梅想问杜丽娘借点钱。您听明白了吗？"

项海听了，浑身一震："你——"

少年嘿地一笑，说："不用很多，给个三万块就行。您把钱给我，我马上就回家把杜丽娘和柳梦梅的聊天记录给删了。您要是不给，我也没办法，反正早晚被那些高利贷砍死，破罐子破摔，索性把您的聊天记录发到网上，再注上姓名地址，让您临老了也红一把。"少年讲话不快不慢，咬字清清楚楚，节奏控制得不错，颇有京白的韵味。

项海只觉得浑身的血一下子溢到头顶。眼前一黑，差点要晕过去。

"原来是你。你、你怎么能……"项海说不下去，牙齿在发抖，整个身子都在发抖。他惊恐地望着少年，简直不敢相信。

少年又是一笑："三万块钱也不是很多啊，您女儿在海关工作，效益一定不错。项老师，我听说楼下那个女的要结婚了，是吧？其实我老早就晓得您不会和她来真的。您是当自己在戏台上呢，您看那些才子佳人，一到成亲结婚，戏就结束了，所以您也结束了。那女的和您不是一路人。要是放在过去，您就是风流才子、老克勒（绅士、白领），那女的只不过是弄堂里的大妈。我下午还有事，您现在能不能告诉我，什么时候给钱，啊？我要现钞，别转账什么的。"少年笑眯眯地望着他。

项海怔怔地，一句话也说不出来。整个人傻了似的。

夏去冬来。很快，又是年底了。

赵西林打来电话，项忆君只当又是约自己打牌，没等他说话，便道："我没空。"赵西林接着说："我想约你一块去看昆剧电影，刚上映的，《牡丹亭》。"

项忆君愣了愣，同意了。

电影院里座无虚席，七成倒是年轻人。这部影片宣传力度极大，电视、报纸、杂志，铺天盖地的，一夜间红遍申城。

大屏幕上，青春靓丽的杜丽娘来到花园。

"原来姹紫嫣红开遍，似这般都付与断井颓垣。良辰美景奈何天，赏心乐事谁家院！朝飞暮卷，云霞翠轩，雨丝风片，烟波画船——锦屏人忒看的这韶光贱……"

项忆君耳边响起父亲项海唱的《牡丹亭》。不知为什么，她竟觉得，两人唱的，好像不是一个《牡丹亭》。这个杜丽娘和那个杜丽娘，似是完全不同的。项忆君不禁又有些笑自己傻。明明都是汤显祖写的本子，哪里会不一样了？

项忆君又想起了毛安——不晓得他会不会去看这部电影？想到他唱《牡丹亭》的模样，嘴角不自觉地露出微笑。那一瞬，项忆君忽然有些明白了：其实人人都可以唱《牡丹亭》，项海、余霏霏、毛安、白文礼、还有她自己，都可以唱。人人的《牡丹亭》却又不尽相同。"游园"时，各人心里怎么想，杜丽娘便是什么样。是良辰美景，还是断井颓垣，只凭自己的心。又或许，这人的良辰美景，又偏是那人的断井颓垣。

看完电影出来，赵西林说："蛮好蛮好，原来戏还蛮好听的。"

项忆君知道他刚才在电影院里睡着了，不说破，只笑了笑。赵西林又道："以后有好看的戏，我们再来看。"项忆君还是笑笑。

一路上，项忆君都在想该怎么提出分手。快到车站时，赵西林忽道："你教我唱戏怎么样？"项忆君听了一愣。

赵西林飞快地说："我晓得我这个人是老粗，只会打牌，高雅艺术一点也不懂。不过我这个人很虚心，又好学，脑子也不算笨。只要你肯教，我一定能学会——你肯不肯教我？"他望着项忆君，竟似有些紧张。

"嗯……"项忆君有些手足无措了，分手的话已经在嘴边，却一个字也说不出来。她看着他的眼睛，也不知被什么驱使着："嗯，好——不过你嗓子不是很好，这个，有点沙，只能唱老生……"

项忆君说完，一抬头，瞥见对面高楼的楼顶上，巨大的宽幅屏幕在放《牡丹亭》的宣传片——雕栏玉砌，亭台楼阁，一个妙龄古装女子踱着碎步走着，袅袅婷婷，镜头朦朦胧胧，影影绰绰。

"原来姹紫嫣红开遍，似这般都付与断井颓垣——！"

无数人抬头看。一时间,这座城市的上空都回荡着幽婉凄转的唱腔,像层薄薄的纱,笼罩着整座城市。随风轻轻摆着,摆着,这边扬起一些,那边又落下去。柔柔地,一点一点地,似波纹般,微微漾了开来。

发表于《人民文学》2007 年第 9 期

转载于《新华文摘》2007 年 11 月

《小说月报》2007 年第 11 期

《北京文学·中篇小说月报》2007 年第 10 期

《中篇小说选刊》2007 年第 6 期

获第三届《北京文学·中篇小说月报》奖

倾国倾城

一

庞鹰第一次看见高丽华,是在崔海和蒋莹的婚礼上。高丽华一出现,便把新娘子的风头给抢了去。按说蒋莹也是个美人,在分行里很有些男人缘,但美人与美人也是有区别的——小美人遇上大美人,眉清目秀遇上倾国倾城,高下立分。加上蒋莹已有了三个多月的身孕,脸肿得很,靠厚厚一层粉撑着,浓妆之下,更少了几分灵气,像是木偶娃娃。

庞鹰和苏圆圆夫妇坐一桌。她并不认识新郎新娘,蒋莹调走的时候,她还没毕业。新郎崔海是佟承志的学长,又是苏圆圆父亲的旧下属,因此关系比旁人要亲近些。新郎新娘来敬酒时,苏圆圆向他们介绍庞鹰:"我们科里新来的小同志,××大学毕业。"崔海便笑一笑,说:"哦,高才生,前途无量啊。"庞鹰的脸微微一红,还不及说话,崔海已转了话头,问苏圆圆:"老行长最近身体怎么样?"苏圆圆道:"还是老样子,天天吃降压药。"崔海道:"改天我去看他老人家。"苏圆圆笑道:"崔处您现在是新贵,又是新婚,大忙人,怎么好意思劳您的驾?"崔海也笑:"别寻我开心了,你们家承志还比我小两岁呢,都当处长好几年了,我眼看是奔四的人了,好不容易才扶正,眼泪水答答滴,伤心啊!"

崔海的一对双胞胎女儿被老人带着,很乖巧地坐在座位上,穿着花童的衣服。客人们大多是认识她们的,见了便上前逗一逗。两个小女孩长得一模一样，手里各捧着一个洋娃娃，粉妆玉琢似的。

高丽华便是这时出现的。婚礼已进行了一半，杯盘狼藉，好多客人都有些醉了，拿着酒瓶吵吵闹闹，乱得很。高丽华悄无声息地走进来，穿一条白色的束腰裙，长发披肩，高跟皮鞋踩在地上发出清脆的叮叮声，风姿绰约中，还带着些妖气，喧闹的宴会厅一下子安静下来，大家都朝她看。

高丽华径直走到苏圆圆那桌，停下，甜甜地叫了声："阿姐。"

庞鹰闻到一股浓郁的香气。她鼻子过敏，登时便打了个喷嚏。她朝高丽华看，瞥见她长长的睫毛在眼角处投下剪影，鼻子尖尖翘翘。笑起来有些法令纹，很妩媚的模样。一串玛瑙耳环，垂到颈间。同时，一绺长发也垂了下来，差点落进面前的杯子里。庞鹰连忙把酒杯拿开些。

苏圆圆一怔："是你？"

高丽华道："我有个朋友在隔壁厅结婚，刚巧看到阿姐你，过来打个招呼。"苏圆圆哦了一声，随即向佟承志介绍："老邻居，从小一起长大的。"又向高丽华介绍："我先生。"高丽华朝佟承志一笑，叫了声"姐夫"。

崔海挽着蒋莹，本已走向下一桌了，却又绕了回来。崔海的目光飞快地在高丽华脸上瞟过——眼睛、鼻子、嘴巴、头颈，再是胸部。倏忽一下，又迅速地收回，无线电波似的。他问苏圆圆："朋友啊？"苏圆圆嗯了一声。崔海很夸张地叫起来："哎呀，圆圆的朋友，那是一定要喝一杯的。"

高丽华不待他说完，便在一个空杯里倒满酒，笑吟吟地举起杯："新郎新娘，白头到老啊！"说着，一饮而尽："初次见面，我叫高丽华。"她朝崔海微笑。

崔海也把酒一饮而尽，报以微笑："崔海——催命的催去掉单人旁，大海的海。"高丽华咯咯笑道："干吗说催命？说催促不就好了嘛！"崔海一拍脑袋："就是就是。高小姐的语文比我好得多。哈哈！"

苏圆圆瞥见蒋莹在一旁脸色有些难看。

婚礼结束后，苏圆圆夫妇有车，顺路捎庞鹰一段。路上，佟承志问妻子："什么老邻居，我怎么不晓得？"苏圆圆道："老房子的邻居，你怎么会晓得？"佟承志道："不是说一起长大的吗？"苏圆圆懒洋洋地道："话是这么说，隔了这么久，早淡了。"说完又加上一句："她妈以前在我家当保姆的。"

佟承志哦了一声。

过了一会，苏圆圆忽道："崔海前面那个老婆死了还不到半年吧？"佟承志说："嗯。"苏圆圆道："升官发财死老婆，中年男人的三大美事，这家伙全摊上了，幸福啊！"佟承志没吭声。苏圆圆侧过身，朝他看，又道："幸福啊，是不是？"

佟承志把身体坐得直些，干咳两声，与此同时，朝反光镜里的庞鹰看了一眼，有些尴尬。庞鹰察觉了，闭上眼睛，做出很困的样子。

几周后，高丽华调到分行，和苏圆圆、庞鹰一个科室。

高丽华坐靠门的座位。苏圆圆告诉庞鹰，高丽华的这个座位，便是当年蒋莹的。都说靠门的座位最危险，私下里做些小动作，领导进来一下子便发觉了。其实并非如此。看似危险的位置反倒安全，是视觉盲点。那时蒋莹的手机墙纸便是她和崔海的照片，两人勾着脖子，亲嘴。她做得这么张扬，却从没人注意过。最后还是崔海前妻得了胃癌，她大大咧咧地在崔海办公室走进走出，做广告似的，大家才晓得了。半年前，崔海前妻病逝，地下情终于修成正果，蒋莹升格为新任崔太太。

"看着吧，"苏圆圆道，"高丽华总有一天，也要走蒋莹的老路。你看着吧。"

苏圆圆说着，朝庞鹰笑笑。

庞鹰坐在座位上，瞥见高丽华那边墙上什么东西闪啊闪的，晃眼得很。庞鹰先是一怔，半晌才看清——她正对着镜子涂睫毛膏。阳光落在镜子上，又反射到墙上，一个亮亮的白点，晃啊晃的。一会，高丽华抬起头，两排睫毛像钢针那样齐刷刷的。她拿睫毛夹去夹，小心翼翼地，轻轻举起，轻轻落下，生怕把睫毛夹坏，精细得很。接着是扑粉，拿一把大刷子，向两侧轻扫。颧骨处再点几下胭脂，用手指晕开。庞鹰不晓得化妆原来这么复杂。高丽华从镜子里看见庞鹰的脸，便笑一笑。庞鹰不及避开，有些不好意思，也笑了笑。

高丽华拿到第一个月工资，说要请苏圆圆和庞鹰吃饭："就在对面的张生记，吃杭州菜，阿姐你说好不好？"苏圆圆道："别破费了，我们都不讲究这些的。你把钱留着给你妈吧。你妈一把年纪了，还在帮人裁衣服，也造孽兮兮的。"高丽华道："是我妈让我请你们的，再说又用不了几个钱。阿姐，你把姐夫也叫上。"苏圆圆道:"叫他干什么,又不是一个科的。"高丽华道:"热闹嘛。"

下了班,三人径直来到饭店。佟承志没来,苏圆圆说他晚上有应酬,抽不出空。高丽华订了个小包间,点了菜,又开了瓶红酒。苏圆圆道:"点什么酒呀,就我们三个女人。"高丽华道:"女人喝点红酒对皮肤好。"苏圆圆看她一眼,笑笑:"怪不得你皮肤这么好。"高丽华道:"我这是天生的,不喝酒也好。阿姐你还记不记得,以前邻居都夸我是小外国人,因为皮肤白,头发又黄。"苏圆圆道:"是吗?我记不清了。不过你小时候头发倒是真的很黄。"高丽华笑道:"所以呀,所以他们才说我是小外国人。"苏圆圆道:"你不要以为头发黄好,外国人头发黄是天生的,中国人头发黄就是营养不良。人家说你小外国人,你就高兴成这个样子,你怎么不想想,非洲人也是外国人,中东人也是外国人,是吧?"

苏圆圆飞快地说完,耸耸肩,做出开玩笑的样子。一会,酒菜陆续送上。高丽华举起酒杯,说:"谢谢两位赏光,尤其要谢谢阿姐,没有阿姐为我搭线,我也进不了行里。"苏圆圆道:"我只是把你的表格送上去,也没帮什么忙。"高丽华道:"那也要谢,要不是阿姐面子大,我就是削尖了脑袋也挤不进来。"

三人碰了杯。高丽华从包里取出烟,问庞鹰:"抽吗?"庞鹰摇头。高丽华便自己点上火,吐了个烟圈,用食指和中指夹着烟,纤纤长长的。

她问庞鹰:"是不是上海人?"庞鹰微微一怔,反问:"怎么,我不像?"高丽华一笑:"不是,只不过你看着挺老实,现在的上海女孩都滑头得很,不像你这么乖。"苏圆圆道:"小庞的父母都是知青,在安徽工作。"高丽华哦的一声,笑笑:"啊——怪不得。"庞鹰被她这声"怪不得"弄得有些不是滋味,便不说话,夹了块螃蟹,低下头剥。

坐了一会,庞鹰站起来说要走。"7点半还要上课。"她道。

高丽华有些惊讶:"上课?什么课?"

"高级口译。"庞鹰脆生生地回答。

半小时后,庞鹰匆匆赶到学校。走进去,已经开始上课了。庞鹰朝老师微微欠身,坐到座位上,拿出书和笔记本。

她本不想读补习班的,未必有效果,还要花钱,可没办法,每晚这个时候婶婶都要叫人过来搓麻将，把个十来平方的亭子间弄得乌烟瘴气。还有堂弟，明年考大学，写字台自然是要留给他的。庞鹰只能躺在床上看书——与其这样，倒不如出来上补习班，还清净些。

庞鹰在眼镜上哈了口气，拿眼镜布擦拭。这副黑框眼镜戴了六七年了，镜片都磨损了，式样也陈旧。黄昊常笑话她戴眼镜像个大妈，看着像老了十几岁，却从不曾想过给她买副新的。有时庞鹰忍不住想提醒他，再一想，还是算了。庞鹰不大在乎这些，况且黄昊也没什么积蓄，每月还要给福建的老母亲寄钱，也不容易。大学时，是黄昊先追的她。庞鹰不像别的女孩，要让男人反反复复求而不得，她没这个心思。她的心思在别的地方。读书时，她年年拿甲等奖学金。周末，别的女孩谈恋爱，她在图书馆温书，一坐就是一天，老僧入定般。黄昊也只有在旁边陪她。朋友们说她这样是辜负了好时光。她嘴上笑笑，心里却不以为然——她的好时光是在将来呢。

下课出来，黄昊等在校门口，远远地朝她招手："哎，秀才！"

庞鹰走上去，问："你怎么来了？"黄昊道："接你呗。"庞鹰道："也不打个招呼，走岔了怎么办？"黄昊道："大不了等到天亮，直接上班去。"

庞鹰笑笑。黄昊把手里一个纸袋给她："喏。"庞鹰打开一看，是条连衣裙。"给我的？"她问。黄昊嘿的一声："不是给你，难道是给我的？"

庞鹰瞥过裙子上的吊牌，三百九十八元。"发奖金了？"她问。

黄昊道："不发奖金，就不能给你买衣服？"庞鹰道："太阳从西边出来了。"话一出口，才觉得不妥，连忙跟着说了声"谢谢"。黄昊问她："肚子饿不饿？我们去吃夜宵。"庞鹰点了点头。

两人来到路边一家茶餐厅，走进去，点了虾饺和糯米鸡。黄昊把糯米鸡外面那层荷叶撕开，放进庞鹰面前的小碟。庞鹰觉得他今天格外殷勤，便道："我自己来。"黄昊晓得她不爱吃蛋黄，把糯米鸡里的蛋黄夹掉，"瞧你，脸又小了一圈——是不是又不吃早饭了？"庞鹰道："有时起晚了，来不及。"黄昊道："你这样不行，本来就长得瘦，现在就更像个小老鼠了。女人不能太瘦，瘦了显得可怜巴巴，不精神。"庞鹰道："现在流行骨感美，越瘦越美。"黄昊道："算了吧，什么骨感美，我妈上次看了你的照片，说这个女孩怎么这么瘦啊，可别……"他说到这里，戛然而止，拿杯子喝了口水。

庞鹰知道他后半句是什么，也不说破，挑糯米鸡里的鸡块吃。

过了一会,黄昊忽道:"哎,你那个姓苏的同事,有空请她吃顿饭怎么样?还有她老公。"庞鹰一怔:"干吗?"黄昊道:"她老公以前不是专管员工福利那块吗?跟他吃顿饭聊聊,看能不能把我们公司的冰柜推销给他?你们分行那么多人,一人发一台,我们公司就能舒服好几年了。"庞鹰又是一怔,一口糯米鸡卡在喉咙里,差点噎住。黄昊没察觉,径直说下去:"我跟我们领导打了包票的,年前至少销出去两百台。我说,我女朋友的同事是银行行长的女儿,这件事有得搞。我们领导答应给我百分之五的提成。不管怎样,跟这种高干子弟搞好关系总没坏处的,是吧?"

庞鹰不说话,目光瞥过旁边那个装衣服的纸袋,有些没劲。她朝黄昊看,黄昊对她笑,笑容里带着讨好的意味,又给她夹了块虾饺。半晌,庞鹰终是没忍住,霍地站了起来,道:"我先走了。这顿饭我来埋单。"

苏圆圆回到家,佟承志躺在床上看报纸。苏圆圆坐下来卸妆。佟承志道:"回来得挺早啊。"苏圆圆道:"吃完就散了,三个女人又没什么好聊的。"佟承志笑笑:"听这话的意思,要是多个男人就有得聊了,是吧?"苏圆圆道:"那是当然。那小女人到底还是不懂事,应该请你一起去的。你是我老公,又帮了她,礼貌上也该叫一声的。"

佟承志道:"帮忙的是你,她叫不叫我也无所谓。"苏圆圆嘿的一声:"要不是她妈跑去我妈那儿哀求,我也犯不上帮这个忙——白白欠了郭副总一个人情。"佟承志道:"人家不是请你吃饭了吗?"苏圆圆道:"你以为我想吃这个饭?讲句老实话,介绍她进来,我是担风险的。她那个人啊,做事要让人捏把汗的。小学时候跟男同学打架,硬把人家裤子给扒下来;初中里跟男老师到外面过夜,差一点被学校开除。也搞不懂她是怎么上的大学,真是天晓得了。"

苏圆圆把耳环摘下来,放进首饰盒,朝丈夫看了一眼,故作随意地问:"你说,她是不是挺漂亮?"佟承志道:"还行吧,不难看。"苏圆圆道:"男人都喜欢她这种类型的,对吧?"佟承志道:"谁说的?"苏圆圆道:"明摆着的嘛。你没看见崔海那天的死相样子,口水都快流到地上了。"佟承志道:"崔海那个人你又不是不晓得,他代表不了大多数男人。"苏圆圆一笑:"那你说,你喜欢哪种类型的?"佟承志道:"当然是你这种类型。"苏圆圆问:"我是哪种类型?"佟承志回答:"温柔贤淑秀外慧中……"苏圆圆在他头上轻轻一拍,笑骂:"少拍马屁。"

苏圆圆洗完澡出来,佟承志已睡了。苏圆圆推他:"睡着了吗?"佟承志迷迷糊糊应了声。苏圆圆道:"我爸让我们这周六过去吃饭。"佟承志嗯了一声。苏圆圆道:"我爸说,最近你都不怎么过去,翅膀硬了。"

佟承志眼睛倏地睁开,问:"真的?"苏圆圆笑起来:"骗你的。我爸说,你是乖小囡,让我对你好一点。"佟承志舒了口气,笑道:"老丈人到底是多年的党员干部,通情达理,也看得透彻。"苏圆圆一笑,拿手指拨弄他的头发,忽道:"我说,我们科室的庞鹰,喏,就是婚礼上和我们坐一起的那个女孩,倒是个人才呢。"佟承志道:"戴眼镜那个?"苏圆圆道:"嗯。性格有点内向,不过人很聪明,大学里就把注册会计师和审计师考出来了。你呀,别像崔海那样,光盯着漂亮女人,身边要放几个做实事的人,将来用得着的。"佟承志翻了个身,道:"我心里有数。"苏圆圆又道:"明年换届,好几个副总都该退了。提谁不提谁,下面几千几万双眼睛盯着呢。"

佟承志嗯了一声。

苏圆圆伸出手臂,从他的后颈绕过去,到他胸前,又朝他耳际吹了口气。佟承志没动。苏圆圆在他胸前拨拉着,一下、两下,弹钢琴似的。佟承志打个呵欠,道:"好困。"苏圆圆兀自不死心,手伸到他胳肢窝,挠他的痒。佟承志呵欠一个接一个,困极了的模样。苏圆圆终于没劲了,躺平了,抱怨道:"是犯了毒瘾还是怎的?"佟承志不说话,一会,便打起小鼾了。

二

星期天下午,庞鹰正在教表弟功课,黄昊给她发了条短信:我在你家楼下。庞鹰放下手机,对表弟说有点事出去一趟,让他自己看书。婶婶在厨房择菜,听了便问:"晚饭回来吃吗?"庞鹰说:"回来的。"

庞鹰下了楼,见黄昊倚在一棵树下抽烟。庞鹰走上前,他便把烟掐了。

两人对视了一眼。黄昊道:"来了。"庞鹰问他:"有事?"黄昊道:"没事,就是想你了。"庞鹰道:"我在教表弟功课呢,他下礼拜模拟考,要紧关头。"黄昊道:"哦。你倒是关心表弟,就不管男朋友死活了。"他说着笑笑。庞鹰心里叹了口气,没吭声。

过了一会，黄昊道："说出来也实在是丢脸，还要女朋友替我搭桥。可你也不是不晓得我，那种小公司，每个月拿一两千块死工资，够什么用的？光房租就要八百多呢。"庞鹰沉默了一下，道："我晓得。"黄昊道："我要是能大把大把地赚钱，也不会做那种无聊事。谁不想有骨气？我也是没办法。再说我妈身体也不好，又没劳保，每个月光吃中药就要好几百块……"

黄昊一边说，一边把脚下的石头碾来碾去。

庞鹰道："我晓得了。"黄昊朝她看。庞鹰道："明天上班，我替你约约看。"黄昊喜出望外，道："真的？"庞鹰道："不过我跟她也不是很熟的，你别抱太大希望。"黄昊忙道："没关系，谢谢你了。"

庞鹰回到家。婶婶道："这么快？"庞鹰嗯了一声，瞥见表弟忙不迭地把PSP收好。婶婶见了，骂道："你就玩吧玩吧，打游戏你保管能拿第一！"表弟兀自嘴硬："劳逸结合嘛！"婶婶道："等明年考上大学，你就是玩得眼睛瞎掉，我也不来管你。"表弟说："考上大学又怎么样？现在大学毕业也赚不了几个钱。姐姐和黄昊都是大学生，一个月能拿多少钱？我宁可自己去做生意，当老板！"婶婶嚷道："你能做什么生意，卖茶叶蛋啊？"

庞鹰进卫生间洗澡。隔着一扇门，听见婶婶轻声对表弟道："我跟你讲，你跟姐姐他们不一样的。他们没房子，这就很伤脑筋，可你不一样，这套房子将来总归是你的……"表弟哎哟一声，打断道："鸽子笼一个。"婶婶道："鸽子笼好歹也是房子。你姐姐他们将来结婚，肯定要买房子的，就算一室一厅，最起码也要好几十万吧？你有房子打底，工资少点就少点，问题还不大。可他们就比较麻烦……"

庞鹰洗完澡出来，换了件衣服，对婶婶道："我出去了。"婶婶道："怎么又要出去了？"庞鹰道："上课。"婶婶道："现在才几点啊，你不吃饭了？"庞鹰嗯了一声，砰地关上门，走了。

已经是初秋了，下午却依然很闷热。衣服粘在身上，潮潮的很不舒服。庞鹰从家里出来，想着时间还早，索性便走路过去。到了学校门口，觉得饿了，去附近小饭店吃东西。走进去，人已满了，只有拼桌。服务员领她到一张桌子，已坐了一个人。庞鹰坐下来，瞥过这人的脸，不禁一愣——是佟承志。

佟承志看见她，也是一愣："这么巧？"庞鹰道："是啊。我在对面学校上课，顺便过来吃个饭。"佟承志道："对面吗？真是巧了，我也在对面上课。"

"上什么课？"庞鹰问他。

"中级口译。"佟承志道。

庞鹰哦了一声。佟承志问："你呢？"庞鹰道："我也是英语。"

吃完饭，两人走进学校。佟承志的教室在二楼，庞鹰的在三楼。两人各自进了教室。上课时，庞鹰想着婶婶的话，整堂课都有些无精打采，连手机也忘了关。课到一半，手机嘀嘀地响了，很突兀。她一看，是黄昊的短信：谢谢你，你是好人。

庞鹰叹口气，把手机关了。

下课后，庞鹰走出来，见校门口停着一辆白色的奥迪A4。她认得这是佟承志的车，怕遇见他还要打招呼，正要走开，忽见一个交警慢慢踱过来，朝这车看了几眼，低头便要开罚单。庞鹰来不及思考，便道："师傅，人在的呀，在的呀。"急急地上前。交警看她，道："开走。"庞鹰哦了一声，道："晓得了，司机在上厕所，马上出来。"交警道："你不要淘糨糊。"庞鹰道："我没有淘糨糊，司机真的马上出来了。我是跟来的，这个，不、不会开车。"她说着，都有些结巴了。

交警不理，开了张罚单，放在雨刮器上，又朝她瞪了一眼，随即走了。

庞鹰愣了愣，想这算什么名堂。呆站了一会，悻悻地离开了。

苏圆圆答应和黄昊吃顿饭。庞鹰打电话给黄昊，黄昊十分兴奋，很快订好了饭店。吃饭那天，庞鹰说不想去，黄昊说："你要是不去，我一个人去算怎么回事？我又不认识他们。"庞鹰无奈，只得跟着去了。

苏圆圆和佟承志应邀赴席。黄昊问佟承志喝什么酒。佟承志道："不用了，我们开车来的。"黄昊便点菜。苏圆圆对他道："小黄，随便点些菜就可以了，大家聊天为主。"黄昊一边答应，一边点了鱼翅和东星斑，又叫了最贵的木瓜汁。

说了些客套话，黄昊很快便步入正题，问国庆节行里给员工发什么福利。佟承志说，最近行里主要是发卡，什么联华卡、乐购卡、斯玛特卡啊，比较方便。黄昊听了，立刻道："这个容易，我们公司也可以做卡，凭卡领冰柜，一样很方便。"佟承志笑笑。黄昊又加上一句："价钱也有得商量。"

庞鹰脸上烫得厉害,都不敢看人了,低头喝饮料。

佟承志说:"我现在调到信贷处,已经不管这块了,倒是有些旧同事,托托他们是可以,但也不敢打包票的。"黄昊连连点头:"那是那是。"

一会,黄昊端起酒杯,偷偷踢了踢庞鹰。庞鹰便也端起酒杯,站起来。黄昊脸上堆笑,道:"佟哥、苏姐,我敬你们。以后就靠你们多关照了。还有庞鹰,初来乍到的,什么也不懂,你们多提携。"

结束时,黄昊变戏法似的拿出两瓶红酒,道:"我一个朋友从国外带回来的,说是1990年的波尔多红酒,我又不会喝,白白糟蹋了好东西,佟哥就算帮个忙。"佟承志连忙推辞。黄昊硬把酒塞在他怀里。佟承志朝苏圆圆看,苏圆圆又朝庞鹰看。庞鹰张口结舌地道:"苏姐,一点心意,你就收下吧。"苏圆圆笑道:"心领了,我先生平常也不大喝酒的。"庞鹰站在那里有些窘,脸也红了。苏圆圆朝她看,改口道:"那就收一瓶吧,谢谢你们了。"

苏圆圆夫妇离开后,黄昊问庞鹰:"气氛好像还行,是吧?"庞鹰嗯了一声,问他:"酒多少钱?"黄昊道:"两瓶一千八百块不到。"庞鹰没吭声。黄昊道:"舍不得孩子套不到狼,要是做成了,就是十瓶酒也值。"

黄昊送庞鹰回家。路上,黄昊道:"下个礼拜去苏州水上乐园玩,怎么样?"庞鹰摇头道:"不去了,又不会游泳。"黄昊道:"不会游泳没关系,水里泡泡嘛。"庞鹰还是摇头:"不去了,小时候被水呛过,有阴影。"黄昊一怔:"真的?"庞鹰道:"四五岁的时候,不小心掉到河里去了,幸好一个解放军路过,把我救起来。要不然,现在就没我了。"她说着,笑了笑。

午休时间,蒋莹找苏圆圆一块喝咖啡。约好在分行隔壁的真锅。苏圆圆进去时,蒋莹已先到了。蒋莹替她点好了咖啡。苏圆圆坐下来,见她的眼圈红红的,连忙问她:"怎么了?"

蒋莹道:"还能怎么——你不晓得吗?"苏圆圆一怔,问:"跟双胞胎处得不好?"蒋莹嘿的一声:"那么一点点大的孩子,有什么处得好处不好的?"苏圆圆又问:"跟崔海吵架了?"蒋莹朝她看一眼,道:"我就不信你一点也不晓得,装糊涂是不是?"苏圆圆睁大眼睛:"我装什么糊涂?"

蒋莹端起咖啡,喝了一口,道:"那个狐狸精,不是苏姐你的人吗?"

苏圆圆愣了愣:"谁?高丽华?"

蒋莹哼了一声:"不是她还有谁?分行里都传得沸沸扬扬的,别跟我说你不晓得。"苏圆圆干咳一声,道:"嗯,听是听说过一点——行里爱搬弄是非的人多了,你别放在心上。你们好歹是新婚,他再怎么样也不至于……"蒋莹道:"新婚又怎么样,他那个人——我不说你也晓得,不是什么好东西。"

苏圆圆朝她看,笑笑,低头喝了口咖啡。

蒋莹瞥见她的目光,道:"我晓得你心里在想什么,你肯定在想,你当年也抢人家的老公,现在报应来了。是不是?"苏圆圆忙道:"我没这么想。"蒋莹道:"我和她不一样的。崔海前面那个老婆是农村人,人长得丑,又没文化。崔海跟她没感情的。"苏圆圆没说话。蒋莹又道:"再说了,退一万步讲,就算我抢了人家的老公,总也不希望别人来抢我的老公啊,苏姐你说是不是?"苏圆圆笑笑:"我明白的,你别急,怀孕的人不能动气。"

蒋莹从包里拿出烟,要点上。苏圆圆连忙阻止:"你疯啦,不想要这个孩子啦?"蒋莹恨恨地道:"不要了。"苏圆圆道:"你这人怎么这么任性?过日子谁没个磕磕绊绊,看开点就没事了。崔海又不是傻子,总不见得为了那个小女人,就和你分开?你们才结婚多久啊?"蒋莹道:"人家不是长得漂亮吗?"苏圆圆嘿的一声:"漂亮?漂亮的人多了。难道你就不漂亮?再说了,看到漂亮的就把老婆甩了,你把你们崔海当什么了,花痴啊?"蒋莹咬着嘴唇笑道:"我看他就是花痴。"

苏圆圆劝她:"你呀,别整天胡思乱想,身体最要紧。以后要是心里不痛快,就来找我聊天。我肯定站在你这边。"蒋莹噘嘴道:"算了吧,她可是苏姐你的嫡系。"苏圆圆哎哟一声:"什么嫡系,她不过是我一个老邻居,不搭界的。咱们是什么关系?十来年的老同事、好姐妹!死党!她怎么比得上?毛都不搭一根!"

苏圆圆回到办公室,见高丽华在给庞鹰化妆。高丽华一套化妆品齐全得很,瓶瓶罐罐,摊开来像个小杂货铺。庞鹰起初不肯,被她死死拉住。高丽华说:"你的皮肤其实不错,脸形也好,就是清汤寡水的,你给我半小时,我保管把你打扮成天仙。"高丽华嘻嘻哈哈地,往庞鹰脸上涂各种各样的东西。

苏圆圆坐下来。高丽华给庞鹰涂上睫毛膏,又涂了眼影,拿睫毛夹夹了。一会,大功告成,拿面镜子给她,问:"怎么样?"庞鹰看了,皱眉道:"太浓了。"高丽华道:"你觉得浓是因为你从来不化妆,其实一点也不浓,刚刚好。

不信你问阿姐。"苏圆圆看了一眼，道："不错，蛮好。"

庞鹰嘿的一声，戴上眼镜。高丽华叹道："本来蛮漂亮的，眼镜一戴，一点味道也没有了。"庞鹰道："不戴眼镜就成瞎子了。"高丽华道："配副隐形眼镜不是蛮好？现在谁还戴这么老气的眼镜？"

高丽华说着，问苏圆圆："阿姐，喝咖啡了？"苏圆圆嗯了一声："就在隔壁，和蒋莹一起喝的。"高丽华道："哦，那个新娘子。"

苏圆圆道："跟老公吵架了，找我出来喝咖啡散心。怀孕了还喝咖啡，也不怕生个非洲人出来。"高丽华道："听说女人怀孕脾气都会变的。"苏圆圆嘿了一声："她本来就有点作。女人啊，只要稍有点姿色都有这毛病，喜欢生事。"说着，朝高丽华笑笑。

下班后，庞鹰和高丽华走到分行门口。一辆本田雅阁从后面开过来，揿了揿喇叭。车窗摇下，崔海探出头来。高丽华嗲嗲地道："崔处，我去淮海路买衣服，能不能载我一段啊？"崔海爽快地道："上来吧！"高丽华对庞鹰说声"再会"，一扭腔，上了车。

庞鹰到学校时，天已全黑了。匆匆买了个面包，奔进去，上楼时绊了一下，踉踉跄跄地，头一抬，竟刚好与教室里的佟承志目光相接。庞鹰一个趔趄还没站稳，很是狼狈。脸一红，急急地上楼了。

下课出来，走到校门口。见佟承志倚在车旁，朝她招手。庞鹰走过去，道："佟处，还没走啊？"佟承志道："上车，我送你。"

庞鹰一怔，忙道："不用，我坐地铁很方便的。"佟承志微笑道："我送你也很方便，上车吧。"庞鹰还想推辞，佟承志已开了车门。她只好上车。

佟承志问她怎么走，她说了。佟承志道："原来是真的很方便，高架下来就到了。"庞鹰道："谢谢您。"话一出口，便觉得别扭，怎么说"您"了。佟承志也察觉了，朝她笑笑。

佟承志道："谢什么，该我谢谢你才对。"庞鹰以为他说的是黄昊请客的事，谁知他说下去："那天怕我被罚款，对交警吹牛了，是吧？"

他朝她看，笑吟吟地。庞鹰这才想起来："哦，那天啊——"

佟承志笑道："看不出，你也会吹牛。"庞鹰忙道："当时情况紧急，来不及多想。"佟承志道："怕我被罚钱。"庞鹰道："就是啊，又不是十块二十块，一罚就是两百，唉，可惜最后还是罚了。咦，你怎么会晓得的？"

"门卫告诉我的。他说，有个小姑娘很着急的样子。我一猜就是你。"

佟承志朝她看，笑道："谢谢你啊。"庞鹰不好意思了，道："别客气，我也没帮上什么忙。"车窗开着，灰尘进了眼睛，她摘下眼镜擦拭。一瞥，见他盯着自己的脸，怔了怔，问："我脸上有什么东西吗？"佟承志也是一怔，忙把目光移开，笑道："没有，你今天好像——有点不同。"庞鹰正要再问，车已停下了。到家了。

庞鹰回到家，去卫生间洗脸。摘下眼镜，看到镜子里的自己——白天的妆容还在，五官很精致，换了个人似的。她一愣，忽地，想起刚才佟承志的目光——原来是因为这个。

庞鹰不由得脸红了红，又朝镜子里看，随即骂了声"傻瓜"，拿起洗面奶便往脸上抹去。

苏圆圆请了一天假，去看中医。挂专家门诊，排了长长的队，足足等了两个小时才到。

看病却只是一会，照例是配一大堆药。医生叮嘱她，不能吃牛奶、虾、芒果，还有清蒸鱼，药性相克的。苏圆圆本来要问他，吃了这么久的药了，什么时候能见效。想想还是算了，问了也是白问。

回到家，包一放，便去煎药。苏圆圆站在灶台边，身体直直的，拨弄着锅里的药。一会，水开了，药渣扑扑地朝上涌。她把火关小了。房间弥漫着浓重的中药味。她倚着墙，看微弱的火苗，在那里闪啊闪的。

电话响了，苏圆圆走过去接。是她妈妈，问她去医院配药了没有。她说刚回来。她妈妈又问医生怎么说。她说："没问，问了也就是那两句，不能急，急了就更不行，要有耐性，都快背出来了。嘿！"

电话那头安慰了她几句，挂了。

一会，钟点工来了，问她晚上烧什么菜。她想了想，说："雪菜蒸黄鱼吧，先生喜欢。"钟点工答应了，出去买菜。

到了晚上，佟承志回家了，一块回来的竟还有高丽华。两人有说有笑。高丽华道："阿姐，单位发了两箱水果，我给你送来了。"苏圆圆道："交给承志不就行了嘛，何必专门跑一趟？"高丽华道："我刚好来这附近办点事，搭姐夫的车，顺便看看你。"苏圆圆哦了一声，道："那就吃了饭再走吧。"

"不用了，我都跟人约好了，你们慢吃。"高丽华说着，对着卫生间里的佟承志甜甜地道声"姐夫再会哦"，离开了。

苏圆圆摆好碗筷，招呼佟承志吃饭。佟承志走过来，见到桌上的蒸黄鱼，道："你不是不能吃清蒸鱼吗？"苏圆圆道："我不能吃没关系，只要你喜欢就好。"佟承志道："没必要的，我也不是特别喜欢——下次还是红烧吧。"

苏圆圆瞥一眼地上的两箱水果，缓缓地道："还让她专门跑一趟，怪不好意思的。"佟承志嘿的一声："有什么不好意思的，又不用她搬——她是趁机搭我的顺风车。"苏圆圆看他一眼，笑笑："让她搭顺风车，你好像蛮开心。"佟承志道："她要搭，我总不见得不答应咯。"苏圆圆嗯了一声，道："是啊，没错。"佟承志朝她看。

她笑笑，道："快吃吧，吃了去洗个澡。今天闷热得很。"

佟承志洗完澡出来，苏圆圆躺在床上看画报。佟承志上了床，打了个呵欠。苏圆圆放下画报，朝他看。佟承志连着打了几个呵欠。

"今天行里忙得要命……"他道。

苏圆圆朝他看了一会，道："困了是吧？睡吧。"说着，躺下来，头朝向另一边。佟承志怔了怔，也躺了下来，关掉灯。过了一会，听到她的呼吸声，问："睡不着？"

苏圆圆没回答。佟承志正要把头别过去，忽地想起什么，道："哦，今天是你……"

苏圆圆的身体动了一下。佟承志怔了怔，一只手抄过去，搂住她的肩膀。苏圆圆轻轻挣了挣。他摸到她的文胸扣子，解开，另一只手渐渐滑下去。

苏圆圆道："你不是困了吗？不用勉强。"

黑暗中，佟承志似是笑了笑，手里不停，窸窸窣窣的。

"讨厌……"苏圆圆轻声骂了句。

三

国庆节前，行里给每个员工发了张××公司的领物券，凭券可到指定地点领取豪华冰柜一台。

中午吃饭时，庞鹰拿着餐盘过来，邻桌几人在小声议论什么，见她来了，便闭嘴不说。庞鹰和高丽华坐一桌吃饭。一会，崔海也来了，在邻桌坐下。

高丽华见了，道："哟，领导也来这里吃饭呀，与民同乐嘛。"崔海笑道："楼下美女多，不像楼上小餐厅，都是糟老头，没劲。"高丽华嘿的一声，拿起餐盘，大大咧咧地走到他那桌，坐下。

庞鹰听见两人的笑声，毫不顾忌地，忍不住朝他们看去。崔海不知说了句什么，高丽华笑得手似乎都拿不住筷子了，在他肩上轻轻一扶。崔海趁势便抓住她的手。庞鹰不好意思看下去了，转过头。

这时，蒋莹变戏法似的出现了，面无表情地，径直走了过来。

周围的声音顿时轻了下去。崔海和高丽华却兀自没察觉，一个笑得前仰后合，一个说得眉飞色舞。

蒋莹走到两人边上，停下。崔海看见她，一惊，道："你怎么来了？"蒋莹道："来看你呀。"她朝高丽华瞥去。高丽华端起餐盘，道："我吃完了，你们慢聊。"说着便要走。蒋莹脚往旁边一勾。高丽华没提防，被她一绊，整个人向前倒去，咣当，餐盘倒翻在地上，人也随之跌倒，摔个结结实实。

周围一阵哗然。

蒋莹一动不动地站着。崔海扶起高丽华，问她："没事吧？"高丽华摇头，道："没事。"蒋莹嘴一撇，道："不好意思哦，我不是故意的。"

崔海朝妻子看，道："走吧，去我办公室。"也不待她回答，拉着她便往外走。蒋莹经过高丽华身边，冷冷地扫了她一眼。

高丽华拿起餐盘，一瘸一拐地放到回收处。庞鹰跟上去，道："你膝盖受伤了。"高丽华道："没事，回去贴张创可贴就行了。"庞鹰道："去医务室看看吧。"高丽华笑笑，道："哪有那么严重？"

高丽华走出餐厅，到电梯口。崔海和蒋莹也等在那里。高丽华缓缓地走上前。崔海瞥过她膝盖上的乌青，惊道："你受伤了。"高丽华道："小事。"

蒋莹朝她看，高丽华也朝她看。两个女人目光相接——蒋莹脸上的妊娠斑淡淡的，一块一块，像白衣服穿久了，泛黄了。体形因为怀孕而变得臃肿，虎背熊腰，全然不复往日的窈窕，整个人像是吹足了气。她瞥见高丽华的目光在自己脸上身上一圈圈打转，挑衅似的。很快，高丽华把视线移向前方。她站得笔直，挺胸收腹，更显得身材曼妙无比。她拨弄着头发，手指雪白。

蒋莹有些泄气。她觉得，现在的自己，活脱脱便是崔海的前妻。

不知怎的，她的肚子剧烈地痛起来，像有什么东西在里面绞，突如其来地。

"啊……"蒋莹捂住肚子,尖叫起来。

苏圆圆要去医院看蒋莹,高丽华听了,也说要一起去。苏圆圆道:"你就算了,别添乱了。"高丽华道:"阿姐,天地良心,我可没惹她,是她自己流产的。在场的人都可以做证的。"苏圆圆嘿的一声,道:"我晓得,你是好人。"高丽华道:"我算是好说话了——她绊了我一跤,我都没跟她计较。"苏圆圆道:"是呀,所以才说你是好人嘛。"

苏圆圆说完,径直走了。高丽华悻悻地坐下来,问一旁的庞鹰:"你也看见的是吧?我是无辜的。"庞鹰嗯了一声。高丽华又道:"这女人早不流产,晚不流产,偏偏在我面前流产,存心让我难堪。嘿,跟她老公多说几句话,就要吃醋,她在她老公身上拴根绳子该多好。"

庞鹰忍不住道:"换了你,你不吃醋?"高丽华道:"我老公不会像崔海那样的。我是谁啊?有了我,别的女人看都不要看了,一个个都像白板一样,木木的,没啥看头。"庞鹰觉得这人倒也有趣,忍不住笑了笑。

苏圆圆赶到医院,蒋莹正在午睡。崔海在一旁陪着。苏圆圆坐下,把带来的补品放在一边,对他道:"这跟坐月子差不多,要好好调养。"崔海哦了一声。苏圆圆朝他看。崔海道:"别这么看我,怪吓人的,搞得我像个罪人一样。"苏圆圆道:"你这是风流罪过。"崔海叫起来:"什么风流罪过?我可是清清白白的,你要相信我。"苏圆圆道:"我相信你有什么用?要蒋莹相信才行。"崔海叹了口气,道:"她啊,倔脾气,说什么也不听,怀孕了还七想八想。好了,现在孩子没了,太平了。"

蒋莹醒了。崔海要给她削苹果,她板着脸说不要。苏圆圆让他先走:"你回去上班吧,这儿有我呢,让我们姐妹俩聊聊。"

崔海走了。苏圆圆扶起蒋莹,拿了个枕头,给她垫在腰下。蒋莹哭丧着脸,道:"苏姐,孩子没了。"苏圆圆道:"没了就没了,你还年轻,还有机会。"蒋莹恨恨地道:"他是无所谓的,反正他已经有两个小孩了,这个有没有都无所谓。"苏圆圆道:"他越是无所谓,你越是要好好地生个小孩,否则将来三比一,吃亏的总归是你。怪你自己,不晓得珍惜自己。"

蒋莹带着哭腔道:"苏姐,那现在怎么办?"

苏圆圆沉吟着，道："想办法快点再怀上一个。崔海这个人啊，不是我在你面前说他，确实也有点那个。你要是不快点生个孩子，巩固一下地位，形势对你真的不大有利。该闹的时候也该闹一闹，但是要注意分寸，别把自己搭进去了，就像这次，多不划算呀，是吧？"

苏圆圆拿过一个苹果，朝她看了一眼，说下去："反正还是那句话，苏姐肯定站在你这边，有什么事情，就跟苏姐说，苏姐帮你出主意。嗯？"

苏圆圆说完，在她肩上轻轻拍了拍，很贴心地，把苹果递给她。

佟承志把一台新的冰柜搬到老丈人家。家里发了两台，老丈人家恰恰又没有冰柜，两全其美。佟承志进去时，崔海也在，灰头土脸的模样，似是刚被训过。苏父在泡工夫茶，见佟承志来了，道："承志来得正好，坐下来喝茶。"

苏父喜欢喝茶，餐边柜里都是今年的新茶，上品，一套茶具也是上品。茶壶是宜兴紫砂的鼓形壶，茶杯是潮州枫溪的白果杯，茶洗、茶盘、茶垫、水钵、龙缸、红泥小炉、砂跳……一应俱全。苏父先烧开水，把茶壶烫了，茶叶放进茶壶，再烧水，沿着茶壶的边沿倒进去，高冲低洒，再接着是刮沫、淋罐、烫杯，茶杯一字排开，转着圈地斟茶。

崔海拿了茶杯便要喝。苏父说："别急，喝工夫茶可急不得，要先闻一闻，再啜一口，含在嘴里一会，最后才喝下去。你当是可口可乐啊？"

苏父说着，自己拿了一杯，拇指和食指按住杯沿，中指托住杯底："含汤在口中回旋品味。一旦茶汤入肚，口中啧啧回味，鼻口生香，咽喉生津，一碗喉吻润，两碗破孤闷，两腋生风，回味无穷。"他双眼微闭，端着茶杯在鼻下轻轻一闻，一副陶醉的模样。

崔海笑道："老行长是雅人，我是老粗，要这么个喝法，早渴死了。"

苏父道："喝工夫茶不是为了解渴。古人登山浮水，临流漱石，林墅深幽，席地小坐，烹茗啜饮，是人生一乐。"他说着，朝崔海看，忽道："你啊，做人就是太浮了。当年你去安徽当兵的时候，我就跟你说过，做人要沉得下去，稳得住，尤其是男人，不沉稳就别想有出息。你啊，要多静下心来喝喝茶。"

崔海忙点头道："是，是。"

三人又喝了会茶，崔海说还有事，先走了。佟承志继续陪苏父喝茶。

苏父问他："最近工作还顺利吧？"佟承志道："挺好。"

苏父将茶壶里的茶倒进杯中，道："其实，不光是崔海，你们年轻人啊，有空都应该多喝茶——喝茶能让人静心。现在这个社会，有些事情，不静下心来就做不好。"佟承志嗯了一声。

苏父瞥了一眼角落里的冰柜，道："小夫妻俩最近还好吧？"

佟承志忙道："挺好。"

苏父道："我这个女儿啊，缺点优点我都晓得，缺点就不说了，优点扳手指头也数得过来，但至少一点——对老公是没话说的。你自己也该晓得，她为了你，算是尽心尽力了，对吧？"佟承志点头。

停了停，苏父道："孩子的事情，别急，总归会有的。你们还年轻，啊？"佟承志依然是点头。

苏父道："做父母的，都希望子女好。女婿好了，女儿才能好。你是个怎么样的人，我和圆圆妈妈都清楚，所以才放心把女儿交给你。你们开开心心地过日子，我和圆圆妈妈也开心。听说你在读中级口译，很好嘛，现在英语很重要，做什么都离不开英语。有时间的话，再读个行政管理什么的。过几天，你跟我去见见几位长辈，都是行里的老前辈了，跟他们多聊聊，没坏处。圆圆常说你书生气太重，我倒觉得这也不是坏事，蛮好。不过有时候也得随机应变，适当地变通一下，人嘛。"

苏父说着，把手中的茶杯给他。佟承志恭恭敬敬地接过。

国庆节，黄昊到庞鹰家吃饭，带了两条烟一瓶酒，还给表弟买了双耐克球鞋。表弟试穿了，尺寸有些小。黄昊说没关系，到店里去换一双就行了。

吃饭时，婶婶问黄昊："老家要翻新房子啊？"黄昊闻言，朝庞鹰看了一眼。婶婶又问："那要多少钱啊？"黄昊道："差不多四五万吧，那里不比上海。"婶婶哦了一声，笑笑，说："贵倒是不贵。"

吃完饭，庞鹰送黄昊下楼。

到了楼下，黄昊问她："你跟你们家人说了？"庞鹰道："嗯。"黄昊皱眉道："你的嘴也真是够快的，我前脚跟你说，你后脚就跟他们说。"庞鹰道："又不是见不得人的事，再说早晚也会晓得。自己人，有啥好瞒的？"

两人缓缓朝前走去。黄昊叹了口气，道："这下你婶婶更加不喜欢我了。"庞鹰道："不会的。"黄昊沮丧地道："算了吧——本来六十分勉勉强强，现在肯定不及格了。"庞鹰道："他们喜不喜欢有什么用？只要我喜欢就行了。"

黄昊停下脚步，在她脸颊亲了亲。庞鹰一抬头，瞥见楼上表弟在窗口偷看，忙不迭地让开，道："走吧。"

庞鹰走上楼，表弟在门口贼忒兮兮地笑："姐姐，你们老保守的，也不来个吻别什么的，真没劲！"庞鹰在他头上打了一记，道："小鬼头！"

庞鹰走进去，婶婶在收碗筷，叔叔在沙发上看报纸。庞鹰上前，帮忙把剩菜放进冰箱。叔叔抬头问她："国庆节不回去了？"庞鹰嗯了一声，道："他妈妈说，跑来跑去浪费路钱，算了。"婶婶在一旁道："他妈妈这是门槛精，让你们把路费省下来给她盖房子。他这个妈妈呀，花样也实在是多，前阵子是生病吃药，每个月成百上千地寄钱，现在又要翻新房子，一下子又是好几万。她怎么不想想，她儿子在上海连个卫生间也买不起，她倒是蛮笃定。"

庞鹰道："不是她要翻新房子，是老房子被政府收回去了，不翻新房子就没地方住了。"婶婶道："你怎么晓得，他说你就信了？人民政府又不是黑社会，还能让老百姓睡大马路？"叔叔咳嗽一声："你不要多事。"婶婶道："我不是多事，我是在讲道理给庞鹰听。小姑娘太年轻，有些事情还不太懂。你们将来总归是要结婚要买房子的，钞票呢？天上掉下来？抢银行？这个黄昊啊，我横看竖看都没觉得他哪里好……"

表弟插嘴道："我看他蛮好。"

婶婶道："好你个大头鬼，一双鞋子就把你收买了。你妈我养了你十几年，也没见你说我一声好。"

庞鹰洗了澡，躺在床上看书。布帘拉上，外面就是表弟的床。表弟偷偷在打游戏，把声音调得很轻。庞鹰听见了，隔着布帘劝他："要么就温书，要么就睡觉。小心又挨你妈妈的骂。"表弟道："我再打十分钟，马上睡觉。"

过了一会，表弟忽道："姐姐，要是把你的脑子给我一半就好了。"庞鹰一怔："干吗？"表弟道："其实也不用一半，三分之一也够了。我肯定就能考上大学了。"庞鹰道："别这么说，你只要肯努力，一定行的。"

庞鹰说着，躺下来。月光从窗外透进来，落在墙上，一个白亮的点。庞鹰怔怔看着，觉得它似在微微颤着。明明隔得那么远的东西，这么看着，又似是触手可及，软软薄薄的，像吹出来的气泡。这么看着，不一会，便睡着了。

苏圆圆买了点燕窝，送到蒋莹家。双胞胎被保姆带出去玩了，家里只剩她一个人。苏圆圆问她："崔海呢？"她答道："出去了。"苏圆圆道："国庆节，小夫妻俩也不去近郊找个地方玩玩？"蒋莹嘿了一声："他才没心思跟我玩呢，宁可跟酒肉朋友打牌搓麻将。"

苏圆圆将燕窝浸下了，叮嘱她发好后挑去杂毛，用椰汁炖最好，别贪方便拿牛奶——牛奶跟燕窝冲的。蒋莹说："苏姐，还是你最好，最想着我。"

停了停，蒋莹问她："苏姐，你那个，怎么样了？"苏圆圆摇头，道："老样子，没花头。"蒋莹道："要不要我介绍个老中医给你？"苏圆圆道："算了吧，我现在看的这个，已经是全上海最好的了，据说八十岁的老太婆要是想生孩子，也能让她生得出来……"她说着一笑，随即低下头。

蒋莹道："其实也不用急，苏姐你还年轻，好多人四十岁都能怀上呢。"苏圆圆道："我现在也不急了，都这么多年了，老早麻木了。"蒋莹道："佟承志呢，他急不急？"苏圆圆道："他急又有什么用？他又不会生孩子。"

蒋莹道："所以说啊，佟承志这个人还是不错的，对你又温柔又体贴。"苏圆圆嘿的一声，道："他那个人啊，就算发火也是软绵绵的。"蒋莹道："这才是谦谦君子嘛。行里一批处长里头，就数他口碑最好了。"苏圆圆笑笑："温暾水一个，有什么好的？"

蒋莹道："温暾水才好呢，稳稳重重的。都说你们家佟承志最有官相，将来肯定能做大。"苏圆圆摇头道："算了吧，人家是表面温度低，里面滚烫滚烫，像保温瓶，这样才有戏。他是里外温度都差不多，真正是杯温暾水。"蒋莹道："那也比我们崔海好。他是开水一杯，里外都滚烫，手都拿不住。"苏圆圆道："做人热情也不是坏事。"蒋莹撇嘴道："就怕他是热情过了头，变成热昏了，把自己都烧焦了。"

蒋莹说着，咯咯笑起来，没心没肺地。

苏圆圆也跟着笑，拿过旁边的茶喝了一口。茶杯放下时，笑容还在脸上，只是有些走样，变得硬了，凌厉了，看着竟像是冷笑了。

四

　　黄昊拿了一张超市的提货单给庞鹰，让她交给苏圆圆，说是凭单可以提一对正宗阳澄湖大闸蟹，公的半斤，母的四两。庞鹰说不用了吧。黄昊好笑："又不是给你的，你客气什么？"

　　上班时，庞鹰怀里揣着提货单，犹犹豫豫地，好几次手已摸着，终是不好意思拿出去。加上高丽华在旁边，也找不到合适的机会。

　　晚上下了课，庞鹰等在校门口。旁边是佟承志的车。庞鹰想这人怎么罚不怕，万一又被交警抓怎么办？正想着，见佟承志从里面走出来，便上前，叫了声"佟处"。

　　佟承志笑着问她："是不是想搭车？"庞鹰忙道："不是的不是的。喏，这个给你。"说完拿出提货单交给他。佟承志接过，问道："是什么？"庞鹰道："大闸蟹。我男朋友单位发的，让我拿给苏姐尝尝鲜。"佟承志道："你们自己留着吃吧。"说着要还给她。庞鹰忙不迭地让开，一身轻松地说："我不吃螃蟹的，会过敏。佟处长再见。"说完，快步朝前走去。佟承志愣了一下，道："我送你回家吧？"庞鹰脚下不停，回头道："不用不用。"一不留神，撞上旁边的垃圾箱，绊了一下，重心顿时不稳，朝旁边倒去。

　　佟承志上前扶住她，道："你怎么老是跌跌撞撞的？"庞鹰一怔，随即明白他说的是上次学校楼梯口的事，脸一红。佟承志道："撞疼了吧？"庞鹰摇头。

　　佟承志打开车门，道："走吧，我送你回家。"庞鹰忙道："不用。"佟承志道："你都受伤了，让你一个人走有点说不过去。"庞鹰道："只是撞了一下，没事的。"佟承志道："上车吧，又不是十万八千里。"

　　庞鹰推辞不过，只好上了车。

　　车子驶上高架。佟承志道："你男朋友太客气了。"庞鹰笑笑。佟承志道："下次有机会我请你们吃饭，又吃又拿，怪不好意思的。"庞鹰忙道："没关系，其实多亏佟处……"她说到这里停住了，硬生生把"帮忙"两字吃进肚里，有些窘，笑了笑。佟承志朝她看了一眼，也笑了笑。

　　过了一会，佟承志道："又要上班，又要上课，辛苦吗？"庞鹰道："还好。现在上课不比从前，没什么压力。"佟承志道："圆圆常在我面前夸你，说你是个用功的姑娘。这样挺好。"他说完，觉得这话有些老气横秋了，长辈似的。庞鹰道："那你不是更用功？已经是处长了，还在读书。你也挺好的。"

佟承志忍不住朝她看了一眼，见她神情一本正经，不禁有些好笑。

送完庞鹰，佟承志回到家。苏圆圆坐在沙发上看电视。佟承志脱下外衣，把提货单给她："喏，你们科室的庞鹰给的。"苏圆圆一怔："咦，她怎么会给你？"佟承志道："谁晓得——大概不好意思给你吧。"话一出口，便觉得不对。果然，苏圆圆奇道："不好意思给我，倒好意思给你？"

佟承志道："可能是单位里人多，不方便。说起来也好笑，她像扔手榴弹似的，往我手里一放就走了，话也不多说两句。这姑娘有点傻乎乎的。"

苏圆圆道："老实孩子一个。你也不送送人家？"佟承志迟疑了一下，道："我是要送她，她说不用了。"苏圆圆道："大家都是同事，不碰到也就算了，既然碰到了，礼貌上也该送送的。"佟承志道："她说不用，我又不能硬拖她上车。"苏圆圆笑着看他一眼："要是换成高丽华，肯定就硬拖了，是吧？"佟承志皱眉道："你这个人……"苏圆圆道："好了好了，跟你开玩笑的。"

佟承志拿了衣服，到卫生间洗澡。泡在浴缸里，想起刚才对妻子说谎的事，自己也觉得纳闷，隐隐又有些不安。一会，眼前呈现出庞鹰的脸，微红着，很难为情似的，说"你也挺好的"。佟承志想着，忍不住微笑了一下。

星期天，高丽华拖庞鹰一块去逛街。庞鹰本不想去的，实在拗不过，只得去了。是恒隆广场。两人进去逛了一圈。高丽华试穿了几件衣服，见庞鹰站着不动，问她："你不试试吗？"庞鹰摇头，道："试了有什么用？又不会买。"

高丽华笑笑，轻声道："谁说要买了？"庞鹰奇道："不买你试什么？"高丽华把试穿的衣服还给售货员，走出来，道："看看式样而已。我一个月才赚多少钱，还吃不吃饭了啊？"

高丽华说认识一个很好的裁缝，问庞鹰想不想试试，比买的实惠。庞鹰说好啊。两人便买了几块布料，叫了辆出租，来到普陀区的一个裁缝铺。说是裁缝铺，其实不过是自家住的公房，隔出一小间，放了架缝纫机，布料堆得到处都是，头顶上还挂着几件衣服，拿塑料纸蒙着，怕落灰。裁缝是个五十来岁的女人，瘦瘦的，烫个老式的卷发，戴两个袖套。高丽华拿出布料，比画着告诉她，领口怎样开，腰身怎么收，褶怎么打——其实就是刚才恒隆广场里的衣服式样。一会，又向庞鹰介绍："我妈。"庞鹰吃了一惊，叫了声"阿姨"。高丽华接着道："我妈手艺好得很，自己人，还可以打折的。"庞鹰有些窘，便也拿出布料，把要求简单说了。女人连连点头，说："妹妹，你放心。"

庞鹰见那些做好的衣服袖口都有个淡青色的图案，像条小鱼，便问高丽华："这是什么？"高丽华告诉她："我妈姓俞，她在衣服上绣条小鱼，是标记，是我妈的 LOGO。"

一会，两人走出来。高丽华说："要是感觉好，下次可以介绍朋友过来。"庞鹰哦了一声，想原来被她利用了。两人边走边聊。高丽华告诉庞鹰，她爸爸很早就去世了，靠妈妈一边做保姆，一边做裁缝才把她拉扯大。"我妈总嫌屋子太小，束手束脚的，我跟她说，等再过几年，就买个正正经经的店铺给她，让她过把瘾。"她说着，取出香烟，点上，问庞鹰："抽吗？"庞鹰摇头。高丽华道："真的不抽？我还以为上次你是在苏姐面前装样呢。"庞鹰道："我为什么要装样？"高丽华道："苏姐是领导呗，装得乖一点，讨她喜欢。"庞鹰嘿的一声："没这个必要。"

高丽华看她一眼，笑笑："小姑娘蛮有傲气的。"庞鹰道："别老气横秋的，你也大不了我几岁。"高丽华道："我出道比你早好几年呢。"庞鹰道："什么出道？搞得像黑社会一样。"高丽华道："涉世，懂吗？出道就是涉世。你还涉世未深，我已经是老江湖了。"庞鹰忍不住笑道："帮帮忙，真的老江湖会这么说吗？一听就是涉世未深。"

高丽华也笑了笑，看看表，道："时间还早，我请你唱歌好不好？"庞鹰道："双休日唱歌很贵的。"高丽华道："有什么关系。要不，我找个冤大头……"庞鹰正要阻止，她已取出手机，拨通了，嗲嗲地道："喂，是我呀——出来唱歌好不好。好，那就说定了，复兴公园钱柜，嗯，待会见哦。"

半小时后，高丽华和庞鹰赶到钱柜。崔海已等在包房。庞鹰早猜到冤大头是他，便叫了声"崔处"。崔海笑吟吟地道："两位美女好啊。"

庞鹰坐下来。崔海问她们喝什么，高丽华说啤酒，庞鹰点了可乐。崔海道："怎么不点些贵的？今天有大户请客，机会难得，不敲白不敲。"

庞鹰听了一愣，正诧异间，见苏圆圆和佟承志双双走了进来。

崔海笑道:"说曹操曹操到——大户来了。"高丽华和庞鹰忙都站起来。苏圆圆道:"坐呀,又不是上班。点了喝的没有?"崔海道:"喏,她们替你省钱,光点啤酒可乐。"苏圆圆白他一眼:"那你还想点什么,XO 好不好?"崔海笑道:"好啊,我没意见。"苏圆圆道:"好人你做,埋单我们来——良心大大的坏!"崔海嘻地一笑。庞鹰忙道:"不用不用,我们 AA 制好了。"苏圆圆在她肩上拍了拍,笑道:"开玩笑的,今天让我们佟处长埋单。他十几年没为女孩子埋单了,今天给他这个机会。"

庞鹰抬起头,与佟承志目光相接。两人都微笑了一下。

唱到一半,庞鹰到外面接了个电话。高丽华问她:"跟男朋友约好了?"她嗯了一声。

高丽华点了首男女合唱的歌,与崔海一起唱。崔海声音又粗又哑,像公鸭。庞鹰道:"苏姐,你和佟处也唱一个吧。"苏圆圆便点了首《明明白白我的心》。她唱得一般,佟承志唱得倒是不错。高丽华说:"姐夫,唱得真棒,是不是瞒着阿姐,天天在外面练啊?"佟承志耸耸肩,道:"天生嗓子好,一点办法也没有。"崔海道:"这话听着像在挖苦我。"佟承志笑道:"你多什么心?我晓得你是故意唱得不好,让人家以为你是老实孩子,从来不进 K 厅。"崔海哈的一笑,道:"被你看出来了。"

唱完歌,高丽华搭崔海的车去做脸,苏圆圆便让庞鹰搭自己的车。佟承志发动车子,问庞鹰:"你家怎么走?"庞鹰一愣,随即说了。苏圆圆道:"喝喜酒那次不是去过吗?怎么就忘了?"佟承志笑笑:"我这人不记路。"

刚上高架,苏圆圆手机响了。是蒋莹,约她聊天。苏圆圆挂掉手机,说声"烦人",对佟承志道:"要不你先送我过去,不好意思哦小庞。"

一会到了。苏圆圆下车后,佟承志问庞鹰:"你要不要坐到前排来?"庞鹰道:"不用。"佟承志笑笑:"你这样坐在后排,我感觉自己像是出租车司机。"庞鹰只得坐到前排。一路上都不说话。佟承志问她:"很累吗?"庞鹰摇头。佟承志停了停,道:"你不要觉得不自在,其实刚才我那样对圆圆说,是不想她误会,没别的意思——她这个人比较敏感。"

庞鹰听他这么说,倒有些窘了。"哦。"她道。

很快地,车到庞鹰家了。庞鹰道:"谢谢你啊,佟处。"便要下车。佟承志忽道:"你不去约会吗?"庞鹰一怔,才晓得刚才和高丽华说的话被他听见了，脸红了红。佟承志道："我送你过去。其实刚刚你就该说了，我们可以直接过去，节约时间。"庞鹰想说：你不是知道吗？为什么刚刚不问？终是说不出口，嘴上道："我坐地铁过去吧，也省得浪费你的时间。"话一出口，竟觉得像在撒娇，忙又加了句："不麻烦你了。"竟是越听越别扭。

佟承志笑了笑，道："不麻烦。"说着，踩下油门。

庞鹰赶到餐厅，黄昊已到了。一会，菜上来。黄昊道："我点了你最喜欢吃的鸭舌头和银鳕鱼，还有纸火锅。"庞鹰问："这么殷勤，是不是又想让我约人家吃饭？"她是随口一说，谁知黄昊竟真的道："我女朋友实在是聪明。你去帮我问问，看他们这礼拜有没有空。"庞鹰一怔。黄昊接着道："我们公司想申请贷款，可现在银行卡得要命。她男人就是管这个的，批个几百万应该不难吧？"庞鹰摇头："说得轻巧，人家凭什么批给你？万一坏账，人家要担责任的。"黄昊道："所以才说约他出来吃饭谈谈嘛。我们老板说了，要是这事搞定，就给我升一级，薪水涨三成。"

庞鹰不说话，拿起筷子便吃。黄昊朝她看了一眼，道："一回生二回熟嘛，朋友就是这么交上的。"庞鹰道："人家未必想和你交朋友。"黄昊道："你怎么晓得，你当他们是荣毅仁的女儿女婿？多给点好处，你看他们想不想交我这个朋友！"庞鹰嘿的一声。

蒋莹在家里炖燕窝。她说燕窝有股怪味，闻着就想吐。又道："在家里闷了几个礼拜，都快闷出病了。"苏圆圆问她："那刚才怎么没过来唱歌？"蒋莹一怔，道："唱歌？你们刚才在唱歌？"苏圆圆也是一怔，道："他没跟你说啊？在钱柜，高丽华、庞鹰，还有我和佟承志。"蒋莹放下燕窝，恨恨地道："他现在把我当成黄脸婆了，什么地方都不带我去。"

苏圆圆道："他大概怕那里环境太闹，对你身体不好。"蒋莹道："苏姐你不用替他说话。他是个什么货色，我还会不知道？"苏圆圆笑笑。蒋莹又道："他呢，是不是跟那个小女人走了？"苏圆圆点头道："高丽华去做脸，搭他的车。"蒋莹哼了一声，道："再做也是一张狐狸精的脸。"

两人到附近的日本料理吃饭。蒋莹吃到一半，忽道："苏姐，我想离婚。"苏圆圆吓了一跳，道："你疯啦，才结婚多久啊？"蒋莹气呼呼地道："不开心，待在一起有什么意思？还不如离了算了。"苏圆圆道："你现在要是离婚，就等于白白地把崔海送给别的女人。你舍得?"蒋莹道:"有什么舍不得的,他又不是威廉王子。"苏圆圆道:"你呀,嘴硬骨头酥。真要离婚了,你有什么好处?他是无所谓,离一次离两次没啥区别。可你呢,房子车子一样也捞不到,再说女人离过婚就不值钱了。你自己算算,划得来吗?"

蒋莹皱眉,不说话。苏圆圆喝了口茶,朝她看一眼,又道:"我要是你啊,轻易不说离婚,可一旦下定决心要离,就弄他个死去活来,天翻地覆的,让他身败名裂,倒足大霉,这辈子永远翻不了身。呵呵,开玩笑开玩笑,你这个小十三点,可别真的听进去了……"她说着抿嘴一笑,在蒋莹肩上轻轻一拍。

庞鹰出了地铁站,并没直接回家。她在路边长凳坐下,拿出手机,翻出佟承志的号码,发了条短信过去:"佟处,我可以麻烦你一件事吗?"

苏圆圆回到家,佟承志已经睡了。苏圆圆走过去,推了他一把,道:"这么早就睡了?"佟承志睁开眼睛,道:"回来了?"

苏圆圆坐下来卸妆,嘴里轻哼着歌。佟承志朝她看一眼,道:"心情不错啊。"苏圆圆道:"还好。"佟承志停了停,又道:"跟蒋莹聊得开心吗?"苏圆圆道:"有什么开心的?我只有和老公聊天才会开心。"说着,朝佟承志一笑。

佟承志也笑了笑。苏圆圆道:"她说想和崔海离婚。"佟承志一怔:"不会吧?"苏圆圆道:"我也觉得不会,说说而已。"佟承志道:"那你怎么说?"苏圆圆道:"还能怎么说,当然是劝合不劝离了。"佟承志摇了摇头,道:"你们这些女人啊,真是作天作地。"

苏圆圆卸了妆,去卫生间洗澡。一会出来,佟承志在看画报。苏圆圆道:"怎么又不睡了?"佟承志道:"老婆回来,就睡不着了。"他说着,一只手伸到苏圆圆腰间,另一只手去解她睡衣的带子。

片刻后,两人平息下来。苏圆圆把头枕在丈夫臂弯里,笑道:"今天吃过虎鞭了?"佟承志在她额头轻轻砸个毛栗,道:"胡说!你老公用得着吃这种东西吗?"苏圆圆道:"是天生神力?"佟承志笑道:"那当然。"

苏圆圆看着天花板,忽然叹了口气,道:"你说,要是我们一直没有小孩怎么办?"佟承志道:"没有就没有吧,两人世界也蛮好。"苏圆圆道:"你不在乎？"佟承志道："只要两个人在一起开心，比什么都好。我不是这么封建的人。"苏圆圆在他脸颊上亲了一下，道："你真好。结婚的时候我就跟你说过，只要你对我好，我也会对你好。会越来越好的，我保证。"佟承志也在她额头上亲了一下，道："我晓得。"

苏圆圆忽地想起什么，道："哦对了，庞鹰刚刚给我打了个电话，问我们下周有没有空，想请我们吃饭。"佟承志道："怎么又请吃饭了？"苏圆圆道："好像是她男朋友公司要贷款，外面批不出来，想请你帮忙。"佟承志皱眉道："这人事情倒也多。"苏圆圆道："庞鹰是老实头，弄不过这男人的，将来结了婚，肯定都听他的。"佟承志道："那我们去不去吃饭？"苏圆圆打个呵欠，道："怪烦人的，算了不去了。"佟承志又问："那贷款的事呢？"苏圆圆道："你自己看着办吧。要是还过得去就给他办，差得太远就算了，别出什么岔子。"佟承志嗯了一声。

两人关灯睡觉。一会，佟承志起身，走进卫生间，关上门。拿出手机，发了个短信："要是办成了，你怎么谢我？"很快地，回信来了："我请你吃饭。你想吃什么？"佟承志发短信："我喜欢吃越南菜。"

回信随之而至："没问题。"

佟承志忍不住微笑了一下，关掉手机，随即冲了冲马桶。

五

行里有几个去香港疗养的指标，科里分到一个。苏圆圆原先想让庞鹰去的，上面没通过，结果还是高丽华去了。苏圆圆劝庞鹰："不过是个吃吃玩玩的指标，不值什么，眼光放远些，听说明年要在欧洲设分行，那才是抢手的香饽饽。"庞鹰笑笑。苏圆圆又道："上头有人，弄不过她！"这话是学《武林外传》里的一个段子。庞鹰道："没关系的，谁去都一样。"

临走前一天，高丽华问庞鹰要带什么东西。庞鹰说不用。高丽华道："香港买名牌很划算的，你不买些吗？"庞鹰摇头。高丽华又问苏圆圆："阿姐，我去香港给你带支欧舒丹的护手霜好吗？我晓得你手一到冬天就容易皱。"苏圆圆道："不用了。我用国产的蛮好，还便宜。"高丽华道："一分价钱一分货，国产到底质量还是差些。我送给你好了，还有庞鹰，一人一支，算是圣诞老人提前发礼物了。嘻！"苏圆圆嘿的一声，转过头，低声嘀咕了句"骨头轻得来"。

星期天,庞鹰来到陆家嘴的夏龙湾——一家越南餐厅。走进去,佟承志已到了,坐在靠窗的位置上,朝她招手。

庞鹰坐下,问他:"点菜了吗?"佟承志笑道:"主人没到,我哪敢点菜?"庞鹰叫来服务生,点了梅子炒蟹、越南春卷、鸡翅、海鲜汤,还有新鲜椰汁。一会,服务生送上菜和饮料。庞鹰举起杯,道:"佟处,贷款的事情,真是太谢谢你了。"佟承志也举起杯,碰了碰,道:"别客气。"庞鹰道:"可惜我男朋友今天有事不能来,不好意思哦。"佟承志道:"没关系,圆圆刚好也有事。其实就我们两个也蛮好,人少清静些。"说着一笑。庞鹰瞥见他的神情,道:"我男朋友是真的有事……"话一出口才觉得忒傻。果然,佟承志笑道:"我知道,大家都比较忙。"庞鹰说声"是啊",拿起椰汁喝了一口。

吃完饭,两人走出来。庞鹰抢先道:"我坐地铁回去。"怕佟承志又要送自己。佟承志点头道:"好。我也坐地铁,今天没开车。"说完便朝她笑。庞鹰哦了一声,脸微微一红,两人并肩朝地铁站走去。

庞鹰比佟承志早两站下。到了站,她走下地铁。佟承志叫她:"哎——"庞鹰回头看他。佟承志竟也跟着出来了,地铁门随即关上。庞鹰有些惊讶。佟承志道:"时间还早,出来散散步,送送你。"庞鹰朝他看了一眼,低下头。佟承志咳嗽一声,搓着手。两人都不说话。

佟承志又咳嗽一声,道:"走吧。"示意她上电梯。庞鹰揣测他是什么意思,是到此为止呢,还是要送她回去。她停了停,上了电梯。佟承志跟在后面。庞鹰倒不知如何是好了,想让他停下,话一出口竟成了句"出站再进来还要花钱,不划算"。佟承志笑笑,道:"还好。"说完,拿出皮夹,刷了卡。

出了站。刚才还是阳光明媚,突然下起雨来。庞鹰包里有伞,但瞥见佟承志两手空空,料他必定没带伞,便也不拿出来。两人冒雨走着。佟承志瞥见她前额刘海淋得精湿,雨水沿着额头滴下来,眼镜都花了,便伸手把她眼镜摘了下来:"看都看不清,小心别撞墙。"

庞鹰朝旁边一让,条件反射似的,随即捋了捋刘海,笑笑。佟承志道:"女孩子不是都爱在包里放把伞?"庞鹰只得把伞拿出来,装作刚刚想起的样子:"你不说我都忘了。"撑开伞,道,"一块撑吧。"佟承志摇头道:"这么小的伞,两人撑都淋湿了。"让到一边。庞鹰独自撑伞走了一段,雨越下越大，见他身上都湿透了，便把伞也给他撑些。佟承志笑笑道："谢谢。"

两人走着。庞鹰问他："会不会搓麻将？"佟承志道："不怎么会。干吗问这个？"庞鹰道："有人想请你玩几局。我是负责传话的，去不去随你。"佟承志哦了一声，道："再看吧。"

一会，到家了。庞鹰收起伞，道："要不要上去擦一擦？"是客套，心里盼他别答应。佟承志问："方便吗？"还没等她回答，又笑道："算了不麻烦了，我回家洗个澡就好了。"庞鹰哦了一声，道："那么——再见了。"佟承志道："再见。"庞鹰转身上楼，刚走几步，又下来，把伞交给他，道："我真是糊涂了——伞借给你用。"佟承志道："谢谢。"

楼道灯光有些昏暗。佟承志瞥过庞鹰的脸，下巴那里圆圆润润，线条很柔，老人家都称这种是"木鱼下巴"，很是娇俏。他见过一次她没戴眼镜的模样，那次他便有些惊讶，原来摘掉眼镜会有这样的效果——很不一般了。她是非常耐看的那种女孩子，五官细细巧巧的，很精致。

庞鹰瞥见他的目光，有些不好意思，又说声"我走了"，刚要走，佟承志提醒她："你是不是忘了什么？"庞鹰一怔，随即明白是眼镜，伸手去接。佟承志把眼镜放在她手掌上，另一只手在她手背上轻轻一拍——这个动作有些亲昵了。庞鹰忙不迭地把手缩回去，受惊似的。佟承志也有些察觉，手插进裤袋，朝旁边让了一步，两人都有些尴尬。佟承志摸了摸头，道："其实你不戴眼镜蛮好——小姑娘不是都流行戴隐形眼镜吗？"庞鹰哦了一声。佟承志又道："那，再见。"庞鹰也说声"再见"，转身上楼了。

回到家，婶婶坐在沙发上叠衣服。庞鹰叫声"婶婶"，正要去洗手，婶婶问她："刚才那个男的，风度翩翩的，是谁啊？"庞鹰一怔，随即道："单位同事——住在附近，没带伞，问我借伞呢。"婶婶狐疑地看她一眼，道："你有同事住在附近，怎么没听你说过？"庞鹰道："你又没问过。"说完，心念一动，走到阳台上，佯装摸摸早上洗的袜子干没干，朝下望去，见佟承志竟真的还站着，撑着伞，正朝楼上看。庞鹰慌忙把头缩回来，只觉得一颗心跳得飞快，咚咚地，都快蹦出胸腔了。婶婶在屋里道："黄昊打过电话，问你去哪儿了，我告诉他，你们单位有活动。"庞鹰哦了一声。

佟承志回到家，把庞鹰的伞晾在阳台上，苏圆圆见了，问："谁的伞？"佟承志道："地铁里买的，十块钱一把。"苏圆圆道："怎么挑了这么一把花伞?"佟承志道:"都卖完了,只剩这一把。"苏圆圆嘿了一声,道:"让你别去,你非要去,现在狼狈了吧?"佟承志道:"老同学几年才聚会一次,不去不好意思。"

趁苏圆圆洗澡的时候,佟承志拿出手机发短信,先打了一行字:"谢谢你的伞。"想了想,删了,重新打了一行字:"明天上课吗?"按下发送键,竟有些惴惴不安。一会,回信来了:"上的"。佟承志忍不住露出微笑,把短信删了,钻进被窝。

蒋莹告诉苏圆圆,她又怀孕了,电话里兴奋得一塌糊涂。苏圆圆拿着手机,脸上冷若冰霜,语气却是热情似火。"真的啊?恭喜恭喜,真替你开心。这次可要当心哦!"挂掉电话,苏圆圆把手机一扔,上厕所了。一会出来,见手机上有条彩信,打开,是一张照片——崔海和一个女人搂在一起亲嘴,两人都衣衫不整。苏圆圆端详了半天,皱起眉头,拨了个电话。

"这是什么呀?"她斥道,"模模糊糊,脸都看不清楚,你怎么办事的?你干脆打上马赛克算了。我问你,你脑袋是不是不好使啊?"她心情不好,劈头盖脸骂了一通,重重地把电话挂了。

过了会,又把照片看了一遍——其实也不算太差,至少崔海的脸是清楚了,这就够了。苏圆圆撇了撇嘴,把照片拷进电脑,接着,上了行里的内网。

星期天,苏圆圆带着半斤燕窝,来到蒋莹家。她本不想买燕窝的,贵得很,半斤就要好几千块。可那天蒋莹说不喜欢燕窝,闻了想吐——她记在心里。按中医的理论,身体本能排斥的东西,吃了肯定没益处。她看了六七年的中医,多少懂一些。她想,贵就贵吧,值得的。苏圆圆这么想着,又有些感慨,怎么都到这种地步了,走火入魔了。

蒋莹穿着防辐射背心在做瑜伽。苏圆圆坐在沙发上,看她缓缓吸气,又缓缓吐气,扭腰转颈。苏圆圆道:"小心点,我都替你捏把汗。"蒋莹道:"没事的,孕妇也要运动,光坐着不动,对生孩子没好处。"

一会,蒋莹做完了,站起来,苏圆圆拧把毛巾给她。蒋莹说声"谢谢",坐下来。苏圆圆问她:"崔海什么时候回来?"蒋莹道:"大概后天吧。我倒希望他晚点回来,也清净些。"苏圆圆嘿的一声,朝她看,欲言又止的。蒋莹察觉了,问:"怎么了?"苏圆圆一怔,道:"没什么。"

蒋莹道:"不对,肯定有事。苏姐你别瞒我,是不是崔海有事?"顿时紧张起来。苏圆圆忙道:"不是不是,你别瞎猜。小事情,我本来不想说的,可再想想,你早晚会晓得……"蒋莹声音都发抖了:"什么事啊?"

苏圆圆叹了口气,道:"你晓得高丽华也去香港了,是吧?"蒋莹一怔,脸色倒是安定了些:"这事啊。我不晓得,又没人告诉过我。"苏圆圆道:"本来轮不到她去,也不晓得怎么回事,最后的名单上有她。"蒋莹阴沉着脸,问:"结果呢?出什么事了?"苏圆圆叹了口气,道:"有人把他俩的照片挂到内网上。幸亏发现得早,影响还不算大。"蒋莹愣了愣,问:"什么照片?"苏圆圆咂了下嘴,又叹了口气。蒋莹有些明白了,不说话,过了一会,道:"我上网看看。"苏圆圆忙道:"早被管理员删了,谁还存到现在?不过我倒是拷了一张在U盘。"蒋莹急道:"拿给我看。"

苏圆圆把U盘插入电脑,一会,照片出现在屏幕上。蒋莹见了,倒抽一口冷气,眼睛倏地睁大,又倏地变小。苏圆圆在一旁道:"看完就删了吧。我本来也不想拷的,可再一想,我们是什么关系?不能像别人那样藏着掖着。现代女性呀,又不是旧社会的祥林嫂……"

蒋莹站起来,走到阳台上,手扶着栏杆。苏圆圆也走过去,见她脸色苍白,扶着栏杆的手有些微微发抖——整个人都在发抖。

半晌,蒋莹回到客厅,在抽屉里拿了烟,点上火,要抽。苏圆圆急急地拦下,道:"你傻了?"蒋莹哧的一声:"我都傻到现在了!"苏圆圆把烟掐灭,扔进垃圾桶。蒋莹坐下来,涩然道:"看来不离不行了。"

苏圆圆劝她,为了肚里的孩子,也要忍一忍。蒋莹道:"怎么忍?再忍就真成傻子了。"苏圆圆沉吟着,道:"说句实在话你不要生气。想想崔海前面那个老婆,要不是短命,崔海肯定跟她做一辈子夫妻。崔海这个人,花是花的,老婆也不会不要……"蒋莹不客气地打断:"我跟她一样吗?她是川沙农村种田的,一张脸长得像屎一样。我是什么人,我是上海人,大学生!才貌双全!她跟我能比吗?她可以忍气吞声,我不行!"

苏圆圆想,你自我感觉倒是蛮好。便又道:"我不是跟你说过吗?现在离婚对你一点好处也没有。女人最忌讳的,就是一哭二闹三上吊,结果什么也捞不着。我问你,你是只不过想闹闹出口气呢,还是真的想离?"蒋莹道:"真的想离。"苏圆圆道:"不后悔?"蒋莹道:"保证不后悔。"苏圆圆点了点头，道："那也好。反正现在不比从前了，在一起不开心干脆离婚，对大家都好，劝合不劝离那套早过时了。我们是好姐妹，我才这么设身处地为你考虑，你可别到头来反咬一口，说我劝人家夫妻分开伤阴骘……"蒋莹哎哟一声，道："苏姐，你就放心好了，我才不是这么没良心的人。谁对我好，谁对我不好，我心里清清楚楚。"苏圆圆道："那小孩呢，你还要不要？"蒋莹一怔，道："小孩是我的，当然要的。"苏圆圆点头道："那办法就来了。"

　　苏圆圆喝了口茶，朝蒋莹瞥了一眼，见她一脸急切，忽地想起当年她刚进单位时的情景——有些土气地烫了个长波浪，把前额挡个严严实实，一张脸却是稚气未脱，还有些婴儿肥。不懂什么人情世故，却格外地相信自己，整天小尾巴似的跟着，苏姐长苏姐短。苏圆圆想到这里，便有些愧疚，不该这么做。但只是一念之间。很快地，她微微一笑，说下去："不要急，先装作不知道这件事，一点风声也不要露，顺着他，让他一点也不防备。等孩子生下来，以孩子的名义到法院告他，打他个措手不及，说他生为人父人夫，在外面与别的女人通奸。照片就是铁证，最好之前再收集一些他与那个女人通电话、外出的证据。我敢保证，这场官司你赢定了。到时候再跟他离婚，他是过错方，家里的财产大半都归你。你好处有了，气也出了，想怎么搞臭他就怎么搞臭他……"

　　苏圆圆一边说，一边在心里算日子。孩子生下来还有七八个月——时间刚刚好。她想笑，生生地忍住，做出义愤填膺的模样。

　　分行工会举行了一场英语风采大赛。庞鹰得了青年组一等奖。颁奖那天晚上，所有得奖的同志到饭店聚餐。庞鹰被设在主桌，与行里几位领导坐在一起。她不会交际，旁边人与领导推杯换盏，她只觉得浑身不自在。佟承志坐在邻桌——他是中年组三等奖。庞鹰被几个人撺掇着去敬领导酒。她只得站起来，端着大半杯红酒，傻乎乎地道："我敬各位领导。"领导不满意了，说："我们这么多人，你得一个一个敬。"庞鹰僵在那里。好在其中一个领导厚道，说："一起就一起吧，不过你得喝干。"庞鹰只好笑笑，把酒一饮而尽。

　　庞鹰一杯酒下肚，便觉得头晕，红着脸坐着。最后一道菜是大闸蟹。端上来，大家各自拿了一个。庞鹰没动。旁边一位领导替她拿了。庞鹰说声"谢谢"，便去剥蟹脚。

佟承志凑过来，在她肩上一拍，轻声道："别嘴馋，会过敏的。"庞鹰先是一怔，随即想到上次向他说"吃螃蟹会过敏"，当时只是随便说说，没想到他竟记下了，倒有些感动了，道："吃点蟹脚没关系，蟹黄给你吃好不好？"佟承志说："好啊。"庞鹰把蟹壳掰开，蟹黄给他——忽地意识到两人不该亲昵到这个地步，但也不便缩回去，只得硬着头皮给他了。佟承志接过，道声"谢谢"。

酒席还没结束，佟承志便先走了。剩下的人嚷着要去酒吧，庞鹰吓得连忙拒绝，说："我不能多喝酒，要过敏的。"说到过敏两个字时，心头竟升起一丝暖意，一个人的脸在脑子里晃啊晃的。她想，真是要命了，疯了疯了。这时手机响了，是佟承志发来的短信："我在地铁站一号口等你。"

庞鹰走下楼，犹犹豫豫地，在饭店门口停着不动。服务生还以为她要叫车，一挥手，一辆出租停在面前。庞鹰不好意思，便坐进去。车子启动。司机问她去哪里。庞鹰心不在焉，没听见，司机问了几次，她才回过神来。支吾了半天，道："嗯，就前面那个地铁站。"说完脸都红了。司机还以为听错了，嘀咕着："小姑娘派头老大的，一百米的路都要叫差头（上海方言，出租车）。"

到了地铁站，庞鹰下了车，远远看到佟承志站着，一米八几的身高，休闲西装牛仔裤，站在人群里很显眼——那天婶婶说他风度翩翩，的确如此。庞鹰想着，便骂自己十三点，人家的老公，再风度翩翩，又关你什么事？走上前，叫了声"佟处"。佟承志道："你来了。"她道："嗯。"佟承志又道："没和他们去喝酒？"庞鹰心想，要是去喝酒，你不是白等了？摇了摇头。

两人都顿了顿。佟承志朝她看，笑笑，其实是心里没底。庞鹰也笑笑。两人这么面对面站着，挡了旁边人的路。有几个行人从他们中间穿过去。佟承志道："我们进去吧。"庞鹰道："好。"两人并肩朝里走。走了几步，庞鹰问他："今天又没开车吗？"佟承志嗯了一声，停了停，忽道："坐地铁比较慢，和你待的时间长。"

话一出口，他心里怦地一跳——这么张嘴便说，不经大脑似的。语气还那么淡定，像是理所当然。他想，真是要命了，疯了疯了。好在周围嘈杂得很，把尴尬减了几分。

庞鹰自然是听见了，却装作没听见，动也不动，脸却不自禁地红了。她想，脸红真是个坏习惯，让心躲无可躲。她听到自己的心跳声，一下两下，跳得飞快。手和脚都不协调了，像顺拐。

佟承志说要送她回家。庞鹰没吭声，默许了。倒不是希望他送，而是怕一开口，声音都发抖，那便更糟。下了地铁，两人慢慢朝庞鹰家走。路上行人不多，零零星星的。庞鹰微低着头，怕被熟人看见。路灯把两人的影子越拉越长，橡皮筋似的。一会，到了门口。庞鹰道："我上去了。"

佟承志哦了一声。庞鹰转身便走，有些仓皇，做贼似的。脚在楼梯上绊了一下，哎哟一声，连打了几个趔趄，心想着又该被他笑话了。听见佟承志在身后叫了声"庞鹰"，便回头，问："怎么？"

佟承志清了清喉咙，咽下一口唾沫，道："我……"恰恰这时一辆卡车在面前停下，按了几下喇叭，把后面几个字生生吃掉了。卡车门上印着"某某搬家公司"，陆续有人卸下桌椅、冰箱什么的，也不晓得怎么回事，居然晚上搬家。佟承志便有些懊恼，心倒是定了些，朝庞鹰看，猜她应该是没听见。

佟承志咳嗽一声，道："这个，我走了，再见。"几个人搬了张八仙桌过来，嘴里叫着"借过"。佟承志往旁边让了让。庞鹰撑住防盗门，让他们进去。楼上又下来两个人，嚷着"这么晚，真是碰着赤佬了"，吵吵嚷嚷的。

佟承志朝旁边退去，心想这算什么名堂，又有些好笑。庞鹰抵着门，朝他笑。他也笑。两人对视着，那些人陆续从两人中间搬东西进去，粗声粗气地说着话。佟承志看见庞鹰的脸红扑扑的，想这姑娘真是很爱脸红。

忽然，庞鹰说了句话。佟承志没听清，问她："什么？"庞鹰红着脸，停了停，道："我用英文讲好不好？"佟承志怔了怔，道："好啊。"

这时又是几下喇叭声。楼上有人开窗骂："几点钟了，你脑子坏掉啦！"佟承志没听见庞鹰的话，正要再问，最靠近他的那个人忽地咧嘴一笑，对他道："小姑娘说 I love you——以为我们乡下人听不懂英文是吧，嘻！"他说完，扛着冰箱上楼了。佟承志愣了愣，头像被什么打了一下，有那么几秒钟没回过神来，再一看，庞鹰已上楼了。砰的一声，防盗门重重地关上。

佟承志呆呆站着，一动不动。长长地叹了口气，嘴角却又带着笑意，傻了似的。一会，又摇头，心想：疯了，真是疯了呢。

六

很快便是元旦，没几天又是春节。噼里啪啦鞭炮放过一阵，紧接着便冷清下来。3月里淫雨霏霏，湿漉漉地落了一阵，总不见停，天地仿佛都长了绿毛。好不容易挨到了4月，才转晴些。太阳却总是羞答答，遮遮掩掩地，像是跟谁捉迷藏，只露了个小脸，又倏忽没了踪影。

过完年，庞鹰便开始戴隐形眼镜了。说是黑框眼镜坏了，懒得再配，索性便戴隐形眼镜了。高丽华说她早该这样了，黑框眼镜太老气，早过时了。庞鹰到卫生间补妆。苏圆圆在一旁瞥见庞鹰的脸，微微一怔，想这姑娘原来这么秀气。庞鹰在镜子里看见她的神情，便笑笑，说："我男朋友给我买的隐形眼镜，苏姐你说我戴着好不好？"苏圆圆也笑笑，道："蛮好。"

下班时，外面突然下起雨来，庞鹰和高丽华、苏圆圆走出来，手已触到包里的伞，心念一动，手停在那里。佟承志开着车过来，苏圆圆上了车。庞鹰待车开远了，才把伞摸出来，撑开。

晚上下课后，庞鹰在二楼碰到佟承志，却不停步。两人一前一后地到了校门口。庞鹰继续往前走。一会，佟承志开着车从后面赶上来。庞鹰上了车，佟承志把一捧玫瑰送到她手上。庞鹰说声"谢谢"，接过。佟承志叹口气，道："像特务接头，累啊。"庞鹰道："我这是为你好。"

佟承志一笑，道："我晓得。"

车子驶上高架。佟承志一手握方向盘，一手搭在庞鹰肩上。他问："你猜，我第一次对你有好感是什么时候？"庞鹰想了想，摇头道："猜不出。"佟承志道："就是那次，我告诉你我在读中级口译，问你读什么，你说'也是英语'。后来我晓得你在读高级口译，就觉得你这个小姑娘为人很低调，也很懂事，不让人难堪。"庞鹰道："我倒没想那么多。要是我说'高级口译'，你会难堪吗？"佟承志道："多少会有一点，我是你上级，又比你年纪大。"庞鹰嘿的一笑，道："是不是感觉像留级生？"佟承志轻轻捏一下她的鼻子，道："是啊，我是留级生，你是大队长。"

分手时，庞鹰把玫瑰还给佟承志："拿回去给苏姐吧。"佟承志朝她看。庞鹰脸一红，道："总觉得很对不起她。"佟承志开玩笑道："那就把我还给她。"庞鹰轻声道："那我也舍不得。"说着脸又红了一下。佟承志一笑，从中抽了几枝。

佟承志回到家，把玫瑰给苏圆圆，道："路上一个小女孩硬缠着我买，实在不好意思，就买了几枝。"苏圆圆嘿的一声，把花插进花瓶，道："你啊，脸皮薄，人家吃死你了……"忽地又道："你开车回来的，在哪里买的花？"佟承志心里一跳，嘴上道："加油的时候。也真是厉害，生意居然做到加油站去了，那些小女孩也实在是本事大。"苏圆圆道："越做越精了。"

庞鹰在小超市买了把伞，回到家，把原先那把花伞给了婶婶。婶婶问她："还好好的，怎么就不要了？"她笑笑，没说话。

黄昊换了个工作。金融海啸来势汹汹，中小企业纷纷倒闭。他原先那家小电器公司，资金链一断，立刻便没了生路，一点余地也没有。黄昊去人才市场找工作，可现在经济不景气，哪有合适的位置？幸好一个朋友推荐他去做保险，说他脑筋活络，口才也不错，做保险是把好手。黄昊没法，只得先做着。

他连着几个星期，都不敢找庞鹰。庞鹰晓得他是没脸。公司关门了，七百五十万的贷款，成了坏账。黄昊给她发过几次短信，她都没回。婶婶有一阵子见不到黄昊，问她："你们俩最近怎么了？"她说："没怎么。"婶婶便嘿的一声，道："我老早晓得——长不了。"

庞鹰给佟承志买了根登喜路的皮带，两千多块。她从不买名牌，这是第一次。佟承志拿到皮带，问她多少钱，她回答没多少。佟承志去看价格牌，却被她拿掉了。佟承志怔了怔，说："其实没必要买这么贵的东西，都经济危机了。"他这话是开玩笑，但庞鹰却听着有些刺耳，道："我晓得，所以补偿你一点。"佟承志听出她的意思，微笑道："要补偿什么？能够遇到你，就是最大的补偿了。"说着，握住她的手，轻轻捏了捏。庞鹰低下头，道："我心里很不好意思。"佟承志温言道："小事情。"

佟承志送庞鹰回家。车子停在小区门口。庞鹰走进去，在楼下遇到黄昊，靠着一棵树站着。他道："回来了？"庞鹰嗯了一声。黄昊手插在裤袋里，道："好久不见。"庞鹰又嗯了一声，便要上楼。黄昊伸手拦住她。庞鹰朝他看。黄昊把手缩回去，讪讪地道："你是不是不准备理我了？"庞鹰没说话。黄昊又道："我晓得让你难做人了。可我也不是故意的，金融危机又不是我搞出来的。"庞鹰先是不语，停了停，道："当初你就不该开口。七百五十万啊，不是七块五毛。你晓得给人家添了多少麻烦？"

她说完，扔下他，噔噔便上楼了。

佟承志一路上都在想那笔贷款的事。几个负责信贷的处长里，就他这笔坏账最大，金融海啸是借口，但总归是个麻烦。陈述报告也得费一番心思。苏圆圆倒没怎么多说他，但娘家连着跑了好几次。气氛有些沉重，佟承志晓得她是找她爸爸商量对策。老丈人也是个喜怒不形于色的人，话说一半留一半的。佟承志猜他心里必定骂了一千遍"扶不起的刘阿斗"。

佟承志暗暗叹了口气，把车停在路边，摇下车窗，点了支烟。抽完一支，又点上一支。两支烟下肚，才好受了些。苏圆圆不许他抽烟，说万一怀孕怎么办。他嘴上称是，心里却想——要是能怀老早怀上了。不抱希望的事，早不放在心上了。他父母前些年还隔三岔五地问，现在也死心了。倒是劝他去抱一个，说家里总归要有个孩子才像样。他也不去多想，反正苏圆圆那边不提，他提了也是白提。

庞鹰到家时，婶婶和几个牌友还在搓麻将。表弟已经睡了。庞鹰放下包，去卫生间洗澡。一会出来，听婶婶打发那些人走："最后关头，我儿子再过两个月就要高考了，等他考好我们再玩个尽兴。"庞鹰拿电吹风吹头发。婶婶送那些人出去，走进来，打个呵欠："年纪大了，麻将也搓不动了。"庞鹰见桌上狼藉一片，便帮着收拾。婶婶说尿急，进卫生间小便，刚进去又匆匆出来，问庞鹰："你是不是和黄昊分手了？"庞鹰说没有。婶婶道："你别瞒我，刚才刘家姆妈说，前天晚上，看见一个男人开车送你回来，两个人有说有笑的。"庞鹰道："是同事。"婶婶追问："什么同事？"庞鹰道："说给你听你也不认识。"

婶婶一扭腚进卫生间了。庞鹰上床睡觉。隔着帘子，听见表弟在打鼾，很有节奏，心想这小子年纪不大，呼噜声倒挺大。又见他把被子踢开一角，掉在地上，便拉开帘子，替他把被子掖好。庞鹰重新躺下，侧身向外，却是一点睡意也没有。脑子里乱糟糟的，像缠成一团的毛线，总也找不到头。一会，好不容易理齐了，倏忽一下，变戏法似的，又整个没了，空荡荡的，什么也没有，更叫人彷徨了。

佟承志走进办公室，刚坐下，还没来得及泡茶，电话铃便响了——是苏圆圆，让他过去一趟，声音很低沉。她上班历来是不与他联系的，这就有些反常了。佟承志预感到什么，一颗心顿时提到嗓子眼。

他开门出去，在过道里遇见崔海，边走边打手机。佟承志跟他打个招呼，他点头，在佟承志肩上拍了拍，过去了。佟承志走到苏圆圆办公室门口，还没进去，苏圆圆已出来了，脸色不大好。"走，去郭副总那里。"她说完，转身便走。佟承志心里更没底了，也不敢多问，紧紧跟在后面。

到了郭副总办公室门口，两人敲门进去。郭副总表情很严肃，也不让座，拿出一张照片，啪地扔在桌上。"你们自己看吧。"佟承志拿起来，一瞥，吃了一惊——照片上，他和几个男人坐着打麻将，桌上散乱地堆着许多钞票。图像不太清楚，似是被烟雾笼罩，朦朦胧胧的。人影也有些变形，显得很诡异。

苏圆圆也是一怔，朝他看。郭副总道："还没完呢。喏，再看这些。"又拿出两张纸：一张是借条的复印件，上面清楚地写着欠佟承志十万元整。另一张是一封电脑打印的举报信，说佟承志违反银行信贷制度，收受贿赂，将七百五十万巨额贷款批给一家不够资格的小公司，情节十分恶劣。信件下方没有署名。

佟承志倒抽一口冷气。

当天晚上，两人去了苏圆圆娘家。老丈人把佟承志狠狠训了一顿。结婚以来，佟承志还是第一次被他这样训斥，一点情面也不留。丈母娘在一旁叹气，苏圆圆则面无表情。老丈人到后来是真的激动了。他问佟承志："你很缺钱吗？你要是缺钱就跟我说，十万块钱我还是拿得出来的。"佟承志低头不语。苏母推了推女儿，轻声问："他怎么还会搓麻将？"苏圆圆哼了一声。

老丈人说："亏得郭副总是自己人，把东西半路截了下来，否则你就等着撤职处分吧。我真没想到，你这个人竟然这么糊涂！"老丈人激动地挥动着双手。丈母娘打圆场："承志也只是一时糊涂，谁没个犯错的时候……"丈人大声打断道："那也要看犯什么错，他在外面杀人放火，法官会因为他一时糊涂而不判他死刑吗？"丈母娘碰个钉子，不说话了。

佟承志夫妇回到家。苏圆圆把包一丢，问他："你为什么事先没跟我说？"佟承志愣了愣："怎么没跟你说？你不是晓得……"苏圆圆嘿的一声："我晓得什么？你搓麻将收贿赂，什么时候跟我说过了？睡觉的时候，还是做梦的时候？"她冷冷盯着他。佟承志被她的目光压得抬不起头，便不说话。

苏圆圆停了停，忽问："你在外面是不是有女人了？"佟承志吓了一跳，脱口而出:"胡说八道!"

苏圆圆朝他看了一会,摇摇头,对着梳妆台卸妆。佟承志站起来,佯装到包里掏东西——其实是掩饰,手足无措的。两人都沉默着,听到墙上那口西洋挂钟当当响了几下——夜已深了。又过了一会,相继上床了。

佟承志一夜都没睡着,早上起来,看见苏圆圆深黑的眼眶,晓得她也没睡着,一晚上翻来覆去的,脸色也晦暗晦暗的。两人胡乱吃了些早饭,一前一后出门,佟承志先去发动车,在车上等了一会,还不见她,下车去找,却发现她坐在台阶上抱着腿,原来是扭到筋了。佟承志蹲下身,问她:"疼吗?"她道:"你试试扭一下,看疼不疼!"佟承志劝她别去上班了,请个假。苏圆圆叫起来:"都什么时候了,还请假?我恨不得一天二十四小时都待在行里,免得再出麻烦!"佟承志无言以对。苏圆圆朝他看,又道:"算了,我没事,反正上班也是坐着,又不用跑来跑去。上车吧。"佟承志哦的一声,转身便走,苏圆圆一把拉住他,一只手伸到他手里,让他握着。佟承志朝她看。苏圆圆不看他,却把他的手握得更紧些。佟承志心里一暖,也握紧她的手,捏了两捏。

事情终于还是闹开了。一模一样的照片、复印件、匿名信,摆到了老总的桌上。前后相隔还不到一周——不过也好在隔了这一周,总算是有了应对的空隙,不至于太狼狈。老总是个做事顶真的人,查是查的,但碍着老行长的面子,尽量低调地进行。苏圆圆找了个公安局的鉴定专家,出来证明说,照片清晰度太差,一看就是 PS 的,至于借条,没凭没据的,又是复印件,更是笑话一桩——明摆着是栽赃陷害。专家在鉴定书上签了字,板上钉钉,有法律效应的。专家父亲是苏父的老同学,交情很好。苏圆圆拉着佟承志去他家跑了一趟,带了台夏普的液晶电视,五十六寸全高清,三万多四万不到。人家刚搬了新房,总要意思意思的。

分行里自然是传开了。佟承志吃饭时遇见同事,大家待他的态度多少都有些异样,不是低头避开去,就是热情得过了头,很不自然了。

晚上和庞鹰一起吃饭,庞鹰的眼圈都是红的,她说:"是我害了你。"佟承志经过这阵子的折腾,倒变狠了,也豁出去了,犟犟地说:"有什么害不害的,我不后悔。"

庞鹰朝他看，道："真不该去搓那场麻将，你又不喜欢。怪我，不该替你答应下来，更不该让他们写那张借条。"佟承志嘿的一声："有心要害我，就算没这件事，也有别的事冒出来。我不怕，随他们闹去，反正我也无所谓，大不了就是撤职，难不成还让我下岗？"他说着，有些激动了。庞鹰先是不语，继而在他背上轻轻抚了两下。

庞鹰劝他早点回去："苏姐现在也着急，走吧，别让她担心。"佟承志不动，看着她，问："你赶我？"庞鹰晓得他是撒娇，把他按进车里。佟承志说要送她，她说还有事要去亲戚家一趟，亲戚就住这附近。她替他系上安全带，说："越是这个时候，越要爱惜自己，日子还长着呢。"

她说完，朝他笑了笑，是充满鼓励的。佟承志嗯了一声，说："只要有你，我什么都不在乎。我是大观园里的贾宝玉，没出息。"他原是想开个玩笑，话一出口，竟觉得悲凉了，又有些瞧不起自己，心想，你再怎么自暴自弃，也不该在她面前说这话，都是可以当她叔叔的人了。庞鹰撇嘴道："你是贾宝玉吗？我看你倒像贾琏，贼忒兮兮的。"这话放在平时，佟承志是要不舒服的，现在因有那件事打底，反倒不介意了，还排解了些。佟承志一笑，在她头上轻轻一拍："小姑娘！"

佟承志踩下油门，后视镜里，庞鹰微笑着朝他挥手。他也朝她挥了挥手。车子转弯后，庞鹰没有停留，叫了辆出租，径直来到静安寺附近一家茶室。走进去，里面人不多，空荡荡的。角落里坐着一个人，昏暗的灯光下，跷着二郎腿在抽烟。面前是一杯泡得酽酽的茶，茶叶厚厚地浮在水面上，像冬天马路上密密实实的那层树叶，泛着黄，很沉，又有些萧瑟的感觉。

庞鹰走近了。这人抬起头，灯光在他额头镀上一层锈黄色。"我替你叫了杯龙井。"他道。庞鹰说太晚了，喝茶睡不着觉。这人嗯了声，道："喝茶有好处。有位老同志告诉我，现在这个世道，要想做大事，一定要多喝茶。"他说着一笑："喝茶能让人头脑清醒，沉得下心。"服务员送上茶，他拿了，递给庞鹰。庞鹰双手接过，说了声："谢谢崔叔叔。"

七

欧洲设分行的消息传出来了，连领导一共是七八个人，照例先是填表格报名。全国几十家分行，成千上万个人里挑选，谁都晓得背后要有别的东西撑着才行，否则填了也是白填。可谁也不愿落后，反正试试又不用花钱，不试白不试。

庞鹰去人力资源部拿报名表，高丽华托她多拿一份。两人各自填表格。其中有一项要求用英语写简历，高丽华问庞鹰借汉英字典，折腾了半天，才写了几行。庞鹰填完了，在一旁等她。她不好意思了，说："你先去交吧，一会我自己去交。"

黄昊买了两张林忆莲的演唱会门票，他晓得庞鹰顶喜欢林忆莲。票子交到她手上，他道："三百八一张，两张票子我要做整整一个月的保险。你要是不去，我就直接扔垃圾桶。"这话有些耍无赖。庞鹰朝他看了一眼，道："好吧。"

周六看完演唱会，两人坐地铁回去。庞鹰问他："保险做得怎么样？"他嘿的一声："现在这个世道，饭都要吃不起了，谁还来买保险？我也想开了，再做一阵，实在不行就算了，反正天无绝人之路，大不了回老家种地去！"庞鹰听了，不说话，一会，又道："那就换个工作。"黄昊笑笑："你给我换？"庞鹰停了停，道："再看看吧。兴许有机会。"

临别时，庞鹰拿出八百块钱给他，道："演唱会就算是我请的。"黄昊瞥她一眼："看不起人啊。"庞鹰道："我不是这个意思。等你手头宽裕了，再请我看贵的。"说着，把钱塞在他手里。黄昊一把拿过她的皮夹，又把钱放回去。庞鹰朝他看。他把手插进裤袋，耸了耸肩。庞鹰心里叹了口气。

蒋莹怀孕五个月了，肚子很大，医生劝她该注意饮食，否则到时生起来困难。苏圆圆隔一阵便去看她。一对双胞胎今年上幼儿园了，长高了些，更乖巧了，见了苏圆圆便叫"阿姨"。苏圆圆笑吟吟地，从包里拿出糖果给她们吃。崔海陪着坐了一会，便说有事要出去，苏圆圆道："怎么，我一来你就走？"崔海笑笑，道："我走了，你们姐妹俩才方便说话呀。"苏圆圆也笑，道："你在也一样方便，又不是外人。"崔海笑道："有些你们女人的悄悄话，我们男人不方便听，听了就没趣了。"

崔海说完，在双胞胎女儿脸上亲了亲，出门了。蒋莹待他出去，忙不迭地让保姆把双胞胎带走。"两个小鬼头，吵得我脑袋发涨。烦人！"她道。

苏圆圆瞥一眼她的肚子，问："宝宝还好吧？"蒋莹道："好得很。这可是我的本钱，拼了老命也要养得好好的。"苏圆圆一笑："别说得那么夸张。"蒋莹道："本来就是嘛。苏姐我跟你说，我算是想通了，这个世道啊，什么都是假的，只有自己好才是真的。现在经济又不景气，要是再不为自己打算，就真是傻子了。"保姆带一对双胞胎到楼下去玩。门一关，苏圆圆便问蒋莹："他有没有看出来？"蒋莹嘿的一声："我是谁啊？谁要真的惹了我，保管让他吃不了兜着走。苏姐，我这次是真的铁了心了，他不仁，别怪我不义，不把他弄臭，我怎么样也咽不下这口气。"

苏圆圆下了楼，见一对双胞胎在不远处玩滑梯，爬上去，又溜下来，来来回回地。苏圆圆走近了，蹲下来，逗她们玩。双胞胎咯咯地笑，一模一样的脸，笑起来也是一模一样的酒窝，甜得很。苏圆圆想，也活该那女人倒霉，一点母爱也没有，还当妈妈呢。她想到这里，不由自主地，心里酸了一下。

回去的路上，苏圆圆到菜场买了一斤南美白虾。这种虾适合剥虾仁，比外面买的实惠，味道也好。佟承志最喜欢吃腰果虾仁。钟点工是四川人，不会烧这道菜，她自己烧。回到家，把虾仁剥出来，撒上盐，倒上料酒，再敷一层蛋清。锅里倒上油，先炸腰果。火不能太旺，否则腰果就焦了。再是炒虾仁。急火快炒，最后放腰果，再倒些蚝油吊鲜，一道菜就算烧好了。

苏圆圆本来是没心思下厨的，但想着佟承志这阵子的神情，是该安慰安慰他了。男人毕竟是男人，有自尊心的，真要一棍子打瘪，便一点意思也没有了。苏圆圆按捺着，这阵子反倒比平常更体贴些。老公是自己的，是自己的脸面——脸面就是颜面和体面，是顶顶要紧的东西。看着老公，便如同照镜子。镜子里的人倒霉，镜子外的人也体面不到哪里去——这番话，苏父跟她说了几千几万遍，她记在心里。

佟承志请了两个礼拜的年假。苏母建议他去普陀山烧香，去去晦气。他不好直接拒绝，便说去玉佛寺烧香也是一样的。苏圆圆也请了几天假，陪他去三亚玩了趟，散散心。回来时，苏圆圆给高丽华和庞鹰各带了一副贝壳做的耳环。高丽华隔天便戴了，接电话时，不慎把一只耳环掉在地上，自己却没察觉。庞鹰一旁见了，悄悄捡了起来。

佟承志借口说老同学聚会，晚上陪庞鹰去看电影，是《梅兰芳》。演少年梅兰芳的那个演员长得很俊，上了妆后很有些风情万种。佟承志看了，便道："这男人怎么比女人还漂亮？"庞鹰笑道："你去试试，说不定也行。"佟承志道:"我这么大块头,要是扮女人,只能演顾大嫂、孙二娘什么的。"两人都笑。

佟承志要送庞鹰回家。庞鹰不肯,道:"今天我送你回家。"佟承志逗她,道:"怎么送,你来开车?"庞鹰道:"你开车,我送你。"佟承志一笑,在她鼻子上轻轻刮了一下。两人上了车。庞鹰又道:"真的,今天我送你回家。"佟承志朝她看,笑笑。一会,车到了佟承志家。佟承志却不下车,叹了口气,道:"我又想送你回家了。"

两人相视而笑。庞鹰低声道:"那就送我回家吧。"佟承志道:"真的?"庞鹰道:"送我回家,我再送你回家。"说着一笑。佟承志捏了捏她的下巴,伸手揽她入怀。两人紧紧拥在一起。庞鹰闻到他身上淡淡的衣服清香,心里一荡,暖暖的,似有什么东西融化了,变轻了,在那里飘啊飘着。但只是一瞬,很快地,又一点点沉下去,直落到底,冷了,硬了。

庞鹰回到家,见表弟在翻看以前的相册。他指着一张照片,问庞鹰:"姐姐,这就是那个把你从河里捞上来的解放军吧?"庞鹰瞥了一眼,道:"嗯。"表弟又问:"他人呢,还在安徽吗?"庞鹰道:"复员后就回上海了。"她看向那张照片——十几年前的老照片,都有些发黄了。那时她还是个小女孩,剪个《城南旧事》里小英子的发型,被一个穿军装的男人抱在手里。男人是二十出头的年纪,剃着平头,对着镜头咧嘴笑,有些青涩的模样,当然现在完全不同了——崔海现在发福了不少,前额还有些微秃。

这时,手机响了——是佟承志的短信:"到家了没有?"她回道:"平安到家。"一会,又发过来:"早点休息,晚安。"她回道:"晚安。"庞鹰握着手机,怔怔地,佟承志那张脸在眼前晃啊晃的,带着笑,来来回回地,像被什么牵着,怎么也挥不去。不知过了多久,外面似是下起雨来,淅淅沥沥地,落在窗格上,听着又急又密。

第二天早上,苏圆圆开佟承志的车去上班。她开收音机听新闻,一瞥,见地上有什么东西亮闪闪的,捡起来——是一只耳环。苏圆圆认得是她买给高丽华的,淡粉色的,做成海豚的形状,很别致。苏圆圆拿着耳环,认认真真地看了一会,放进口袋里。

庞鹰走进办公室,苏圆圆和高丽华已先到了,两人似在说话,见庞鹰来了，便闭嘴不说。庞鹰说声"早啊"，坐下来。桌上那面镜子，清清楚楚地映出苏圆圆的脸——面色很不好。庞鹰只看一眼，便把目光移开。

中午，庞鹰拿出手机，按下录音键，放在桌上，起身去卫生间。一会进来，把手机收好，问两人："去吃饭吗？"两人都说不饿，她便一个人走出来，到角落边，戴上耳机，听刚才那段录音。高丽华坐得远，声音很模糊，苏圆圆的声音勉强能听清，只是忽高忽低："……我去营业厅一查就晓得，只要拿他的身份证打份账单，电话号码都在上面，别想赖得掉。"

庞鹰愣了愣，暗骂自己弄巧成拙了。远远地看见苏圆圆走过来，便摘掉耳机，朝她笑。苏圆圆道："打电话啊？"庞鹰嗯了一声。苏圆圆道："男朋友是吧？继续继续。"随即走了过去。

晚上，苏圆圆向佟承志要身份证。"填什么女职工表格，要配偶的身份证复印件。"佟承志哦的一声，去包里拿皮夹，一摸，吃了一惊："我的皮夹呢？"急急地在包里翻了一通，随即一脸沮丧："皮夹没了。"

苏圆圆朝他看。佟承志哎的一声，又去衣服口袋里摸，把口袋一个个摸了个遍。苏圆圆看了一会，去卫生间刷牙。出来时，见他还在找，忍不住道："实在找不到就别找了，再找也不会变出来。"佟承志懊恼地道："钱丢了倒也算了，可还有身份证和那些银行卡呢，补办起来麻烦得很。"苏圆圆嘿的一声："谁让你不小心？话说回来，你自己开车，又不是挤公车地铁，皮夹怎么丢的呢？"佟承志悻悻地一拍脑袋，道："天晓得了！"苏圆圆笑笑，说声"糊涂蛋"，拿遥控器开了电视。

半夜里，苏圆圆轻轻起床。旁边，佟承志已睡熟了，打着鼾。苏圆圆在床头柜上拿了他的手机，走到阳台上。她翻看他的电话记录，都是空的；还有短信，收件箱和发件箱也都清空了。苏圆圆心里哼了一声，找出高丽华的号码，发了条短信过去："我身份证不见了。"一会，高丽华回道："姐夫，你是不是发错了？"苏圆圆沉吟着，在阳台上站了一会。忽地，心念一动，找到庞鹰的手机号码，把刚才那条短信又发了一遍。

很快地，庞鹰回了个短信："你真聪明。"

苏圆圆一看，整个人愣住了。她握着手机，反反复复地，想了一遍又一遍。夜深了，远处灯光大多已暗了，只剩下一星半点的，似是给这黑夜留些亮，可以把一些东西看得清楚些。

第二天上班，苏圆圆约了人力资源部的小赵一起吃饭。小赵是她中学同学，同一年进的单位，关系很好。苏圆圆问她，欧洲分行的那些竞聘表格是不是还在部里？小赵说是。苏圆圆便笑笑，道："可不可以帮我个忙？"

苏圆圆回到办公室，坐下。一会，庞鹰也吃完饭进来，问她："苏姐，我去拿咖啡，要不要帮你拿一杯？"苏圆圆道："好啊。"庞鹰转身出去，拿了两杯咖啡进来。苏圆圆说声谢谢，接过，手一抖，整杯热咖啡倒在庞鹰身上。庞鹰啊的一声，烫得跳起来。苏圆圆说声对不起，拿纸巾给她擦拭，道："烫坏了吧，真是不好意思。"庞鹰说："没关系，我去卫生间洗洗就行了。"她一抬头，瞥见苏圆圆盯着自己，神情有些古怪，像是幸灾乐祸，隐隐地，又透着些凶狠，不由得一怔。两人目光相接，眼里有什么东西倏地闪过，只是短短几秒时间，便似隔了几千几万重山。庞鹰感到一股寒意，从背上一点点冒出来，起初是冷汗，慢慢地，又结成一粒粒的冰珠，直渗到体内。她心里咯噔一记，有什么东西似乎断了，直落下去，猝不及防地。脸上却微笑了一下，从苏圆圆手里接过那只倒空的杯子，扔进垃圾桶。

欧洲分行的第一批候选名单出来了，只剩下报名人数的四分之一，筛去了一大半。接下来是复试，也就是领导面试，每人三分钟的自我陈述。

庞鹰接到通知，周四下午2点半，在大会议室。还有高丽华。庞鹰放下电话，对苏圆圆道："苏姐，后天下午我和高丽华复试，就是欧洲分行那件事，跟你说一声。"苏圆圆哦的一声，淡淡地道："好事啊。恭喜你们了。"

复试那天，庞鹰和高丽华去大会议室。进去时，已坐满了人。领导坐第一排，面前放着评分表。抽签决定顺序，庞鹰抽了第十号，高丽华是二十一号。一会，便开始了。复试者一个一个地上去。大多先介绍一下自己的学历、能力，还有就是抱负、理想什么的。很快轮到庞鹰，她上台去，把学历和证书简单说一下，接着便是自己的想法。她不说空话，列了几条实际而精准的构思，一针见血，态度又谦逊，台风也好。她瞥见下面人的神情，便晓得自己的一番准备没有白费。结束时，掌声很热烈。庞鹰走下来，高丽华道："你要是去竞选美国总统，奥巴马一定输给你。"她笑了笑。又过了一会，轮到高丽华。她上台去，鞠了个躬，接着开始讲——竟然是英语。庞鹰不由得一怔。她的英语发音很好听，也很流利，显然功底不一般。换了庞鹰，也未必有一口这么漂亮的标准牛津音。庞鹰是真的吃惊了。

庞鹰眼睛眨也不眨地看着台上的高丽华，像看着一个陌生人。听她介绍自己，有注册会计师证、审计师证、微软计算机证书、高级口译证书，忽地想起前阵子，她问自己借汉英字典填表格的事，当时还觉得可笑，想，这么简单的单词都要查字典，还欧洲分行呢。现在想来，可笑的竟是自己。有眼不识金镶玉了。又想起她坐的那张桌子，当年是蒋莹的，靠着门，都说靠门的座位最危险，其实不然，反倒是视觉盲点，做些什么别人都看不见。谁也想不到，这么爱打扮，整天只谈化妆品衣服的女人，原来这么优秀。还真是视觉盲点。

高丽华讲完了，下台来，问庞鹰："我讲得还行吧？"她这么随意地问来，庞鹰便也笑笑，道："好极了，你才该去竞选美国总统呢。"两人都笑。

晚上，庞鹰下了课，走出来，佟承志等在校门口。她见了他，便道："去酒吧喝两杯怎么样？"佟承志有些意外，道："怎么想喝酒了？"庞鹰道："也不晓得怎么回事，反正就想喝两杯，酒瘾上来了。"她说着一笑，拉着佟承志上了出租。两人到了茂名路上的一个酒吧，走进去，里面有几个外国调酒师。灯光很暗，影影绰绰的。两人到角落的位置坐下。庞鹰拿着酒单看了半天，问他："别人来这里都喝什么酒？"佟承志笑道："随你，喝什么都可以。"庞鹰便点了杯鸡尾酒，叫玛格丽特。一会，端上来一杯深蓝色的东西，像海的颜色。她喝了一口，顿时呛得咳嗽起来。"这么辣！"她道。佟承志笑笑，告诉她，这酒是拿龙舌兰、橙酒和青柠汁调的："因为有龙舌兰，所以入口很辣，你喝慢一点，会觉得有果味，很清新的。"庞鹰依言，慢慢地喝了一口，果然好多了。

庞鹰喝完，又要了一杯。佟承志说："鸡尾酒有后劲，小心别喝醉了。"庞鹰道："喝醉就喝醉，反正有你在。"佟承志笑道："不怕我把你卖了？"庞鹰问："怎么卖，卖多少钱？"佟承志道："你这么瘦，反正不会论斤卖——拿到多伦路，当宝贝卖，心肝宝贝。"庞鹰一笑。两人边喝边聊，不知不觉，便到了12点。佟承志看表，道："走吧，我送你回去。"庞鹰脸红红的，拉住他的衣角，道："再坐一会。"佟承志在她头上轻轻一拍，道："好女孩不可以这样。走，回家。"他搀起她，走出酒吧。到了外面，凉风吹来，庞鹰忍不住咝的一声，把衣服裹紧些。佟承志伸手把她揽在怀里，问："这样是不是好些？"

庞鹰嗯的一声，也抱紧他。佟承志抚着她的头发，开玩笑道："今天很嗲哦，是嗲妹妹。"庞鹰把头埋在他怀里，轻声道："不想回家了……"佟承志闻言一怔，朝她看。庞鹰也朝他看。月光下，她的肌肤像细瓷那样无瑕，五官都似泛着光，很美。佟承志望着她，半晌，再次把她拥入怀里。

两人进了附近一家宾馆。走进房间时，庞鹰的身体微微抖了一下。佟承志察觉了，问她怎么了。庞鹰不说话，踮着脚，在他唇上吻了一下，脸立刻红了。佟承志勾起她的下巴，回吻她，吻她的鼻尖、嘴唇、头颈。她的唇有点冷，她的头发像丝缎那样又柔又滑，她的眼睛黑珍珠似的，闪着光，里面有他的影子，完完整整的。夜很静，静得只听得见心跳的声音，一下、两下、三下，竟是越跳越快，像戏台上的鼓点，又急又密，催着演员上场；又似选手的脚步声，快到终点了，冲刺的那刻——这样的一个夜，是该发生些什么了。

他抱起她，走向床。庞鹰一手勾着他的头颈，一手拿着微型摄像机——做成润唇膏的模样，日本货。倒在床上时，她把它放在床头柜上，按下开关，对着床。昨天，她从崔海手中接过这东西，很有些不情愿，脸色也变了。崔海劝她："小庞啊，你是鹰，早晚要飞上天，叔叔借你一阵东风，让你飞得更快更高。"庞鹰没说话，心里很乱，线头缠成一团了。崔海告诉她，她的表格被苏圆圆偷偷撤了下来，要不是他，她根本进不了复试。"苏圆圆是多精明的女人，现在肯定在怀疑你是我的人了。过不了多久，佟承志也会晓得。小庞啊，你没退路了，后面是悬崖，是绝路，往前走，前面就是金光大道，向着太阳的，你爸妈在安徽都等着呢，等着享晚福……"庞鹰知道，这番话，每个字都是双刃剑，两边都擦得雪亮，碰一碰便要受伤，不是这边受伤，便是那边受伤。血会顺着剑刃流下来，一滴一滴，还没觉出痛来，已是奄奄一息了。

佟承志的吻温柔而深情。已婚男人的经验，让他沉稳、循序渐进，却又不失意味。他是很懂得心疼人的，小心翼翼地进入她的身体，让她几乎没感觉初夜的不适。两人似是有一种与生俱来的默契。庞鹰闻到他身上的味道，忍不住便要落泪。他的微笑，像5月里阳光那般和煦；他讲话的声音，有着某种磁性，让人说不出地舒服。她对自己说，他其实算不上好男人呢，背着老婆偷情，坏家伙、坏家伙、坏家伙。可不知怎的，她的心里有他，很深的一块印记，也不知是什么时候烙上的。她试过把它抹去，可它连着心，连着肉，一碰就要伤筋动骨。一点办法也没有，认命了。

庞鹰伸手到床头柜，摸到那东西的尾部，是开关。她按下它，关了。那一瞬间，她晓得，她不止关了它，还关掉了一些别的，眼前的将来的，一生一世的，永永远远的，也许再也开不了了。只是那么轻轻巧巧的一下，便似亲手拉上了那道幕布，演员谢幕了，戏散场了，幕布后的世界，这辈子该是再也触不到了。她鼻子酸酸的，像是伤心，又像是激动，自己也说不清的。心倒是一点点平静下来。她看向窗外，树叶的影子微微晃动，远处似还有蛙鸣的声音。已过立夏了。时间过得真快，转眼，大学毕业就快一年了。

佟承志觉出，身下的女人扭动着身子，有些疯狂。那样文静的女孩，原来还有这一面。他倒成被动的了。他觉得诧异，又有些喜欢。她缠着他，一次又一次的。她的汗与他的粘在一起，炽热得很，都快成沸水了，人也要熔化了。

也不知过了多久，庞鹰搂紧他，在他耳边说了句："我喜欢你。"

佟承志在她唇上亲了一下，柔声道："小傻瓜，上海人不说喜欢，说欢喜。"

"我——欢喜你。"她道。与此同时，眼泪悄无声息地流了下来。

八

分行年底的尾牙酒会，在某五星级酒店的宴会厅举行。

蒋莹的儿子已满月了，崔海夫妻带着他参加酒会。小毛头长得白白胖胖，很可爱，大家见了都争着抱。苏圆圆一身盛装，勾着佟承志的臂弯，笑吟吟地，到处敬酒。敬到崔海那桌时，蒋莹到卫生间喂奶去了，崔海一见佟承志，便笑道："佟副总来了。"佟承志忙道："还是叫名字吧，都是老同学，叫得我脸都红了。"崔海道："该叫什么就叫什么，这是体统，我们不能乱了体统，啊，哈哈！"伸手在他肩上拍了拍。

旁边有人叫佟承志，他过去了。只剩下崔海和苏圆圆。崔海朝她看，笑道："副总太太，今天很漂亮啊。"苏圆圆道："没你们蒋莹漂亮，人家都说，初为人母的女人是最漂亮的。"崔海道："都是托您的福，母子平安。那几斤燕窝补得到位，我儿子皮肤白得像刚磨好的豆腐。"苏圆圆道："平安就好。

恭喜你有儿有女，事事顺利。"崔海道："谢谢谢谢。顺利倒还算顺利，亏得我老婆傻归傻，关键时刻还晓得分寸，你教她的那些好方法，她都一五一十告诉我了。你也晓得她那个人，傻大姐一个，也分不清谁好谁坏，老巫婆给她个烂苹果她就当成仙女了，哈！"他说着一笑。苏圆圆也跟着笑。

庞鹰拿着酒杯，从面前过去。苏圆圆见了，对崔海道："你啊你，放了只老鹰在我身边。我还一直以为是只小鸡，差点被她啄一口。"崔海道："你不也弄了个高美人给我？大家彼此彼此。"苏圆圆道："老崔，你很有艳福。"崔海道："你们家佟承志也不差，老牛啃了回嫩草，啧啧。"旁边人走过，见两人笑容可掬，都当他们在闲话家常。苏圆圆又道："听说她要辞职？"崔海嗯了一声，道："好像跟男朋友去福建。嘿，也不晓得干什么，难不成去当蛇头？"苏圆圆叹口气，道："很聪明的一个人呢，可惜了。"崔海道："是很聪明，可惜没有聪明到家。已经蹚了浑水，就别想干干净净的，嘿，又要讲心训情，又要名利双收，天底下哪有这样的便宜事？是不是啊，副总夫人？"苏圆圆道："你这话该早跟她说呀！你这个老师啊，满肚皮为人处世的道理，却不会教学生。"说着，抿嘴一笑。

高丽华款款走来。她已接到调令，年后就派去欧洲分行。她与苏圆圆碰杯，道："苏姐，我敬您。没有您，就没有我。"苏圆圆道："到了欧洲，要好好干。"高丽华嗯的一声，又转向崔海："崔处，我也敬您。"崔海与她碰杯，道："恭喜你了，前程似锦。"她甜甜一笑，道："谢谢崔处。"

高丽华与庞鹰坐在一起，说起她母亲的裁缝铺："我妈在火车站那边租了家门面，比以前大多了，有空去光顾，可以打折的。"她说着，拿出一张名片，店名叫小鱼，旁边印着一条小鱼，便是那些衣服袖口上的图案。庞鹰接过，说声"谢谢"，又道："还没恭喜你呢。"高丽华一笑，道："有什么好恭喜的？是去工作呀，又不是移民。"

庞鹰起身去卫生间，在走廊里遇到佟承志。两人停顿了一下，佟承志没说话，转身便走。庞鹰呆了半晌，缓缓地走进去。洗手时见到镜子里的脸，有些憔悴。她想，不晓得他看出来了没有。这么想着，又觉得自己实在忒傻。一会出来，到餐台上走了一圈，拿了些姜葱炒蟹，回到位置上坐下，正要吃，耳边听见有人说："别吃，会过敏。"她霍地抬头——却是空空如也，没有人。

她拿起筷子，夹了一块蟹，正要往嘴里送去，一瞥，见佟承志在不远处望着自己。她筷子一松，蟹掉在盘子里。再看去，佟承志还站在那里，动也不动地。庞鹰鼻子一酸，忙把额前的刘海往后捋去，怕人看见。想想还是不妥，索性站起来，换了个角落里的位置。坐下来，怔怔地，夹了块蟹放进嘴里，嚼了几口，只觉得木木的，一点味道也没有。

忽地，一块蟹壳卡在她的喉口，她大声咳嗽起来，一边咳，一边拍打着胸口。真是卡得很厉害呢，她不住地咳嗽，涨红了脸，一会，竟连眼泪也跟着流了下来，大颗大颗地，像珍珠断了线，止也止不住。一边咳一边流泪，亏得是坐在角落里，不甚起眼。偶尔走过一两个人，见了她，还以为她真的哭了，想这女孩哭得这般伤心，也不晓得是怎么回事。傻了似的。

发表于《人民文学》2009 年第 3 期
转载于《小说选刊》2009 年第 4 期
《2009 年小说月报中篇增刊 3》
《北京文学·中篇小说月报》2009 年第 4 期
《中篇小说选刊》2009 年第 3 期
入选 2009 年小说学会中篇小说排行榜

小么事

一

郑琰琰给顾怡宁的第一印象，便是这姑娘好像有点傻。

沈旭的解释是，比正常人傻点，但比傻子肯定聪明。总体而言，还算是个正常人。

那天，顾怡宁跟着沈旭，来到市中心一所大学。周五的下午，上海学生都回家了，外地学生忙着谈恋爱逛街，也都走了。校园里零零落落的，夕阳透过树缝洒落到地上，网眼似的。毕业两年再回来，没什么改变。顾怡宁倒无意来参观母校，纯粹是沈旭的主意，说带她来见个人。

"一个很有用的人，绝对不虚此行。"沈旭说到这里笑了笑。顾怡宁猜想这人必定与她拜托他的事情有关。沈旭还是老样子。顾怡宁十年没跟他联络了。说是老邻居兼初中同学，可那时毕竟还小，无非也就是个玩伴，谈不上什么交情。顾怡宁不善于记人的长相，那天要不是沈旭突然叫住她，她是无论如何认不出他来的。他风风火火地丢下一张名片，说有空找他。结果没几天，顾怡宁便打了他的电话，约他出来喝茶。沈旭倒有些意外了。在他的印象里，顾怡宁是个话特别少的人，也不大会主动跟人搭讪。他猜她是有事。果然，她是真的有事求他。

"你在报社里做事，认识的人多，能不能帮我个忙？"

一个月前，顾怡宁家的天花板忽然脱落，整块砸在她父亲的腿上，造成粉碎性骨折。房子买了半年不到，还是新居，发生这种事情，很让人沮丧。顾怡宁是个较真的人，第二天便去找这家房地产公司理论。谁晓得对方根本不予理睬，纠缠了几次，烦了，还丢下一句："有本事就去法院，看看最后谁倒霉！"

沈旭没想到顾怡宁是求他帮这个忙，差点脱口而出"我只是个小编辑，又不是市长"，忍住了。他想顾怡宁应该是走投无路了，才会找到他，病急乱投医了。他笑笑，心想着该怎么拒绝，有些不好意思。到底是旧识，隔了十来年才见面的，又是个小姑娘。沈旭朝顾怡宁看，见她模样比小时候差不了多少，只是人高了，瘦了，五官清秀了许多，是大姑娘了。她比他小一岁，大月生，他是小月生，所以是同一届。

后来，当顾怡宁问沈旭，为什么最终还是答应了。沈旭回答，是因为想起读书时有一次，他被几个高年级的同学欺负，弄得脸上青一块紫一块的。午休时，她带他冲到那些学生的教室，抡起裁纸刀，把他们的作业本划成一片一片。"很壮观的场面啊！"他说到这里，朝她笑笑。她说她不记得了。他说，后来老师追究下来，她一个人把责任全扛了。

"你这么仗义，我当然要报恩了。"他的神情，让顾怡宁吃不准是开玩笑还是认真。

沈旭带顾怡宁走进学校礼堂。一个女生在弹钢琴，旁边还有几个学生和老师。应该是钢琴兴趣班。弹钢琴的女生长发垂下来，遮住了半张脸，弹琴的手雪白。

一曲结束，沈旭走上前，鼓掌——有些突兀了。旁边人都朝他看。顾怡宁也觉得他莫名其妙。沈旭变戏法似的，从上衣口袋里拿出一枝红玫瑰，双手递到那女生面前。

女生抬起头，两只眼睛的距离本就远，因为错愕，更加分开了，嘴也张大了。有些慌乱地站起来，手不知如何摆放，将落到前额的刘海朝后捋去。

"你、你是……"女生结结巴巴地问。

"我是谁不重要，关键是——我很喜欢听你弹琴，非常喜欢。"沈旭微笑。

旁边人发出一阵轻轻的嘘声，连顾怡宁也觉得沈旭有些过了，话说得有些恶心了。这女生长得并不漂亮，大约以往从未受过这般待遇，脸一下子红成了番茄，嘴唇使劲地抿，眼睛眨了又眨，一副手足无措的模样。

沈旭上前一步，把玫瑰放在她手里，又朝她微笑。

"你好，我叫沈旭，你应该不认识我，但我认识你，你叫郑琰琰，会计系二年级。很高兴认识你。"他朝她伸出手。

郑琰琰犹豫了半天，伸出手，与他一握。

回去的路上，顾怡宁问沈旭："这个女生是谁？"

"郑琰琰。"

"我不是问名字——她是什么人？"

"大学生呀，你的同门师妹。"

顾怡宁晓得他在逗她，索性不问了。沈旭朝她看，说："先让我卖几天关子，到时候你就晓得了。"

一周后，沈旭打电话给顾怡宁，说有客人要去医院看望伯父。顾怡宁心里隐约猜到是谁，但在医院里见到郑琰琰时，还是有些意外。只隔了一周，这女孩看沈旭的神情，便变得完全不同，自始至终都紧依着他，寸步不离，好像他是她的守护者似的。沈旭说："去跟人家打声招呼呀。"她便乖乖上前，叫了声"伯伯"，像个小孩。沈旭又道："看病人要怎么做呀？"她愣了愣，有些茫然地。沈旭嘴一撇。她似是想了许久，忽地从手腕上脱下表，放在桌上。

"对不起，我临时来没有准备，这是一点心意，请收下。"

顾怡宁见那是一只肖邦表，18K镶钻，不由得吃了一惊。沈旭也是一怔，有些意外了。床上的病人张大了嘴巴，朝顾怡宁看。顾怡宁又朝沈旭看。沈旭咳嗽一声，对郑琰琰说："嗯，这样，我们来拍一张照留念好了。来，你站到伯伯身边，一、二、三！"

照片拍得并不很好。郑琰琰的表情有些木，眼神更有些惊惶，像只无助的小兔子。但这无碍于照片登上报纸人物版的头条。主编本来还有些犹豫，但禁不起沈旭死磨烂缠，到底是同意了。他咬牙切齿地说："要是惹出麻烦，你自己兜着。"沈旭笑嘻嘻地说："能惹啥麻烦？这是好事呀，给郑老板脸上贴金，他谢我还来不及呢。"

郑老板便是郑琰琰的父亲，房地产公司的董事长，上海滩排在前十位的富商。顾怡宁晓得这层关系时，已是几天以后了。报上那篇文章是沈旭的杰作，将天花板脱落的事情轻轻带过，着重写郑琰琰来医院看望病人，慷慨解囊。肖邦表被登在显眼位置，钻石熠熠发光，倒像是在给表做广告了。照片稍稍 PS 了一下，郑琰琰脸上的青春痘抹去不少，光洁了，也漂亮了。表情原本是僵硬的，但换个角度看，倒更像是沉痛了。顿时上升了一个层面，意义不同了。

"千金女一掷千金，为父行善不遗余力"，很吸引眼球的一个标题。

接下去的事情，似乎都顺理成章。郑老板亲自来到医院，看望病人，并提出负担所有的医药费。关于赔偿，他先开了个小数目，支票都带在身上了，准备好往上加码。照报上所说，天花板脱落似与公司无直接关系，但为善不欲人后，郑老板是多年的生意经，这么大的公司，报章杂志登广告要钱，慈善捐款赚人气又是一笔钱，现在有这个机会一次搞定，似乎也不坏。郑老板记住了沈旭这个名字，这人让他打落牙齿和血吞，还不好发作，是个人才。当然那是后话。当务之急，是把这件事搞定，搞得顺顺当当，漂漂亮亮的。

意外的是，顾怡宁拒绝了郑老板的赔偿："我只想讨个说法，不是为钱。除了医药费，我一分钱都不要。"脆生生地，让旁人大跌眼镜。

沈旭说自己是白忙了一场。"早晓得你什么都不要，我那么辛苦干吗？"他故意做出生气的样子。顾怡宁请他吃饭，在淮海路上的傣妹——上海出了名的廉价火锅。乱七八糟叫了一堆，结账时一百都不到。沈旭喝了几瓶啤酒，大着舌头，说："我还以为你会在金茂上请我呢。"顾怡宁笑笑，说："我没钱，你晓得的，一分钱赔偿都没拿。"

沈旭朝她看了一会，说："你这人有点怪。"

顾怡宁问他："小学时候，我真的拿裁纸刀划过同学的作业本？"

他说："真的。"她道："我怎么一点也记不起？"他嘿地一笑，道："你记性真差。"她也笑笑，道："你晓得为什么我会找你帮忙？"他说："为什么？"她道："你猜。"他想了半天，说："猜不出来。"

顾怡宁朝他笑。那一刻，两人都有些醉意了。顾怡宁瞥见沈旭前额几根白发，想，这人真是少白头呢，小学时就有白头发了，也不晓得怎么回事。她自然不能告诉他，读书时她坐在他后面，上课老是偷偷数他的白头发，一根一根地。她更不能告诉他，其实那天找他帮忙，只是想有个机会和他见面。他问她什么事，她当然不能说没事，那几天满脑子都是父亲骨折的事，随口便说了。她没想到他竟真的能帮上忙，意料之外的事。也好，又有了机会请他吃饭。

那只肖邦表，顾怡宁托沈旭还给郑琰琰。沈旭欣然答应。顾怡宁瞥见他脸上的表情，想，这么做，是给他机会见那女孩呢。对于郑琰琰，顾怡宁是有些感激的，还有些抱歉。她后来才晓得，这女孩是早产儿，不到八个月便出生了。郑老板把她当心肝宝贝，格外地疼惜。沈旭应该是晓得这一层的，所以才会想出那个主意。打蛇打七寸，攻的是要害。她托他的事，他倒是办得认真。顾怡宁想到这，心头甜丝丝的，只是利用了那个女孩。

"等过几个月拿到年终奖，我再请你吃好的。"临走时，顾怡宁为再见留了余地。

"好啊，我等着。"他道。

顾长荣坐在沙发上，埋怨女儿："一分钱都不要，你倒是潇洒，反正骨折的是我不是你，你做好人，我吃苦头！"

顾怡宁在厨房择菜，听父亲在客厅一遍遍地唠叨。出院都快两个星期了，这老头兀自不死心，几次撺掇女儿再去找郑老板，把赔偿的事从长计议。家里条件不好，女人死得早，男人收入又少，好不容易买套小两室，想尝尝新房子的滋味，偏又碰上这倒霉事，断了腿，伤筋动骨一百天。单位效益不好，正愁找不到人下岗，麻烦事还在后头。女儿大学毕业没两年，工资连自己也养不活。多少该赔偿些的。顾长荣絮絮叨叨，把这番话说了又说，恨不得自己变成女儿的模样，去见郑老板。顾怡宁只当没听见。顾长荣到后来也恨了，丢下一句："养了个怪胎！"

顾怡宁择完菜，拿拖把抹地。抹到顾长荣那里，叫他抬脚。他不理，说："腿伤了，抬不起来。"顾怡宁二话不说，把他的腿一扳，重重放在茶几上。顾长荣哎哟一声，大叫："你对外头人倒客气，对自家人狠心得不得了。"顾怡宁头也不抬，又把他的另一条腿放在茶几上。顾长荣问："中午吃啥？"顾怡宁说："面条，放两棵青菜，再煎个荷包蛋做浇头，好吗？"

顾长荣嘿的一声，说："当然好了，我哪敢说不好？这个家里是女儿说了算，老子没地位。"

小么事在顾长荣腿下偎着。它是条小野狗，被顾长荣从垃圾桶里捡了来，取个名字叫小么事，是上海话小东西的意思。小么事又瘦又小，眼睛水汪汪的，时常流露出孩子般的惶恐与依赖，尤其对着顾长荣，几乎是一步也离不开，整天腻着。两只耳朵像兔子那样长长的，也不知是什么品种，身上毛皮像得了癞疮，斑斑驳驳的很难看。大约因为长相丑陋，所以刚出生便被遗弃了。顾怡宁说父亲："对人不咋的，对狗倒有良心。"顾长荣也不理会，反正小么事也好养活，平常不用管，上班时问肉摊小贩讨些碎肉碎骨，不用花什么本钱。

"女儿太凶，不像女儿，倒像老妈。养个小么事玩玩，消遣消遣。"

顾怡宁从冰箱拿根火腿肠，剥了外皮，扔在地上。一会，小么事踱过来，叼了便走。顾怡宁煎荷包蛋，听父亲在外面大呼小叫，说腿疼，又说没胃口，吃不下饭。顾怡宁晓得父亲是在作。男人作起来，比女人更甚。顾长荣当了半辈子的菜场管理员，整天跟那些菜贩子吵架，鸡鸡狗狗，东家长西家短，练得一张嘴比女人更碎。说是管理员，其实便是菜场一个混混，还是不入流的。好处是买菜有保障，谁也不敢短了他的秤。顾怡宁母亲在世的时候，每次去菜场，那些小贩都叫她顾大嫂，双重含义，顾大嫂的诨名是母大虫，顾怡宁母亲便是这样厉害的女人。在单位里雷厉风行，家里也把男人管得死死的，还有女儿的学业，里外料理得十分周全。一个窝囊男人，是该有个能干女人撑着才是。等妻子过了世，顾长荣像陡然被抽去了脊骨，彻底散架了。原先不搓麻将的，也开始搓了，还酗酒。整天混在外面，家不回，女儿也不管。亏得顾怡宁天生材料好，硬是靠着自己一步步考上大学。偏偏顾长荣这两年又爱上了赌，把女儿工资捏在手里，有恃无恐。好几个朋友都劝顾怡宁，干脆在外面租房子算了，眼不见为净。顾怡宁本来也动过这个脑筋，恰恰碰上天花板脱落的事，又搁下了。

顾长荣叫痛的声音一阵高过一阵。顾怡宁有些心烦，她晓得父亲的腿已好得差不多了。开验伤报告的医生是认识的，塞了些好处，把病情夸大几分。顾怡宁也找路子，不过是为了一口气。父女俩出发点不一样。郑老板又不是傻子，真要追究起来，你一个普通骨折写成粉碎性骨折，已是讹诈在先，绝讨不了好处。顾怡宁一半是硬气，一半也是见好就收，免得难堪。

吃完饭，顾怡宁到楼下倒垃圾，听旁边有人吹口哨。她不用回头，便晓得是谁。故意不去看，径直要上楼，被那人拦住。"喂！"李东穿一条黑背心，胸口肌肉似巧克力般，齐齐整整地鼓出来。嘴里叼着牙签，头发新染成金黄色,一根根钢丝般指向天空,像只鸡冠。顾怡宁本不想睬他的,见了也忍不住笑:"瞧你那副模样……"

李东把手插在裤袋里,问她:"吃过饭了?"她道:"嗯。"他道:"本来还想请你吃饭的,来晚一步。"她晓得这是虚话——他必定在楼下站了半天了,她要是不下来,他只怕要等到晚上。她不拆穿他,顺着他的话头说:"谢谢哦,心领了。"李东摸摸鼻子,又朝她看,问:"你爸爸还好?"她道:"还好。"他道:"你让他收收心,街口那个地下赌场,太乱,小心出事。"

顾怡宁听了一惊,道:"地下赌场?"他点头,道:"嗯,上月新开的,里面乱得很,你让他小心点。"说完便要走,脚尖在地上踮了个圈,眼睛朝顾怡宁瞟。顾怡宁皱着眉,待他转身了才醒觉,叫住他,说声"谢谢"。李东手一挥,道:"谢什么,自己人。"后面这句自己人讲得有些犹豫,是怕她生气。顾怡宁没说话,转身上楼。李东哎的一声。她回头,问:"怎么?"李东摸了摸头,问:"就走啦?"她道:"你还有事?"他呆了半晌,摇头道:"没事。"

回到家,顾怡宁把自己的工资卡要走了。顾长荣不敢不给,嘴上唠唠叨叨,说女儿大了,翅膀硬了,赚钱了就不把老子当回事了。小么事在一旁仰起头,朝顾怡宁叫了两声。顾怡宁从皮夹里抽了两张钞票出来,放在茶几上:"这礼拜的生活费,用完了再问我拿。"顾长荣嘿的一声:"真把我当小孩了。"顾怡宁不理,又问他:"你准备什么时候上班?"

顾长荣请了两周病假,早过了,这阵子休的是年假。菜场离家不过一刻钟的路,他也懒得动。顾怡宁给父亲下了通牒:"最迟后天,给我上班去。上班也是混日子,但总比待在家里好。"顾怡宁晓得李东不会骗人,地下赌场,听着便让人头皮发麻。

这时手机响了。顾怡宁看到屏幕上显示的号码,有些惊讶地,接起来:"喂?"

"是我。"沈旭的声音。

"哪位?"顾怡宁故意道。

"是我呀沈旭——不是给过你名片的吗?"

"啊,抱歉抱歉,我没把你号码存进手机里。不好意思哦。"

沈旭说请她吃饭,这周日晚上,张江园区新开的一家傣妹火锅。"你不是喜欢吃火锅吗?"他道。

顾怡宁挂掉电话，想这人也好笑——她请他吃火锅，就表示她一定喜欢吃火锅了？没道理嘛。她走到阳台上收衣服，嘴里不自觉地哼起歌来。顾长荣一旁见了，道："刚才还是乌云密布，一下子就多云转晴了。"顾怡宁没理会，把衣服抱到他跟前："喏，反正你也没事做，叠衣服吧。"

周日下午，沈旭又给她打电话，问："那个地方你晓得的，是吧？"她道："我不晓得，你来接我啊。"话一出口，便有些脸红，想自己也忒皮厚了些。他真的问她地址。她犹豫了一下，索性告诉他了，扭扭捏捏反而不好。一会挂了电话，心开始打鼓，想，他别来才好，倒有些尴尬了。又想，话都到这个份上了，他不来就是失礼了，心里又是懊恼又是期待的。

半小时后，他给她发短信："我到了，在你家楼下。"

顾怡宁拿了包，飞快地奔下去。到二楼时停了下来，整整衣服，调整了一下呼吸，再缓缓地走下去，见他站在树下发短信。她走近了，嘿的一声。他抬起头，笑道："吓我一跳。"她道："你还真来了？"他道："你不是让我来接你吗？"她道："跟你开玩笑的，抱歉，害你跑一趟。"

他道："客气啥，这点绅士风度我还是有的。"

吃饭时，她问他："怎么想到请我吃饭了？"他道："请客还要什么理由？想见你了呗。"她听到后面那句，心里一跳。沈旭又道："最近怎么样？"她道："还不是老样子——你呢？"他道："一样，混日子。"

两人寒暄了几句。她偷偷朝他看，两人目光相接，笑笑。菜陆续地上来，各自涮自己的锅。顾怡宁想，这人半天也不吭声，也不晓得是什么事。又不好多问，心里是盼着他其实没事，纯粹是想见她。顾怡宁这么想着，心不由得跳得飞快。瞥见他夹了片牛肉放进锅里，牛肉遇热卷成一团，他用筷子去挑，却笨手笨脚，怎么也挑不开。她帮他挑，很快便挑开了，夹到他碟里。他说声"谢谢"。她笑了一下，道："客气啥，这点绅士风度我还是有的。"是学他之前的口气。他拿筷子掉个头，在她头上轻轻一敲。"小朋友，不好学大人讲话的。"

这动作有些亲昵了。顾怡宁一愣，下意识地朝旁边一让。他也察觉了，干咳一声，低头吃碟里的牛肉。两人沉默了几秒钟。他忽地问她："你晓得我外婆是广东人吧？"

"嗯。"她不明白他为什么说这个。

"我说句广东话给你听,好不好?"

她点头。他放下筷子,清了清嗓子,看着她,说道:"我——中意你。"

顾怡宁的心猛地跳了一下,像陡然被什么撞了一记。想装作没听懂,脸却不自禁地红了。他朝她看。她迎着他的目光,看到他的瞳孔里有她——竟是一副受惊的神情。她暗骂自己,很没有出息呢,心头却像夏日里吃冰激凌,凉凉甜甜,惬意得很。

他问她:"听明白了吗?"

她摇头,说:"不明白,中意是什么意思?"

"真不明白?"他问。

"真不明白。"她道。

他盯着她看了一会,缓缓地道:"中意,就是请你吃生活的意思。"说完,在她的手背上,轻轻砸了个毛栗。

锅里的热气一点点升上来,慢慢晕开,薄纱般。周围明明嘈杂得很,不知怎的,竟又似安静极了,都能听见自己的心跳声,一下、两下、三下。顾怡宁想说话,一张嘴却不听使唤,光顾着吃了。锅里的东西涮得差不多了,她又放了些新的下去,拿筷子搅啊搅的。不敢看他的眼睛,东张西望,做贼似的。想笑,使劲地抿住,嘴角肌肉都快抽筋了。

这是不是就叫两情相悦呢?那一刻,她有些甜蜜地想。

沈旭后来告诉顾怡宁,他那次之所以帮她,就是因为喜欢她。

"不信你换个男的试试,要不然换个长得丑的,看我还会不会这么卖力?"

顾怡宁问他:"那次的事,有没有给你惹麻烦?"他说:"没有。"她道:"郑老板没派人把你做掉?"他道:"派了个杀手,被我反过来做掉了。"两人都笑。

沈旭从口袋里摸出手机,给她:"当然麻烦也不是没有——"

顾怡宁接过,见是长长的一排短信:你在干什么?你吃过饭了吗?上班累不累?晚上几点睡觉?诸如此类的一些问候语。落款是郑琰琰。顾怡宁笑笑,又把手机还给他。

沈旭说:"这小姑娘烦得很。"顾怡宁道:"谁让你先去惹人家?"他道:"还不是为了你?你以为我想啊,又不是什么天仙。"顾怡宁嘲他:"要是天仙，肯定就不嫌烦了，是吧？"

沈旭找了个时间，约郑琰琰出来。那天，顾怡宁再次见到了这女孩。Dior 的粉红色小礼服，Gucci 高跟凉鞋，还有 LV 手袋，一身名牌。顾怡宁猜想是她妈妈替她打扮成这样的。好看是好看，也贵气，只是太成熟了，不适合学生。喝咖啡时瞥见她手上的戒指，竟是 Cartier 的新款。沈旭也察觉了，趁她上厕所时，对顾怡宁说，小暴发户一个，没啥品位。

顾怡宁倒有些同情这女孩。她显然没意识到这次约会，其实是沈旭对她的最后摊牌，意思就是"我把女朋友也带来了，你就死了这条心吧"。她是那样单纯的一个人，混混沌沌，竟还有些喜气洋洋的。顾怡宁看得出，她对沈旭是依恋到了极点，一刻也不愿离开他。沈旭去厕所的时候，她坐立不安，两只手放在胸前反剪着，局促得很。顾怡宁朝她笑，她也笑，只是目光不住地瞟向厕所那边。顾怡宁心里叹了口气。

她叫顾怡宁师姐，是沈旭提议的。她说话带些娃娃音，吐字不大清晰，声音是往里收的，往往要沈旭翻译了才行。二十来岁的人，连寒暄也不会，没话时就那么呆呆坐着，像个小孩。顾怡宁问她："国庆节出去玩吗？"她说："嗯，爸爸带我去欧洲。"顾怡宁又问他："有男朋友了吗？"她飞快地朝沈旭看了一眼，说："没有。"沈旭说："琰琰这么讨人喜欢，学校里一定有很多人追。"

郑琰琰一愣，随即重重地摇了摇头："没有，一个也没有。"

顾怡宁觉得沈旭这招行不通，对付这样的女孩，旁敲侧击是没用的，要直截了当。沈旭说："是啊，看来不狠下心来不行啊，这小女人有点拎不清。"

他说到做到，隔天便把这事给办妥了。顾怡宁问他："顺不顺利？"他道："快刀斩乱麻，干净利落。"顾怡宁又问："她怎么样？"他道："也没怎么样。"顾怡宁说："是不是挺伤心？"他嘿的一声，道："伤心也没用啊，不喜欢就是不喜欢，皇帝老子也没法子。"

他这种斩钉截铁的口气让顾怡宁觉得很欣慰。

事情的转折是在国庆节后。顾怡宁的生日也在 10 月里。生日那天，沈旭亲自为她做了个提拉米苏，照着食谱做的，材料货真价实，比店里卖的要扎足（分量足）。味道是逊了点，不过胜在有心思。吃完饭，沈旭说送她一件生日礼物。自己人不搞惊喜那套，当场买好，实惠又称心。两人顺着淮海路一直逛，进了家钟表店。沈旭说："给你买块表吧，瞧你手上那块卡西欧，都是老掉牙的款式了。"顾怡宁也觉得好，便说买块精工或是西铁城。挑了半天，也没定下来。

沈旭让她慢慢挑，自己踱到一边，随意看柜台里的名牌表。

很快地，他看到了那款肖邦表——郑琰琰手上的那款。他低头看价格。顾怡宁走近了，也看到这款表。两人抬起头，对视一眼，都笑了笑。刹那间，顾怡宁从沈旭眼里看到些东西，一阵烟似的，夹杂着什么，倏忽便飘了过去，很轻，悄无声息地。后来，当顾怡宁回想起这天，便觉得一切其实都是有征兆的。又或许，人生是那般诡异，充满了变数，像山间赶着的羊群，鞭子轻轻一挥，进了这条道，再一带，又入了那条道，完全不由自主的。

不久，沈旭下班途中，被几个流氓截下打了一顿。应该是专业打手，攻的不是要害，不致命，却很痛，像腋下、脚踝、手指什么的，表面还看不出伤。顾怡宁吓坏了，劝他去医院看看，他说："有啥看的，骨头没断，也没出啥血。"顾怡宁停了停，问他："是不是郑老板？"他嘿的一声，道："没凭没据，天晓得了。"顾怡宁心里叹了口气，想新仇旧恨，这是合在一起算了。

意外的是，几天后，沈旭又约了郑琰琰。先喝咖啡，再看电影，顾怡宁作陪。这样的三人搭配多少有些奇怪。顾怡宁问沈旭怎么回事。沈旭解释，这叫软着陆，好比喝多了白酒，不能马上停下，一停更要坏事，来点啤酒黄酒之类的低度酒，过渡一下比较好。顾怡宁想起那天他说的快刀斩乱麻，满脑子的问号，忍住了没开口。

郑琰琰倒是很开心，照例又是依着沈旭，眼底是藏不住的缱绻情意。看电影时，她一屁股坐在沈旭和顾怡宁中间，像是活生生的两人的楚河汉界。吃饭时还拔沈旭头上的白发，拔了一根又一根，人来疯似的。沈旭也不拒绝，就那样乖乖随她摆布。顾怡宁忍不住了，回家的路上，便说这女孩没心没肺，傻乎乎的。沈旭微笑着不置可否，听她说多了，来一句："你跟这种女孩有啥好计较的？"顾怡宁说："不是我跟她计较，是有些想不通。"他道："想不通什么？"她道："看情形好像是你们俩约会，我在旁边做电灯泡似的。"话一出口，她心里咯噔一下，没来由的有些慌了。沈旭在她头上轻轻一拍，说："不要瞎讲！"

郑琰琰要了顾怡宁的手机号码，没事便与她联络，一口一个师姐，听得顾怡宁别扭极了。她猜这女孩也看出了苗头,倘若要跟沈旭多接触,势必先要与她熟络。可见爱情的力量有多大,让不谙世事的女孩也变得精明了。

这种情形又延续了一个月。沈旭被派去青岛培训两周,其间只打来一个电话,说是培训任务紧,没空。好不容易回上海了,又是几天没音信,人间蒸发似的。倒是郑琰琰约她去看电影。那天下午,郑琰琰带了个保鲜盒,打开——一块提拉米苏。

"不是买的,是沈旭亲手做的,昨天是我的生日——师姐,我特意给你留了一块。"这种示威虽说笨拙,却着实有威慑力。顾怡宁愣了半晌,拿刀叉吃了一口,味道较之前大有进步,面粉和奶油的比例对了,吃起来不会沙沙地往下掉粉。可见是花了心思钻研。

她不动声色,等着那男人的说法。几天后,沈旭羞答答地打来电话,语气像个小媳妇,越说越轻,越说越激动,到后来都有泣音了。顾怡宁拿着听筒,竟觉得好笑——好像委屈的是他似的。起初的愤怒倒是没了,一点点沉下去,平息了。再一想,男未婚女未嫁,又不曾海誓山盟,其实也谈不上什么大错呢,他实在不必如此的。她打断他的话,用和缓的口气说道:"我明白的,祝你幸福。再见。"

挂掉电话,顾怡宁在沙发上坐了许久,一动不动,雕塑似的。顾长荣瞧女儿的模样,不敢惹她,进屋睡觉去了。小么事也识趣,乖乖地蹲在脚下,一声不吭。

顾怡宁抬头瞥见墙上的年历——从再次相逢到现在,原来才过了半年不到。那句"我中意你"好像还在耳边,一眨眼的工夫,已是分手了。这般来去匆匆,连个反应的机会都不给她。

又想起那次,他说软着陆,当时还以为是指郑琰琰。现在才晓得,说的竟是她自己。

二

很快便是过年了。顾长荣原说要回苏北老家,问女儿回不回。顾怡宁没这个心思,不想动。顾长荣索性也不回了。乡下其实也没剩什么亲戚,都是些远得连辈分也搞不清的,跟陌生人差不多的。讲起来总归是上海人,回去一趟多少还要花销些,没啥意思。

年夜饭是在家里吃。顾长荣一年到头也只有这顿才像个父亲。一大早便去菜场买菜,那些小贩见到他,一口一个爷叔叫得亲热,秤自然是掐得满满当当,一点水分不含的,东西还新鲜。回到家便杀鸡宰鱼。顾怡宁要帮手,他还不让,说:"你玩去吧玩去吧,我来弄。"顾怡宁说:"我又不是小孩,玩啥?"顾长荣说:"那就去逛个街买件衣服什么的,大过年的。"顾怡宁说:"只有小孩过年才穿新衣服。"顾长荣说:"你本来就是小孩,没结婚都是小孩。"

顾怡宁走下楼,小区里到处挂满了灯笼和贴画,花花绿绿,很有节日的气氛。大白天的已经有鞭炮声了。她预备去超市买瓶酒。老头子嗜酒如命,可平常也喝不上什么好酒,都是零拷的,也造孽。走到小区门口,见街对面拉出一副对联:老房子,老乡亲,老死也勿搬;不要钱,不要命,不信你试试!

对联拿毛笔写在白色的被单上,两端挂在电线杆上,风一吹,浩浩荡荡的倒也颇有气势。虽说言语粗鄙,但胜在意思清楚,一目了然。这附近原本是城乡接合部,后来房地产商开发了几个新楼盘,绿化一弄,高级会所一造,房价便慢慢升上去了。唯独边上这条街,毒瘤似的,小卖部、美发店、洗脚店,乱七八糟凑在一起,与周围的环境很不相称。房地产商动了不少脑筋,要打造一个新型社区,像古北、联洋、碧云那样的。成气候了,房价才能抬得更高。偏偏就是有几家钉子户,死也不肯搬。你催得越紧,他钉得越牢,吃了秤砣似的。

围观的人很多,嘻嘻哈哈的。顾怡宁不喜欢凑热闹,快步走了过去。到超市里买了瓶剑南春,出来,忽地手一松,那瓶酒已被别人拿去。她吃了一惊,再一瞥——是李东。

"吓我一跳,我还以为碰上强盗了呢。"她拍着胸口说道。

李东笑:"强盗才不会抢酒,直接抢你手里的皮夹子了。"

两人往回走,又看到那副对联。李东说:"这帮人早晚吃亏。"顾怡宁道:"你怎么晓得?"他道:"上礼拜闹得最凶的那个,已经少了根手指头了。"顾怡宁一凛,道:"真的?"李东道:"再闹下去,就要斩大腿了。"顾怡宁忽地停下脚步,问他:"你怎么晓得得这么清楚?"

他避开她的目光,摸了摸头,随即又拿了支烟出来,叼上。

"我好歹也是个小老板,你晓得的,财务公司嘛,江湖上的事情都要了解一些。"他道。

顾怡宁盯着他。他嬉皮笑脸地说:"脸都给你看红了,怪不好意思的。"她没好气地问他:"你很空吗?老跟着我干吗?"他耸耸肩,道:"我倒是真的很空,只要你不嫌烦,我可以跟你一辈子。"

"你爸妈到底是干什么的,看你整天游手好闲也不管,不怕你把公司败光?"她听他说过,他开公司的钱都是他爸爸给的。他不是读书的料,高中毕业就出来混了,名片上印的是"某某财务公司总经理"。店面位置倒还不错,在虹桥开发区一个高级写字楼。

"我爸压根没指望我赚钱。公司是送给我玩的,随便怎样都行,只要别闯祸。"他道。

"你爸对你要求可真高。哎,你会不会是李嘉诚的儿子?"她嘲他。

她说着,从他手里拿下酒,大步往前走去。他在后面叫:"看不起人啊,看不起我们这种落后分子是吧?"路过的人听了,都朝他看,又朝顾怡宁看。顾怡宁加快脚步走了。到了自家楼下,气喘吁吁的。一回头,见他还跟在后面,手插在裤袋里,离开两三丈远,不敢走近。

"你上去了,还下来吗?"他远远问道。

顾怡宁忍不住好笑,想这小老板怎么讲话像白痴一样。也不回答,噔噔上了楼。顾长荣在厨房拔鸡毛,脸上兀自沾着几滴鸡血,瞥见女儿手里的酒,一愣,有些扭捏起来:"哎,买这个干啥?"

"你说干啥,总不见得当料酒咯!"顾怡宁把酒放在桌上,系上围裙,转身便从水池里拿起鱼,重重一摔,把鱼摔晕了,开始刮鳞。顾长荣眯着眼,看了她半天,嘿的一声,说:"还是女儿好啊!"

除夕夜,父女俩一边吃饭,一边看春节联欢晚会。菜摆了满满一桌子。冷盘、小炒,正中放一锅热气腾腾的腌笃鲜。小么事在桌下打转,身上穿了条红呢子的狗背心,倒也颇有过年的意思。顾长荣从汤里捞了块火腿,放到它面前:"过年了,也给你吃点好东西。"小么事叼了火腿,朝主人轻轻呜了一声,显得很是开心。

顾长荣打开剑南春,自己先倒了一杯,问顾怡宁:"你也来一点?"顾怡宁摇头,开了罐可乐。顾长荣喝了一口,啧啧道:"一分价钱一分货,是好啊，有酒味。"

顾怡宁问："那你平常喝的那些呢，没酒味吗？"顾长荣道："那些哪能算酒啊？跟这一比就跟洗脚水没两样。"顾怡宁哧的一声，道："洗脚水你还喝得起劲？"顾长荣道："嘴巴淡，没办法。"

0点时，鞭炮声响彻夜空。顾长荣睡了。顾怡宁趴在沙发上，翻看手机里的贺岁短信。都是些热闹的吉利话，朋友间转来转去——居然还有沈旭和郑琰琰的。顾怡宁挑了条精彩的，给他们转发回去——自上次那通电话后，几个月没联系了，本想把号码删了的，想想还是算了，也不用绝到这个份上。他那份报纸是时常买的，也看他写的专栏文章，文笔是越来越好了。顾怡宁想，也不晓得他和郑琰琰怎么样了，该是情投意合吧？郑老板想必会反对，可天下的父母没一个拗得过自己的子女，最后只怕还得妥协。

躺在床上，怎么也睡不着。窗外的鞭炮声此起彼伏，隔着窗帘，亮光一阵接着一阵。拿被子塞住耳朵，还是吵。原先想借睡觉当个记忆的逃兵，现在落了空，失眠的夜晚，有些东西像水里的绿藻，慢慢浮上来，先是一点一点，再是一大片一大片，铺天盖地的，怎么也掩不住。

第二天，顾长荣大清早便出门了。顾怡宁拿饭泡了水，就着隔夜的菜吃。大年初一有传统说不能吃泡饭，否则一年到头都发不了，也不管了。等到中午，顾长荣还没回来。顾怡宁想，总不至于大年初一就去赌吧？心里晓得必定是这样。昨天好不容易收了性，今天还不连本带利玩个够？索性也不等他了，又独自吃了中饭。

到了下午，隔空听见远处有人尖叫，嘈杂得很。接着，是几道冲天的火光，伴着轰轰的响声。想，难不成白天就放烟花？又过了一会，心没来由地跳了起来，不知怎的，竟有些慌乱。听见消防车的鸣笛声，忙冲到窗前，见那片火光冲到半空，黑烟滚滚，都有些蘑菇云的景象了——正是小区外那条街的位置。脑子里电光一闪：老头子常去的地下赌场，不也在那里？

顾怡宁飞也似的冲下去。失火的是一家美发店，几个消防员正拿高压水管在灭火。房子已烧得不成样了。门前许多人围观。已经抬了几具尸体出来了，里面还有人，隐隐有哭喊声。一个女人几次要冲进去，说要找她老公，被旁边人死命拉住。女人哭到后来嗓子都哑了，发不出声了，虚脱了。一会，消防员抬了具尸体出来。女人上前掀开白布——只剩下半张脸还看得清，认出是自己丈夫，当即昏死过去。

顾怡宁不停地打父亲手机，没人接。那一瞬，脑子空得什么也不剩下了，只听见咚咚的心跳声，都快跳出嗓子眼了。

身后响起一阵欢快的手机铃声。"顾怡宁！"有人叫她。

顾怡宁飞快地转身，见李东扶着顾长荣，一瘸一拐地走过来。顾长荣脸上几抹焦黑，头发乱蓬蓬的，额角还在出血。顾怡宁先是一愣，随即一颗心砰地落地，都想哭了。

"阿爹的娘啊，吓煞我了……"顾长荣看到女儿，抽抽噎噎地叫起来。

顾怡宁没想到，沈旭会来看望父亲。

顾长荣应该是吓傻了。火灾过后好几天，他兀自没回过神来，张嘴便是"着火了，着火了"。顾怡宁带他去看中医，开了些定神的药。沈旭来的时候，炉上正在煎药。厨房门关着，不能被老头子看见炉火，要不然又是一通惊吓。

屋里弥漫着浓浓的中药味。顾怡宁倒了杯茶给沈旭。他说声"谢谢"，问伯父身体怎么样。顾怡宁说："还好，休息一阵就没事了。"她忽地想起，上次也是父亲受了伤，他来探望。这大半年来，老头子也是命运多舛。她朝他看，好像瘦了些，下巴那里都尖了。两人有一搭没一搭地说话。干坐着有些尴尬，顾怡宁索性给自己也泡了杯茶，又拿了些开心果、小核桃出来。

李东也来了。两个男人打了个招呼，沈旭便说要走。顾怡宁送他出去，再进来，瞥见李东似笑非笑的神情，嘴里唱："再见亦是朋友……"

顾怡宁没睬他，猜想定是父亲告诉他的。火灾后，老头子与这人的关系陡然上升了一个台阶。以前下楼倒垃圾撞见他，总要痛斥一声"小流氓"。现在救命之恩大过天，完全不计较了。她成日里烦他跟着，可那天要不是他在她家附近晃悠，也不会凑巧碰到老头子在火场里挣扎，拼着命地救了他出来。现在李东敢堂而皇之地上门了。拿探病做幌子，师出有名，只不过见了顾怡宁还是有些顾忌，抖抖豁豁的。顾长荣有一次说他："你怕她做啥，她又不会吃了你！"李东道："我属老鼠，你女儿多半属猫。"顾长荣便笑，说："你老懂经的，我女儿属老虎，也算猫科动物。"李东便嘿的一声，在自己大腿上重重一拍，叫起来："我说嘛！"

火灾后，那些死者家属闹到法院，说火灾是房地产商搞出来的花样，为的就是逼他们搬走。没凭没据的，法院自然不理。网络上倒是传得沸沸扬扬，瞎猜的乱编的，帖子挂了长长几页。居然有记者找到顾长荣——后来顾怡宁才晓得，原来老头子是唯一的生还者。也是他命大，出来上了趟厕所，避过了火势最大的那段。美发店门面不大，但里头九曲十八弯，拿门板隔得七零八落，老虎机、轮盘赌、麻将牵，居然连贵宾间也有。怕警察查房，门从内反锁，还上了门闩，火势一起，那些赌棍们逃都来不及。

顾长荣说他听到纵火者说话。顾怡宁吓了一跳。

"瞎讲！"

"真的，不骗你。我在厕所里听到的，两个人的声音，我听得清清楚楚。一个说，这边再倒点；一个说，差不多了，打火机给我。"

顾怡宁劝父亲别蹚这个浑水，没好处的。顾长荣说他有分寸，让女儿放心，可转过身便与记者聊了半天。那名女记者得宝似的，欢天喜地地走了。

几天后便见了报。文章写得很巧妙，把之前的钉子户事件稍稍带了一下，着重写火灾。没有一点主观臆断，都是目击者的转述，分寸把握得很好。读者可以凭想象力去猜。这份报纸谈不上主流，但销售量也过得去——很有吸引力了。

顾怡宁叮嘱父亲尽量少出门。"省得惹麻烦。"平心而论，她是有些烦那个记者的。虽说隐去了父亲的名字，但说"生还者"——全上海滩都晓得这场火灾只有一个生还者，太明显了。那些苦主都跑到房地产公司门口去静坐了。原先对联上的字擦了，被单洗得干干净净，拿红笔写上大大的"杀人偿命"，挂在公司门前的树枝上。到了不可收拾的地步了。

第二天，顾怡宁陪父亲去医院复诊，半路上被人扔了个臭鸡蛋——应该是个恶作剧，否则扔的会是硫酸桶。顾长荣额头起了个包，到医院搽了药。顾怡宁瞥见老头子的狼狈样，本来想啰唆两句的，忍住了没说。回去叫了辆出租车，路上顾长荣一直怏怏的，也不吭声。顾怡宁晓得父亲是吓坏了。带他去玉佛寺烧了炷香，捐了一百块钱。

"这是不凑巧，有人好好地走在路上，还被花盆砸到呢。没啥。"顾怡宁安慰他。

事情还没完。两天后，顾怡宁在报上看到沈旭的文章。题目是"什么是真相"："……顾老先生作为一个赌徒，耳聪目明是肯定的，能从火海中逃生，运气也是毋庸置疑的。他今年两次大难不死，且每次都能掀起波澜……"顾长荣自出生以来，照片还是第一次上报纸，大人物似的。顾怡宁想不起几时曾把父亲的照片给过沈旭，还有 X 光片。文章指顾长荣曾贿赂医生，为的是多索要一些赔偿。"……警方已确定这次火灾非人为造成，可顾老先生的一句话，使得死者家属们不离不弃，硬是要讨个说法……当人们被为富不仁的惯性思维所牵制时，是否想过，其实事情本身有无数种可能性？富有富的想法，穷有穷的目的。既然真相藏在云里看不清楚，那不妨用一些看得清楚的东西来说明问题。"

文章的下方，顾长荣的腿骨 X 光片和验伤报告被放得很大——拍片结果是骨折，验伤报告上却是粉碎性骨折。除此之外，还有一张银行的转账单，日期是去年 8 月，也就是天花板事件发生的两月后。户名是顾长荣，金额是十万元。

顾怡宁把报纸扔到父亲面前。顾长荣先是抵赖，禁不住女儿再三追问，终于承认了："我是找过那个姓郑的。我是想，要一点是一点，我的腿不能白挨一下……"越说声音越轻，到后来都像蚊子叫了。

顾怡宁觉得脑子发涨，难为情得要命，都想撞墙了。报纸上那些文字，像一只只黑蜘蛛，张牙舞爪，几乎要向人袭来。又想，这是份厚礼呢，毛脚女婿上门，有了这篇美文，郑老板再怎么不待见，这会也该心花怒放了吧？沈旭上周来探病，其实该叫探路才对。那张照片，该是趁她不注意时拍的，有些仓促，老头子脸都没对着镜头，眼睛朝旁边斜着，一只手还在抠着鼻子——有些猥琐的模样。

原来"再见亦是朋友"真的只有歌里才有，生活中不可能。顾怡宁不晓得沈旭这么放得下，换了她，无论如何不会这么决绝。真是一门心思要断得干干净净了。别说朋友，只怕下次见面会忍不住请他吃耳光。顾怡宁想到这儿，竟有些想笑了，只是鼻子痒痒的，像有虫子在爬。瞥见父亲在看自己，忙拿纸巾掩住，张大嘴巴，做出打喷嚏的样子。

李东说要找道上的朋友教训沈旭，替顾怡宁出气："你自己说吧，斩他一条腿，还是一只手？"

顾怡宁没心思理他。顾长荣这几天变得有些唠叨："为啥我说的话，警察就不相信呢？明明有人放火，我没骗人，汽油味我都闻到了，吓得我一泡尿差点尿在裤子上。你说，这是不是叫人微言轻？"老头子冷不丁冒出个成语。李东在旁边笑起来，说："爷叔你学问老好的。"

小么事踱到顾长荣身边，朝他摇了摇尾巴。顾长荣剥了些瓜子肉，蹲下身子，放在手心里。小么事舌头一卷，瓜子肉便进了肚子。

顾怡宁劝父亲别多想："人家说大难不死，必有后福。好好过日子就是了，管别人怎么想呢！我看赌场烧了也好，干净，让你以后没地方赌去。"

顾长荣说女儿："好多条人命呢，不作兴这么讲话的。"

顾长荣拿来年夜饭剩下的那半瓶剑南春，倒了一杯，一口喝干。怔怔地，盯着五斗橱上女人的遗像，看了足有两分钟。半晌，打个酒嗝，口齿不清地说："明天上班去——不混日子了。"

顾怡宁在百货公司给父亲买了件羊绒背心，原价一千出头，打完折三百五，挺划算，想着过年也没给老头子买啥东西，就当是压惊。临到家时，又特意去菜场弯了一趟，预备当众秀一下毛背心，让老头子脸上有光。走进去，没见到人，正纳闷间，几个小贩急急地跑来告诉她："你爸被几个警察带走了！"

公安局刑侦人员在火灾现场找到一张烧焦的纸片，上面的字迹很模糊，经技术还原后，确定是一张借条。"……借人民币五千元整……"除了这几个字勉强能看清，还有下面的落款——顾长荣。这张纸片与几个烟头在厕所马桶边被找到，经多方勘查，警方认定这里是火灾的第一现场，怀疑顾长荣企图在厕所烧毁借条，引发火灾——这才是火灾真正的起因。

事情发展得比想象中要快得多。借条上的笔迹，经专家比对，证实与顾长荣的笔迹完全相符。同时，警方调出顾长荣的档案，发现他有前科。十年前与邻居赌博，因输钱而动手打人，将对方打成脑震荡，缝了二十多针，拘留了两个月。又找了原先街道的负责人调查情况，证实顾长荣一向劣行不断，酗酒、赌博，动不动就打老婆、女儿，十足是个二流子。

警方以纵火罪向检察院提起公诉。那几天，顾怡宁借来一大堆法律书籍，想找出案件中的漏洞，帮父亲翻案。后来，当她再回想起这些时，便觉得自己是笨到家了，脑子被枪打过了，居然做这么无聊的事。可以做的事很多，哪怕找人劫狱也比这强些。

顾怡宁与律师反复交流，觉得这案子不是没把握。单凭那张借条和火柴，未免有些太武断了。那名律师也是刚从大学毕业，血气方刚，急性子，讲话还有些口吃。顾怡宁出不起钱请大律师，只好找了他。两个年轻人都对案子充满信心。那律师甚至还打了包票："要是不赢，我把钱退给你。"

顾怡宁去探望父亲时，劝他宽心："没做过就是没做过，怕什么？"

顾长荣说他不怕："我想过了，要实在不行，我就装神经病。神经病不用判罪的呀，对吧？连招数我都想好了，从马桶里捞屎吃，拿头撞墙，见人就打自己耳光，再不然就对着狱警小便。"

顾怡宁忍不住笑："这样就算不坐牢，也要被关到精神病医院去的。"

"精神病医院总比监狱好。"

"要装一辈子呢，天天从马桶里捞屎吃，你受得了？"

"开始捞两天，后来就不用天天捞了。精神病也会康复的呀。"

父女俩在拘留所里开起了玩笑。顾怡宁瞥见父亲额头上的皱纹，很深，刀刻似的，那一瞬，忽地冒出这样一个念头：老头子要真坐了牢，她也不想活了。顾怡宁这么想着，又觉得自己太多虑。老头子运气好得很，那么大一块天花板掉下来，也只是砸到脚踝；火灾死了那么多人，偏偏就他活下来了。这一关肯定能过去。

顾怡宁到庙里看香头。点了炷香，插上。和尚看了，说香头连成一条线，直冲上天，是个好兆头。旁边还有几个看香头的人，也说这炷香不错。

出庭那天，顾怡宁早早便到了法庭，与律师聊了一会。律师是第一次正式上庭，里面穿了件红衬衫，说是讨个吉利。两人心里都紧张，嘴里半咸不淡地说些安慰彼此的话。到了开庭时间，审判长等一些工作人员陆续进来了，又来了些旁听的人，零零落落地坐了几排。顾怡宁看表，已经过了十分钟，顾长荣还没到。

"难不成警车也会堵车？"律师在一旁说。

她笑笑，两只手放在胸前搓着，一会，手心竟湿了。这么冷的天，鼻尖居然也冒汗了，呼吸也跟着急促起来。律师朝她看，说："放轻松。"她点头。又过了一会，人还没到。在场的人都有些纳闷，交头接耳。顾怡宁不停看表。律师说："今天是周一，说不定警车真的也会堵车。"

这时，一个人快步走进法庭，对着审判长耳语了几句。审判长露出惊讶之色。很快，宣布暂时休庭。

顾怡宁被一个工作人员请了出去。那人先劝她冷静，随即告诉她，顾长荣所乘的那辆警车，路上发生交通意外，顾长荣以及负责押送的两名警察当场死亡。

日子依然是一天天地过。家里少了个人，只剩下顾怡宁一个，静得有些奇怪，连龙头滴水的声音都响得像打雷，听得人心颤啊颤。五斗橱上的遗像倒是多了一幅。两幅并排放着，男人的头大些，嘴稍稍撇着，像在跟女人说悄悄话；女人始终是那么年轻，永远定格在三十多岁。那时顾怡宁还在读小学。孤零零了十多年，现在好了，多了个人陪伴，活着的时候再吵吵闹闹，死了摆在一起，看着倒也挺登对。老头子的照片也是翻箱底挖出来的，十几年前的老照片。白衬衫的领子系得紧紧的，小分头，嘴唇朝外鼓着。

小么事找不到主人，这几天似是有些烦躁，在房间里踱来踱去，不分昼夜地乱吠，邻居都抗议了。小么事看到五斗橱上的照片，想要立起身子，两条前腿使劲往上爬，却怎么也做不到，吠得更大声了。顾怡宁把它抱起来。小么事顿时便安静了，在顾怡宁怀里一动不动，看着照片里的人，灰黄色的眼珠黯淡着，像是默哀。

意外的事不止一桩。那天，和李东一起看新闻，市委组织部开会，李东忽地指着电视上一个男人，笑说："昨晚跟我妈吵架，脸上耳光印子还没消……"顾怡宁没听懂。他说到这里停了停，有些讪讪地说下去："这是我爸。"顾怡宁一怔，还当他在开玩笑。他说："后年就要退下来了。"顾怡宁不敢置信地看电视里的人，再看他，竟真有几分相似。意外得都说不出话来了，这样一个二流子，居然有那样的父亲。李东摸摸头，又道："你爸那件事，我找过我家老头子，他不肯，我没法子，连安眠药都拿出来吓唬了，还是不行。"他显得很不好意思，使劲搔自己头发，一遍一遍地。顾怡宁兀自有些回不过神，愣了半晌，才说了声"哦"。

火灾的事情到底是平息了。那些家属再犟再闹，终归也要吃饭。死的都是重劳力，家里还有老的小的，要为将来打算——到底是搬走了。都说郑老板是个善心人，体谅他们的苦处，硬生生把拆迁费往上抬了十几万，一点也不趁火打劫。没几天工夫，一条街便撤得干干净净，死巷似的。拖了几年的事，到底是尘埃落定了。推土机下周便要过来了，横幅也拉上了："某某建筑公司在此施工，如有不便，请大家谅解。"

顾怡宁站在阳台上，往下望。远处还有好几个工地，造的都是二三十层的高楼，已完成了大半。这一带的房源是潜力股，虽说离市区远了些，可远也有远的好处，空气好，地方大，够开阔，绿化又好，世外桃源似的。轻轨明年也要通了，到时候房价还得往上涨。

从这个角度望去，那条小街是有些格格不入。癞皮狗似的，混在一堆德国牧羊犬里，怎么都觉得别扭。自己看着可怜，别人看着讨嫌，那么渺小那么卑微，真是小么事了，不满意时还要乱吠几声，却不晓得别人只需伸个小手指，便能把你弹开八丈远。一个是天上的星，一个是地上的草，差得太远，自己还懵懂不知的。

人微言轻，顾怡宁记得父亲这么说过。火灾里那十来条人命，焦炭一样的尸体，挂在电线杆上的横幅，死巷般的小街……放电影似的在眼前掠过，一桩连着一桩，触目惊心。还是那种老电影，黑白胶卷，人的脸似是拿铅笔勾勒出来，线条清晰而硬朗。说话的声音也像从很远的地方传来，隐隐有回音。地是黑的，天是白的，透着凄凉和孤寂，气氛渲染得更肃杀了。想哭，却哭不出来，眼泪顽强地停留在鼻腔里。心起初是酸的，渐渐地，起了化学反应，一点点硬了，重了，慢慢沉下去，直落到底，牢牢钉在胸口处，石头般坚定。

顾怡宁收拾父亲遗物时，看见那件羊绒背心——还一次没穿过呢。老头子平常总是穿得乱糟糟的，女人走得早，没人料理，也不会收拾自己，瘪三似的。

她把羊绒背心抖开，放到那张遗照下，想象父亲穿上会是什么样子。照片上的人在笑，笑得有些没心没肺，大约是穿上新衣服的缘故。撑着肩膀，两个袖管笔直地垂下，端端正正的。

"乖的。"顾怡宁怔怔看着，没头没脑地说了句。

三

春天越来越短。过完年，大衣棉袄依然捂得严严实实，没多久，便是衬衫上阵了。这便是温室效应了，连着好几年，从冬天直接到夏天，连个过渡也没有。其实春天也不至于才那么几天，主要是下雨的关系。气温不低，雨一下，潮乎乎的，像给寒冷撒了一把味精，味道都提上来了。夜里睡觉被子也是潮的，阴冷到骨子里。听着窗外的雨声，滴滴答答，像老式的挂钟，沉闷而有节奏。起初是有些烦躁，听久了，也就惯了。

沈旭的一个死党结婚，邀他去喝喜酒。他带了郑琰琰同往。婚礼设在市郊一家五星级酒店，本来想坐公交车的，碍着郑琰琰，只得叫了辆出租。郑琰琰打扮得很隆重，低胸长裙外搭一块氅皮，颈上钻石项链闪闪发光，像个小贵妇。沈旭在车上笑说她这是莫泊桑《项链》里女主人公的装扮："小心别把项链丢了。"她没明白他在开玩笑，还检查了一下项链的搭扣，说："很牢的，不会丢。"

新郎官调侃沈旭："有本事啊，钓了个金龟女——啥时候听你好消息？"他连声道："还早还早。"新郎又道："巧也是巧，新的旧的碰一起了。"说着，嘴一努。沈旭顺着他的方向看去，竟见到顾怡宁站在不远处，穿一袭淡绿色的套装，手里拿着饮料，笑吟吟的。沈旭吃了一惊。新郎解释："她是我老婆的高中同学，巧吧？天下事就是这么巧……"

沈旭犹豫着要不要去跟她打招呼，上了个厕所回来，见郑琰琰和顾怡宁已经聊上了，只得走过去，说声"你好"。顾怡宁只同他寒暄两句，便又转去与郑琰琰说话，说她的发型很好看，衣服也合适："才几个月不见，琰琰你漂亮多了。"郑琰琰很是开心，咧开嘴笑个不停。两个女人越谈越投契，沈旭倒成陪衬的了。他站在旁边，手一会插在口袋里，一会又拿出来，有些尴尬。新郎新娘过来敬酒，沈旭趁机拉着郑琰琰回原座。忍不住又朝顾怡宁看，新娘的头纱乱了，她替新娘整理，眼睛有意无意朝沈旭这边瞟来。沈旭忙不迭地把目光移开。郑琰琰问他："你不舒服吗？"他摇头道："没有。"郑琰琰又问："那你怎么动来动去？"他掩饰道："椅子坐得不舒服。"屁股挪了两下，佯装整了整椅垫："嗯，现在好多了。"

回去的路上，郑琰琰告诉沈旭，顾怡宁在福利院做义工，邀她这周日一块去："我觉得挺好，你说呢？"沈旭当然只有说好。郑琰琰显得兴致很高，说这事有意义，是好事。沈旭猜想这必定是顾怡宁洗脑的结果。也不晓得她说了些什么，引得这傻丫头这般兴奋。福利院做义工自然没什么不好，只是与顾怡宁走得太近了，有点那个。沈旭都不晓得该怎么跟郑琰琰解释，说了她也未必明白,有些复杂了。要直接跟郑老板说,又似乎太严重了些,也没这个必要。

正想着,郑琰琰手机响了。是短信。沈旭问她:"谁发的?"她回答:"师姐。"沈旭心里一动,想问她内容,忍住了。郑琰琰说:"师姐夸你呢。"沈旭一怔,嘴上道:"是吗?"佯装摸鼻子,凑近了,朝她手机瞟去,隐约见到"你们很配""下次出来"之类的字眼。郑琰琰一本正经地回短信,刚写了"好的"两个字,瞥见沈旭在偷看,忙拿手掩住了:"不许偷看!"

郑琰琰说:"师姐——"沈旭竖起耳朵。"比以前更好看了。"沈旭听了不吭声。郑琰琰问:"是不是?"沈旭嘿的一声,做出不屑的样子:"她刚才夸你好看,你现在又夸她好看,小姑娘就是喜欢这样夸来夸去。"郑琰琰说:"师姐也夸你的呀。"沈旭问:"她夸我什么?"

"她说,你对我很好。说我能找到你,很有福气。"

沈旭哦了一声,竟有些隐隐的失望:"她还说了什么?"

"没有了。"郑琰琰收好手机,"那么,这周日我真的去了?"

她依然像个孩子,什么事都要问他。沈旭说:"只要你喜欢,我没意见。"心里是盼着她开口邀自己同去。偏偏她不接茬,只问他去福利院要买些什么东西。他随口答着,瞥见前面计价器已跳到了一百块。来回路费就要两百,加上红包,这顿饭价格着实不菲。沈旭心里叹了口气,目光滑过郑琰琰的头颈,一怔,脱口而出:"咦,你的项链呢?"

两人又折回去找。这条项链是郑琰琰二十岁的生日礼物,坠心是一颗三克拉的钻石,搭扣上刻了琰琰两个小字。郑老板在比利时请匠人定制的。

把大厅找了个遍,连卫生间也找了,就是不见踪影。沈旭暗骂自己乌鸦嘴,好好的提什么莫泊桑的《项链》。郑琰琰倒是无所谓,还安慰他:"没关系的,让爸爸再给我买一条。"新郎官一旁听了,朝沈旭作怪腔,在他耳边说:"大户,绝对大户。"

把郑琰琰送回去,沈旭舍不得再叫出租,坐地铁回家。这么来回折腾,肚子倒又饿了,在家门口的小吃店叫了碗咸菜肉丝面。皮夹里只剩下最后一张百元钞票,面条八块钱,找了一堆零票。店老板是熟面孔,奉送一碟腌黄瓜,又问他:"这么晚了还没吃饭?"沈旭叹道:"命苦啊。"店老板在他肩上一拍,笑道:"小阿弟,年纪轻轻不好说命苦的。"

沈旭吃完面，抽了根烟，拿出手机，打了一行字"你是不是存心的"，翻出顾怡宁的号码，拇指按着发送键，作势要发——当然不会，很快便删了。沈旭觉得自己像个神经病，逗自己玩呢。他又想起顾怡宁的脸。以前太瘦，下巴尖得像枣核似的，好看是好看，就是太单薄了些。现在丰润了，五官也更秀丽了，倒有些像小时候的长相了，胖嘟嘟的邻家女孩。沈旭想到这，觉得很不好意思。婚宴上也没喝什么酒，莫名地，竟胡思乱想起来。

连着几个周日，郑琰琰都去福利院做义工。福利院在青浦，沈旭借了朋友的车去接她。他想，若是碰上顾怡宁，便大方一记，也送她回家。可惜没这个机会。顾怡宁每次都让他们先走，说她还要再待会。沈旭在车上问郑琰琰，义工都干些什么。郑琰琰便告诉他——陪小朋友一起做游戏、唱歌，教他们做点心、折纸鹤。沈旭又问："那顾怡宁呢？"他装作无意般问起。郑琰琰并不察觉，也详细地说了，并说顾怡宁今天和小朋友玩跷跷板时，摔了一跤。沈旭哦的一声。郑琰琰说："师姐的膝盖都破了。"沈旭依然是哦的一声。郑琰琰说："流了好多血。"沈旭停了半晌，憋出一句："贴创可贴了没？"郑琰琰朝他看，有些奇怪地说："那么大的伤口，贴创可贴行吗？你怎么跟傻瓜一样？"

被傻姑娘骂成"傻瓜"，沈旭心情还不算太坏。送郑琰琰回家后，车子掉头又往青浦开。趁红灯时，给顾怡宁发了条短信："听说你受伤了，要紧吗？"一会，顾怡宁回过来："没事。"沈旭把油门踩到底，破桑车在高速公路上没命地冲，发疯似的。

到福利院时已经快天黑了。顾怡宁就站在门口。最后一缕夕阳的余晕与路灯混合在一起，黄澄澄的、有些模糊的光线，像裹着一层雾。她脸上的表情看不甚清。沈旭一路上都在想碰到她该说什么，又担心她走了，扑个空。现在有些措手不及了，头皮都发麻了。车子直直地靠上去。他摇下车窗，说："上车，我送你。"她朝他看了一会，走到另一边，开门上了车。

进市区的路很堵。高速收费口前车子排成了一条长龙。沈旭拿余光瞟旁边的顾怡宁，见她在打哈欠。两人一路上都没说话，现在总算有了开口的机会。沈旭干咳一声，说："很累啊？"她道："就是。"他又道："膝盖疼不疼？"她道："还好。"

沈旭朝她看，忽地，直愣愣地来了句："我晓得，你心里肯定恨我恨得要命。"

她没吭声，像是没听见。沈旭也不晓得再说什么好。车子朝前蠕动了几尺。后面车使劲揿喇叭，吵得要命。沈旭咕哝着："喇叭揿死也没用，除非你长翅膀，变成飞机。"一侧头，瞥见顾怡宁似笑非笑的神情。"我、我又没说错，这鬼地方，只有飞机才走得脱，还非要直升机不可，喷气式飞机也没用，不够滑行距离。"越说越觉得自己像个傻瓜。

顾怡宁问他为什么又折回来。这是沈旭最怕听到的问题。装模作样揿了几下喇叭，离合器放了又踩，车子往前移动了两毫米。顾怡宁径直说了下去："前几个星期，我都等到天黑才走。我以为你会回来找我，谁晓得直到今天才……要是我没摔跤，你是不是预备一生一世都不来找我？"

沈旭听到自己心跳的声音，砰的一下，像石头落到海里，水花都快溅到外面了。他不敢看她，慌里慌张地把反光镜往右一扳，镜子里呈现出她的脸，有些嗔怪的。他忙不迭把目光移开，做贼似的。忍不住又骂自己没出息，想这是怎么了，比女人还扭捏了。

"人家的车子，我、我不好做主的。"沈旭恨不得打自己一拳，越说越傻了。听见她笑了笑："开车吧，要不然后面又要揿喇叭了。"

沈旭启动车子，一摸，竟摸到她的手——她的手便放在挡位上。他朝她看。她也朝他看，嘴角带着笑。沈旭心里一暖，竟是不想放开她的手。后面的喇叭声越来越吵，他索性踩下刹车。

"揿吧揿吧，反正我是准备在这里待到天黑了。"他说着，牢牢握住她的手。

"五一"里，郑琰琰说要去香港玩，问沈旭有没有兴趣，又说她爸妈也去。沈旭自然是不乐意，说："你们一家人去，我就不凑热闹了。"郑琰琰嗔道："你怎么不是一家人了？你要是不去，我也不去了。"沈旭只有从命。

机票买的是港龙航空的头等舱。沈旭还是第一次坐头等舱，座位空间很大，食物很精致，漂亮空姐笑得格外亲切，都有些不习惯了。上洗手间时，与经济舱相隔的布帘没拉严，瞥见前排一个女孩长得有些像顾怡宁，心里一动，想自己真是要死了，这当口还想着她。回到座位上，郑琰琰在打 PS2，郑老板和郑太太都在睡觉。沈旭拿了本杂志看。郑琰琰问他去过香港没，他回答没有。郑琰琰说:"我都去过七八次了。"沈旭心里嘿的一声。郑琰琰又道:"师姐刚才给我发短信了。"他道:"是吗,说什么了?"郑琰琰说:"没什么,就是让我玩得开心点。"

到了香港,酒店订的是金钟的香格里拉。沈旭和郑琰琰各自一个房间。郑老板骨子里还是老派人,但也算开通,说:"这两天你们自己玩自己的吧,我们上了年纪的,喜欢在山顶喝喝茶什么的,你们不见得喜欢。"沈旭表面上还要客气一番,说我们也喜欢喝茶,可以陪叔叔阿姨的。晚上,郑琰琰拖沈旭去购物,沈旭推辞说头疼不去了。独自一人在酒店后面的小街转了个圈,走进一个大排档,想吃些东西。

刚坐下,霍然见到顾怡宁就在对面,笑吟吟地。还当自己眼花,揉了揉眼睛。顾怡宁朝他招手:"是做梦。"她笑道:"你快打自己一记耳光,梦就醒了。"

沈旭先是错愕,随即在她对面坐了下来:"偏不——就这么一直梦下去才好呢。"

顾怡宁说想给他个惊喜:"我预备把你吓昏过去。"沈旭笑道:"是乐昏过去才对。"两人吃完饭,到旁边的香港公园,坐在长凳上。风很轻,吹在脸上柔柔的。两人也不说话,手牵着手,就那么你看我,我看你,直到半夜才分开。

回到宾馆,刚好有电话进来。是郑琰琰。"你去哪儿了?敲了半天门都不在。"

沈旭说:"出去散步了。"郑琰琰问他:"头还疼吗?"他说:"还好。"郑琰琰说:"那你早点休息。"沈旭正要挂电话,她又说:"喝点热牛奶,对睡眠有好处的,明天早上起来头就不疼了。"沈旭想这傻姑娘倒也晓得这个,心里一暖,说:"好。"

三天的行程很快结束。最后一天,时代广场顶楼 Dior 换季清仓,人山人海,跟抢似的。郑琰琰挑了只皮夹,原价三千多,打折只要一千。沈旭也偷偷买了一只,回到上海便给了顾怡宁。两人去恒隆广场看了,一模一样的皮夹,要四千八百块。"赚了赚了,早晓得多买几只回来贩……"都像捡到钱那么开心。顾怡宁邀沈旭到自己家,请他吃虾肉馄饨。自己买馅擀皮。沈旭要帮忙,她说不用:"我的虾肉馄饨是一绝,保证吃得你打耳光都不肯放。"

沈旭瞥到五斗橱上的遗照，一凛，很快把目光移开了。家里摆设还是老样子，没啥变化。小么事当初跟他挺熟，现在有些生疏了，对着他叫个不停。沈旭说："小么事，小么事。"从口袋里掏出一块巧克力给它吃。小么事舌头一舔，巧克力便下肚了。

他随意翻看书报架，抽了本杂志，刚打开，里面掉了张照片出来。一看，竟是他的——脸上被刀片划了几道，横七竖八的，都有些可怖了。他心里咯噔一下，忽想起读小学时，她冲到邻班划那些同学的作业本。那时她是为了给他出气。他拿着照片怔在那里。顾怡宁从厨房出来，与他目光相接，随即看到他手中的照片。她哦的一声，手在围裙上擦了擦，拿过照片。

"我们分手那时候划的——我是不是有些小儿科？"她吐了吐舌头。

沈旭摇了摇头："这说明我对你来说还是很重要的，划得越狠，爱得越深。"

两人都笑。

几天后，顾怡宁约郑琰琰去看电影。是她买的票。付钱时，用的新皮夹。"漂亮吧，沈旭在香港给我买的。"——就像当初那块提拉米苏，是甩给情敌的最有威慑力的武器。顾怡宁自然不会像郑琰琰那般喜形于色，傻姑娘就是傻姑娘。这时候该显得若无其事才是。顾怡宁猜想她会立刻脸色大变。傻姑娘再傻，总归是女人。

"哦。"郑琰琰居然并不意外，"漂亮的——沈旭说了，你让他在香港帮你带个皮夹……"

顾怡宁没有让错愕表现在脸上。她顺着郑琰琰的话头，夸赞沈旭很细心，很会买东西。看电影时，她想起那张照片——当初是太冲动了，也大意了，就那么随便夹在杂志里。沈旭是多么聪明的人。顾怡宁拿出手机，给沈旭发了条短信："亲爱的，皮夹的钱我还没付呢。"

很快地，沈旭回过来："你给琰琰吧，我跟她说过了。"

顾怡宁细细揣摩这句话的含义——是个大大的句号呢。又像一堵墙，牢牢夹在他和她之间，悬崖勒马般，不容置疑，比第一次还要决绝。她甚至能想象沈旭此刻的表情，决绝中必定还带些后怕，心还咚咚跳着呢。顾怡宁暗自冷笑了一下，朝郑琰琰看，见她正被电影情节所吸引，手捧爆米花，嘴巴张得老大，便也伸手抓了一把爆米花。郑琰琰朝她看，笑笑。她也笑。

看完电影，顾怡宁让郑琰琰把沈旭叫来："我请客，大家聚聚。"

她猜沈旭应该不敢来，谁晓得沈旭居然来了。晚饭时，顾怡宁一直微笑看着沈旭，毫不掩饰地，完全是挑衅了。沈旭这顿饭吃得艰难无比。趁郑琰琰上厕所时，他飞快地说了句："别搞花样。"顾怡宁笑笑，从皮夹里抽了一千块钱出来。

"买皮夹的钱，谢谢。"

他把钱收好，端起咖啡喝了一口，顾怡宁远远地看见郑琰琰走来，停顿一下，促狭地对着沈旭说了句"我爱你"，声音着实不轻。沈旭一口咖啡差点呛出来。

接下去的事情，像电影里的情节。

不久，沪上一家知名杂志发表了一篇文章《好心的姑娘》，正中是郑琰琰的照片，在教一个六七岁的小男孩叠纸鹤，情景十分温馨。文章说，郑琰琰每周都会去福利院做义工。这个小男孩，在几月前的一场火灾中失去了父母。那场火灾，当时曾盛传与某房地产公司有关，而这个好心的姑娘，则是那家房地产公司高层的女儿。"是巧合，是安排？是有心，还是无意？这个女孩，是纯粹出于善心，抑或是为父亲的某种行为做些补偿？"文章最后，还转载了某报纸去年的一篇文章《千金女一掷千金，为父行善不遗余力》——作者是沈旭。

沈旭看到这份杂志时，已是好几天以后了。郑老板把杂志扔到他面前，还有一张照片——他与顾怡宁在维多利亚海港的合照。他记得当时是叫路人帮忙拍的。顾怡宁笑得很甜，两人依偎着，他的手搭在她的腰上。沈旭倒吸一口冷气。这招其实很简单，像电视剧里演的，很落俗套。但最简单的招数往往最有效，亘古不变的。

顾怡宁也给他寄了本杂志。"请多指正。"她在电话里谦虚地说，"我这个人比较笨，也想不出什么新点子。东施效颦，不好意思啊。"

一些记者找到郑老板。郑琰琰更是被记者缠得晕头转向，他们从早到晚等候在学校门口。系领导都找郑琰琰谈话了，劝她这阵子是不是可以在家休息。郑老板向来疼这个女儿，可这次也忍不住说了重话："你可不可以不要这么傻啊？"

郑琰琰的霉运并没有结束。天晓得这傻姑娘居然跑去找顾怡宁理论。顾怡宁没有睬她，三句两句便下了逐客令。当天晚上，顾怡宁那套房子突然失火。所幸发现得早，没什么大损失。顾怡宁报了警。小区保安证明，郑琰琰曾经来过。警察更从顾怡宁家的地板上找到一条钻石项链——搭扣处刻有琰琰两字。这么精致而昂贵的首饰，就算仿冒也难。

当然是有惊无险。郑琰琰只在公安局待了两天，便回到家里。郑老板公安局有的是熟人，保个人出来不是难事。只是有些窝火，莫名其妙了，平白无故折腾一场。巧得很，又是火灾，又扯上姓郑的，郑老板头都大了。郑琰琰受了惊吓，没多久便病倒了，一周才痊愈。那条钻石项链被郑太太卖给二手商店了，又怪丈夫："好好的上面刻什么名字，生怕别人不晓得……"

沈旭打电话给顾怡宁："你是不是疯了？"

顾怡宁说："没错。"沈旭叹道："你又何必去害郑琰琰？你晓得她是个傻姑娘。"顾怡宁说："打蛇打七寸，是你教我的。"沈旭都不晓得说什么了。半晌，又问她："你到底想干吗？"

顾怡宁不作声，把电话挂了。嘟嘟嘟的忙音。一会，沈旭收到她的短信："把我爸爸还给我。"

李东的新房地产公司注册成立了。开张那天，顾怡宁买了个花篮过去庆贺。公司靠近外滩，一幢新造的办公楼，玻璃外墙，门前有花坛和喷水池，还有一座外国女人雕像，看上去规模不小。李东把他的鸡冠头拉直了，染黑了，穿上西服，系上领带，倒也像模像样。顾怡宁说："不得了啊，进军房地产了。"他嘿的一声，道："我就是个标标准准的傀儡，拿我名字注个册，老头子在后面赚钱，真没意思。"顾怡宁说："你要是觉得没意思，名字改成我的好了。你这是身在福中不知福。"李东听了，大着胆子开了句玩笑："行啊，名字改成你的，民政局一登记就行了。"

换成过去，顾怡宁是要恼火的。现在情况完全不同了。杂志登的那篇文章，如果没有李东，铁定发不出来。李东的说法是："只要你高兴，发篇文章让你出口气。"顾怡宁当然晓得，这口气不是人人都出得了的。李东对她而言只是个暗恋她许久的小跟班，在外人眼里却是李经理、李公子、李衙内。顾怡宁开口的时候，觉得很不好意思。李东说先要探探他爸爸的口风——老头子居然默许了。李东因此很高兴。上次顾长荣的事情，他一直对顾怡宁心存愧疚："放着这么大一尊佛，只能看不能用。"他说他爸，因为快要退下来了，做事便格外谨慎。

顾怡宁去香港的那几天，李东本来也想去的："万一你跟他旧情复燃怎么办？"顾怡宁说："不会，我连杀了他的心都有呢。"李东说："真的？"顾怡宁朝他笑。李东也笑了笑，又劝她："也别太那个了，你爸在下面，肯定是希望你能太太平平过日子。"

顾怡宁晓得他是为自己好。像他那样的人，原来也会说道理安慰人。顾怡宁有时候觉得，李东其实真是个不错的人呢。有次他问她："晓得我为什么仰慕你吗？"他用仰慕这个词，让顾怡宁觉得很滑稽。

"不晓得。"她摇头。

他说，他第一次看到她，是大前年的秋天，她从他前面走过去，穿一条白色的裙子，路边几棵树的叶子都微黄了，风一吹，飘飘洒洒地落下来。"那场面真像童话一样，你就是童话里的公主。周围的人都是陪衬，都是为了突出你而存在的。"顾怡宁听他说得这么诗意，忍不住又笑。

"真的，不骗你，这就是缘分，不信不行。"他很肯定地说。

顾怡宁晓得他的意思。他到底还是有些怕她，始终是藏了半句话不敢说。他请她吃饭，问她想吃什么。她说傣妹火锅。他开着新买的宝马X5，陪她去吃傣妹火锅。吃完饭，又要送她回家，她说不用。"你是商界新贵，日理万机，不敢劳您的驾。"她开玩笑。

回到家，远远地看见沈旭站在楼下。路灯照在他头顶，少白头镀上了一层淡淡的金色。她一愣，随即慢慢地走上去："有事吗？"

"这样下去没好处。"他直截了当地说，"拿鸡蛋跟石头碰，吃亏的是你自己。你别以为我对你还有什么想法，我晓得你恨我到了极点，恨不得我明天马上就死在马路上。我是看在过去的情分上。你听得进就听，听不进就当我放屁。"

顾怡宁不吭声。

他转身便走。走出几米，又停下来："其实那个姓李的也蛮好，有钱，对你也不错。"

顾怡宁嘿的一声："你以为我和你一样，喜欢钓金龟？"他皱眉："别搞得跟不食人间烟火似的。我说了，你听得进就听，听不进就当我放屁。"

他飞快地说完,停了半晌,又加了句:"反正以后也不大会再见了。"

顾怡宁站着不动,听他的脚步声渐渐远去。忽地想起李东刚才问她,为什么喜欢吃傣妹火锅,她说不为什么。其实她真的不晓得为什么会选傣妹火锅,好像不由自主地,一张嘴就说了。进门挑的位置,也是当初和沈旭坐的。那时候两人还重逢不久,讲话都瞻前顾后的。她偷偷数着他头上的白头发;他用洋泾浜的广东话,说"我中意你"。都隔了一年多了,现在想来,好像还是昨天的事。又觉得好笑,那样廉价的火锅,服务也不好,半天叫不应的,两人竟也吃得那般开心。李东以为她喜欢吃火锅,提议说:"下次我们去虹桥路的鲍鱼火锅,环境好,味道也嗲。"她笑笑,没说话,心想,沈旭和郑琰琰在一起,必定不会再吃傣妹火锅了,只有没钱的人才会吃那个。没钱的时候,气氛要靠自己营造,煞费苦心地;有钱了,就能用钱买气氛了,笃笃定定。再想想,换了她是沈旭,说不定也会和郑琰琰好,再自然不过的事情。人嘛,不食人间烟火的神仙毕竟是少数。

李东不敢说的那半句话,沈旭替他说了出来。说到底,都是为她好。李东是道护身符,又是张白金卡,额度能让人看花眼,一辈子不愁的。

顾怡宁在楼下的小卖部买了两根火腿肠,拿回家扔给小么事。李东上月买了些进口的狗食,小么事嘴便开始刁了,剩菜剩饭都不吃,只吃外面买的狗食和火腿肠,开销上去不少。由奢入俭难,狗也是一样的道理。父亲刚捡它回来那阵,隔夜的咸菜馒头也吃得津津有味,现在竟也晓得挑嘴了,小么事成小精刮了。

顾怡宁睡到半夜,只听得哐当一声,腿上猛地被什么东西砸到,一阵剧痛,顿时醒了过来。忍着痛开了台灯,一瞥,惊呆了。

一大块天花板掉在床上,正压着她的腿。粉块落得到处都是,房间里一片狼藉。往头顶看去,竟是空了一大块,像平白地砸出一个大坑。

顾怡宁打120时,忽然想到了父亲——又是天花板脱落。

好像转了一圈,又回到起点。

尾声

顾怡宁被送进医院。拍了片子,确诊为小腿粉碎性骨折。

李东隔天便送了骨头汤过来。护士见了，说："骨折不好乱吃骨头汤的。"李东还嘴硬，说："补钙的。"护士说："这个时候补钙，要出事情的。"李东只得自己吃了骨头汤，听从护士的吩咐，让小保姆送了些粥和清淡的小菜来。

来了好多记者。也不晓得他们是哪里得到的风声，顾怡宁晚上住的医院，第二天下午记者便过来了。初时被李东挡着，后来人越来越多，挡也挡不住。问的都是天花板脱落的事。

"短短一年时间，你家的天花板脱落两次，请问你对此有何感想？"

"据了解，小区内类似事故发生过多起。你是否觉得楼盘的质量有问题？"

"去年震惊全市的那场火灾，你父亲是纵火嫌疑人，并间接因此而去世。顾小姐，你有没有觉得这一连串事情都非常巧合？"

……

事情发展迅速，都有些出乎人的意料了。短短几天，这起事故被各大报纸杂志炒得火热。接着，郑老板被公安机关拘留。去年那场火灾，据说有关部门一直在暗暗调查，终于查清背后黑手原来是郑老板。他为了牟利，利用非法手段迫使居民动迁。放火杀人倒不见得，本意是想吓唬一下，谁晓得地下赌场就开在那儿，也是不巧，十来条人命就那么没了。

审判那天，顾怡宁和李东都去了。顾怡宁脚上的石膏还没拆，坐着轮椅来的。听审席里还有郑太太、郑琰琰、沈旭。审判长宣布结果时，顾怡宁不自禁地看了沈旭一眼，见他也在看自己，眼神有些空洞，看不出什么来，脸上没有表情。顾怡宁把目光移开，又看向被告席的郑老板。她还是第一次这么清楚地看他。他剃了平头，穿了囚服，一点也不像个大老板。五官生得很寡淡，个子也不高，完全是个普通人的长相。

退庭后，李东推着顾怡宁出来，说要上个厕所，让她在门口等着。忽地，郑琰琰冲过来，狠狠给了她一记耳光。她猝不及防，被这记耳光打得有些蒙了。

沈旭把郑琰琰劝开。郑琰琰兀自恶狠狠地瞪着顾怡宁，都不像平常的她了。顾怡宁忽觉得有些好笑，莫名其妙被傻丫头打了一巴掌。郑琰琰激动得很，抡着巴掌又要冲上来。沈旭拉住她，反绞住她的双手。一会，她妈妈也出来了，劝了女儿两句，朝顾怡宁看。三人随即走了。

国庆节时，顾怡宁和李东结婚了。新房买在浦东的一个高档社区，独幢别墅。

婚后，顾怡宁回了趟老房子，拿些东西，顺便再办理出租手续。站在阳台上，看前面那条老街——新楼已造得初具规模了，欣欣向荣的模样。两年后，一座世界大型主题公园即将在这附近落成。这一带的房价已经呈直线上涨趋势了。前几周公开拍卖一块地皮，好几十家房地产公司竞标，最后李东的房地产公司以天价竞标成功。报纸上都在头版登出来了。顾怡宁都觉得吃惊，原来规模已经大到这种地步了。还有原先郑老板公司的两项计划，因老总入狱而搁置，也统统由这边接手了。顾怡宁看报纸，李东的公司不知不觉竟已跃居全市房地产前五位了。

那天，偶尔听见李东和他父亲拌嘴。吵了几句，李东扔下一句："你别以为我不晓得那块天花板……"声音突然一下子轻了，听不甚清。接着，又是一句："万一把我老婆砸死怎么办？"顾怡宁一怔。继而听到他父亲的声音，不疾不徐地："我这都是为谁？"一会，李东也静下来了，嘴里咕哝着"老头子"。他父亲似是嘿的一声。很快，父子俩的争吵便结束了。

顾怡宁有些吃惊。不过再一想，好像也是意料中的事，自己没多想罢了。

手机里沈旭和郑琰琰的号码，她删了。这辈子应该是再用不着了。那天郑琰琰凶神恶煞的神情，她记在心里，竟又有些为她高兴。晓得打人，便不再是洋娃娃了。活在这世上，太傻总是不好，打人总强过被人打。沈旭是更加不会联系的了，发生了这么多事，真的都成假的了。那天和李东逛街经过药店，看到橱窗广告上有一种进口的药品，专治中青年白头，立即便想到他了。当然只是一时的冲动，想想罢了，终究不会那么做。早就是没干系的人了。

有些遗憾，却淡得像一缕烟，转瞬便消逝了。即使觉得空虚，也只是一会的事，很快便被别的什么填满了。有时想想，生活像是记忆枕，一指戳下去，一个洞，只几秒钟，便一点点鼓出来，充满了，与之前完全没有异样的，再怎样也是白费力。哪里缺了，哪里补上，也不用时间来愈合，自己便是最好的疗伤师。人，便是这么过日子。

小么事在脚下窜来窜去。顾怡宁把它抱起来，搂在怀里。橱上，顾长荣夫妇的遗照端端正正地摆着。顾怡宁静静看着。小么事也不叫唤，就那样眼也不眨地看着。

"小么事，小么事……"半晌，她轻轻唤道。

发表于《上海文学》2010 年第 2 期
转载于《小说月报》2010 年第 4 期
《中篇小说选刊2010 年增刊1》
获第九届《上海文学》奖

美丽的日子

一

吃饭时，卫老太发现，姚虹的手搭在卫兴国的大腿上。

桌子是正方形的，桌布四个角垂下来，刚刚好，垂到人的大腿那块，有些屏障的作用。可桌布到底不是屏风，又是纱质的料作，透光，卫老太一眼便看穿了那头的景象。卫兴国没事人似的，吃饭喝汤，只是一个劲地抿嘴，很不自然了。姚虹真正是个小狐狸，面上还给卫老太舀汤呢："姆妈，吃汤。"只一眨眼的工夫，手便到下面去了，像抹了油，动作都不带咯楞（迟疑，停顿）的。

卫老太的眼睛是把尺，一瞟，一测，便晓得那只手在儿子的膝关节上两厘米处——倒也不算顶顶要紧的位置，离警戒线还有些距离。卫老太心里盘算，姚虹进门不到一个月，手就摆到这个位置了。前阵子卫兴国看见她，说话还舌头打结呢，她呢，也是端着举着，卫老太让她和他握个手，"就算是认识了"。她死活不肯把手拿出来，老实得跟黄花闺女似的。现在倒好，一步到位，手直接上大腿了。

卫老太咳嗽一声。那只手顿时松开了，又摆到桌面上来，给她舀汤。"姆妈，再吃一碗汤。"卫老太心里哼了一声。她自然不会说穿，但适当的警示还是要的，跟大人一桌吃饭，多少该收敛些。卫老太朝姚虹看。来上海没多久，已经晓得化妆了，可惜眉毛画成一边高一边低，搞得神情也跟着有些怪异，像有事想不通似的。卫老太想笑，又有些鄙夷，想乡下人到底是乡下人，干脆清汤寡水倒也罢了，一打扮，就露怯了。

姚虹是弄堂里张阿姨介绍来上海的。张阿姨是热心人，卫老太把意思跟她一说，她便张罗开了。卫老太不太喜欢北方人，说最好是江浙一带的。可江浙一带有点难度，模样周正的，瞧不上卫兴国，模样差的，卫老太也不要。张阿姨劝卫老太，不妨把范围扩大些。说到底人家还是图个上海户口，越是偏远的，越是把这个看得重，别的条件就上去了。好比做乘法，X乘上Y等于Z，Z是常量，不变的，X越是小，Y就越是大。这是个道理。卫老太想想也没错。

张阿姨行动也实在是快，没几天便把照片带来了，是江西上饶人。卫老太一看，模样还过得去，便问几岁，张阿姨说三十四。卫老太问结过婚没，张阿姨说结过。卫老太问有小孩没，张阿姨说没。卫老太又问前面那个男的是离了还是没了，张阿姨回答，两年前病死的。

火车票的钱是卫老太出的。两下里一敲定，人就来了。卫老太关照张阿姨，别把话说死了，好不好还不知道呢。张阿姨晓得卫老太的顾忌，隔着几百里，火车都要开一整天呢，又不是知根知底的，好自然不用说，倘若不好，连个退路也没有。张阿姨想来想去，教了卫老太一招——先把她安置下，付她工资，让她做些家务，相中了当然最好，要是相不中，再让她走，只当是找个保姆，大家都不吃亏。卫老太觉得这法子蛮好，就怕人家不愿意，伤自尊。张阿姨说："外头找工作还有试用期呢，她不愿意，有的是人排队。再说了，你们家兴国要是腿不瘸，上海女人哪里寻不着了？提着灯笼都难找的好事，她这是上辈子烧高香了！"

姚虹来的第二天，卫老太便带她去医院体检。这么做有些直白了，但别的可以马虎，唯独身体是头一桩，半点玩笑开不得。依着卫老太的想法，没有孩子自然是好，省得累赘，但又怕她生育有问题。卫老太是快七十的人了，做梦都想抱孙子，卫兴国也四十好几了，拖不得。这女人要是生不出孩子，就算是天仙也要请她走人。

体检报告一切正常。卫老太放下心来，对着她只说是上海有这风气，定期要体检。

回去后，把朝北的小间腾出来给姚虹。说是小间，其实只是拿板隔出的一块豆腐干大的地方，再拉道帘子，放个三尺的小床，连走路都累。卫兴国改睡阁楼。姚虹拿余光偷偷打量——改造过的老房子，小归小，煤卫倒是独立的。

姚虹整理东西时，卫老太在一旁看着。一个旧的尼龙包，里面几件换洗的衣服，都是旧得不能再旧的。胸罩是的确良的，那种没有钢托、最最原始的式样，洗得都出毛边了，连卫老太这个年纪都不戴的。毛巾和洗漱用品也没带全。卫老太找了两块新毛巾给她，让卫兴国去楼下小超市买了牙刷。又从抽屉里翻出一套真丝的睡衣睡裤给她，早些年买的，一直没穿，倒放旧了。也算是见面礼。

姚虹千恩万谢地接过，说："阿姨您真是好人。"卫老太让她改叫姆妈。这里头有层意思，毕竟不是真的保姆，人家千里迢迢是来找婆家的，道理上不能太亏待。反正上海人姆妈也是浑叫的，以前卫兴国的同学到家来，都叫她姆妈，并不见得真有什么。让人家叫一声姆妈，看着不拿她当外人，好歹也是份心意。

当然了，也因为不是真的保姆，卫老太有心理准备，不指望她能把家务干成一朵花来——姚虹是江西人，吃口重，卫老太特意关照她，不要放辣，不要放太多油和盐。也是应了矫枉过正这个词，姚虹做的头一顿饭像是直接从水里捞起来的，端上来时还说："姆妈，上海人吃得这么淡，怪不得皮肤好，水灵灵的。"卫老太告诉她，上海人吃得淡是淡，但也不用这么淡，家里又没人得腰子病。于是第二顿，正宗的江西菜就上桌了，辣得母子俩一把鼻涕一把眼泪的。卫老太倒也不生气，晓得她还是太紧张，分寸把握不好，便亲自下厨示范。从菜场买菜，到择菜切菜配菜，再到烧菜，手把手地指导。一道水芹肉丝，水芹菜是最麻烦的，要一片片拨开，小心挑去里面的污泥，半斤水芹菜总得择个一阵子，洗个三五遍才行；而肉丝则必须配合水芹菜的宽度，切得极细，头发丝似的，否则装盘不好看。开油锅一炒，水芹菜里的水便出来了，撇去水，盛到盘里才半盘，却是极费工夫的。还有香煎小黄鱼，便宜东西，也是折腾人的，一条条鱼要开膛破肚，把内脏拿掉，水龙头下冲洗干净，拿盐腌了，晾个大半日，再放到滚油里煎，一条条进去，香味顿时便出来了。煎的时候不能急，一急受热不均，肉质就不是外脆里嫩了。火也不能太大，否则皮焦了，卖相便差了。卫老太故意烧这两道菜，像新学期给学生上的第一堂思想教育课,把主旨提到一个高度,上海人过日子的意思、精致的简朴、絮叨的讲究,全在里面了。

关于家务活,卫老太对姚虹说:"以前在老家怎么干,现在就怎么干,不用有压力。"姚虹记下了,但毕竟是不同的。单说拖地吧,姚虹倒是勤快,趴在地上擦,抹布太湿,像写毛笔字,一笔一画都在那儿呢。卫老太说她:"不用这样,拖把不就在旁边?干拖把上稍微蘸几滴水,拖起来又干净又省力。"窗户每个月擦一遍,用报纸;冰箱每两个月除一次霜;阳台要每天打扫;还有洗衣服,内衣分开洗是不消说的了,还要分颜色深浅,不能一股脑全扔进洗衣机,会串色;床单被套每两个礼拜洗一次,晒干后最好是熨一下,服帖。卫老太自己的衣服是不用熨的,反正老太婆一个,也不用见人。卫兴国的衬衫外套是必须熨的,虽说在工厂传达室上班,算不上什么好工作,但男人的衣服领子要是软塌塌的,精神也会跟着软塌塌,就不上台面了。

姚虹拿纸笔一字一句地记下来。这个动作让卫老太挺满意,好坏姑且不论,态度首先要端正。态度对了,接下去的事情才好办。卫老太把第一个月的工资放到她面前,她微微一怔,迟疑了几秒钟,随即收下了,脸也跟着红了红。这个表情让卫老太有一丝内疚。多少是有些看轻人家了,倘若是上海女人,怕是早扭头走了。卫老太想到这里,话便软下来了:"也别有啥负担,就当是自己家里一样。"

姚虹叫卫兴国阿哥。卫兴国头次见到她,眼睛里什么东西一闪,倏忽便飘了过去,像道光。姚虹对着卫老太说话没啥,可对着卫兴国,鼻音就出来了,像重感冒,好多音在鼻子里转,每次都要转好几个圈才出来,不肯爽爽气气的。卫兴国被她一通鼻音搞得一愣一愣的,也传染上了,话在嘴里打转,半天才出一个字。卫老太看在眼里,有些不爽,但再一想也好,儿子喜欢是第一条,否则她老太婆再张罗也没用,到底不是包办婚姻。

弄堂是通风的,还是穿堂风,藏不住事的。几天工夫,谁见了卫老太,都要关切地问一句:"人来了是吧?"

卫老太点着头,嘴里解释:"先看看,先看看……"那些人还要细问,卫老太已快步走了过去。八字还没一撇,她不想多谈。那些人的嘴,说多了,假的也成真的了,卫老太最怕这样。

姚虹倒是比想象中大方得多。见了人,总是客客气气地打招呼,既不多话,也不装聋作哑。碰到楼上楼下,搭把手帮个忙,买个小菜晾个衣裳,也是没二话的。时间一长,卫老太慢慢看出这小女人的好来——没有小地方人的扭捏,待人接物还是蛮得体的。原先担心那层不上不下的关系,怕彼此尴尬,倒也没有。姚虹嘴上叫她姆妈,却也拎得清,并不真把自己当儿媳。还是试用期呢,是学徒。媳妇也要学的呀,学会了,才能真的上岗。人家管吃管住,还给钱,比老家的师傅不晓得好多少倍呢。姚虹这么想着,心里便舒坦些。

　　临来之前,姚虹把卫家的情况问了又问,大大小小的事,查户口似的。她晓得介绍人是有些烦了。可嫌烦也没办法,这是大事。她问:"卫兴国是生出来就瘸,还是咋的?"介绍人说:"生出来不瘸,得小儿麻痹症瘸的。"姚虹问:"传达室一个月能挣多少钱?"介绍人说:"千把块吧,也就上海最低工资线。"姚虹又问:"他家那套房子是自己的吗?有多大?"介绍人说:"弄堂晓得吗?就是电视里那种上海老弄堂,东家一个阁楼,西家一个亭子间,你自己想吧。"这介绍人是张阿姨的一个远亲,撮合这事时并不十分热情,而是有些居高临下的,手底握着十来个女人,扑克牌似的,让谁去不让谁去,这可是天大的恩典。"他要是四肢健全,长得像许文强,家里住别墅,一个月赚几万块,他吃饱了撑的,找你?"介绍人最后这么说。姚虹并不生气,停了停,从桌底下递了个红包过去:"您多关照……"

　　到上海那天,卫老太母子去火车站接她。人群中,卫兴国举了块牌子:"江西上饶,姚虹",很醒目。姚虹看到卫老太,第一印象便是,这老太把自己拾掇得挺干净,稍稍放了些心,怕就怕碰到那种生活不能自理的老人。再看卫兴国,原地站着看不出瘸腿,鼻子很大,眼睛有些眯缝,不是那种很有男人味的长相,但也不太丑,姚虹又放了些心。火车站离家不太远,回去时叫了辆出租。卫兴国坐前排,她和卫老太坐后排。她是第一次坐出租,有些局促,一路上都紧贴车门,生怕碰着卫老太。卫老太身上有一股淡淡的雪花膏的香气,端坐着不看她,也不说话。她听介绍人说过,卫老太退休前是会计,也算是有文化的人。她只得朝前看。卫兴国后脑勺有些秃,顶上白花花的一小块,泛着光。姚虹想,这男人原来还是个癞痢头。

　　母子俩专程来接她,这个细节让她觉得挺窝心。后来向卫老太讲起这事时,姚虹用了非常夸张的语气:"感动啊,姆妈这么大年纪,阿哥腿也不方便，真是很感动的。"卫老太还要客气："你大老远地跑来上海，总归要接的。这是道理。"姚虹说："所以呀，所以真的是很感动，感动极了。"她一连用了四个"感动"，说到后面，眼圈还红了红——三分好说成十分好，人家听了开心，自己也不吃亏，皆大欢喜，这也是道理。姚虹给家里人写信时，说她叫卫兴国阿哥，那边人听了都笑，说："怎么叫阿哥呢，是男人呀，不是阿哥。"

她便解释，阿哥其实就是男人，是情哥哥的意思。叫阿哥也好，不生分也不尴尬，朴朴素素的，是个好称呼。

姚虹到的第二个礼拜，卫兴国就邀她去看电影了。是上午场，半价。走进去，整个场子就他们两个人。电影刚开场，灯一关，卫兴国的手就活动开了。起初像搔痒，不经意似的，蜻蜓点水，是在试探。姚虹朝旁边让，可再让也只有那么点地方，总不能离开座位。让到不能让的时候，姚虹就不再让了。于是卫兴国的动作幅度更大了。姚虹朝他看，见他眼睛盯着电影屏幕，像煞有介事的，手却很不老实。姚虹忽然想笑了。但这个时候不能笑，一笑就臊了，没意思了。

关键还是家里房子小。倘若只有两个人倒也罢了，可多了个卫老太，就相当不方便了。这一带的旧房子，老早就说要拆了，可雷声大雨点小，拖到现在都没动静。看早场电影这个法子，卫兴国还是跟厂里几个小青工学的，花几十块钱，坐上两小时。外面点杯咖啡都不止这个数。附近那家电影院搞噱头，每天早上10点场只要十元钱，很划算。

再划算，总归也是笔开销。卫兴国向母亲要钱。他的工资，还有残疾人补贴，都是卫老太替他收着。他不抽烟不喝酒，平常没啥花销，最多是剃个头，买张DVD片子什么的。卫老太掏了一百块给他。卫兴国说："妈，再多给点。"卫老太又加了一百。卫兴国还是嫌少。

卫老太朝他看，问："要这么多钱干吗？"卫兴国说："用呀。"卫老太问："干什么用？"卫兴国红着脸，说："看电影。"卫老太其实是明知故问，当着姚虹的面，给他们个钉子碰。隔三岔五便往电影院跑，卫老太看不惯。可儿子这么老老实实地说出来，卫老太又有些不忍了。到底是四十多岁的男人，也造孽。卫老太又多添了一百，至于再嫌少，那是无论如何也不行了。

卫老太说儿子："公园里坐坐不也一样？电影院里坐还要花钱，公园里坐上一天，也没人问你收钱……"卫兴国嘴巴咕哝一下，没说话。姚虹插嘴说："姆妈讲得有道理，我本来也是这个意思。"卫老太斜她一眼，心想，你倒会充好人。

有了第一次，就有第二次、第三次。数目越要越多，周期越来越短。卫老太的脸色也越来越难看，到后来，卫兴国索性提出由自己保管工资。厂里工资一千三百块，加上残疾人补贴两百多，总共一千五出头。"我又不是小孩，老是伸手要钱，傻兮兮的。"

卫老太一口回绝，理由很简单："没结婚就是小孩，钱放在我里，要用的时候问我拿。你有什么不放心的？"卫兴国说："不是不放心，是没必要多此一举。姆妈年纪大了，管钱也老辛苦的。"卫老太嘿的一声："管钱有啥辛苦？多动脑筋，不会得老年痴呆症，多点钞票，手也不容易生冻疮。"卫兴国吃瘪（方言，被迫认输、屈服），下意识地朝厨房看。姚虹在厨房烧饭，关着门，房里只有母子俩。卫老太晓得姚虹是避嫌疑，可越是这样，越是露了痕迹。

一会，姚虹端着饭菜出来，招呼两人吃饭。她厨艺最近有所长进，一道葱烤鲫鱼有模有样，只是味精还是放得多，吃的时候还行，吃完便不停喝水。卫老太前年腰椎间盘突出那阵，请过一个保姆，也喜欢放味精——其实这是保姆的通病，毕竟不是大厨，怕东家嫌自己手艺差，只好使劲放味精，吊鲜。卫老太跟姚虹说过几次，她答应了，可临到装盘又是一把味精撒下去，习惯性动作。

卫老太说："味精不好多吃的，要得肾结石的。"卫兴国说："姆妈帮帮忙，哪有这么吓人？味精呀，又不是毒药。"卫老太白儿子一眼，说："凡事都要有个度，过了这个度，就算是仙丹也要吃死人。"姚虹不吭声，心里晓得这话是说给自己听的——卫兴国三天两头要钱，现在又提出自己管账，在老人家眼里，是过了这个度了。

收拾完碗筷，姚虹把阳台上的衣服收进来。卫老太拆一件旧毛衣，让她帮着撑线。姚虹问："姆妈，织毛线啊？"卫老太说："给兴国织条围巾。"姚虹说："姆妈眼睛不好，还是我来弄吧。"卫老太嗯了一声，将绕好的线头给她。姚虹把毛线缠在膝盖上，一边绕，一边看电视，是韩剧《澡堂老板家的男人们》。看着看着，卫老太冒出一句："还是韩国好啊，有规矩，老人说一句话，小辈连个屁都不敢放，哪里像中国，都反过来了。"姚虹忙说："中国也是一样的。"

卫老太叹了口气，道："上海有句俗话，叫'若要好，老做小'，我现在就是老做小，小的都爬到老的头上去了。"

卫兴国在一旁看报纸，像是没听见。卫老太讲得激动，呛了一口，顿时咳嗽起来。姚虹放下毛线，到厨房倒了杯茶过来："姆妈，喝茶。"卫老太接过，瞥见她诚惶诚恐的神情，想，搞得跟童养媳似的，扮猪吃老虎。卫老太又朝儿子看，痴痴傻傻的模样，跟那小女人相比，真是有些马大哈的。卫老太想到这儿，更觉得不能把钞票交给儿子，交给儿子便是交给那小女人。好也罢了，倘若不好，那是要出事情的。

卫兴国放下报纸，用塑料袋包了一堆竹片上阁楼了。卫老太晓得他又要搞那些花样了，到外面捡些破竹片，编些小篮头、小车、小人什么的，房里堆得到处都是。卫老太不懂儿子怎么会喜欢这些名堂，劝过几次都没用，只得由他去了。说也奇怪，卫兴国对别的事不上心，唯独对这个例外，着了魔似的，一弄就是大半天。卫老太原先还以为有了姚虹，他会收敛些，谁晓得还是老样子。一次卫老太向儿子提起这事，说男人整天搞这些没用的，女人要看不起的。卫兴国笑起来，说："怎么会呢？她很支持的。"卫老太倒有些意外了。

"姚虹说了，"卫兴国有些兴奋地告诉母亲，"这是艺术，她老崇拜我的。"

卫老太把崇拜这两个字琢磨了半天，觉得这小女人门槛太精，专挑儿子喜欢的话讲，是个厉害角色。卫老太把这层顾虑说给张阿姨听，张阿姨倒是不以为然："小两口自己开心就好，你想这么多做啥？再说了，她捧着你儿子不好吗？难道你希望他们整天吵架？"

卫老太说自己不是这个意思："现在是还没到手呢，所以捧着顺着，等将来到了手，谁晓得会怎样？"张阿姨听了直笑："你儿子是人又不是东西，什么叫到手？你啊，想得太多，自己累，人家也跟着累。她要真有这种手段，又何必……"

张阿姨说到这里笑笑，停住了。卫老太晓得她后半句是什么。想想也是，现在这个世道，上海户口也不像过去那么吃香了，全国上下遍地是黄金，哪里挣不到钱了？何况小女人长得也不难看。卫老太想到这里，稍稍放了些心，可又有些不甘，想儿子又哪里差了？要不是幼时那场病落了残疾，现在怕是小孩都读中学了。唉。

一次闲聊时，卫老太问姚虹，上饶是什么样子。她道："就是个小地方，没上海这么多高楼大厦，马路要窄一点，车子也没上海多。"卫老太有些惊讶了，说："那里还有车子？"姚虹也惊讶了，随即笑道："姆妈，上海人是不是都这样，以为除了上海之外，其他地方都是农村？"卫老太给她说得挺不好意思，忙道："不是的不是的。"姚虹说："上饶是个地级市，还没有上海一半大，不过绿化挺好的，空气也好，这两年房价涨得很快，市区那块也要一万一平米了。"卫老太啧啧道："那不是比上海好？绿化好空气好，房价也便宜。"姚虹笑了笑，说："不一样的，总归还是上海好。有外滩、东方明珠，还有金茂大厦，多漂亮啊！哪里也比不上上海。"

她说到这里停下来，叹了口气："姆妈，上饶和上海只差一个字，怎么就差那么多呢？"

卫老太朝她看，半晌，也叹了口气，道："其实都一样。上海睡大马路的人也多的是呢。外滩和东方明珠又不能当饭吃。小老百姓过日子，其实都差不多的。"

姚虹动作很快，一天工夫便把围巾织好了，交到卫老太手里。卫老太戴上老花镜，看了一遍，让她去给卫兴国。姚虹说："这是姆妈的心意，姆妈自己给他吧。"卫老太说："你给我给不是一样？我给又不会多块肉出来。"姚虹便拿去给卫兴国。一会，卫兴国戴着围巾出来，兴冲冲地向卫老太打招呼："姆妈，围巾老漂亮的，谢谢哦。"

卫老太晓得儿子平常大大咧咧，才不会这么讨喜，必定是姚虹关照的，心里不自禁地暖了一下，嘴上却道："谢什么？把你养这么大都没说过一声谢谢，一条围巾有啥好谢的！"

卫老太带姚虹去剪头发。姚虹一头长发毛毛糙糙，扎起辫子来像把笤帚，还是那种老式的笤帚，硬邦邦的。卫老太建议她剪成短发，清爽些。理发店的人说姚虹这种脸型，剪个波波头倒蛮合适，就是那种厚厚的一刀平。等剪完了，卫老太一看，说："这不就是蘑菇头吗？"理发店的人笑起来，说："阿婆，你老懂经的，波波头就是蘑菇头，是改良过的蘑菇头。"姚虹照镜子，自己觉得蛮好。理发店的人又说:"阿婆,你们家阿姨这么一剪,最起码年轻五岁。"

上海人统称保姆为阿姨。卫老太听了,忍不住朝姚虹看去,见她抚着刘海在研究,应该是没听见。便问多少钱,回答是四十块。卫老太一边掏钱,一边啧啧道:"剪个头可以买三斤大排骨了。"那人笑道:"我们这里还算便宜的,外面找个什么沙宣专门店,手艺还不见得比我们好呢,几刀下去,十斤大排骨就没了。"

回去时经过菜场,卫老太说顺便买点小菜。问姚虹想吃什么,姚虹说:"随便。"卫老太便开玩笑,说:"那就买点大排骨。"姚虹也笑,说:"好啊。"卫老太说:"兴国喜欢吃油煎大排,味道好是好,就是胆固醇太高。"姚虹说:"偶尔吃一顿,没事的。"

小贩拿了几块大排,放在秤上:"一斤半多一点,二十块。"卫老太正要拿皮夹,姚虹已抢着付了:"姆妈,我来。"给了小贩二十,又给卫老太二十:"剪头发的钱。"

卫老太一愣:"这是做啥?"

"我自己剪头发,不能让姆妈出钱。"姚虹说着,拿了排骨便走。卫老太在原地怔了一会,跟上去:"计较这个干啥,你出钱我出钱不是一样?"姚虹回头笑道:"所以呀,我出钱不也一样?"卫老太要把钱还给她,她让开了:"姆妈你先走吧,我找老乡聊聊天,一会就回来。"

姚虹的老乡叫杜琴,三十来岁,在隔壁弄堂做保姆。姚虹空闲的时候,会去找她,两个女人一起说家乡话,聊聊心事。杜琴的东家是个孤老,无儿无女,脾气很古怪,不好伺候。杜琴常向姚虹倒苦水,说死老头子又怎么了怎么了。姚虹劝她,干得不开心就换个人家,哪里不是赚钱?杜琴很羡慕姚虹,说天上掉馅饼,恰恰就砸中了她。姚虹撇嘴道:"什么馅饼,你看卫兴国那满脸麻子,倒像个麻饼。"说着忍不住笑。

杜琴说姚虹新剪的发型很不错:"这下真的像上海人了,卫老太要定你了。"又问:"老太婆啥时候给你们办事情?"姚虹说:"谁晓得?八字还没一撇呢。"杜琴道:"都好几个月了,还没一撇?"姚虹叹道:"不是八字没一撇,弄不好连我这个姚字都没一撇。"杜琴忍不住道:"老太婆也太把自己当回事了,房子比鸽子笼还小,儿子还是个瘸子,她就这么吊起来卖?"姚虹嘿的一声。

回家时,在弄堂口见到卫兴国,在跟面粉摊头的小英聊天,眉飞色舞的。小英两只手上都是面粉,聊到兴头上,就往卫兴国脸上一刮,两道白花花的印子,卫兴国笑得牙龈肉都出来了。姚虹待在角落里,等他走了,才跟着上楼。卫老太看到儿子脸上的印子,问怎么回事。卫兴国说是不小心沾了石灰。姚虹拿毛巾给他擦拭,他说:"谢谢哦。"姚虹在他脸上抹了一把,幽幽地说:"又不在工地上班,怎么沾的石灰?"卫兴国道:"就是说啊,奇怪了。"

第二天,卫兴国又说要去看早场电影。姚虹没答应,说要洗被单。卫兴国道:"被单什么时候不能洗?明天再洗吧。"姚虹道:"天气预报说了,明天是阴天。"她故意说得很大声,卫老太听见了,过来说:"去吧去吧,今天天气不错。"姚虹说:"就是因为天气不错,才要洗被单啊。"转向卫兴国说:"等哪天下雨再去看吧。"卫兴国哑然失笑,说:"哪有专挑下雨天去看电影的?"姚虹不理,拆了被单去阳台了。卫老太本来还想做好人,没想到竟吃了个软钉子,有些胸闷,想这小女人怪得很。问儿子:"你们吵架了?"卫兴国说:"谁吵架了?莫名其妙的。"

姚虹洗被单时,想着刚才的情景——是杜琴教她的,说也别太低眉顺眼了,有时候也得稍稍摆些谱,耍些小脾气,这才是过日子的样子。"你自己要摆正位置,你是他们家的媳妇,不是保姆。保姆要事事顺着东家,媳妇不用这样。时不时要对男人发发飙,给婆婆点脸色看,这才像是媳妇了。"姚虹听到最后一句,忍不住笑,说:"你懂得倒多。"

姚虹把卫兴国叫到阳台上,让他帮着绞被单:"我没力气,你帮个忙。"卫兴国一边绞被单,一边问她:"好处费呢?"姚虹朝他白眼:"是你家的被单哎,还要好处费?"

卫兴国说:"这条是我姆妈的被单,不是我的。"姚虹说:"那你问你妈要好处费去。"卫兴国嘿的一声,见旁边没人,凑上去在她脸上亲了一口。姚虹忙不迭地躲开,卫兴国一手搂住她的腰,一手在她胸上抓了一把。"下流!"姚虹骂道。

卫兴国笑得贼忒兮兮。姚虹从盆里湿淋淋地捞起一条枕巾,用力一抖,水花溅了他满头满身。趁他睁不开眼时,姚虹抓住他顶上一撮头发,用力一拉,他痛得大叫。与此同时,她凑到他耳边,轻声说了句:"天气预报说了,明天会下雨。"

二

居委会组织市内观光一日游。卫老太早早地便去报了名，一人八十块，包午餐和东方明珠的门票。她问姚虹想不想去——其实也是随口一问，钱都交了，哪有不去的理？姚虹来上海这些日子，除了去南京路逛过一圈，还没怎么出过门。卫老太觉得不妥当。姚虹时常写信回家，猜想亲家那边必然会问："城隍庙去了吗？东方明珠去了吗？金茂大厦去了吗？"来了大半年了，统统没去，总归讲不通。现在好了，一次性搞定，虽说是走马观花，但胜在效率高，短短一天工夫，上海滩该去的地方都去了。

8点钟准时集合，在小区门口的空地。卫兴国原先也想去，被卫老太拒绝了："都是女人家，你一个男人挤在里面算怎么回事？"姚虹说卫兴国："你要是真想去，我把名额让给你好了。"卫老太道："他要想去才怪。这些地方啊，只有你们外地人才感兴趣……"卫老太说溜了嘴，瞥见姚虹一副干巴巴的神情，忙掩饰道："这个，其实好多地方，上海人自己都没去过，现在外地人一个个混得都比上海人好，有钱的都是外地人……"自己讲着都觉得不伦不类。

姚虹晕车，车子开出不久便说想吐。卫老太问司机要了个塑料袋，一会，姚虹便把早上吃的东西全吐了出来，又说胃疼。前排两个女人扇着鼻翼，做厌恶状。卫老太本来也嫌姚虹麻烦，可看她们这样，又不免帮着自己人："晕车呀，有啥大不了的？人是吃五谷杂粮长大的，又不是神仙。"那两个女人嘴里还啧啧作声。卫老太促狭，趁着一个急刹车，把那袋秽物往她们面前一晃，两个女人咿里呀啦地尖叫起来："做啥啦做啥啦！"卫老太忍着笑："不好意思哦，刹车实在是太猛。"

午饭是在城隍庙吃小笼。姚虹说吃不下，卫老太硬塞到她碗里："你吃吃看，这边小笼很正宗的，来一趟城隍庙不吃小笼说不过去。"又倒了些醋在她碟里："多吃点醋，胃会舒服些。"姚虹勉强吃了两个。卫老太去找领队，说："我们小姚不舒服，吃完饭就不玩了，直接回去了。"领队提醒她："不玩门票钱也不退的。"卫老太说："我晓得，身体不舒服有什么办法？"

两人坐地铁回去。路上，姚虹抱歉道："姆妈，对不起哦，害你也不能玩。"卫老太嘿的一声，说："不能玩就不能玩，有啥要紧的？"姚虹还是第一次坐地铁,启动时没拉好扶手,被巨大的惯性冲得后退几步,亏得卫老太一把抓住她:"小心点。"姚虹拍拍胸口,不好意思地笑笑。

出站时,姚虹的票找不到了,上下口袋掏了个遍,像长翅膀飞了似的,没影了。卫老太摸出三块钱,又给她补了张票。姚虹跟着卫老太出站,窘得脸都红了。卫老太看在眼里,本来还要嘀咕两句,想想算了,只是告诉她:"地铁不像公共汽车,票子一定得好好留着,出站还要查票呢。"姚虹说:"就跟坐火车差不多。"卫老太说:"可不是,地铁说到底也是火车,在地下开的火车。"

回到家,卫老太让姚虹在床上躺着,烧了水,给她冲了个热水袋。又下了碗面条,热气腾腾地端过去:"怕你胃吃不消,也不敢放浇头,多少吃一点。"姚虹心里一暖,说声"谢谢姆妈",接过。卫老太在床边坐下来,问她:"胃是偶尔疼呢,还是一直不好?"姚虹回答:"冷天容易疼,或者吃了辣的也会疼。"卫老太又问:"到医院查过没有?"她说:"没有。"卫老太说:"那不行,要查一查。胃病这东西,可大可小的。"

卫老太也是雷厉风行,第二天便拉着姚虹去医院做了个胃镜,结果是胃里幽门螺旋杆菌超标,还有轻微的十二指肠炎。医生说:"幽门螺旋杆菌会传染,中国人不实行分餐制,很容易得这个病,没啥大事,不过还是要吃药。"配了三种药,连吃半个月。

晚饭时,卫老太在每个菜盘里都放了把勺子:"我们也来学外国人,先用公勺把菜舀到自己碗里,再吃。"卫兴国嫌麻烦,照样拿筷子夹菜。半空中被卫老太的筷子拦下了,两只筷子短兵相接。"说了用公勺。"卫老太强调道,"现在不像过去,要讲究些。对大家都好。"

姚虹在一旁不吭声。拿公勺舀了些青菜,就着把整碗饭都吃了,心想,卫老太是怕她传染给她母子俩呢。姚虹读书不多,听医生说幽门螺旋杆菌超标,一颗心便沉了下去,想胃里有细菌,那还了得?不免有些心灰意冷。洗完碗出来,见卫老太在小声跟卫兴国讲话。卫兴国抬头朝她看了一眼,姚虹猜想必定是说自己。

果然,一会,卫老太先洗脚睡觉了,只剩下她和卫兴国两人。卫兴国照例又往她身边蹭,上下动手,只是却不与她亲嘴。姚虹心里哼了一声,把他推开,说:"我累了,要睡觉。"卫兴国说:"才几点啊,你又不是老太婆。"

姚虹没好气地说："我不是老太婆，难道还是青春少女？"卫兴国嘿的一声，拿白天编的小玩意给她看——是辆小轿车，用极细的竹片编成，染上颜色，车尾上居然还有个"奔驰"的标志，十分逼真。姚虹原不想睬他的，见了也忍不住拿过来看："啧啧，手倒是巧！"

卫兴国得意地说："那当然，你老公嘛。"

姚虹鼻里出气，哼道："老公？算了吧，我可高攀不上。"卫兴国道："不是你老公，难道是别人老公？"姚虹道："早早晚晚的事。"卫兴国讪笑着，又去搭她的肩膀。她皱眉，往旁边躲。他又去搭。来来回回好几趟，卫兴国说她："怎么跟泥鳅似的，滑不唧溜……"

卫老太其实没有睡着，躺在床上，外面两人的说话声都落在她耳里。她一听姚虹的口气，便晓得这人多心了。又不是什么大病，她再老糊涂，也不会计较这个。卫老太打个呵欠，忽听卫兴国啊的一声，似是吃痛，嘴里咝着气，直嚷"手断了断了"，又听姚虹压低了声音说："看你还敢不敢……"跟着，脚步声也有些纷乱了，应该是一个追一个逃。扶梯嘎吱嘎吱直响，一会，又嘻嘻哈哈地笑。卫老太晓得两人在耍花枪呢，想，男人天生都是贱骨头，给小女人这么打打骂骂，服帖得不得了。

又想到自己年轻时，和死鬼老头也有过甜蜜的光景，几十年过去了，还会像放电影那样在眼前绕来绕去。卫兴国长得像他爸，尤其是鼻子，简直一个模子里刻出来的。都说儿子像妈才有福气，他要是长得像自己，大概也不会吃那么多苦，得了那该死的病，五岁不到便瘸了腿。又碰上男人工伤丧了命，三十来岁年纪，便只剩下她一人，孤零零地带一个瘸儿子。那时卫老太真是连死的心都有了。硬生生挺了过来，脑子里只存一个念头——别人怎么活，我便也怎么活。孤儿寡母，好不容易撑到了今天。伤口早止了血，结了痂，厚厚硬硬的一块，倒比旁人还结实些。卫老太其实也没啥苛求——儿子找个好女人，结婚生子，安安生生地过日子，那便足够了。

张阿姨几次来问消息，卫老太都说"不急，再看着"。张阿姨道："怎么不急？你们兴国都四十好几了。"卫老太说："那也急不得啊，又不是挑大白菜。是挑媳妇，是大事，要谨慎些。"张阿姨说："我晓得是大事，可再大的事情，早晚也得拿个主意不是？我倒觉得小姚这人不错。"卫老太笑笑。姚虹隔三岔五便去张阿姨家，跑娘家似的，洗衣拖地做饭，还用自己的工钱给她买脆麻花和生煎馒头，这些她都是知道的。卫老太并不觉得有多么不妥，将心比心，换了谁都会这样，可以理解。再想想，找个有点心计的媳妇也好，儿子那样的傻瓜，是该有个能干些的女人撑着才行。卫老太是想自己说服自己。如今这世道，寻个好媳妇实在不是件易事。卫老太真想两手一摊，答应下来算了，大家省心，自己也省心。

外面一点点静下来，应该是睡去了。卫老太起来披上衣服，走到外面。小间的布帘没有拉严，留道缝，透出些光来。她停下来，朝里瞥了一眼，见姚虹坐在床上写信。被子有些软，她拿本台历垫在下面，微蹙着眉，写得很慢，一笔一画的。纸上密密麻麻已写满了大半。她握笔的姿势有些奇怪，中指抵着笔杆，倒像在写毛笔字，很用力，额头上隐隐都有汗珠了。卫老太还是第一次亲眼见她写信，她白天做家务时是那样，原来写信时是这个模样。卫老太有些好奇了。灯光在姚虹头上镀了一层橙黄的暖色，长发垂下来，遮住了半边脸。

卫老太看了会，正要走开，手肘不留神在墙上碰了一记。砰！姚虹顿时察觉了，霍地抬起头，看见她。

两个女人一里一外，对望着。

"姆妈，我、我已经好了，马上关灯……"姚虹很快反应过来，慌乱地把信放在一边，躺下来，伸手去关台灯。

卫老太晓得她误会了，连忙摇手："不要紧，你写你的，我上厕所。"

从厕所出来，见那道布帘已完全敞开了，灯关了，漆黑一片，里面静得没有一点声响，似已睡着了。卫老太一怔，在门口站了片刻，不知怎的，竟有些心酸。慢慢地走回房间，心想，要是哪天真的讨了她做媳妇，一定要让儿子好好待她。

元旦时，卫兴国给母亲买了件羊绒衫，原价两千，打六折。姚虹帮着她换上新衣，在镜子前晃了一圈。卫老太觉得挺满意，嘴上还要唠唠叨叨："啧啧，老太婆一个，花这个钱干啥？"卫兴国说："老太婆就不用打扮了？你儿子又不是没钱。"卫老太听了这话，心里咯噔一下，忽想起这阵子他竟不问自己要钱了，早场电影还是照看，逛过两次淮海路，上周还去了趟锦江乐园。工资和奖金好端端在抽屉里藏着，他哪来的钱？

卫老太反复想了两遍，竟有些担心了，怕他学弄堂口那些痞子们——斗地主、二十一点、博眼子、棱哈，没日没夜地赌。那可是要命的，弄得不好一家一当都要送进去的。卫兴国骨子里不是个让人省心的东西，读初中时跟一群坏孩子偷工厂的废铜烂铁去卖，那些人腿脚利索倒也罢了，可怜他瘸着腿，被人轻轻松松逮个正着。卫老太气坏了，也吓坏了，把他吊在房梁上，拿皮带往死里抽，一边抽一边抹眼泪，心想，要是真的走歪路，干脆打死干净，也省得操心了。总算是悬崖勒马，生生给扭了回来。

卫老太想到这些，汗毛都竖起来了。当着姚虹的面，不好开口。待她去阳台收衣服，才做贼似的问了。人家来上海是想找个本分男人，要是卫兴国真做了什么见不得光的事，别说上饶女人，就是非洲女人，也不见得肯跟他。卫老太问的时候，声音都有些发抖了。谁知卫兴国听了大笑："姆妈，你想到哪里去了？哎哟，真是天晓得了！"

卫兴国从床底下拖出一个小笳子，打开，里面都是他摆弄的那些小玩意，小车、小人、小动物，哗的一下，倒得满地都是。

"姆妈，艺术也可以挣钱的。懂吗？"卫兴国得意扬扬地说。

他说姚虹在网上办了个小店，专卖这些小玩意。起初只是抱着试试看的心思，谁晓得还真有人买。客人的意思是，东西做得不错，就是包装太老实，不上档次。姚虹便买来大红色的硬板纸，自己动手做成一只只红盒子，把玩意装进去，外面绑上金色的丝带，再添上"喜"字——现在婚礼上都流行小游戏，拿这个当奖品最合适不过，价格不贵，又别致。事实证明姚虹的思路完全正确。这么包装一下，销路顿时上去不少，每周至少能卖出十来件。

"再这样下去啊，存货就不够了，非得再接着做不可。姆妈你老说我不务正业，还说要统统扔掉，嘿，亏得我们小姚识货……"卫兴国口沫横飞地说。

姚虹从厨房走出来，听见了，接着话头说："我也是随便试试，谁晓得真的行——瞎猫碰上死老鼠了。"卫兴国加上一句："关键还是你老公手艺好。"姚虹朝他白了一眼："少自吹自擂了。"

卫老太本已放下心来，但瞥见两人极有默契的模样，不免又有些酸溜溜的。"做生意啊，"她慢腾腾地道，"好是好，不过也有风险，又不是包赚不赔。"卫兴国说："有啥风险？我们这是智慧投资，不用本钱的。"卫老太嘿的一声："怎么不用本钱？硬板纸不是本钱啊？上网的电费不是本钱啊？脑细胞不是本钱啊？那些小竹片不是本钱？"卫兴国蹬了蹬脚："哎哟，姆妈真是搞来……"

卫老太存心触他们霉头，说完了，心满意足地去厕所了。说到底心底还是高兴的，不偷不抢，坐在家里便能赚钱。那些搞七捻三的小名堂居然也有人要，这世道是越来越让人看不懂了。卫老太想，忘记问他们挣多少了。想来应该也不会太少，又是看电影又是逛街的，偶尔还要喝杯咖啡上个馆子。谈恋爱就要花销，没有比谈恋爱更让人快乐的花销了。儿子今年四十出头，比旁人整整晚了二十年才享受到这种快乐。总算是也享受到了，卫老太坐在马桶上，浑身轻松。

卫老太问姚虹怎么想到在网上卖这个。姚虹说三楼的阿美教的。阿美在百货公司卖化妆品，碰到商家搞活动送试用装，便悄悄把试用装藏下，对着顾客只说派发完了，然后再拿到网上卖。这已是行业里公开的秘密了。卫老太平常很看不惯阿美，好好一个女孩，头发偏要染成五颜六色，指甲却是乌黑。"那样妖里妖气的人，能教出什么好名堂？"姚虹说，一开始是借她的店做的生意，后来渐渐做大了，自己便也注册了一个小店。"网上做这种生意的人不少，竞争激烈得很，亏得兴国手艺好，才做得下去。"卫兴国飞她一眼，得意道："你才晓得啊。"

卫兴国提议晚上去外面吃饭。"庆祝你儿子发大财。"卫老太不肯，说钱要省着花，又说外面不卫生，家里烧几个小菜，干净又实惠。卫兴国说姆妈是死脑筋："你当然无所谓了，反正也不用你烧。"卫老太听这话不顺耳，想，还没结婚呢，就已经向着她了。

"我烧也行啊。"卫老太淡淡地说，"让她歇着吧，我来。"

母子俩还在嘀咕，姚虹已飞奔着出去买了菜，回到家开始拾掇。晚饭时摆了满满一桌。香煎带鱼、糖醋排条、蚝油西兰花、咸菜干丝，都是卫老太喜欢的。卫兴国拿起筷子便吃，大赞美味："我老婆的厨艺真是没话说。"火上煨着鸡汤，姚虹过去盛了一小碗过来，给卫老太："姆妈替我尝尝咸淡。"卫老太尝了一口，说："还好。"姚虹道："我放了点干贝，好像有点腥气？"卫老太便教她，干贝要先拿黄酒发一会，再一片片撕开，不能这么直接扔进去。"你当是大蒜头啊？"卫老太嘲了她一句。姚虹笑笑，说："就是，又向姆妈学了一招。"

私底下，卫老太问儿子到底能赚多少。卫兴国还要卖关子，道："反正不少。"卫老太追问："不少是多少？"卫兴国说："不一定，要看货色，差不多一两百元上下吧。"卫老太吓了一跳，问："一件吗？"卫兴国嘿的一声，说："当然是一件，难不成还是一麻袋？你以为是卖给废品收购站？这是艺术，姆妈，你养了个艺术家儿子。呵呵。"

卫老太是真的有些吃惊了。一件一两百元，每星期卖十来件，那要多少钱啊？卫老太不禁感慨，自己在上海住了一辈子，都不晓得还有这种赚钱的门道；姚虹才来了几个月，已摸得清清楚楚，变废为宝。儿子原来还是个摇钱树。卫老太想到这儿，忍不住好笑，半是炫耀半是担心地说给张阿姨听。张阿姨趁势又说姚虹的好："多机灵的一个人啊，你挖到宝了！"

卫老太说："就怕是太机灵了，你看，小两口闷声大发财，就把我老太婆蒙在鼓里。"张阿姨说："低调点也好，过日子嘛。"卫老太想来想去，还是那句话："兴国是马大哈，怕是弄不过她。"

张阿姨劝她："一个愿打，一个愿挨，你管那么多呢。再说了，兴国是璞玉，要没有她，你还不是把他当石头？门卫一个月能赚多少钱？现在可好，收入都赶上小白领了。所以说世界上的事啊，都是配好的。你们家兴国拖到这么晚没成家，大概就是在等她，命中注定的。"

卫老太活到这把年纪，也是越来越信命了。张阿姨后面那句话，倒是说到她心坎里去了。本来嘛，好不好都是相对的，只要对儿子好，那便是真的好。儿子自己喜欢，她又是实心实意为儿子打算，那还有什么话说？卫老太心底里舒了口气，嘴上却对着张阿姨叹道："早晓得兴国有这本事，又何必大老远从外面物色呢，上海女人哪里找不到了？唉。"

张阿姨听了摇头，说她："一把年纪了，还要作。"

姚虹怀孕了。连着几天都吐得一塌糊涂，起初还当又是胃病，卫兴国陪她到医院一查，欢天喜地地告诉卫老太："姆妈，有了。"

卫老太高兴得一颗心像刚酿好的果酒，甜汁都快溢出来了。面上还要装老派，板着脸："这个，还没结婚呢，你们两个小孩也真是胡闹……"瞥见姚虹羞红了脸，一副无地自容的模样，忙又道："算了算了，有都有了，总不能把它再变回去，对吧？都是你这个坏小子呀！"卫老太喜滋滋地在儿子身上捶了一下,"这下要命了,出事了,出事了。"

好运气似乎是接踵而来的。没几天,便传出消息,老房子要拆了。这次是千真万确,居委会告示都贴出来了,预计在明年4月,让各家各户积极配合,做好拆迁工作。卫老太心里算了笔账,要是年前给儿子办了婚事,户口迁过来,那就是三个户口两个家,起码能多分十几个平方,折成现金就是好几十万。老天爷帮忙,时机掐得刚刚好,好事成双。

亲自去江西拜访是来不及了,卫老太预备先跟亲家通个电话,或是写封信,商量一下婚事。外地有外地的规矩,时间再紧,该讲究的还是得讲究,不能让人家觉得上海人不懂道理。卫老太问姚虹:"你们那里是不是流行给聘礼?"姚虹说不用:"我爹妈都不看重这些,只要我自己过得好,就行。"卫老太想这是客气话,总归要意思意思的。还有金银首饰,也得赶紧备好了。

卫老太带姚虹逛了趟金店,挑了一副手链,24K足金。又买了一枚钻戒,戒心是用碎钻拼成的,价格不算贵,看着倒也熠熠闪光。姚虹的手指肥肥白白,手寸快赶上男人的了。售货员夸赞说这是天生的贵妇手,有福气。卫老太想,有没有福气还不晓得,买个戒指倒是多用不少铂金,开销上去了。想归想,心里还是开心的。快七十岁的人了,总算等到给媳妇买首饰了。

穿堂风一刮,左邻右里都晓得卫家要办喜事了。卫老太不怕别人背后议论,说跷脚儿子找了个外地来的保姆媳妇。无所谓,反正各家过各家的日子,冷暖自知。将来的事情谁晓得呢,四肢健全找个上海老婆,也不见得能白头到老。卫老太是吃过苦头的人,晓得天底下顶顶要紧的,不过是实惠两字。兴国爸爸去世那阵,为了多得些抚恤金,卫老太也不是没豁出去过。面子是要紧,但敌不过孤儿寡母两张吃饭的嘴。倘若那时稍有犹豫,只怕就没这个家了——都是几十年前的往事了,隔了这么久,不提了。

卫老太让姚虹给兴国爸爸上炷香。死鬼老头的遗像从抽屉里请了出来,抹了灰,摆在五斗橱上。姚虹点了炷香,鞠了三个躬。卫老太在一旁说:"这是你媳妇,现在肚子里已经有小的了,你在下面要多多保佑他们。"姚虹对着遗像,恭恭敬敬地叫了声阿爸。卫老太鼻子一酸,眼泪差点掉下来。

家务是不能再让姚虹做了。姚虹还要坚持,说多活动有好处。卫老太说:"等将来孩子生下来,有你动的时候,现在先歇歇。"朝北的小间阴冷潮湿,卫老太把她挪到大间,宽敞,阳光也好。卫兴国直说"姆妈偏心",说有了媳妇就忘了儿子。卫老太冲他一句："那好，今天起你睡下面，让我老太婆爬扶梯睡阁楼。"卫兴国还要摆弄那些小玩意，卫老太不许，说竹头木头都有碎屑，吸到气管里，要咳嗽的。"孕妇又不能吃药，万一生病了要吃大苦头。"

闲暇时，卫老太教姚虹说上海话。两个女人待在厨房里，一边剥毛豆，一边进行嘴型和发声的训练。上海话在方言里算是易懂的，入门快，但越是这样，越是难说得正宗。上海话其实是一门学问，掺杂着许多东西在里面，经年累月，像冲了几道后的茶，水浅浅绿绿，清洌得能照见人影，茶叶稳稳地落在杯底，很扎实很干净。卫老太让姚虹先别急着开口，多听别人说。听得久了，厚积薄发，自然而然就出来了。正宗的上海话，呱啦松脆，像一口咬开的小核桃，听得人浑身惬意。上海人说上海话，人与话是合二为一的。听见洋泾浜的上海话，就像看见西装下面穿球鞋那么别扭。

姚虹道："姆妈，上海话有点像日本话。"卫老太道："是吗？我可不觉得，小日本的话哪有我们上海话好听？"姚虹又道："上海的'吃饭'和上饶话差不多呢，姆妈我说给你听。"她用上饶话说了一遍："是吧？"卫老太听了，也觉得像："怪道上海和上饶只差一个字，原来还真有些讲究。"

姚虹说要教卫老太上饶话。卫老太连忙摇头："我这把年纪，脑子都生锈了，记不住。"姚虹不依，说："怎么会记不住？从今天开始，姆妈教我上海话，我教姆妈上饶话，大家一起学习。"她带着鼻音，这么撒娇似的说来，卫老太心里一动，想，嗲啊嗲啊，儿子应该就是这么被她勾了魂，所以连小把戏都勾了出来。

卫老太有些甜蜜地摇了摇头，伸手在姚虹头上轻轻抚了一下，两人还是第一次这么亲昵。姚虹条件反射似的，差点要弹开。总算是忍住了，受了未来婆婆的这一抚，有着里程碑式的特殊意义，划时代的。姚虹竭力让自己表现得自然，心里有什么东西直往上溢，一股接着一股，直冲到头上，先是脸颊，再是眼睛，都微红了一片。慢慢漾开来，浑身上下都是暖的。

除了上海话，卫老太还教姚虹怎么打扮，怎么穿衣。去书报亭买那些时尚杂志——《ELLE》《秀》《瑞丽》……让姚虹当成教科书看，看那些模特怎么搭配衣服，怎么摆弄发型。这比学说上海话还难得多，要靠天赋，不能生搬硬套。卫老太一门心思要把姚虹培养成一个上海媳妇，倒不是为了自己，老太婆了，不在乎那些虚头。这纯粹是为卫兴国。儿子年纪不大，将来的路还长。上海这个地方，有些讲不清，宽容的时候很宽容，刻薄的时候又很刻薄。许多根深蒂固的东西，像轮船靠岸时抛下的锚，牢牢在海底扎着，又似奶糖外的那层饴纸，看着无关紧要，可真要没了它，又觉得怪。这就是体面，锦上添花的玩意。儿子体面了，卫老太才能安心。说到底，好像也不全是体面，还应该牵涉到尊严，是自尊心的意思。

卫老太的自尊心，蛰伏在体内几十年，平常没声没息，现在一点点苏醒了，像冬眠的蛇。真正是春天到了，暖意融融的。卫老太本来话不多，现在慢慢放开了。几十年的话匣子，厚实得像本日记，一页页翻过去，都能闻到淡淡的纸香了。详写还是略写，全凭卫老太的心，但到底是写了。开心的，不开心的，话题由近到远，渐渐拉长开去，那些早就淡却的岁月，像暗室里新洗的照片，景物一点点浮现出来，清晰了。

姚虹是个很好的倾听者。原来上海的日子是那样的，和姚虹想象中完全不同呢，倒真有些过日子的意思了。原先姚虹以为，上海的日子是闪着光的，摆在橱窗里的那种。现在看来，好像也是落在实处的。撇去表面那层亮晶晶的东西，上海的日子其实是咖啡色的，沉甸甸的颜色，沉甸甸的质地，让人屏息凝神，说不出话来。上海的日子，初尝是有些苦涩的，可慢慢地，有香甜从里面一点点渗出来。这香甜，也是要尝过苦才能觉出的。苦涩落在舌根，香甜源自心底。苦是甜的先导，没有苦，又怎会有甜呢？这道理，其实到哪儿都是一样的。

两个女人在天井里晒太阳，一个缠线，一个绕团。冬日的阳光落在两人脸上，洋洋洒洒的，很美很温柔。

领证那天，也是个阳光灿烂的日子。卫兴国和姚虹早早地便出了门。卫老太叮嘱他们，办完事就早点回家，孕妇不能多操劳。晚饭在外面吃，已订了座，就在附近新开的本帮菜馆。

卫老太把家里整理了一遍，出去倒垃圾。还没走几步，在拐角处踩到一块香蕉皮，差点滑一跤，垃圾袋脱手飞出，掉在地上。卫老太骂声"要死"，正要去捡，忽地，看到垃圾袋掉出一小包东西——是块卷起的卫生巾，散开了，上面殷红一片。

卫老太一怔，下意识地，又骂了声"要死"。停了停，再去翻那袋垃圾，又发现了两小包同样的东西。卫老太站在原地，认认真真地看了一会，像是研究，心直直地沉了下去，秤砣似的，随即把东西捡起来。

卫兴国在民政局接到母亲的电话。

"证领了没有？"

"没，还在拍照呢。有事？"

"那就好。别领了，回家。"卫老太说完，啪地挂了电话。

三

姚虹收拾东西，衣服、裤子、鞋子，一件件地往旅行包里塞。头垂得很低，动作却很快。卫兴国在一旁看着。两人都不说话。卫老太出去散步了，临行前叮嘱儿子，把姚虹送到公交车站，也算是尽了情分。卫兴国嘟着嘴，像小孩那样不情不愿。卫老太晓得他心里疙疙瘩瘩，是舍不得小女人走。卫老太装作没看见，想，要是连这种事都不分轻重，那儿子也算白养了。故意连招呼都不打，径直出了门。

姚虹收拾完东西，朝卫兴国看，眼神像猫咪看主人，泪水在眼眶里一圈圈打转，心里清楚这是最后一搏，其实也不抱希望。果然，卫兴国避开了她的目光，拿起地上的包："走吧。"

两人一前一后，到了公交车站。已是晚上 8 点多了。这是卫老太的意思，说晚上走，人少，免得大家尴尬。卫兴国干咳一声，摸摸鼻子，很不自然的模样。姚虹想，又何必让他为难？上前接过他的包："谢谢你送我，你回去吧。"卫兴国嗯的一声，脚下却不动。

姚虹在旁边长凳坐下，把包放在膝盖上，朝车来的方向看。卫兴国愣了半晌："其实——"才说了两个字，便又闭上嘴。姚虹只当没听见，想，这是个没用的男人。心里忽地有些气苦，这样的男人，到头来自己竟也抓不住，难堪得都想哭了。

她又道："你先走吧。"他说："我等你上车再走。"她道："你走吧，你在这里，我反而不自在。"话说到这个地步，卫兴国只有走了。本来就瘸，加上犹犹豫豫，走得一步三顾，艰难无比。好不容易转了弯，看不见人了，姚虹把头别过来，看表，快 9 点了。等车的人很少，路灯暗得要命，影子模模糊糊的，像鬼。

姚虹没等车来，折回去敲杜琴的门。杜琴的东家老头已睡下了，杜琴在看电视，把声音调得很轻，做贼似的。她说老头子不许她一个人看电视，费电。

她看见姚虹的旅行包，愕然："穿帮了？"姚虹点头，随即一屁股倒在沙发上。

假怀孕的办法，是杜琴传授的："现在万事俱备，只欠一阵东风，托你一把。"她说卫老太这把年纪了，没有比抱孙子更能让她兴奋的事了。老太婆一高兴，事就成了。姚虹还要犹豫，说肚子里没货让我怎么生。杜琴骂她笨："怀孕要十个月呢，谁能保证当中没个磕磕碰碰？只要生米煮成熟饭，结婚证一开，她能拿你怎样？"姚虹想想也是。她不是黄花闺女，青春谈不上多么值钱，可到底也是个女人，禁不起这么拖拖拉拉。索性搏一把，成了便是一步到位，上饶人变上海人；输了也得个痛快，回老家找个本地男人，好歹总是一辈子。

杜琴内疚得要命："早晓得就不出这个馊主意……"姚虹手一挥："没啥大不了的，日子照样过，地球照样转。"她说先不回上饶，再待几天看看。杜琴明白她的意思，不走还有希望，走了就等于彻底放弃了。

夜里，两个女人挤一张小床睡。怕吵着隔壁的老头，说话轻得像蚊子叫。姚虹说："家里人本来都欢天喜地的，现在搞成这样，还不知道失望成啥样呢。"杜琴说："先别告诉他们。"姚虹说："瞒得了一时瞒不了一世，早晚会知道。"杜琴说："拖一阵是一阵，还没到绝望的地步。"姚虹听了不吭声。半晌，又道："老太婆受了骗，肯定恨死我了。"杜琴说："她要是个女人，恨归恨，恨完应该会明白的。"姚虹叹道："女人跟女人也是不一样的，只怕她未必明白。"

杜琴又说起自己的事，东家老头查出有尿毒症，情况不大好，医生说要换肾："肾是多么要紧的东西，平白无故的，你说谁会给他捐肾？居委会干部都找我谈话了，让我无论如何要挨过这个年，又夸我脾气好能干，我要是不干了，这么作的老头子，哪里再去找保姆服侍他？嘿，再给我戴高帽也没用，过年我肯定是要回家的，都几年没回家了……"

姚虹说："没儿没女的，也可怜。"杜琴说："可怜的人多着呢，我们不可怜吗？一个个可怜过来，老天爷都来不及。"又说："本来还想着沾你的光，也搭个上海亲戚，现在没戏了，转了一个圈，还是江西老表。"姚虹叹道：

"没这个命。"杜琴也叹了口气，说："就是，没这个命。"

这天晚上姚虹一直没睡着。床很小，躺两个人连转身都难。杜琴倒是睡得挺香，还打着小呼。她男人在工地上干活，夫妻俩咬紧牙关，连着几年没回老家。女儿都快读小学了，一出生便由外公外婆带着，还没见过几回亲爹妈。她男人勤劳肯干，这次升了个小工头，工资翻了个倍，好心情也跟着翻倍。夫妻俩预备过年回家，再把女儿接过来，上海的房子贵是贵，可租间小屋，一家三口住在一起，划得来。杜琴说她女儿小名叫月牙，因为出生时一弯月亮挂在半空中，眉毛似的，很俏皮很漂亮。"月牙过年就七岁了，天天晚上做梦都梦见她。"

姚虹朝杜琴看，见她熟睡的脸上带着一丝笑意，应该真是梦见了女儿。

卫老太早起锻炼时在弄堂口撞见姚虹。小女人笑吟吟地叫了声姆妈。卫老太吃了一惊，像撞见了鬼："你——没走？"姚虹没直接回答，说了句："天有点灰，大概快下雨了。"卫老太没理她，径直走了过去。

锻炼完回到家，还没进门，便闻到一股香味，再一看，姚虹在灶台上煎荷包蛋。卫兴国坐着吃泡饭，面前放着一碟生煎，应该是她买来的。卫老太在原地愣了足有十来秒。卫兴国见了母亲，不敢说话，埋头吃东西。姚虹倒是很热情，招呼卫老太："姆妈，吃生煎，味道不错的。"卫老太看看儿子，再看看她，心里哼了一声，依然是个不理不睬。上了厕所出来，见她还在擦拭灶台。

卫兴国吃完早饭，说："我上班去了。"姚虹从抽屉里拿了把伞给他："一会怕是要下雨，带上伞。"卫兴国犹豫了一下，还是接了。她又问他："晚上想吃什么，糖醋排骨好不好？"这回卫兴国无论如何不敢应声了，支吾两下，开门出去了。卫老太冷眼旁观，想这个小女人也忒皮厚。耐着性子，等她把灶台擦完，说："你可以走了。"姚虹叫了声姆妈，要说话，她手一摆，挡住了。

"说什么都没有用。"卫老太道，"走吧，别再来了。"

姚虹嘴一扁，两行眼泪齐刷刷地落下来："姆妈，我晓得我做错了，你原谅我，给我一次机会好不好？我保证一生一世对你和兴国好。"卫老太摇头："不用对我们好，你自己过得好就可以了。"姚虹眼泪没命地流："姆妈，我承认我有私心，想飞上枝头当凤凰，可我真的没恶意的，我是想早点结婚，好来服侍您老人家……"卫老太打断她:"不敢当,我没这个福气,也别说什么'飞上枝头当凤凰',是我们高攀不上,配不起你。我们兴国是草包,你才是凤凰。"

卫老太说到这里,忽想起那天张阿姨的话:"兴国是璞玉,要没有她,你还不是把他当石头?你们家兴国拖到这么晚没成家,大概就是在等她,命中注定的。"不禁有些感慨起来,心口那里被什么揪了一下,唉,可惜了。脸上依然是冷冰冰的,转过身,把个脊背留给她。

姚虹倚着墙,手指在墙上画啊画,眼睛瞧着地上,眼圈红红的。不说话,也不走。卫老太等了半晌,见她没动静,心里也有些急了,又不能拿扫帚把她赶出去,左邻右舍都看着呢,卫老太丢不起这个人。可拖着也不像话,这算怎么回事?两人暗地里较着劲,安静得都能听见挂钟的嘀嗒声了,一分一秒都是煎熬。

卫老太坐下来,打开电视。姚虹顿时也活动开来,转身便去拿拖把。卫老太坐着,见她这样,头皮都麻了。姚虹认认真真地拖地,拖到卫老太那块,还说:"姆妈,麻烦你抬抬脚。"卫老太抬也不是,不抬也不是,索性站起来,到厨房择菜。一会,姚虹也来了,摆个小凳子在她旁边坐下,陪她一起择菜。卫老太朝她瞪眼,脸色难看得要命。姚虹笑笑,说:"两个人干快些。"卫老太心里哎哟一声,想真是碰到赤佬了,又不知说什么好。

两人齐齐择完了菜,卫老太打开房门,努努嘴,示意她离开。姚虹便是有这耐性,只当没看见,笑笑,又拿鸡毛掸子去掸灰。卫老太怔了半晌,只得关上门。姚虹整理房间时看见卫兴国换下的内裤,拿到水龙头下洗。卫老太一把抢过,说:"让他自己洗。"姚虹笑吟吟地抢回来:"男人哪会洗衣服?再说他下班那么晚,姆妈就别折腾他了。"三下两下便把内裤洗了。卫老太不禁好笑,看情形自己倒像后妈,眼前这位才是亲妈。

晚上卫兴国回到家,看见姚虹还在,大喜过望。也不敢多问,瞥见卫老太脸色不差,更是放下心来。晚饭是姚虹做的,味道没变,吃饭的人也没变,依然是三个人。姚虹本来不敢上桌,犹犹豫豫的,卫老太开口说"一起吃吧",才坐下了。吃完又抢着洗碗,比之前还要殷勤三分。

洗碗时,卫兴国凑在姚虹身边,问她:"好啦?"姚虹笑笑,不置可否。卫兴国又道:"姆妈好像心情不错。"姚虹还是笑笑。一会,卫老太过来拍她肩膀，说："走，我们出去聊聊。"

姚虹嘴里应着，眼睛却朝卫兴国看，希望他能拦下。谁晓得这个马大哈兴高采烈："出去散散步蛮好，外头空气好。"姚虹只得苦笑，披上外衣，跟着卫老太出了门。

两人走下楼来。遇见几个邻居，打招呼："散步啊?"卫老太便笑一笑，点头。姚虹也跟着笑，心里又多了些底气，晓得卫老太还未把那事说开。两人缓缓走着，路灯把人影拉得一会长一会短，橡皮筋似的。风不大，却刺骨的冷，脸和手露在外面，冻得通红，都木了。

"待会我一个人回去，你别跟着。大家都是成年人，要晓得分寸，别做过头了。"

卫老太边走边说，并不看她。姚虹勉强笑着，脚下不停，紧跟着。

"跟着也没用，我老太婆说话算话。你知趣点，别弄得大家脸上不好看。"

姚虹迟疑了一下，顿时与卫老太拉开一段距离。她咬咬牙，又跟了上去。两人一前一后地走着，卫老太像是没看见。走了一段，到了街心花园，姚虹陡地停下来。

"姆妈，我做错事情，应该受罚。我罚自己在这里反思。姆妈你不原谅我，我就在这里坐一辈子。"她飞快地说完，一屁股在旁边的长凳坐下，两手抱胸。

卫老太愣了愣："你别这样，我这人不受威胁。"

"我这不是威胁，"姚虹摇头，"姆妈，我是真的想好好反思。我要是想威胁你，也不会坐在这里，直接搬张凳子坐到弄堂口了。"

卫老太嘿的一声，心想，说来说去，你这还是威胁。"随你的便。"说完转身便走。回到家，卫兴国凑上来问姚虹怎么没回来。卫老太积了大半天的闷气，一股脑在儿子身上发泄出来："人家养儿是防老，我养儿是受气。标标准准养了个憨大儿子。我看你生出来的时候一定少了根筋，那种女人你还念念不忘，我真是白养你了，真正气煞……"卫老太捶胸顿足。

卫兴国悻悻地离开。卫老太上了个厕所，洗了把脸，坐下来。越是不顺的时候，越要保持清醒，这是卫老太几十年总结下来的道理。这当口倘若沉不下气，那就乱了。

一会，窗外沙沙下起雨来，雨点密密麻麻。竟真的下雨了。

卫老太猜想姚虹未必真会那样硬气，做戏罢了，怕是一会便回家睡大觉了。无非是心理战，谁先撑不住谁便输了。

卫老太想起当年那个晚上。也是个下雨天，她抱着才五岁的卫兴国，去了安徽芜湖，刚下船便直奔厂长家。男人在船上做了一辈子，被一场台风夺了性命，抚恤金是多是少，厂长说了算。轻轻巧巧报了个数目，卫老太无论如何不能接受。虽说人命不能拿钱衡量，可除了钱，又有什么能弥补失去亲人的伤痛呢？卫老太把这话翻来覆去地同厂长讲，厂长听惯了类似的话，耳朵像长了茧，刀枪不入。卫老太也是绝，抱着儿子，在厂长家门口扑通跪下了。雨哗哗下个不停，她给儿子穿上雨衣，自己无遮无拦地在雨里淋了一夜。厂长倒是无所谓，厂长女人看不下去了，对她男人说："就多给些吧，孤儿寡母也不容易，这么跪着像什么样子？"厂长说："我要是答应她了，以后人人都给我下跪，你叫我还怎么当这个家？"后来还是警察把卫老太给带走了。卫老太倒没指望这一跪便能让厂长回心转意——是场持久战，她有思想准备，不指望一击成功。关键要在气势上先发制人，免得厂长不把她一个女人家当回事。卫老太来之前都关照过家里人了："这一去少说一个礼拜，弄不好两三个月也是有可能的。"她公公还算明理，说："你就放心去吧。"婆婆承受不了丧子之痛，就有些拎不清，说她："掉到钱眼里去了，人都没了，要钱有什么用？"卫老太不怕被人戳脊梁骨骂"赚死人钱"，嘴长在人家脸上，想骂便骂。天底下最讨嫌的东西便是嘴。骂人的是嘴，吃饭的也是嘴；骂人的时候很痛快，吃饭时却又半分耽搁不得。卫老太也想骂人，骂那场百年不遇的台风，还有铁石心肠的厂长。可她晓得不能骂——男人死了，家里老老少少，都是吃饭的嘴。

卫老太一跪便是好几天。到后来警察都烦了，一个女人加一个孩子，打又打不得，说又说不通。警察也帮着卫老太劝厂长，说差不多就算了，跟个寡妇计较什么。厂长有自己的原则，不为所动。他女人倒是给卫老太送了几次水，还给了卫兴国两块糖。厂长女人有两个儿子，小儿子和卫兴国差不多大。她劝过卫老太几回，晓得没什么用，便也不劝了，又把过年拜祖宗的垫子拿出来，让卫老太垫在膝盖下："地板硬，小心关节跪坏了。"她也替自己的男人讲话，说那么大的单位，一样样得照着规矩来："你要体谅他，他也是没法子，不是存心跟你过不去。"卫老太说："我体谅他，谁体谅我？我也不是存心跟他过不去，实在是没法子。"两个女人绕口令似的说话，絮絮叨叨地，一句又一句。那几天，卫老太跟厂长女人要好得像亲姐妹似的，一个屋里，一个屋外。后来，厂长女人索性也搬张凳子出来陪她，替她抱会孩子，聊会天，夜深了才进屋。卫老太晓得她是个善人，打心底里感激她。有垫子垫着，到底是舒服多了，否则只怕不到两日膝盖便磨碎了。

　　卫老太想起往事，便忍不住叹气。眼睛一眨，几十年过去了，如今竟也轮到自己受人威胁了。她想去街心花园看，犹豫着，还是忍住了。不能中小女人的计，她是存心要让自己睡不好。卫老太倒了盆热水，坐下来洗脚。卫兴国在一旁削竹片，削得歪歪斜斜。卫老太晓得他心思不在这上头，魂都掉了。"她在她老乡那里，"卫老太故意道，"就是隔壁弄堂做保姆的那个。"

　　卫兴国没说话。卫老太嘿的一声："要是舍不得，就去看看她好了。"说完进房了。躺在床上，听他在外面看电视，半晌都没动静，便有些奇怪，想他倒也忍得住。又过了许久，听电视声依然不停，卫老太按捺不住，爬起来，走到外面——电视机开着，竟然没人。电视是掩护，人早走了。卫老太一怔，竟又有些好笑，想这个傻儿子原来也会使诈。关掉电视，重又回去睡觉。

　　下了一夜的雨。次日吃早饭时，卫兴国都不敢与母亲目光相接。卫老太问他："见到了？"卫兴国讪讪地应了声："没见着。"卫老太瞥他一眼，晓得不是说谎，心里咯噔一下，想那小女人别真在花园里坐了一夜。这么大的雨，淋出病来，又是她的罪过。"大概死心了，回上饶了。"卫老太说。

　　买菜时，卫老太故意绕了个圈，到街心花园。远远瞥见姚虹坐在那里，一动不动，老僧入定般。卫老太不敢停留，快步走开了，这才担心起来，想，要命，来真的了。

　　姚虹其实并没有在花园里过夜。卫老太前脚走，她后脚便去了杜琴那里。她猜卫老太会过来查看，果然一会卫兴国便来了。杜琴挡在门口，说："我又不是她妈，怎么找到我这里来了？"姚虹躲在里屋，听卫兴国嗫嚅了半天，想这个男人对自己毕竟还是有些眷恋的。等人走了，姚虹便铺床睡觉，养精蓄锐，日子还长着呢。杜琴担心卫老太会去花园。姚虹有把握："今晚不会，明晚倒是有可能。"

　　杜琴问："你料得准？"姚虹笑笑。

　　卫老太买菜回家后，一颗心七上八下，想，这下真是麻烦了，当年厂长还能报警，她连报警都不能，人家好好在花园坐着，碍着你什么事？心里存着万一的希望——小女人在耍花样。晚上，趁儿子睡熟后，卫老太悄悄去了街心花园。

路灯下，见姚虹端坐在长凳上，眼睛微闭，神情恬然，像尊菩萨。

卫老太不由得倒吸一口冷气。

弄堂里的人都晓得姚虹的事了。聪明人一想便明白了，有几个拎不清的，还要问卫老太："你们家小姚天天在花园里晒太阳，倒是蛮惬意。"卫老太晓得这话是揣着明白装糊涂，存心逗自己玩呢，索性说开了："她现在不是我家的人了，爱做什么就做什么，我管不着。"

张阿姨没料到事情会成这样："聪明人做傻事，唉，真可惜了。"卫老太说："我家庙小，这尊佛太厉害，留不住。"张阿姨说："也怪你，早点定下来不就好了？"卫老太心里嘿的一声，想，不是你自己找儿媳妇，所以才说得这么轻松。

"现在怎么办？"张阿姨问，"那尊佛天天在花园里晒太阳，也不像样啊。"

"她喜欢晒，就让她晒去。"

卫老太嘴上这么说，心里还是有些抖豁（方言，害怕）的。好在姚虹只是坐坐，倒也不来烦她。街心花园离得近是近，但到底隔了几条马路。卫老太气是气的，气她把自己当猢狲耍，骗人时连眼都不眨一下，可平心静气的时候，又觉得这小女人其实还不算太过分，倘若她也在自家门口扑通一跪，那便真是糟了。又想，她给卫家留了面子，等于也是给自己留了余地。到底不是上门逼债，真做绝了，吃亏的是她自己。卫老太想通这点，稍稍放下些心来。

卫兴国瞒着母亲，悄悄给姚虹送了几次饭，街头买的面包、熟菜之类。姚虹说："你越是对我好，我就越内疚。阿哥你是好人，姆妈也是好人。我骗了你们两个好人，心里难受得不得了。"卫兴国满不在乎："不叫骗，也就是耍点小手段，没啥。你要是不喜欢我，也不会这么做。"

姚虹叹了口气："阿哥你真是太善良了，怪不得姆妈不放心你。我跟你讲，以后别老是把人往好处想，会吃亏的。唉，也不晓得将来哪个小姑娘有福气，能嫁给你……"

卫兴国说："我不要小姑娘，我只要你。"姚虹低下头，眼圈都红了。卫兴国望着她，心疼得一塌糊涂："你真要在这里坐一辈子？"姚虹摇头："过几天我就走了。其实我也想通了，什么样的人，就有什么样的福气，强求不来。等我回去以后，阿哥你要好好过日子。我会经常给你写信的。"卫兴国声音都有些哽咽了："你真的要走？"姚虹说："我家又不在这里，不走还能怎的？"

卫兴国跺了跺脚，说："我不让你走。"姚虹笑笑："别像个小孩似的。阿哥我跟你讲，你人好，又会手艺会赚钱，到哪里都过得了日子，不用靠人。姆妈也不容易，你要好好孝顺她。"

卫兴国回到家，见到卫老太第一句话便是："我这辈子不结婚了！"卫老太怔了怔。卫兴国说下去："你要是让姚虹走，我这辈子就打光棍，死也不结婚。"卫老太听了心里一松："走？她自己说的？"卫兴国重重地哼了一声："她说的又怎么样？反正我是不会让她走的。"

卫老太有些好笑："你不让她走？那你把她留下来，你们两个自己买房子单过。这套房子我要留着养老，不会给你们。"卫兴国赌气说："不给就不给，我跟她回江西。"卫老太更加好笑："回江西？也好，好儿女志在四方，只要你们过得下去就行。"

"有啥过不下去的？"卫兴国想起姚虹的话，胸膛一挺，"我有手艺，会赚钱，走到哪里都过得了日子，不用靠人。"

卫老太一愣，瞥见他的神情，不像说笑，这才有些紧张起来："翅膀硬了，会飞了，就不把老娘放在眼里了。姚虹教你的，是吧？"

卫兴国替姚虹说话："小姚真的是个好女人。你对她这样，她还让我好好孝顺你，一口一个姆妈，叫得比自己亲妈还亲。"卫老太忍不住了："我对她怎么样？她假装怀孕骗我，我是请她吃耳光了还是跪搓衣板了？我一句重话也没说，好声好气地送她走，你还想让我怎样？我叫她姆妈，跪在她面前，八抬大轿把她请回来，好不好？"卫老太越说越激动，重重地一拍桌子，啪！

卫兴国吃瘪，只有闭嘴。

杜琴给姚虹送饭。姚虹挺不好意思，杜琴这阵子家里出了大事。工地老板拖着几百号工人的薪水不发，她男人是热心人，跑去与老板理论，说快过年了，大家都等着钱回家，不作兴造这个孽，却被老板雇的人打成重伤，几天起不了床。杜琴也是急性子，口口声声要上法院。可老板有人证，说是她男人先动手,最多判个防卫过当,打发叫花子般,扔了几千块钱当医药费。杜琴把钱狠狠摔到他脸上,说这事没完。找了律师正在谈。姚虹劝她算了,拿鸡蛋碰石头,吃亏的是自己。杜琴不依,说争的就是这口气,鸡蛋就算粉身碎骨,拼了命也要在石头上砸道印子出来。

医药费是钱,律师费也是钱。积蓄掏了个尽,连置办下的年货都拿到二手市场卖了,给老爹的烟和酒,给老娘的羊毛衫,还有女儿的文具,统统卖了,还是够不着。

杜琴告诉姚虹,她预备把肾卖给东家老头:"老头子缺儿缺女缺个好肾,就是不缺钱。这是笔好买卖。"姚虹吓了一跳:"别瞎说!"杜琴笑笑:"谁瞎说了?都去医院验过了,在排日子。"

姚虹劝她考虑清楚:"你自己也说过,肾是多么要紧的东西,你以为是头发啊?没了还能再长出来。"杜琴说:"我晓得肾是要紧,可这口气更要紧。我要让那王八崽子明白,老娘不是好欺负的。"她停了停,反过来安慰姚虹:"人有两个肾呢,少一个没啥,照样活得好好的。"

卫兴国又来找姚虹,说要和她私奔:"我妈不认你没关系,我跟你回上饶。"姚虹反对:"姆妈把你当成宝,你怎么能这样做?会伤她的心的。"卫兴国坚持道:"我不管,反正我只要你一个。这辈子我只要你一个,要是没有你,我宁可去当和尚。我陪你回上饶过年。"

当天下午,卫老太来花园看姚虹。姚虹有准备,连擦眼泪的纸巾都拿好了。卫老太还没说话,她眼泪便扑簌扑簌掉下来。是那种有些委屈的哭法,三分夸张七分发嗲,只有对着亲妈才会这样:"姆妈!"卫老太被她叫得汗毛倒竖,忍不住朝旁边看去——好几个人对着这边指指点点。卫老太叹了口气,想,方圆十里就数我老太婆最出风头了。正要开口说话,姚虹又是一声姆妈,眼泪下雨似的,止都止不住。卫老太愣了愣,从口袋里拿了块手绢给她。姚虹不接,指指手里的纸巾:"姆妈,我有。"卫老太又是一愣,哎哟一声,把手绢硬塞在她手里。

"用这个,环保些。"卫老太话一出口,晓得这个回合是自己输了。

"谢谢姆妈。"姚虹趁抹眼泪的当口,偷偷瞥了一眼卫老太,见她也在看自己。两个女人目光相对,都停顿了一下。那一瞬间完全是赤裸裸的,把外在的东西都抹去了,是互通的,直落到对方心底。姚虹稍一迟疑,愧疚从心底直逼上来，抹眼泪的动作便有些不自然，少了连贯性。卫老太看在眼里，想，你这个小女人是要我的命哩。两个人都在心里叹了口气。

卫老太先开口："你吃定我儿子了，对吧？"姚虹想，是你儿子吃定我才对："姆妈，不是吃定，是喜欢……"卫老太一摆手，打断她："好了，别在我面前说这种肉麻的话，我老太婆吃不消。"姚虹便闭嘴不说。停了停，卫老太又道："我儿子吵着闹着要跟你去上饶，这下你开心了吧？"说完便骂自己是傻子，沉不住气。果然，姚虹很委屈地说："姆妈，我也不想这样的，我劝过阿哥的呀！"卫老太嘿的一声："是呀，你是好人，天底下顶顶好的就是你了。"

姚虹撇了撇嘴。卫老太刹车，不说了。

片刻的沉默。

半晌，姚虹轻声道："姆妈，我不想回上饶，你应该晓得的。"

卫老太想，这倒是句实话。停了停，姚虹又道："姆妈你要是没发现那件事，现在我和阿哥已经领证了，就算为了我自己，我也不会对你不好。你开心，我也开心，大家都开心。所以姆妈，有时候晓得真相未必是好事。"卫老太沉吟着，想，这也是句实话。

姚虹问："姆妈，你可不可以当那件事没发生过？"卫老太板着脸，没理她。姚虹说下去："我看电视剧里那些人，当皇帝之前做了许多坏事，可当了皇帝之后，照样是个好皇帝，对老百姓好得不得了。姆妈，我承认我错了，错得很厉害，可我这么做的目的只有一个，就是当你的媳妇。等我当上了你的媳妇，我会对你好，对阿哥好，把家里料理得妥妥当当的。我会成为全上海滩最好的媳妇。"姚虹说到这里，胸口有什么东西直往上漾，心跳也跟着快了，眼圈也红了。

卫老太朝她看。后面这两句话讲得有些煽情了，她没想到她这么会说话，还拿皇帝来比喻。卫老太故意大声哼了一声，显得很不屑："太阳还不错，坐着吧。"说完，转身便走。

卫老太的背影渐渐远去，转了弯，不见了。姚虹站起来捶了捶背，坐得太久，腰酸背疼，浑身都麻了。下午两三点钟的太阳倒真是不错，不刺眼，柔柔和和地落在身上，像披了条很轻很薄的毯子。太阳的味道，细细闻来，竟透着些许肉呷气（类似肉的膻气），不是高高在上的，而是非常亲切。连随风飘来的尘屑都变得很温柔，像情人的手轻轻拂过。

一会，手机响了。是卫兴国的短信：晚上好像要下雨，我们去看电影。

姚虹忍不住笑了笑。下雨了才能看电影，是两人之间的玩笑话。她拿出一个保温杯，打开盖子便喝——是中药，一个老中医开的方子，能提高怀孕概率。都喝了一段时间了。姚虹掐手指算日子——今天真是个很适合的日子呢，很适合看电影。杜琴跟她说过一些男女间的偏方，吃什么喝什么做什么，有些还涉及姿势，很露骨了。都是为她好，谁让女人每个月只有那一两天才能怀孕呢？错过了就要再等一个月。本来等等也没什么，可姚虹等不起。都说时间是金钱，姚虹觉得，时间更像是支票，不能在限期里兑现，便是一张废纸。支票上的数字，倘若不能兑现，看着更像是煎熬了，是讨命的符。

中药还是一如既往的苦。好在喝下去，落到心里，便成了满满当当的希望，一层又一层的。姚虹收好保温杯，长长吐出一口气，给卫兴国回了条短信："我听过天气预报了，今天晚上肯定下雨。"

尾声

过完年没多久，杜琴的官司总算有了眉目。上法庭那天，她男人坐着轮椅去的。黑心老板站在被告席里，看杜琴的眼神都要冒出火来。初审没定下来，但律师说情况不坏，值得再打下去。姚虹对杜琴说："律师是为了赚钱，撺掇你一直打下去。别上当。"杜琴满不在乎，说："打就打，让那王八蛋难受难受也是好的。"又说："到上海这么多年，也没长什么见识，现在好歹上了趟法院，回江西都能跟老乡炫耀了。"姚虹说她冒傻气。她满不在乎地笑笑："我这个人什么都能受，就是不能受欺负，要是受了欺负，肯定没完没了。我男人说了，这场官司就算打赢了，在上海也待不下去了。他吃工地饭的，这一行里谁还敢收他？只好换个地方试试。"

姚虹问她："准备去哪里？"她说："还没定，不是北京就是广州。"姚虹说："都是大城市啊。"她点头："嗯，在上海待了这么久，都养娇了，非得是大城市不可。"两人都笑。

拆迁小组决定分给卫老太一套两室房，在浦东三林。卫老太不依，说我在浦西住了几十年了，有感情了，浦东住不惯。拆迁小组说再多给她五万块钱补偿，卫老太还是不依。

于是双方陷入僵持阶段。姚虹每天搬个小板凳去拆迁小组门口坐着,一天三餐由卫老太送。原本的计划是,卫老太静坐,姚虹送饭。姚虹觉得,还是由她坐比较合适:"我一个大肚子,谁敢碰我?谁碰我就是自找麻烦。"卫老太一想不错。相比老太婆,怀孕的妇女显然更有优势。

姚虹的肚子一天天显山露水起来。居委会的人都找过卫老太几次了,说这样下去对孕妇没好处。卫老太说不会:"现在都什么年代了,大肚子不作兴一天到晚待在家里的,外面空气好,晒晒太阳还能补钙,连钙片也省下来了。多灵光。"居委会的人又说她年纪大了,一天到晚出来送饭太辛苦。卫老太说一点也不辛苦:"年纪大的人最怕懒得动,一懒骨头就僵了,散了。你们别看我年纪大,筋骨还是老好的,一天跑个七八趟不成问题。谢谢领导关心。"

补偿金都加到十万了,卫老太眼皮也不翻一下。十万块钱光吃喝是够花一阵了,可放在房子上,只能算是个屁。就算三林那样的地段,十万块也只够买个厕所。卫老太的目标是——再加一套两居室,也就勉强过得去了。卫兴国嫌麻烦,劝姆妈差不多就算了,别折腾了。姚虹坚决与卫老太站在同一战线:"姆妈,你说啥就是啥,我听你的。"卫老太心里骂儿子没出息,房子是多好的东西啊,钞票存在银行里会贬值,可房子不会。房子一天天疯涨,那势头猛得吓人。多争一平方,差不多就是辛苦一年的工资。要是连这个都懒得折腾,那活着还有什么劲,干脆别活了。

天气一天天热起来。姚虹挑个树荫坐着,手里拿个竹片做的小车,在上颜料。卫兴国把雏形做好,她加工——纯手工业转向流水线操作,能省下不少时间。网上的订单越来越多,卫兴国都利用上班空当赶工了,被值班长抓到过两回,弄了个警告处分。卫兴国有些抖豁,姚虹却说:"怕个鬼,大不了不做了,你问问你们值班长一个月拿多少钱,我们翻他个四五倍都不止!"卫兴国得了鼓励,顿时豪情万丈,说:"有手艺就是好啊,老子什么都不怕。"姚虹说:"可不是,马克思都说了,技术是第一生产力。"卫兴国说:"乖乖,你连马克思说的话都知道?"姚虹白他一眼,说:"你以为我是你啊?除了看电影什么都不晓得。"卫兴国哧的一声,便去搂她,说:"晚上好像要下雨……"姚虹一把躲开,啐道:"你看看我这么大的肚子,就是下冰雹也没戏……"

姚虹静坐的姿势很笃定，一动不动，又是极有威慑力的。卫老太给她送饭的时候，想起几月前，她坐在街心花园里的情景。"那时是人民内部矛盾，现在是一致对外。"姚虹开玩笑。卫老太想，也好，大家都见识过这个小女人的难缠，谁都不会不当真。

那天，卫老太在花园里亲手扶起她，她的手，搭上她的手背。这一幕是有历史性意义的。扶她之前，她是江西的小女人；扶她之后，她便是上海的小媳妇了。姚虹竭力保持着平静，但也难掩心头的激动，声音都发抖了。卫老太竟也有些激动。

那一瞬，她眼前晃动的，是厂长女人的那只手——亲亲热热地搀起她来："好了好了，这下好了，都解决了。"厂长终究还是拗不过她，抚恤金足足加了一倍。她在厂长家门前跪了三个星期，站起来时，眼睛都发黑了，脚一软，差点又要跪下去，厂长女人扶住了她。这个好心肠的女人，竟似比她还要开心，欢天喜地地："好了好了，解决了……"翻来覆去地说着，真心地替她庆幸。卫老太那时还是个少妇，三十出头，颇有几分姿色，皮肤很白皙，一头乌黑的头发。厂长女人不会晓得，她带着孩子回娘家的那个晚上，卫老太从地上爬起来，敲了门，趁势上了厂长的床。天下的事情就是这么凑巧。厂长女人偏偏那晚回娘家，厂长偏偏又是那晚多喝了几杯，醉了。卫老太不是没有犹豫过，可只是一念之间的事，她不会让机会白白浪费。她把儿子放在地板上，盘起头发，一条蛇似的进了房间。片刻后，她从房间里走出来，知道自己完全跨过那条分水岭了。分水岭这边，还是个羞羞怯怯的少妇；到了那边，便成了坚强的女人，比男人还有力。想起厂长女人，卫老太很惭愧，但不后悔。

姚虹的手有些粗糙，卫老太触到的时候，不自禁地打了个寒战，有什么东西在心头流转，只一瞬，便似穿越了几千几百个日夜。原来日子竟是流动着的呢，昨天是今天，今天便是明天，明天又是昨天，日子是打着圈过的。卫老太拿自己的心去比照她的心，明镜般清清楚楚，一幕一幕都映在上面。都是不容易呢。为了这个不容易，卫老太牵起了她的手，放到自己手心。

"好好过日子吧。"卫老太说。

居委会的人来了又走，走了又来，来来回回好几趟了。卫老太不会罢休，都预备好打一场持久战了。姚虹的身子越来越重，那一坐的分量也越来越重，拆迁小组成员的头都大了。姚虹坐得稳稳当当，早出晚归，上班似的，很有信心的模样。卫老太也有信心。愈是持久战，女人便愈是有优势。

杜琴终究还是没把肾捐出去。她男人用死来逼她，说要是捐了肾，他就死给她看。杜琴都在同意书上签了字了，结果还是悔约了。她男人坚持说："两个肾完完整整来的上海，走的时候也要两个肾，一个也不能少。"杜琴笑说这话没道理，什么都要顺形势而变。她男人说："想想月牙……"这话触动了杜琴。月牙还小，才七岁，少了一个肾的妈妈，怎么能照顾好女儿呢？

老家的房子卖了，东拼西凑，总算是解了燃眉之急。杜琴对姚虹说："早晓得就不把那几千块钱扔了，收下来多好。"姚虹说："面子当不了饭吃。"杜琴说："就是，争口气有个屁用？饿死了两脚一伸，什么气都没了。"她开玩笑说去找那个王八蛋，把钱再要回来。姚虹笑她是十三点。

杜琴把女儿的照片给姚虹看："我的月牙，漂亮吧？"姚虹端详着照片，说："还是像你多一些。"杜琴得意地说："那当然。要是像他就糟了，大嘴巴，朝天鼻，将来肯定嫁不出去。"

杜琴夫妇走的那天，姚虹去火车站送他们。杜琴瞥着姚虹的大肚子，问是男是女，姚虹说："医生不肯说，不过我婆婆说肚子这么尖，像个枣核，肯定是男胎。"杜琴说："那你就真是好福气了。"姚虹笑道："上海人不讲究这些的，生男生女都一样。"

回去的车上，姚虹坐在靠窗的位置，想想便觉得好笑。什么肚子尖生男胎，都是胡说——她生头胎时，肚子也是尖的，却是个丫头。生的那天刚好是十五，月亮滴溜滚圆，取个小名便叫满月，今年快十岁了。杜琴的女儿叫月牙，她女儿偏就叫满月，也实在是巧。来上海前的那个红包，替她开了路，也封住了介绍人的嘴。有孩子的女人，换了别人，自然是想都别想。可姚虹偏不。路是人走出来的，心一横，遍地荆棘都敢走。那时是豁出去了，现在想来都有些后怕。不知不觉，便已走出这么远了。

眼下自然是不行。姚虹预备再过几年，便把满月接来上海。她的孩子，怎么能不跟着她呢？娘俩自然是要在一起的。到那时，满月就是上海的满月了。应该会有些麻烦，但姚虹不着急，还早呢，有的是时间。将来的事情，又有谁能吃得准呢？姚虹有信心。

窗外的风，温润中透着清冽。树叶摇摇摆摆，像微醺的人。阳光轻柔地洒着，一路留下满地金黄色的印迹，很美很美。

发表于《人民文学》2010年第5期
转载于《新华文摘》2010年8月
《小说选刊》2010年6期
《小说月报》2010年7期
《北京文学·中篇小说月报》2010年6期
获第六届鲁迅文学奖

又见雷雨

清晨6点，阳光从窗帘缝里漏进一缕，延伸开来，先是窗台，再是地板，随即又爬上张一伟的脸，从额角到下巴，细细长长，像粉笔画的一道。认识他八年了，郑苹还是第一次离他这么近，看得这么仔细。张一伟长了张圆脸，皮肤又白净，多少缺些英武气，所以他留了络腮胡子。过了一夜，胡子愈发浓密了。郑苹起身拿来剃须刀，涂上泡沫，替他刮胡子。小心翼翼地，连下巴与头颈接缝那样难处理的地方，也刮得干干净净。他动也不动，任凭她摆布。刮完了，她又拿自己的润肤露，替他薄薄打上一层，免得皮肤发涩。

她朝他看。这么一番折腾，他依然是不醒。

是睡着了，还是昏过去了？她凑近他，往他耳里哈着热气，手指在他脖子轻轻挠着。他没忍住，扑哧一笑，随即一把抓住她的手。她另一只手去搔他腰眼，他呵呵笑着，将那只手也抓住，随即在她嘴上亲了一下。她朝他看，忽地，很严肃地道："过来，吃我一记耳光。"

他一怔："什么？"

"这些年，你让我受的委屈，一记耳光便宜你了。"她正色道。

他把脸凑过去："打吧。"

她举起手，高高扬起，轻轻落下，嘻的一声，按在他脸上，捋了捋："算打过了。"她自说自话地点头，"以后不可以了，晓得吧？"

他看了她一会，那一瞬忽有些心酸，抓过她那只手，放在自己掌心里："其实我不值得你这样，"他道，"你是个好女孩。"

"这年头，好女孩都喜欢坏男人，"她叹道，"没法子的事。"

吃早饭时，郑苹接到维修铺小弟的电话，说手机修好了，让她有空去拿。郑苹答应了，说今天就去。挂掉电话，兴冲冲地告诉张一伟："我爸那只手机修好了。"张一伟道："那么老的手机，还能修？"郑苹道："修是不难的，就是利太薄没人肯修，亏得老耿有个亲戚在手机店。蛮快，前天刚送过去，今天就修好了。"张一伟替她庆幸："好险，这个手机要是修不好，难保你不去跳黄浦江。"郑苹在他背上拍了一下，嗔道："没那么夸张。"

手机是父亲的遗物。八年来郑苹一直用这个手机。她曾把手机里的视频给张一伟看——父女俩在草地上搭帐篷，因是刚买的帐篷，不怎么会弄，两人嘻嘻哈哈折腾了半天，郑母在镜头这边数落他们："笨手笨脚，有这工夫，人家房子都造好了。"那天风很大，图像有些抖，呼呼的风声，比说话声还大。这是郑苹与父亲最后一次合影。之后不到两周，父亲就去世了。手机摔过几次，有点故障，上不了网，视频和照片都导不出来，郑苹只能把手机带在身上，想念父亲的时候便拿出来看。手机上了年头，隔三岔五便出状况，但通常是小毛病，凑合着能用。这次大修是因为前天跟周游吵了一架，激动时随手拿起手机便朝他抡去，砸在墙壁再掉下来，摔个稀烂。

"没跟他拼命？"张一伟问。

"他贱命一条，宰了他我还要抵命，不值得。"

"为了什么？"他朝她看，"还动手？"

"社里的事，你也晓得，搞艺术和满身铜臭的人，总归说不到一块去。"她岔开话题，"昨晚的事，后悔吗？"

他笑起来："这话应该男人问女人才对。"

"我不后悔，这你八年前就该晓得了。"

"女人都不后悔，男人说后悔就忒不上路了。"

"主要是昨晚大家都喝醉了，否则我也不问了。"

"酒醉三分醒。"

"那又怎么样？什么意思？我不懂。"

"再说下去就少儿不宜了。"他一把搂住她的肩膀。

郑苹不喜欢他说话的语气。人还在床上呢，就算撇清，也该有些过渡才是，没一句话超过三两，都是轻飘飘的。其实也是意料之中，她和他之间，始终是隔了些什么。八年前，同一天，同一个殡仪馆，她的父亲，还有他的父亲。那是郑苹第二次见到张一伟。她也不知道怎么会踱到那里。一间间过去，哭声是会重叠的，那边已入尾声，渐渐隐去，这边又掀起一阵，原先那些还未退尽，低低和着，又过一阵，又不知哪里的哭声掺杂进来，衬托得这边更加层次分明。哭声不同笑声，笑的人一多，便觉得烦，自顾自的节奏；哭声却是往里收的，一两个人哭不成气候，哭的人多了，悄无声息地蔓延开，是另一种沉着的气势。郑苹到的时候，张一伟父亲已经推去火化了，张一伟母亲被几个亲戚拥着坐在一边。一个十八九岁的少年站在角落里低声啜泣。郑苹之前与他见过一面，是周游父亲安排的，请两位遗孀出来相谈。那天郑苹与张一伟对面坐着，大人在桌子那边谈事，他们静静坐着。有人给他们倒上饮料，郑苹喝了一口，张一伟碰都没碰。车祸是由于张父过马路闯红灯，周父开车送周游去学校，经过时避让不及，车冲上非机动车道，又把骑车的郑父撞倒。郑父当场死亡，张父送到医院急救无效，当晚去世。走路的、骑车的都死了，按法律规定，即便事故原因与周父无关，机动车司机也必须承担相应责任。周父花了些工夫打点，很快便全身而退。至于两家的赔偿金，他开出了一个相当不错的数目。郑母不作声。张母还未开口，张一伟已站起来："我不要钱，把爸爸还给我。"说完走到周父面前，霍地亮出一把水果刀，直直朝他胸口刺去。周父没提防，竟被他刺个正着。送到医院急救，医生说再往左边偏半寸，命就没了。追悼会上，周父给两家都送了花圈，人没到场。那天张一伟倒是表现得很平和，郑苹在门口静静看了他一会，想，这人和自己一样，都没了爸爸。郑苹看到他的眼泪，始终在眼眶里打转，却不落下来，本已平息下来的悲恸，那瞬间重又被勾起来，替自己，也替这个少年。

　　窗台上放着一罐纸鹤，是郑苹八年前叠的，花了整整一周的时间，在张一伟十九岁生日那天送给他，里面还附了张卡片：做朋友好吗？结果被张一伟连东西带卡片退了回来。那天恰恰是郑苹动身去英国读高中，行李都搬上车了，当着郑母和周家父子的面，张一伟放下东西就走。郑苹也不说话，面无表情地把纸鹤塞进包里。这事后来被郑母一直挂在嘴上，说郑苹你这样的人还会叠纸鹤啊，不像你的风格，做手榴弹土炸药倒还差不多。

　　他看见纸鹤，先是一怔，应该是想起了当年的事。随即警见郑苹的目光，停顿一下："现在送给我，行吗？"郑苹摇头："送给你不要，现在又来讨。"

他笑笑:"男人都是贱骨头。"郑苹嘿的一声:"喜欢就拿去吧。"停了停,又问他:"现在,你当我是朋友了吗?"

"不是朋友是什么?"他反问。

"不晓得,"她老老实实地道,"我总觉得你一直都挺恨我。"

"就算恨,也是恨周游他爸。恨你干吗?"

"因为我妈嫁给周游他爸了,所以你恨我也不是一点没道理。"

"那,就算是爱恨交织吧。"他想了想,"其实,应该说是同病相怜更恰当——同一天成了没爸的孩子。"

"所以啊,我们更要对彼此好一点。"郑苹一本正经地说,"我们都是受过伤的小孩。别人不疼我们没关系,我们要自己疼自己。天底下没有比我们更适合在一起的人了。"

有八年前的教训,她故意扮傻大姐,把真话说得像傻话,这样即便被他弹回去,也好少些尴尬。她以为他听了会笑,谁知他只是低下头吃盘里的煎蛋,像是走神了。她等了他一会。女孩子这么说,男人一点表示都没有,多少有些难为情。郑苹打开收音机,尖锐的女声陡地跳出来:"我爱你,轰轰烈烈最疯狂,我爱你,轰轰烈烈却不能忘……"

吃完早饭,张一伟先走了。郑苹奔到阳台,本想喊他回来带把伞,今天说是有雷阵雨。但这男人走得匆忙,连背影也是义无反顾。郑苹便有些气不过。老夫老妻也就罢了,怎么说也是第一次留下过夜,一步三回头也在情理之中,可他的脚步毫无留恋。直到他走出小区,郑苹才回屋。收拾一下,上网看微博。

照例在搜索栏里打入关键词"郑寅生,雷雨",一条条看下去。大多都是老话:"民营话剧社进驻上海大剧院小剧场""场景漂亮,演员演技好",也有人说:"一张票送一大盒费列罗,差不多就值回一半票价了。人家亏本赚吆喝,我们乐得捧场。"往下翻,有人说:"那个演鲁贵的演员,长得像唐国强,好像以前也有点名气的,怎么会让他演鲁贵?"下面跟着一长串评论,有人说:"没错,这人一看就是正义凛然的那种,演鲁贵看着真别扭,他每次低声下气地跟在周朴园边上说话,我都想笑,感觉他像个潜伏在资本家身边的地下党。反倒是那个演周朴园的,看上去獐头鼠目,一点也不像大资本家。也不晓得是怎么选的角!"也有人反驳:"谁说长得像唐国强就不能演坏人?好人坏人从脸上能看得出来吗？再说周朴园也不是好人啊。照我说，让他演鲁贵才好呢，老是本色出演有什么意思？反差越大越是能考验演技。"又往下看了几页，与前阵子一样，许多微博说的都是鲁贵，一边倒地认为这演员与以往的鲁贵似乎有很大不同。

上月《雷雨》刚上演时，有记者采访郑苹，说作为一家民营话剧社，能入驻大剧院演出实属不易，而且在营销上别出心裁，比如母亲节那场送康乃馨，凭票根参加抽奖，有咖啡券、电影票、联华OK卡、双飞自由行……特等奖甚至是一辆小轿车。"网上有您亲自颁奖的视频。您觉得，这次话剧演出之所以大获成功，是否与这些营销手段有关？还有，成本预算方面，您是怎么控制的，说得更明确些，您不怕亏本吗？"记者口气里难掩好奇。郑苹回答得很简单："说句实话，我办这个话剧社，不是为了赚钱，至于亏本，大家也不必替我担心，我有赞助。那些营销策略，都是别人替我想出来的，我只管排话剧，其他事情统统不管。"记者又问起骆以达："有趣的是，十年前在上海人艺演出的那场《雷雨》，骆老师扮演的是周朴园。时至今日，他竟然演起了鲁贵，来了个一百八十度大逆转。请问，您是如何请到他加盟的？又为什么想到让他来扮演鲁贵？是一种噱头吗？"郑苹没有正面回答，只是笑笑："你说是噱头，那就算是吧。"记者最后问："你们话剧社叫郑寅生话剧社，请问，郑寅生是谁，以他命名有特别意义吗？"郑苹如实相告："郑寅生是我父亲，他生前也是个话剧演员。"

关于抽奖的事，郑苹很早就对周游表示了不满："玩得太过了，连公交车上都是《雷雨》的广告，你看过哪个话剧搞这么大？送电影票咖啡券也就算了，你还给我弄辆小轿车出来，怎么不送别墅送游艇？"周游说："我就是怕搞得太大，所以才没这么干。别墅有现成的，你要是答应，下次我就直接去三亚买游艇了。"郑苹无语，对付这样的纨绔子弟，话一定要往狠里说。"我非常不喜欢这样，"郑苹明确告诉他，"别学你爸捧戏子，他那是老一代的做派，八百年前就过时了。"周游说："我不捧戏子，我只捧你。你是戏子吗？你是艺术总监。"郑苹道："我不是我妈，别说游艇，你就是买飞机也没戏。"周游照例是笑笑，不妥协，也不跟她真吵。八年来，两人像亲戚，又像朋友。周游跟她同岁，月份稍大些，初见面那阵客客气气，有些半路兄妹的味道，后来熟了，就比亲兄妹还随便，说话行事游离于自己人和外头人之间，好起来无所顾忌，狠起来又是剥皮拆骨。当然这主要是郑苹单方面对周游，尤其是郑母刚嫁给周父那阵，面上看着无异，心里只当他是半个仇人，眼神都是夹枪带棒。说起来还是周游难得，待郑苹就不用说了，对郑母也是不错，按理说十几岁的少年，对后母要些刁也在情理之中，偏偏他这层看得极开。他曾对郑苹半开玩笑地说："我爸是多情种子，这点我随他。"郑苹只当听不懂："你爸讨三个老婆，你也随他？"他道："就算讨三个老婆，你也是最后白头到老的那个。"郑苹嘴上照例又是一顿揶揄，心里晓得这话不假。她在英国读书那几年，他每隔两个月便飞去看她；她回国办话剧社，是他给她张罗，人脉上资金上，料理得妥妥当当；连话剧社门厅正中那幅山水画，也是他周少爷的真迹。"换了别人，一百万求我一幅，我都不肯。你自己要拎得清。"周游从小习画，这几年因为跟着父亲学生意，便搁下了。在别人面前，他是少东家太子爷，唯独对着郑苹，就成了跟班。抽奖那事，连他父亲都有些看不下去了，吃饭时半真半假地训他说："总经理我另外找人当，下次调你去营销部，看你是把好手。"以郑苹的性格，贴心贴肺的朋友不多，周游算是仅有的一个。愈是这样，说话便愈是不讲究，心里想的便是嘴里说的，一点不加工，也亏得他才忍受得住。他也惯了，好的坏的，中听的不中听的，都当补药吃，从不与她较真。唯独前天那次，他不知怎的，竟动了真性子，话越说越僵。

"张一伟要是真的喜欢你，我把头割下来当球踢。"

"他不喜欢我，干吗跟我在一起？"

"说了你要生气。"

"我不生气，你说。"

"其实我不说你也晓得，这些年他明里暗里搞的小动作，加起来都有一箩筐了。在检察院当了个小办事员，就人五人六起来。他也不想想，我爸要真跟他顶真，单凭八年前那一刀，他早就进大牢了。"

"这跟我有关系吗？"郑苹打断他，"说重点。"

"怎么没关系？你妈嫁给我爸，你就是半个姓周的，在那家伙眼里，你跟我们是一伙的。"

"那又怎么样？"郑苹好笑，"所以他想要始乱终弃，或者，先奸后杀？"

周游叹了口气："郑苹你就装傻吧。智商一百三十五的人，装三十五，不累吗？非要我把话说得那么明白是不是？那好，我一条条列给你听。先说那个姓王的女人,是他介绍进来当会计的吧?你也真是到位,二话不说就把老刘给辞了,给人家腾地方。他是变着法子来查账,你不知道吗?亏得现在是没事,要是真有些什么,我爸、我,还有你,统统都要吃牢饭。"

"你都说了没事,那怕什么?"郑苹冲他一句。

"还有他妈,淋巴瘤晚期,是你自己说的,三个礼拜化疗一次,每次打两支美罗华,一支两万多。丙种球蛋白,营养针,五百多一支,两三天就要打一支。八年了,他早不找你,晚不找你,偏偏挑这个时候找你。为什么?难不成找人要结婚冲喜?本来这也没什么,男人玩女人要花钱,女人玩男人当然也要花钱,我找个小明星睡一晚几十万,你给他妈住贵宾病房,大家都是花钱找乐子,什么玩不是玩,是吧?可你要是来真的,就没意思了。"

"还有呢?"郑苹朝他看,"说下去。"

"是你让我说的。"周游犹豫了一下,没忍住,"也好,索性我给你兜头浇盆冷水,让你彻底清醒。男人嘛,就那么回事,追了他那么多年,顺风篷也扯得差不多了,见好就收。你长得不难看,身材也过得去,又是自己送上门,这么便宜的事,不要白不要……"

手机就是那个时候砸坏的,周游的额头也撞出个桂圆大小的包。事后郑苹多少有些后悔,吵就吵了,还动手,又不是小孩子。况且愈是这样,便愈显得自己心虚,该一笑了之才是。一股邪火因那人而起,竟全出在周游身上。郑苹又想起前一日晚上,她和张一伟都醉了,他先送她回家,到了她家门口,她邀他进去坐坐。他没有拒绝。两人坐在沙发上看电视,他伸手去解她的衬衫扣子,她问他:"你喜欢我吗?"两人都醉得很厉害,脑筋跟不上手,耳朵跟不上嘴。她完全不记得他是怎么回答的,怎么想也想不起来,只记得墙上的挂钟嘀嘀嗒嗒地走着。是时间流动的声音。此刻不知怎的,那句话忽然一下子从某个角落蹦了出来——那时,他大着舌头,贴着她的耳朵,轻声道:"我说喜欢你,你信吗?"

上午9点,郑苹来到社里。郑寅生话剧社位于卢湾区与徐汇区的交界处,闹中取静的一条街道,二层楼的小洋房,门前铺了满地的梧桐叶,车马不兴。阳光从密密的树荫漏下来,过滤掉表面那层焦灼,硬生生拉下几分热度,也不觉得十分难熬。与陕西路口的环贸广场只隔了两条马路,那边人声鼎沸,这边却静得仿佛另一个世界，连踩在梧桐叶上沙沙的声音，也似是透着几分空灵，隐隐有回声。

桌上放了豆浆油条，照例又是老耿买的——就是《雷雨》里演周朴园的那位。老耿去年签的约，其他演员只有排练时才来社里，他则天天准时报到。在路口的点心铺吃完早饭，再替郑苹带一份。初时郑苹让他演周朴园，他只当自己听错了，及至剧本送到手里，才知是真的。老耿今年五十多岁，演了三十年的戏，从没台词的小龙套，到现在依然是面熟陌生的配角，心态倒也不坏。他早年离婚，一直没再娶，无儿无女，回到家也是孑然一身，倒不如在戏台上混，短短一两个小时，便历尽人生，白云苍狗，那些生活里没尝过的滋味，戏台上全尝了个遍。演过儿孙满堂，也演过人间帝王。角色虽说是假的，投入的感情却是真的。演戏的时间加起来也有小半个人生了，老耿想得很穿，就算活八十年，实打实的二十年在台上，那假的也成真的了。台下倘有五分不如意，与台上那些凑一凑，便可减去一两分。

郑苹边吃早饭，边与老耿聊天。晚上是最后一场《雷雨》。"耿叔这段时间辛苦了，总算能休息一阵了。"郑苹捧了个场，"您演得好。"老耿摇头："千万别这么说，我都觉得对不住您呢，看网上那些评论，我都恨不得找个地洞钻下去。"

"演得再棒，也不可能人人都说好。"

"形象差太远。周朴园要是长成我这样，四凤她妈和繁漪就是两个近视眼。"

郑苹笑起来："那也不一定。剧本上又没说周朴园长得有多英俊，关键还是要靠演技。"

"我知道您的想法，是想辟条新路子，其实偶尔玩个新鲜还行，时间一久，什么角色该什么人演，还是有一定路数的。演戏就是演戏，天生一张主角的脸，就得演主角，配角也是一样。都说人不可貌相，可这世上，以貌取人的多了去了。久而久之，就成道理了。"老耿是正宗上海人，可一口京片子抑扬顿挫，甚是好听。

"别老是称呼我您，我比您小了两轮都不止。"郑苹道，"我看过您的简历，您 1959 年生的，比我爸还大三岁。"

"我知道你爸，以前市里开会碰到过两次。挺可惜。"老耿叹道。

郑苹沉默了一下。"那天采访我的记者，他知道骆以达，说十年前骆以达演的是周朴园，可他却不知道郑寅生是谁。其实当年那张《雷雨》的海报上，就有郑寅生的名字，我爸演的是鲁贵。"郑苹说到这里停下来，瞥见老耿并不意外的神情，便有些后悔说这个。笑笑，拿起杯子，让老耿："耿叔您喝茶。"

老耿换了个话题："您母亲今晚上场，准能掀个小高潮。"

"十年前的繁漪，谁还记得？"郑苹嘿的一声，"都是周游爸爸想出来的噱头，说把这一场的票房收入全捐出去，再请些社会名流捧场。其实就是给自己挣名气，没意思。"

"您还年轻，不晓得您母亲当年的风头，说是风华绝代也不过分啊。"

正说着，郑苹手机响了。她接起来，是周父："苹苹，过来帮你妈挑旗袍，晚上穿的。"郑苹答应了。走到外面，有些起风了，夹杂着热乎乎的黏人的湿气。天气预报说有雷阵雨，看样子不假。路上很顺，一会便到了。走进去，郑母在换衣服，周父坐在沙发上看报纸。郑苹叫了声周伯伯，瞥见店员在一旁候着，手里拿着几套旗袍。

郑母穿着一袭墨绿色的旗袍走出来。五十来岁的人了，身材依然保养得当，薄施脂粉，长发松松地扎起来，在顶上盘个髻。见女儿来了，照例是懒懒的神情，眼角一夹，并不停留。她在周父面前转了个身，问他怎么样。周父连声称赞："这套比刚才那套还要好……"随即对郑苹道："我还有个会，你陪陪你妈，差不多就定下来，反正她穿什么都好看。"郑苹还没说话，郑母已是轻轻哼了一声："男人就是这样，嘴上功夫。"周父笑道："怎么是嘴上功夫呢？我可陪了你半日了。"又转向郑苹："苹苹，挑完衣服再陪你妈去恒隆逛一圈，卡地亚或是宝格丽，把晚上的首饰也定一定。"

店员送上茶水。郑苹坐下来，挑了本画报。郑母也坐了下来："怎么样？"郑苹头也不抬："不是说了吗？你穿什么都好看。"郑母不作声，喝了口茶，拿出化妆盒，补粉。

"昨晚留那姓张的过夜了？"她拿粉扑在脸上轻按。

郑苹一怔，还未开口，郑母径直说下去："不是周游说的，别冤枉人家。"

"那是谁？"郑苹问。

"没人说，我就不知道了吗？"郑母收好化妆盒，"下午把人叫过来，跟我再对一遍。"

"昨天不是排过了？"

"十年没演了，还是再排一遍的好，省得丢你的脸。"

"您怎么会丢我的脸呢？"郑苹似笑非笑，"您可不是一般人。"

郑母淡淡地说："你走吧，该干吗干吗去，我不用你陪。"

"好，"郑苹停顿一下，"要我打电话把骆以达叫过来陪你吃午饭吗？"

郑母朝女儿看了一眼："我自己会打，谢谢。"

"有一阵子没去他那儿了，怎么，吵架了？还是他毒瘾太大，看不下去？"郑苹叹了口气，"其实妈你也该劝劝他的，前天跟他见面，一条手臂伸出来，全是针眼，让人看了多不好。台上化了装不觉得，面对面站着，瘦得跟个骷髅差不多。啧啧，也造孽。他这副样子，再过一阵，连鲁贵都演不成了，只能演赤佬。"郑苹说完，拿起茶喝了一口。

郑母目光投向窗外："不用你操心。"

"我怎么能不操心呢？"郑苹叹道，"你是我亲妈又不是晚娘，妈在外面找相好的，做女儿的多少也要出点力。我也算是不错的了，又给他工作，又给他钱，隔三岔五还去看他，上个月生病了还陪夜。亲生女儿都没我这么道地。"

"差不多了。"郑母提醒她。

"其实有时候想想，真的挺有意思。撞死我爸的人，成了我的后爸。我妈的姘头，我好茶好饭地侍候着，一口一个叔叔，叫得比自己老爸还亲。下午有人夸你是风华绝代，想想还真是这样。要不然这么复杂的关系，除了妈你，还有谁可以处理得这么一团和气？你好我好大家好，跟一家人似的。我爸在天上看了，肯定也特别欣慰……"

"别总是一副欠你多还你少的神情，"郑母说女儿，"你也不是天使。"

"我知道，但至少不是狗屎。"

"那张照片是谁拍的？"郑母朝她看，忽道。

"又来了，"郑苹嘿的一声，"说了很多遍了，不是我。"

"你爸去世没几天，照片就到了他领导手里。你逼得他走投无路，工作没了，老婆跑了，每个人都戳着脊梁骨骂他。你把他逼到绝路上了，他才会去吸毒。那时候你才几岁啊，二十岁都不到，郑苹你才不是一般人。"

"你是他什么人？"郑苹不客气地问母亲，"你替他抱屈，那我爸呢，谁来替他抱屈？姓骆的再怎么样，总归还活着，可我爸死得那么惨，是谁害的？"

"你说是谁害的？"郑母摇头，"我本来不想跟你吵的，可你这个小神经隔一阵就要发作一次，比来例假还准时。"郑母冷冷地看她："是谁打电话让你爸去城隍庙买小笼包？他要不是特地跑去买小笼包，能走那条路吗？他不走那条路，会撞上车祸吗？啊？"

"我为什么要打那个电话？"郑苹望着母亲，一字一句地，"因为，你和姓骆的在床上做不要脸的事，我怕他见了伤心，才故意让他绕路去买小笼。如果我知道走那条路会遇到车祸，我怎么可能会打电话给他？就让他回来看见你轧姘头吧，哪怕再伤心，至少不会送命……"

郑母把茶杯重重一放，水泼出来，沿着桌角流下去，滴滴答答。

店员上前擦拭。母女俩沉默着。店员退下去。郑母先是不语，随即幽幽地说了句"看样子恋爱谈得不太顺利"，走进更衣室。再出来，郑苹已不在了。

郑母缓缓走到镜子前，望着里面的自己。旗袍将身形衬得极好。她腰细，但髋部有些大，穿别的衣服一般，唯独旗袍是最合适的。所以正式场合她通常是穿旗袍，家里的旗袍加起来，不下二十件。她记得初时与他交往时，他便说她"天生就该演繁漪"，说她是那种民国女子的气质，中西合璧，内外兼修，静若处子，动若脱兔。他说了一连串的成语，惹得她笑个不止。她与他，还有郑寅生，是大学同窗，毕业后都分到人艺。20世纪80年代，看话剧的人多，最鼎盛的时候，她走在路上，都有人叫她繁漪，那时的粉丝还比较含蓄，通常是叫一声，便在旁边看着，恭恭敬敬的。她与他，被人称作金童玉女，台上搭档，台下也是搭档。她以为嫁给他是早晚的事，但结果不是，他妈妈不喜欢他找个圈内的妻子，反对得很厉害。他要做孝子，便跟她分了手。他很快结了婚，办喜事那天，她喝了农药，遗书上写：我先走了，来世再给你一次机会，如果你还是这样，那来世的来世，就不用见了。她就是这样的脾性。农药分量下得很重，差点就救不回来了。嫁给郑寅生，一是因为这男人从大学时便对她用心，鞍前马后的；二来鬼门关走了一圈，多少有些心灰意冷，想着人生不过数十载，得过且过吧。婚后第二年，便有了郑苹。她以为自己会怨他一辈子，最恼的那阵，单只听到骆以达这三个字，便要绕道行。爱得愈深，恨起来也愈深。但后来的事，让她晓得恨与爱一样都不容易。恨他的那个，是嘴上的她，可心里的那个她，依然是爱他爱得入心入肺。他身上有磁铁，与她刚好是正负极，只要过了安全距离，自然而然便会吸在一起。这是她的命，让她顾不上去考虑是对是错。床照那事捅开后，他和她走到哪里，背后都有人指指点点，都是有家有室的，更何况她还刚死了男人。照片拍得很露骨，脸和身子都清清楚楚。那阵子，在众人的眼里，她与他，就是潘金莲与西门庆。她不理会，对他道："只要你一句话，我马上就嫁给你。"他有些抖豁："你不怕？"她道："只要你不怕，我就不怕。"她说这话时，其实已经猜到了他的答案。果然，他又一次退缩了。她这次倒是表现得很平静，连一滴眼泪都没落，几月后便嫁给了周父。她与他是缘分，可谁又能说她与周父便不是缘分呢？那几年什么都变得快，今天这样，明天便是那样，心思分分钟都在活动。戏台上那些小精彩，渐渐便打动不了人心了，进剧院的人少得可怜。可只要有她的戏，台下人数总是能保证的。那男人是她的超级粉丝，放在过去，就是包她的场，往台上扔金戒指的那种人。她都不晓得他在她身上到底花了多少心思和金钱。嫁给他后，她甚至还问过他："我男人不会是你故意撞死的吧？"他瞥见她认真的神情，一时竟不知说什么好："这就是缘分。你是演员，台上演的就是无巧不成书。难道还不信这个？"

郑苹车开出一段，便停在路边，下车抽了支烟。读大学时抽过一阵，后来戒了，不太彻底，但至少瘾是没了。可此刻，她迫切地需要一支烟。头疼得厉害。从英国回来后，她便搬出去独住，借此减少与母亲见面的机会。到底是成年人了，老是吵架不合适，不吵又忍不住，索性不见面干净。记得上次吵架，还是一两个月前的事了。母女俩吵架有固定的路线图。话题不管是什么由头，走向都是一样的，三言两语，七拐八绕，总会到达那个点——那个要命的点。

空中传来一阵阵闷雷声，眼看着要下雨了。八年前，也是这样的天气。那天她在楼梯口给父亲打电话，闪电一道接着一道，响雷就像打在人的头顶。她回家换衣服，恰恰看见了母亲和骆以达在床上的那幕。她第一反应就是，不能让父亲见到。她给父亲打电话，问他在哪里，父亲说二十分钟后就到家。她谎称想吃松鹤楼的小笼，让父亲去城隍庙买。郑苹每次想到这些，心里便会一阵抽紧，疼得整个人都要散架似的。母亲说得没错，如果没有那个电话，父亲不会死。她无数次在梦里把那天的情景重演，她没有回家，也没有看见母亲和骆以达，没有打电话，父亲也没有死。她整夜整夜地做梦，一会笑，一会哭，醒来时整个人都是空的。这些年，她对母亲有多恨，其实便是对自己有多恨。

旁边驶过一辆公交车，缓缓靠站。车身上是巨幅的《雷雨》海报，浓墨重彩的色调，繁漪占了大半的位置，端坐着，红唇雪肤，细眉入鬓，眼神冷傲中带了三分漠然。郑苹与她对视了一会，随即将半截烟往地上扔去，拿脚踩灭。

中午12点，郑苹与张母坐在饭店靠窗的位置，远远看见张一伟走进来，便朝他挥手。张一伟走近了，坐下："怎么突然想着一起吃饭了，还把我妈拉出来？"

"伯母偶尔也该出来逛逛，吃顿饭喝个茶什么的。"郑苹叫服务员上菜，亲昵地替张母把餐巾铺好，"伯母这阵气色不错，蛮好。"

"好什么呀？过一天算一天了。"张母摇头。

"别这么说，医生都说化疗效果很理想，您身体底子又好，这么下去，笃笃定定能活到一百岁。"郑苹笑吟吟地，转向张一伟，"没影响你上班吧？"

"没有，反正中午本来就要吃饭。"张一伟道。

郑苹邀张母晚上去看话剧："是最后一场，结束后有个慈善酒会，还能抽奖。您就当凑个热闹，给我捧个场。"张母忙说不用："我这种土包子，上不了台面，去了反而给你丢脸。"郑苹说："怎么会？您是一伟的妈妈，也就是我的妈妈，别人不到没关系，您是一定要到的。"张母求救似的朝儿子看去。张一伟道："妈你就去吧，也难得的。"张母这才不作声了。

"衣服我都给您准备好了。"郑苹拿过旁边一个纸袋，递给她，"我拿您旧衣服去比照的，尺寸应该不错。"张母接过，有些局促地："这个，真是的……"郑苹又给她一张名片："您下午去做个头发，再做个脸，就这家店，钱我付过了，您人过去就行。"张母更加不安了："这辈子都没做过脸……"郑苹笑道："您先试试，要是合适，我再帮您办张卡，以后每个礼拜都去一趟。到您这岁数，再不对自己好点，做女人就太亏了，是吧？"

吃完饭，郑苹先送张母去美容院，再送张一伟去单位。路上，两人都不说话。张一伟朝她看："怎么我妈一下车，就没声音了？"她道："你不是也没"

声音?"他道:"我是不敢发声音。"她嘿的一声:"为什么?"他道:"做错事了。"她问:"做错什么了?"他道:"其实应该我把你妈请出来才对。请吃饭、送衣服、做美容,这些都应该让我先来——男人不主动,被女人抢了先,就是做错了。"他说完笑笑。

郑苹不作声。半晌,道:"张一伟,我觉得你变了,跟以前完全不同了。"

"哪里变了?"他问。

"说不上来,反正变得不伦不类,文不文武不武的,像整容没整好,豁边了,走样了。"她不客气地评价。

"哪个更好?"他又问。

"你说呢?"她反问。

一会到了,车停在路边。他道:"晚上我和我妈一起过去。"她嗯了一声。他下了车,朝她挥手。她摇下车窗,也朝他挥手。踩下油门,反光镜里见他站在原地不动,心里莫名酸了一下。停了几秒,见他依然伫着不动,便又把车倒回去。

"怎么不进去?"她问他。

"没什么,就觉得挺对不起你的。"他朝她看。

她嘿的一声:"莫名其妙……"停顿一下,"知道对不起,那就对我好一点。"

"再好,也比不上你对我好。"

她哑然失笑:"演戏吗?早知道今晚让你上台了。"

他在她脸颊上轻轻一捏:"我进去了,晚上见。"

"晚上见。"

郑苹径直去了电脑城拿手机。维修铺的小弟很客气,说还让你专门跑一趟,不好意思。这人是老耿的远房表亲,一口本地话呱啦松脆。郑苹看了,果然视频和照片都在,便放下心来:"下次叫上耿叔,一起出来喝茶。"小弟答应了。

郑苹心情顿时好了许多。手机握在手里,便觉得踏实。父亲用了四五年,放在那时都是旧款。前几日周游还说:"拿着这个,跟你出去谈业务,都觉得底气不足,阿诈里(骗子)似的。现在连民工都不用这种老古董了。"周父也说过一次:"苹苹很节省啊!"郑苹猜他其实是知道的。他那样的生意人,大处精明，小处也不会糊涂。看在母亲的面上，这些年只把她的好挂在嘴上，坏处半分也不提。有时候郑苹也觉得自己是有些过分了。八年前，母亲再婚那天，郑苹去找了骆以达，说我妈请你喝喜酒。骆以达当然是拒绝了。郑苹不依不饶，说我妈说的，如果你不去，就让你们团领导来请你。骆以达不跟小女孩计较，只是劝她回去。郑苹一不做，二不休，又以骆以达的名义包了个红包和一束鲜花，叫快递送到喜宴上。亏得酒席上人多事杂，郑母敷衍过去。郑苹到底是没有再出现。周父也不提这茬，反过来劝郑母，说这个年纪的女孩，是难弄些。话剧社成立后，那时骆以达已是个不折不扣的烟鬼，演不了戏，靠老房子收租度日。她晓得他缺钱，吸毒的人瘾上来，便是让他去偷去抢，他也做。她高薪签下他，却不让他演主角，单单挑些不起眼的小配角给他，就像父亲当年演过的那些。父亲临死都不知道妻子和这个男人在床上的龌龊事，郑苹是在替他报仇呢。有些秘密是藏不住的。"郑总和骆老师有仇……"话剧社里大家私底下都这么说。连周游都提醒过郑苹了！"别做得那么明显。"关于这种桃色新闻，每个人的神经都是异常敏感的，只需一鳞半爪，便能将现场还原个清清楚楚。郑苹猜周父也是知道的，但他从来不提。郑母是他的第三任，大家都不是白纸。周游的生母是高干子弟，周父靠她才发的家。之前好像还有一位。郑苹隐约听周游提过，但她不太在意。郑母也不在意。她一直是这样的人，郑苹从记事起，便觉得母亲整日都是一副淡漠的神情，对什么都不上心。周游对郑苹说过："你妈是冷美人。"郑苹想，你是没见过她跟骆以达在一起。当然这话不能说出来，否则就真是过分了。对于骆以达，郑苹其实也已经谈不上多么恨了，更像是一种惯性，八年来只存着一个心思，便是要把骆以达弄得灰头土脸，要多狼狈有多狼狈。

车子到社里停下，周游变戏法似的蹦出来："哈罗！"

她吓了一跳："作死啊……"瞥见他额头那个包还未全消，便有些内疚："还疼吗？"

"早不疼了，"他指着自己胸口，"就是这里还有点疼——伤了头，问题不大，伤了心，就比较麻烦些。"

郑苹嘿的一声："我有创可贴，待会给你的心包扎一下。"

周游没吃午饭，办公室有方便面，替他泡了一碗。郑苹坐在对面，看他吃得香甜："怎么来了？"他回答："你妈说要换人。"郑苹一怔："什么？"他道:"你先冷静,听我说,你妈想让骆以达演周朴园。"郑苹一拍桌子:"胡说八道!"

"就知道你会这样,所以我才过来。"周游道,"我爸特意叫我关照你一声,就让骆以达跟老耿换一下角色吧。"

"晚上就要演了,这时候换人,开玩笑啊?"

"姓骆的演了那么多年周朴园,稍微整理一下就行了。那个姓耿的,以前也演过鲁贵,问题应该也不大。反正待会还要再排练,就着重排他们两个的,不就行了?"

郑苹不语,拿起电话要拨号码,被周游拦下:"别弄得大家不开心。你也晓得,晚上那个酒会,我爸是很看重的。你别让他下不来台。"

"我就是怕他下不来台,才一定要打电话。再说排这戏花了我不少心力,我说什么也不能让它毁在这最后一场。"她说着去拿手机。周游一把抢过,嗖嗖几下,又把座机的线也全拔了:"是你妈又不是你仇人,老跟她对着干,不累啊?"

郑苹去抢,抢了半天没抢到,索性拿过桌上的车钥匙:"我当面去跟她说……"周游抓她手臂,她挣脱不掉,有些急了,一口咬下去。好在他早有提防,一让,她扑个空。

"那个要不是你妈,就算你们抢菜刀,我也不管。我是为你好。"他恳求的口气。

她到底是没去成。两人走到楼下,倚着树抽烟。一会,她说要喝酒,他不敢动,怕她又要走。郑苹道:"我真要走,你以为你拦得住?"他飞也似的去便利店买了半打啤酒回来。两人也不上楼,就坐在台阶上喝了起来。算起来,两人好久没这样喝酒了。最嚣张的是刚认识那阵,一个高三,一个大一,时不时地便去酒吧喝到深夜。统一口径,对爸妈只说是温习功课。郑苹初时的想法,是听周游诉说车祸时的细节。父亲去世的那一瞬,只是短短几秒,她央求周游,仔仔细细地,把这几秒拉长,放大,再拉长,再放大。父亲是从哪里骑过来的,骑在哪条道上,靠里还是靠外,当时路上行人是多是少,父亲是一下子就去了呢,还是挣扎了一阵,他脸上表情如何,说了什么话,等等。周游是被这女孩吓到了。倒不是嫌烦,而是诧异于她这个年龄,居然那样冷静地谈论生死,不带任何感情地,只是单纯想知道那时的情形。她隔几日便求他说一遍。他说的时候,她眼睛微闭,眉心稍稍攒着,手心也捏着,虔诚的神情。她听得那样仔细,以至于偶尔他说错,她会立刻指出他的前后不符。后来两人渐渐熟了,他会开玩笑地问她:"你小时候听百灵鸟少儿广播,是不是晚上听一次,第二天中午再要听一次重播?"她说:"有时候我真想杀了你爸爸,就跟他一样,在你爸胸口捅上一刀。"周游知道这个"他"是谁:"那为什么不捅?"郑苹停顿一下,沉吟道:"是啊,我为什么不捅呢?非但没有捅他一刀,还和他成了一家人,吃他的用他的。我恨我妈嫁给他,可我为什么也要跟过来呢?我是成年人了,有手有脚,就算扔在大街上也不至于会饿死。我要是再有骨气一点,还可以跟我妈断绝母女关系。所以有时候,我自己都不知道自己是个怎么样的人,心里在想些什么。"周游听了便有些黯然:"我爸也不是故意的。"郑苹感慨:"所以这就是最尴尬的地方了,谁都不想故意做错事,但就是有人受伤害。"周游是第一次听到十几岁的女孩这样说话。"如果有一天我喜欢上你,不是因为你漂亮,也不是因为你聪明,而是因为,你太奇怪了。"

　　半打啤酒很快喝完。郑苹还要喝,周游不让:"准备待会打醉拳吗?"她嘿了一声:"我妈练过铁布衫,一般外家功夫根本没用。"他坏笑:"那我陪你练玉女心经,就杨过和小龙女练的那个。"她白他一眼:"你先把葵花宝典练好再说吧。"

　　他笑起来,问她:"还是跟我在一起更自在吧?"她知道他的意思,没接口。他又道:"劝你一句,别老跟你妈过不去。我爸跟我妈离婚那阵,我也特别恨我爸,觉得这老家伙忒不是东西,可后来再一想,他就算坏到天边去,终归是我爸,杀又杀不得,打又打不得,既然这样,索性好好过吧。"

　　"那是因为你妈现在还活得好好的。"郑苹道,"漂亮话人人会说,没轮到自己头上,说什么都是假的。"

　　"那也不见得非得死个爸或是死个妈才有资格来劝你吧?"

　　"不用劝,劝了也没用。我和我妈,这辈子就是冤家对头,不可能好了。"

　　"说了你又要怪我多管闲事,可把你爸的死全怪在你妈头上,也不公平。这世上真的好人和坏人都不多,绝大部分都是中间地带。你、我,还有你妈、我爸,都属于这个范畴。做人嘛,就那么回事,没必要太执着。你那个张一伟,又是什么好东西了?"

"干吗又扯到他头上？"郑苹皱眉。

"我爸就算是为富不仁，他也不见得是出淤泥而不染，"周游嘿的一声，"摆出一副替天行道的模样，伪君子，我见了就想吐。"

"少借题发挥，"郑苹提醒他，"我现在是热恋阶段，智商三十以下，听不进。"

"没关系。"周游豁达地，"我这人有耐心，别说你们才刚开始，就算你和他结婚了，我也等着你们离婚的那天。不是我触你霉头，早早晚晚的事。"

"你就胡诌吧。"郑苹摇头。

他笑笑。停了停，忽地问她："你妈预备和我爸离婚，你知道吗？"

郑苹一怔，有些吃惊："啊？"

下午2点，社里排练《雷雨》。话剧社二楼是排演室。将原先的主人房、书房连同小茶厅打通，家什统统搬走，空荡荡的一大间，不算很正规，但也过得去了。每隔几天，演员们便到这里排演。导演是当下炙手可热的红人，靠周游出面，好不容易才将他请到。起初周游劝郑苹自己当导演："你在英国学的不就是戏剧编导吗？"郑苹不肯，说："学编导不见得就能当编导，我名片上印艺术总监已经很难为情了，如果再当导演等于是寻大家开心，拿您周少爷的钱开玩笑。"周游郑重地表态："我的钱就是你的钱。"这话郑苹早听惯了，只是笑："少豁胖（上海话，装富），你的钱是你爸的钱。"周游涎着脸："我爸也是你爸。"这话让郑苹不舒服："我爸在天上。"周游只好自找台阶下："你爸先走一步，早晚都能碰头。"

周朴园和鲁贵到底是换了角色。跟老耿打招呼时，郑苹都不晓得该怎么开口，觉得挺不好意思。倒是老耿想得穿："没啥，本来就该这样。演了一个月的周朴园，算是尝了个鲜，也够了。"郑苹还是抱歉："临时换角，怎么都讲不过去。"

导演挺窝火，不好意思对女人发作，拉着周游数落半天。周游对付郑苹没辙，但对付别人，场面话加实在话，软的硬的真的假的，很快便平息下去。一会，郑母姗姗来迟，见了导演说一句"抱歉，来晚了"，随行的小助理递上纸巾，她轻轻按着妆面，嘴上对着导演，眼睛却瞟过不远处的骆以达，也是不落痕迹地。导演是80后，资历上差了一个辈分："没事，也才刚开始，还没到您呢……"周游亲自把郑母迎进去，恭恭敬敬地，一口一个阿姨叫得贴心贴肺："阿姨今天气色真不错，晚上肯定是个满堂彩。"郑母不答，见郑苹背对着自己，只当没看见似的，也不在意，径直走到一边坐下。

……

"你怎么还不去？"

"上哪儿？"

"克大夫在等你，你不知道么？"

"克大夫，谁是克大夫？"

"给你从前看病的克大夫。"

"我的药喝够了，我不预备再喝了。"

"那么你的病……"

"我没有病。"

"克大夫是我在德国的好朋友，对于妇科很有研究。你的神经有点失常，他一定治得好。"

"谁说我的精神失常？你们为什么这样咒我？我没有病，我没有病，我告诉你，我没有病！"

"你当着人这样胡喊乱闹，你自己有病，偏偏要讳疾忌医，不肯叫医生治，这不就是神经上的病态么？"

"哼，我假若是有病，也不是医生治得好的。"

……

这段繁漪和周朴园的对手戏，郑苹从小到大不知看过多少遍。隔了十来年，周朴园老了，瘦了，两颊那里瘪下去，与胶原蛋白一起消失的，是一去不回头的好年华，流水似的，稍不留神便没了踪影。繁漪依然是旧模样，妆化得浓，灯光一打，竟似比当年更艳丽了几分。这些年养尊处优，台上台下都是贵太太，气场也更接近了。

繁漪先下场。助理送上茶水，她喝了一口。导演道："您演得到位。"她笑笑。一会，周朴园也下场了，与她隔了两个座位。郑苹远远站着，见繁漪撩了一下头发，脸朝他那边转去，不说话，很快又回到原位。他眼神微微一转，其实是与她打了个照面的，但不动声色。有时候郑苹也想，若是她与他真的结婚了，只怕未必有多么恩爱，反不及眼下这么若即若离似有似无，求而不得或许是男女间的最佳状态，夹缝里生出的那朵花最是撩人。郑苹心里叹了口气，是替父亲，也替自己。

目光不经意间与骆以达相对。郑苹微微欠身，做了个骆叔叔的口型。骆以达点头，表情多少有些尴尬。除去陈年旧事那段，上周他还向她预支了八万块薪水。不是第一次了，每次都是旧账未消，新账又来，一笔叠着一笔。他也实在是狼狈。银行信用记录是零级，亲戚朋友也不管他，走投无路了。只好问郑苹借。郑苹是有求必应，心想着就看你能走到哪一步。八年前床照的事，已经让他身败名裂了，吸毒的事小圈子里大家也是心照不宣，再说花的也不是自己的钱。周游都说过她几次了："把我当死人……"郑苹说："不是把你当死人，是当好人。"周游说："你就欺负我吧。"郑苹说："钱等于是我妈问你拿的，她不方便出面，只好我来。是她欠你人情，跟我没关系。"周游道："你们母女俩，合起来欺负我们父子。"嘴上这么说，脸上却做出撒娇的神情。郑苹想起以前张一伟说的一句话："逼债的和欠债的团团坐，一屋子祥和。"他嘲讽地说："天底下每起车祸要是都能这么和谐地解决，那法官和警察就统统没事做了。"

骆以达坐着不停地打呵欠，鼻子揉了又揉，都红了一片。他的瘾是越来越大了，一双手伸出来，鸡爪似的，指甲倒是还修剪得整齐———他年轻时也是个相当注重仪表的人。郑苹听父亲说过，他读书时与骆以达一个宿舍，睡上下铺，骆以达每天都拾掇得山青水绿，而父亲则不修边幅，穿了一个礼拜的衬衫，领口都发黄了，身上一披，照样大摇大摆地走出去。那时两人是关系很近的好友。很长一段时间里，逢年过节，郑苹都会收到骆以达的礼物和压岁钱。那时郑苹去得最多的地方就是剧团，坐在角落里看排练。骆以达通常是站在居中的位置，灯光最亮。然后某个不经意间，郑父上场了。鲁贵佝偻着身子，因为惶恐而有些结巴："老、老爷，客、客来了。"周朴园道："哦，先请到大客厅里去。"鲁贵道："是，老爷。"腰弯得愈发低了，正眼也不敢瞧一眼。郑苹那时总是对母亲抱怨，爸爸在台上一点也不像他。"是演戏呢。"郑母向女儿解释，"台上那不是你爸爸，也不是骆叔叔，是另外两个人。"小郑苹便很想不通，私底下关系那么好的两个人，到了台上，原来可以演成那样。灯光一打，脸和身形还是和原先一样，人就成了另一个。演戏两字，在郑苹心里是另一层概念，有些像变了的意思——人没变，心变了。是含着些伤感的成分的。所以渐渐地,郑苹就不喜欢看话剧了,说不上来为什么,就是不喜欢。即便不进去,站在剧院门口,也隐隐觉得难受。及至父亲与骆以达下了台,见到他们卸了装的模样,还是不舒服。郑母常说这小姑娘有些奇怪。"看个热闹罢了,"她道,"没必要想太多。台上有人富贵有人倒霉,台下也是如此。你索性别念书,出家当尼姑算了。"

手机响了,拿出来看,是张一伟发来的短信:"排练得怎么样?"

她回过去:"还行。"

"快下雨了,带伞没?"

"开车,不需要。"

他接着便没声音了。她猜他或许调了个闹钟,差不多时间便动静一番,纯粹礼节性的。

那罐纸鹤,他到底是没拿走。应该是忘了。她听他那样说,倒是重新擦拭了一遍,瓶盖有些生锈,拿钢丝球擦了半天,才又锃亮了。当年那张卡片,她也拿出来放在旁边,那句"做朋友好吗",看着竟有些好笑了。当年生涩的小丫头,明明额头上写着"屁都不懂",偏偏还要故作老成,脸是板着,眼里的殷切却怎么也遮不住。被他那样拒绝,眼泪都涌到鼻尖了,强自忍着,一口一口咽回肚里。

导演冲到台上骂人。那个演四凤的女孩子叫刁瑞,不是科班出身,因为认识周游,有些公关手段,便也挤了进来。脸蛋是一流,演技连三流也轮不上。导演都跟郑苹说过几次了,这人不行。郑苹再去跟周游说。周游回答得也很实在:"我的人,你替我罩一罩。四凤嘛,只要漂亮就行,要不然怎么周萍和周冲都喜欢她?"郑苹又好气又好笑。有时候周游对她疯话说多了,她便拿这些触他的霉头:"别的不说,光我社里的女演员,跟你好过的,加起来五个不止吧?"他扳着手指:"不止,算上刁瑞一共七个。不玩女演员,我砸那么多钱办话剧社,吃饱了撑的?"郑苹点头:"大实话,我喜欢。所以啊,你玩你的,少来惹我。"他恬不知耻:"玩归玩,老婆还是你。"郑苹摇头无语。他说下去:"这么多女人,我只给你画过肖像……"他指的是她二十岁生日那天,他硬逼她坐着不动,给她画了幅素描。那时她还留着一刀平的厚重刘海,鼻子上有颗青春痘,唇线不太清晰,脸颊比现在要丰润些。他把这些特点更加重几分,让她看上去显得有些傻乎乎。她不满意,作势要把画扔了,他不答应，死活让她收起来："等你老了，回想起来，我是第一个替你画肖像的男人。"他说这话时，眼里没有一丝开玩笑的意思，神情一本正经得像个孩子。

被导演训了几句，四凤求救似的转向周游。周游扭头不看，瞥见郑苹似笑非笑的神情，耸了耸肩。刁瑞用上海话念与貂蝉是同一个音。郑苹常取笑周游："找了个貂蝉，绝世美女啊！"周游说刁瑞这个人挺难弄："姓刁的，一听就不好对付。"前阵子她居然怀孕了，拿着检查结果找他要说法。他被逼急了，只好搞了张已结扎的医生证明，把她吓了回去。郑苹笑说："四凤都演上了，怀你周少爷的孩子还不是早点晚点的事？"周游摇头："没意思，到这份上就没意思了，胃口太大，弄不好吃进去的全部吐出来。"

导演气吼吼地下台来，对郑苹说："马路上随便拉一个过来，都比她强。"郑苹笑笑，没接口。吃这碗饭的女孩，心思一半在台上，一半在台下，刁瑞属于没掌握好比例的那种，有些失调。平时见了郑苹一口一个阿姐，叫得很是亲热。郑苹劝她有空可以去读个戏剧表演课程，补一补台词功底，还有走位什么的，她也只是敷衍。郑苹办话剧社，本意是想替父亲出个气，圆个梦，进来了才晓得，原来之前听说的那些，十之八九都是真的。做人的套路，台上台下都差不多，台下是浩瀚的人生，台上是浓缩的世情，想得到的，想不到的，分分钟都在发生。剧本讲究的是情理之中、意料之外，现实每每也是如此。

排练中场休息。郑苹坐着看手机，一条短信跳出来：六小时内本市将有雷电灾害性天气，请市民留意。再随意翻看，照片和视频果然是都还原了。当初手机交给老耿时，郑苹千叮咛万嘱咐："别的无所谓，那些照片和视频，一定要给我留住。"老耿说："放心，你和你爸的回忆丢不了。"她眼圈顿时就有些红，不自觉地低下头："我这人有些傻……"老耿看着她，叹气："这不叫傻，最多是痴。"

照片一张张飞快地翻过去，忽觉得不对，再翻回来，郑苹脸色不由得一变，下意识朝旁边看去，把手机合上。原地怔了几秒，思路有些跟不上。猛地站起来，撞到旁边椅背上，踉踉跄跄朝前冲了几步，差点摔倒。快步上了楼，走进办公室，把门锁上，脑子兀自是嗡嗡的，做梦似的，手机握在手里，都不敢碰了。过了片刻，才又重新拿起来，翻看。

手机里的视频与照片，都是熟得不能再熟的了，几乎都能背下时间地点，只是突然间多了一张,时间久了画质不甚清晰,但依然能看清是一男一女在床上,正是郑母与骆以达。郑苹怔怔看着,大脑起初是一片空白,像被人撞击了一下,渐渐地,思路一点点理顺了。看照片的存档时间,正是车祸前几日。手机是父亲的,照片自然是他拍的,将照片发去团领导那里去的人,也只能是他。领导有他们的考量,收到照片后未必马上动作,或许拖了几日,事情因此在父亲死后才爆发,这些都是有可能的。父亲将照片发出后,应该是立刻便删除了。只是他万万没想到,店员在修复手机的时候,竟然将已经删除掉的文件也统统还原了。当年陈冠希也是这个原因,才引出一场艳照门。郑苹觉得额头有些凉,一摸,竟然全是汗,手脚有些发麻,紧接着,全身不自禁地颤抖起来。眼前闪过鲁贵那张因为堆笑而有些扭曲的脸,躬着身,嘴里叫老爷,因为脸上作得厉害,人又矮着,便看不清眼里的神情。郑苹拿过一瓶水,咕嘟咕嘟灌下半瓶,喘着气,重重地甩了一下头,像要把什么东西狠命甩出去。细想下,中午那小弟的神情是有些异样,想笑又不敢笑似的。不该是这样,她心里一遍遍地说,不该是这样。

　　回到排练室,周游见到她,吃了一惊:"脸色这么差,不舒服?"她摇头:"没事。"坐着继续看排练,然而只见到台上人影在动,什么也没看进去。一会,一人在旁边座位坐下,她侧目看去,是老耿。"累了吧?"他说她,"看你眼睛都直了。"郑苹勉强笑笑,瞥见老耿神情与往常无异,猜想他或许不知道这事。又有些吃不准,按常理,那小弟是他远房亲戚,手机该他拿回来才对,而让她亲自去一趟,似是有故意撇清的嫌疑。

　　郑苹指着手机:"修好了,谢谢耿叔。"他道:"小事情。"她道:"都没收钱,挺不好意思。"他道:"你平常那么关照我,这点小事再收钱,我也别做人了。"郑苹道:"话不能这么说,亲兄弟还要明算账呢。"边说边留意他的反应,并不觉得有什么,想或许是自己多心了。老耿又劝她:"换个手机吧,一个时髦大姑娘,拿着这个怪别扭的。"郑苹不语。老耿又道:"等到了我这岁数你就明白了,世上没什么是放不下的,你这么放不下,苦的是你自己。想开点,你才几岁啊!"

　　去卫生间洗了把脸,站在镜子前半天,莫名地,有些害怕,不敢出去,不敢开口,不敢面对别人,像半夜做个噩梦,一脚踩空,醒来有些无所适从。郑苹走出来,到阳台抽烟。见到一辆黑色小轿车缓缓驶近,停下,司机匆匆出来开门——周父从车里走下来。郑苹便怔了怔,想他怎么也来了。抽完烟,回到排练室,周父已坐在那里。郑苹上前叫了声周伯伯。周父笑吟吟地,在她肩上一拍:"苹苹辛苦了!"导演指着旁边两箱饮料:"周总给我们补给来了。"周父道:"今天晚上结束后,夜宵我请。"众人都鼓掌。郑母坐在边上不动,静静地看剧本。骆以达也不动,依然与她隔了两个座位。周父主动与他打招呼,叫声骆老师。骆以达要站起来,他做了个往下按的手势:"您坐您坐。天气热,大家辛苦了。"骆以达道:"房间里有空调,倒还好。"周父道:"总归辛苦的。骆老师最近怎么样?"骆以达道:"蛮好。"周父点头:"瘦了,不过精神看着倒比上回好些。"骆以达嘿的一声:"好什么?都五十好几了,老了。"周父道:"骆老师就算到八十岁,气度风采还是在的。您呀,是人不老,心也不老。"说着笑起来。骆以达停顿一下,也笑了笑。

周游哧的一声。郑苹在旁边听见了,问他:"怎么?"他耸耸肩:"没怎么,鼻子有点痒。"郑苹道:"有话就说。"他停了停:"要是你嫁给了我,再跟那个姓张的搞七捻三,我可做不到我爸这样。"郑苹摇了摇头,没作声。周游又道:"我要是女人,也喜欢骆以达。"郑苹问:"为什么?"周游回答:"不知道,就是有这种感觉。男人看男人,其实更准,讨女人喜欢的男人,男人一闻就闻出来了。"

周父重又回到郑母身边,坐下:"真人比海报更漂亮。"他递给郑母一张塑封的海报,是这一场《雷雨》的特别版。郑母接过,看了一眼:"PS得都不像我了。"周父笑道:"你也知道PS?"郑母嘿的一声:"我是外星人,连PS都不知道?"周父便笑着转向郑苹:"你瞧你妈,越来越懂经了。"又说预备把晚上这场的收入全部用于慈善:"你看怎么样?"他问郑母。郑母道:"你都定了,还来问我?"周父去揽她肩膀:"要夫人拍板了才行……"

这边说说笑笑,那边骆以达一人独坐着,手里拿着剧本,也是看看停停。郑苹见周围无人留意,便走过去,从口袋里掏出一样东西塞到他手里。骆以达接过一看,竟是一根针管,顿时张口结舌起来:"这……"郑苹道:"落在走廊里,我捡起来的。小心点,给人看见总归麻烦。"骆以达涨红了脸,把针管收好,嗫嚅着:"苹苹……"郑苹道:"下月排新戏,《茶馆》。"骆以达停了停:"黄胖子还是刘麻子?"郑苹一句"庞太监"在嘴里打了个转,瞥见他鬓角与胡须泛着雪白,心头涌上一丝酸楚,犹豫着:"再看吧。"

黄昏5点，雨还没落下来。天色已是难看得很，像顶着口锅盖。风一阵接着一阵，越来越凌厉，将窗帘吹起九十度角，仙人掌的刺针都在沙沙抖动。老天爷憋着劲，似是要把这铺垫做到最足，才肯爽爽气气地落一场雨。

周父站在窗边，眉头微皱，似是不太满意这天气。旁边一人问他："周总不喜欢下雨天？"他笑笑："那倒不是，只不过今天是大日子，下雨总归烦心些。"那人凑趣："周总见惯大场面了，还怕这点小雨？"周父便嘿的一声："你不晓得，人跟什么东西较劲都可以，唯独不能跟天较劲。人在老天爷面前，就跟个小蚂蚁没两样。说一个人天不怕地不怕，那要么是假的，要么就是傻子。"

排练结束后，郑母说想去附近走一走。周父道："7点半开场，时间有些紧，况且天气也不好。"郑母道："只走一会，用不了多久。"周父拗不过，只得随她："我待会还有事，苹苹陪你吧。"郑母想说我不用人陪，郑苹已接了口："好。"不禁有些意外，朝她看去。郑苹到抽屉里拿了把伞："顺着襄阳路走到复兴路，从那头再绕回来。"

母女俩缓缓走着。这一段因为毗邻陕西路、淮海路，也算得半条主干道，虽规定了单行道，但马路窄，还是显得逼仄。郑母的高跟鞋，室内走得漂亮，室外走就有些辛苦，一路叮叮地过去，一脚高一脚低，自己受罪，旁人看着也难受。郑苹道："一会要是下雨，你这双鞋就废了。"郑母道："习惯了，在外面不穿高跟鞋就跟没穿衣服似的。"郑苹嘿的一声："累不累？"郑母道："做人哪有不累的？"郑苹道："那你索性踩高跷吧。"郑母摇头："又来了，你累不累？"郑苹道："不是说了，做人哪有不累的？"

郑母停下来。郑苹瞥了一眼她的脚踝处，都磨红了。从包里拿出创可贴，蹲下身子，替她贴上。站起来，与母亲目光相对。郑母停顿一下："随身还带这个？"郑苹道："以防万一。"郑母道："你倒是周全。"郑苹道："天底下的事情，今天保不准明天，全靠自己当心。"

母女俩又向前走去。

"和那男人怎样了？"郑母问。

郑苹停了停，没有正面回答，而是问母亲："男人对你是不是真心，怎么看得出来？"

郑母思忖一下："有时候得凭感觉，讲不清的。"

"他呢?"郑苹问,"是不是真心?"

"谁?"

"明知故问。"

郑母沉吟着:"应该是吧。"

"那我爸呢?"郑苹没头没脑地来了句。

郑母怔了怔,还不及回答,郑苹又问:"我爸是个怎么样的人?"

"你爸,对我不错。"

"你和骆以达的事,我爸知道吗?"郑苹径直问下去。

郑母又是一怔:"还是到此为止吧,晚上有演出,大家都别坏了心情。"

"我没想跟你吵架,"郑苹踢着脚下一块小石头,"就是有点好奇。"

"你爸那个人,就算知道了也只会憋在肚子里,不会声张。"郑母停顿一下,"他是个老实人,其实挺有才气,就是运气不好。"

郑苹不语。过了片刻,又问:"听说你要离婚?"郑母诧异道:"周游说的?"郑苹学她之前的口气:"没人说,我就不知道了吗?"

一辆助动车从后面驶来,郑苹将母亲朝里推些。郑母觉出这动作有些反常的亲昵,心头一暖:"你说,我下半辈子要是跟他过,怎样?"

"你哪里还有下半辈子?最多三分之一了。"

"所以啊,"郑母并不以为忤,"三分之二都浪费了,再不抓紧,就来不及了。"

"我无所谓,你开心就好。"

"都这把年纪了,也不是为了开心,安心还差不多。"郑母道,"他都落魄成那样了,再撇下他,实在说不过去。"

郑苹不吭声。瞥见母亲的侧脸,颊骨与下巴连成一个圆润的线条,睫毛颤着,五官也是柔和至极。母女俩许久没离得这么近聊天了。风愈来愈大,将她前面一绺刘海吹得不断扬起,她拿手去捋,刚捋上去,又落下来,捋了几次,便索性不管了。

"有事?"郑母朝女儿看。

郑苹一怔,把表情做得更自然些:"没事。"

"今天有点奇怪。"

郑苹嘿的一声,掩饰说:"在你眼里,我一直是奇怪的。"

回到话剧社，司机已等在路边。郑母上了车。郑苹到办公室去拿包，经过排练室时，见门虚掩着，里面似是有人。走进去，见骆以达一人坐着，动也不动，老僧入定般，连她推门进来也未察觉。

"骆叔叔。"郑苹叫了声。

他一震，猛然醒觉："哦。"

"怎么还不走，一个人坐在这里？"

"啊，这个，"他似是还未回过神来，霍地站起来，"我马上就走，马上。"

郑苹见他脸色发白，整个人竟似在发抖，不禁吃惊："您没事吧？"

"没事，没事。"他朝外走去，脚不知被什么绊了一下，险些摔倒。郑苹扶住他，说声"小心"，摸到他手心一片冰冷。他勉强笑笑，出去了。

老耿也没走，在阳台抽烟。郑苹问他："刚才我和我妈出去那会，没发生什么事吧？怎么骆以达脸色难看成那样？"老耿表情有些微妙："没什么，就是周总拉他聊了一会。"郑苹没再多问，心想周游爸爸这就有些失分寸了，晚上还要演出呢，兴师问罪也不该挑这时候。拿出手机要给母亲打电话，让她安抚一下，想想又放下了。这当口，多一事不如少一事。老耿还在说刚才排练的事："老骆演周朴园，到底是不一样。"郑苹嗯了一声。老耿又加了句："你妈也是，功架在那儿，原先那个完全没法比。"郑苹有些心不在焉，只是笑笑。

正要出发去剧场，忽然接到导演的电话，火急火燎的声音："刁瑞的事，你知道吗？"

郑苹一愣："怎么了？"

"这小女人，莫名其妙给我发了条短信，说她晚上不演了，让我另外找人。"

郑苹诧异极了："怎么回事？"

"谁知道？下午还好好的，突然说不演就不演了，她要早说倒还好，我老早就想把她换下了。可现在这个时候，让我上哪儿找人去？"导演气急败坏地，有些口不择言，"今天是怎么了，一会是换角，一会又给我玩人间蒸发，老的小的，存心想把我弄疯是不是？"

郑苹说声"我来想办法"，挂了电话，立刻便给周游打过去。

"你们家貂蝉怎么回事？"她问。

电话那头停顿一下，有些诡异的口气："那得先问你们家张一伟怎么回事。"

郑苹愣了愣，一时没明白。

"你的男朋友，把我的人藏了起来，什么意思？"

"再说明白点。"郑苹有些不耐烦。

"电话里说不清楚，你来剧场再说。"不待郑苹回答，那头已先挂了。

去剧场的路上，郑苹不停给张一伟打电话，都是忙音。把油门踩到底，小厢车当跑车开，呼啸着来到大剧场。一众演员都在。导演不停地打电话，联系四凤的候补。勉强找到一个，但也没敲定，说还要再看看。导演气吼吼地对周游道："你把酬劳给我往死里开，现在只能拿钱压人了，压死一个算一个。"周游答应了。

郑苹把周游拉到一边："说吧，到底怎么回事？"

"还能怎么回事？姓张的想整死我。"

郑苹愈发吃惊了："什么意思？"

周游停顿一下："上个月，我叫刁瑞陪个土地局的处长过夜，替我搞定一个项目。姓张的肯定是知道这事了，所以先把刁瑞藏起来。刁瑞要是上庭做证，这官司我非输不可。"

郑苹倒吸一口冷气，这才知道事情的严重性。

"你怎么知道是张一伟把她藏起来了？他要是真想整你，直接上法庭不就行了，干吗还告诉你？"郑苹想不通。

周游不说话，把手机递过来，给她看上面的短信："最后给你一次机会，如果你不答应，那我们法庭见。做不成夫妻，那就做仇人吧。你好好考虑。"

郑苹一怔，随即明白是刁瑞拿这事要挟周游。摇了摇头，把手机还给周游："你活该。她不是你的人吗？还让她去陪什么处长？真不要脸。"

"这女人，别把我逼急了。"周游咬着牙。

"乌七八糟……"郑苹皱眉。

"别说得你像天上下来似的。这世界就这样，你不知道？"

郑苹晓得他心烦，不跟他计较。这时，周父和郑母也到了。周父应该是已经知道了，但神情依然无异，笑吟吟地安抚众人："这就叫好事多磨。"只是叮嘱了郑苹一句："待会酒会的开场，苹苹你替我盯好。"郑苹答应一声。

酒会开场有个仪式,是她负责的。找了个专业的晚会策划,按周父的要求,要弄得风风光光。

周父近年来开始涉足慈善界,成立了一个基金会,就在今晚揭牌。张一伟说他是"老鸨子改行当妇联主席",这话有些刻薄。郑苹觉得张一伟太钻牛角尖了。郑苹也爱钻牛角尖,比如父亲那件事。但郑苹的牛角尖,是就事论事的钻。张一伟不同,他喜欢把问题上升到另一个层次,再呈放射状向外延伸。在郑苹看来,其实是有些不讲道理。当年那笔事故赔偿金,张家到底是没有收下,因此这些年,他和他母亲过得很苦。他很少与郑苹聊起这事。唯独有一次,他与郑苹在墓地偶遇。两家父亲都葬在嘉定松鹤公墓。两人本来话不多,但在这种场合碰到了,出于礼貌,便各自到对方的父亲墓前鞠了个躬。郑苹看碑上的照片,张父长相很温和,眉眼淡淡的,像老太太。算下来,走的那年是四十三岁,比郑父还小了一岁。

那天,张一伟告诉郑苹,其实是他妈不肯收那笔钱。他妈是个很硬气的人,也吃得起苦。他父亲去世前在一家私营工厂干活,后来厂长卷了钱跑了,拿不到工资,家里开销就靠他妈给人家做钟点工。他父亲的意思是,上海待不下去了,看样子还得回苏北老家。他妈不肯,说老家原先的棉纺厂也倒闭了,回去也是饿死。她说实在不行就做点小生意,卖大饼油条,或是沙县小吃什么的。"他们是希望再撑个几年,等我考上大学,好歹能有个盼头。可没想到……"张一伟说到这里,哽咽了一下,又说到那笔赔偿金,"想拿钱买我爸的命,没门。"郑苹觉得这话好像不对,但一时也不知该怎么反驳。他讲话毫不顾忌:"我挺佩服你妈,居然会嫁给撞死自己老公的人。你也是,一点也不觉得别扭吗?换了我,一把火烧个干净,然后直接上少林寺了。"郑苹听了挺不舒服,但不想在他面前失态,便把话说得四平八稳:"你爸和我爸的死,不能全怪周游爸爸。"他有些嘲弄地看她一眼:"他要是个穷光蛋,你也会这么说吗?"这话更加过分,不给人留余地了。郑苹那时才二十岁不到,换了别人早就发作了,但张一伟是例外,女孩碰到心仪的男生,总是会装腔作势一番。郑苹记得自己那天修养很好,始终保持着三十六度七的健康体温,打定主意,就算他当面骂娘也绝不还口。她对他说:"天底下的事情,其实讲不清的,没必要每件事都去争个是非对错,你劝劝你妈,把那笔钱收下来多好。"她终是纠结于他没有收下那笔钱。她有个老邻居与他上同一所高中,隔三岔五便把他的事情告诉她。他每天都带饭，基本上是白饭加咸菜；永远穿一双鞋；学校里凡是要花钱的活动全部不参加；除了上学，所有的时间都用来打零工；他甚至在校园里捡同学喝完的饮料瓶子，装进书包。郑苹本来也恨周父，后来再大些，将心比心，便觉得周父也不容易，毕竟责任不在他，换个面黑心冷的，一句"谁让你爸自己闯红灯"便能把你弹回去，更何况人家还挨了一刀。收下那笔钱，接受人家的歉意，与人方便，自己方便，是两全其美的事。可张一伟不同意。他咬牙切齿地对她道："大家都是人，凭什么别人撞死人就要坐牢，而那老家伙撞死人，一点事也没有？他凭什么这么嚣张？有钱就可以逍遥法外，就可以为所欲为么？他头上长角么？有免死金牌么？"张一伟的语气充满了不平与愤怒，郑苹无言以对。她猜他这么偏激，应该与他之前的家境有关。她不知道该怎么劝他，她和他的思路是两条平行线，交不了集。

没心没肺起来，她也曾把他的话学给周游听。周游道："在穷人眼里，总觉得天底下的有钱人，统统都是为富不仁。其实这也是一种心理变态。姓张的就是个彻彻底底的变态。"唯独提到张一伟，周游才会把话说得这么促狭。他曾经问郑苹到底喜欢张一伟哪里。郑苹答不出来，说："喜欢就是喜欢，没道理的。"那时他才二十出头，为此大受刺激，几天后大学里期末考试，居然一个人跑去西藏，回来时整个人晒得乌漆墨黑，包里塞满了皱巴巴的画纸。门门功课都缺考，成绩单上清一色的零分。周父没收了他所有的信用卡，罚他在家反思。换了别的女孩，也许会安慰他一番，可郑苹没有，她觉得还是不理他比较好。她甚至在他心情平复了以后，很认真地替他分析："为什么张一伟会说你们为富不仁？换了他，心情再糟糕，也不敢不考试，因为大学文凭对他很重要，他的前途，他和他妈妈的将来，都要靠这张文凭。可你无所谓，哪怕你只有小学文凭，你爸照样可以安排你到他公司去上班，你是太子爷、接班人。所以说，不是你有个性，是你有资本。在我看来，你这种举动一点也不帅，反而说明你小儿科。"周游吃瘪。男人碰到促狭的女人，其实挺头痛，打不得也骂不得，只能投降。有时候郑苹也觉得挺对不起周游。别的不提，单是话剧社那幢小洋房，便是周游买了给她的。她死活不要，周游劝到最后，也烦了，丢下一句："是借给你用，又不是把产权给你，你每月付房租就是了。"她才答应了。心里清楚，她占着他的好处，却又不承他的情，忒不厚道了。连郑母都提醒过她几次："你要怎么收场？"郑母自己情路坎坷，于男女间的进退算度，便看得极为透彻。彼此花在对方身上的用心，像天平上的砝码，多一分，少一分，立刻便显现出来。她说郑苹，女人最忌讳话说得不清不楚，要么是虚荣，要么就是糊涂。郑苹想想也是，跑去对周游交了底："你再怎么花心思也没用，这辈子不可能的。"谁知周游只是哦的一声，听过便算，接下去一切照旧。郑苹觉得，不是自己说得不够清楚，而是那位脸皮太厚。但不管怎样，郑苹对周游还是心存感激的，倘若没有他，这些年她会过得更糟。比起张一伟，周游其实更像个孩子。她记得他大学毕业后，第一次陪父亲去谈生意，直至半夜才回来，敲开她的门，呆呆一坐就是半晌。他说他不喜欢那种环境，不喜欢酒席上大家说话的模样，别扭极了："看样子以后要一直这样了，怎么办？"他一脸苦恼，茫然地看着郑苹。郑苹其实也没有答案，连安慰的话也不知从何说起。照例又是喝酒。周游说他高考填志愿时与父亲几乎大打出手。他想报考美院，可周父硬要他读企业管理。周父说："等你坐到我这位置，便是一天画十幅也无妨。画画这玩意，是锦上添花，跟打高尔夫玩赛车差不多，靠它吃饭就没必要了。"他拗不过父亲。原则问题上，周父从不会退让半分。两个半大不小的孩子在那晚断断续续地感慨着人生，说着"人生不如意十之八九""天涯何处觅知音"。酒精让思路时而停滞，时而跳跃，继而是混乱无比。他问她："我本来能当画家，你信不信？"她很郑重地点头："信。"后来的日子里，无论周游在生意场上磨砺得如何滴水不漏，收放自如，郑苹始终觉得，那天晚上那个愁眉苦脸的傻小子，其实才是真正的他。

周游的电话响了，他到一旁接听。片刻后，走到焦头烂额的导演身边，拍了拍他肩膀："朋友，别烦恼了，刁瑞一会就到，照旧演她的四凤。"

晚上7点，大剧院后台，一众演员都已化装完毕，各自坐着待命。郑母有独立的休息室，闭目养神，助理替她按摩后颈。阴雨天，颈椎就酸痛，老毛病了。门半开着，正对着骆以达，瞥见他拿着一本书在看。这是他多年的习惯了，临上场前要看书。二十年前他最喜欢看苏联小说，《安娜·卡列尼娜》《罪与罚》《复活》……厚厚一本拿在手里，说是最能稳定情绪。她不一样，嫌看书太累，费脑子，倒把好不容易记住的台词给忘了。他出自书香门第,父母都是大学老师,再往上,他爷爷是国民党的高官,1949年去了台湾。他家教很严,要不是赶上那段乱哄哄的六七十年代,他父母无论如何不会让他去当演员,尤其是他母亲,很高傲的模样,看谁都觉得是下九流。郑母有时候也想,亏得没嫁给骆以达,否则婆媳关系处不好,也难受。各人有各人的缘分,她和他,命中注定便是要这么折腾。几周前,她把意思跟他说了。他瞪大眼睛,半晌,又是那句:"你不怕?"她也还是那句:"只要你不怕,我就不怕。"她面上无异,心里其实是有些忐忑的,怕这人又往后缩。他都到了这个境地,退无可退,该她患得患失才对。倘若他口里再说出个不字来,她打定主意,这辈子是不会再与他见面了。幸亏没有。他抖抖豁豁地,把她揽入怀里。她听到他隐隐的哽咽声,那一瞬,心头一酸,眼泪也跟着落下来。

骆以达合上书,起身去卫生间,一张卡片似的东西从书里掉出来。他没察觉。一会回来,见郑母站在那里,手里拿着那张登机牌,心里咯噔一下,与她目光相接。两人不说话,也不动,就那样站着,僵持着。旁人见他们的模样,都诧异不已,也不敢出声。只隔了几秒钟,便似几个世纪那样漫长。骆以达嘴巴动了动,想说话,却一个字也发不出来,喉口似被什么堵住了。

"要去澳洲?"还是郑母先开的口。

"嗯。"他有些涩然的声音,像含着口痰。

"旅游?"她看他,完全询问的口气。

他深吸一口气,又吐出来,似是斟酌了许久:"不是。"

话说出口那瞬,他看到她眼里有什么东西闪了一下,随即消了,像萤火虫逝去的时刻,从绚烂到枯竭,只是一秒钟的工夫。他甚至听到她身体里嘣的一声轻响,什么东西断了。他内疚得都不敢看她了。周游爸爸很道地,买的是头等舱的机票,话说得也贴心贴肺:"澳州是好地方,养老最合适。那边都安排好了,完全不用你操一点心,这两天收拾一下,下礼拜二就走……"他一百个不情愿,可完全没有招架的余地。藏毒罪不大不小,判起来可长可短,周父一手拿着澳洲的移民资料,一手握着他的小辫子。全中国那么多吸毒的人,本来家里放一点海洛因也是寻常事,可真要是有人拿这个做文章,上上下下再通点路子,也是要吃不了兜着走的。周父的口气一点也不像威胁:"是去澳洲享福,还是要在牢里待个三五年,骆老师您自己决定。"骆以达收下登机牌的时候,手抖得厉害,几乎都握不住了。眼前发黑,身子晃了几下,扶住椅背才勉强撑着不倒下去，又狠狠地想：你有什么资格昏倒？你就是死，也是不够格的，你就卑微地活在这世上吧。他想到卑微这两个字，竟窘得有些想笑了。

郑母站了会，说声"蛮好"，便要回到原座。骆以达依然是不动。周父从旁边走过来，亲亲热热地扶住她的肩膀："骆老师这么快就公开了？不是说等话剧结束才宣布吗？也对，好事情，晚说不如早说。上海 AQI 指数那么吓人，换了我也想移民。恭喜啊骆老师。"

众人回过神来，纷纷向骆以达表示祝贺。郑苹有些担心地看向母亲。后者只是轻轻摇了摇头，便走去卫生间。郑苹跟上她，也不说话，只是与她并肩。郑母说："你去吧。"郑苹嗯了一声，却不走开。郑母又说一遍："去吧，让我静静。"郑苹这才停住。瞥见众人的神情，嘴上说着"恭喜"，却都有些异样，后台的气氛陡然变得有些诡异。骆以达坐着，不说话也不动弹。周游走到郑苹身边，幽幽地来了句："人生如戏啊。"

郑苹不语，想起下午问母亲"男人对你是不是真心，怎么看得出来"，母亲那时的口气，其实也不是很有把握的。说到底每个人只能对自己负责，再亲再熟的人，一颗心终究是隔了肚皮，完全估不准的。郑苹心里叹了口气，又想起父亲拍的那些照片，把所有人都蒙在鼓里。母亲至今仍认定那照片是她拍的。世上出乎意料的事情太多了。郑苹记忆里的父亲，话很少，好好先生的模样，母亲说什么，他就听什么，从不违拗，跟骆以达也是亲兄弟一样的交情。她无论如何想象不出，父亲躲在暗处拍照时，会是怎样一副情形。按下快门那刻，瞳孔收缩，拳头握紧，扭曲的快感。台上输给他的，台下双倍来讨，连同她给他的屈辱，一起来算。郑苹猜想，父亲对母亲，应该也是真心的。周游说过，讨女人喜欢的男人，男人一闻就闻得出来。女人也是如此，讨男人喜欢的女人，女人也能闻出来。加上周父，母亲占了三个男人的心，却一点也不快乐。这些年来，郑苹头一次觉得母亲可怜。

"怎么搞定刁瑞的？"郑苹问周游。

周游不说话，鼻子里哼出一口冷气。

郑苹猜到了答案："她真缠着你结婚，怎么办？"

"那就结吧。"周游恶狠狠的口气，"你等着我，我早晚弄死她，再来寻你。"

郑苹朝他看，不合时宜地笑了笑，如果不笑气氛就更不对了。明明是6月里的天，毛孔竟生生滋着冷气。停了停，她傻乎乎地说句："结吧，早晚总要结的，讨个貂蝉也不错。"

正说着话，一人从外面进来。正是张一伟。穿得很正式，西装领带，发式也很清楚。他绕过众人，径直走到郑苹面前。郑苹怔了怔，还未说话，他已先开口："我妈坐下了。我进来看看你。"

郑苹停顿一下："哦。"

"还是头一次来后台，挺有意思的。"他瞥过一旁的刀瑞，神情不变，又朝周游点点头，算是打招呼，"周公子，这阵子还行吧？"

"托你的福，蛮好。"

"气色不错。"张一伟加上一句。

"天天吃野山参，大拇指那么粗的。"

"天气热，当心上火。"

"不吃饱人参，怎么有力气跟神经病斗智斗勇？"

张一伟嘿的一声。周游揉了揉鼻子，作势抠鼻屎，往地上弹了弹。不远处的周父也朝这边投来视线。张一伟只当没看见，自顾自地拉起郑苹的手，捏了捏："你忙，我先下去了。"郑苹点点头。瞥见刀瑞自始至终低着头，不敢看他。又想，张一伟统共也只来过话剧社两三次，竟能策反这女孩，不晓得是怎么做到的。可惜这女孩太想飞上枝头当凤凰了，他这么做，费心费力，却也只是给她一次要挟的机会罢了。

对讲机里通知"各就各位"。郑母站起来便朝外走，周父拉她手臂，有些惊惶地："你做啥？"

她轻轻甩脱："做啥？去外面透透气，抽根烟。"瞥见他不太相信的神情，又冷哼一声："放心，我是演员，不会开这种玩笑。"说着又要走。周父不松手。她有些嘲弄地看他一眼："早知如此，又何必挑今天呢？我知道你是想让他演完才说的，可惜，人算不如天算，包袱提早抖开了。"她难得对他说这么多话，语速又是极快的。周父依然是不松手，脸上神情做得若无其事。碍着旁人在，她说话也是极小声。

"先坐下。"周父压着音量，语气却是有些严厉了。

她朝他看，忽地，重重地甩开了他。他没提防，往后跟跟跄跄退了两步。

她径直朝外走去，高跟鞋在地上踏得清清脆脆，旗袍勾勒出的腰肢，随身形微微摆动。经过骆以达身边时，她停下来，虽只是一秒钟不到的时间，也很明显了，似是等他交代什么，说些话，或是做些什么。可惜没有。他背对着她，动也不动，木头人似的。她一颗心直沉下去，再不停留，快步往前走去。舞台督导早下了指令，所有演员在后台待命，但见她这样，也不敢拦。郑苹上前跟着母亲，见她开了侧门出去，果然点了支烟。

"要吗？"郑母拿着烟，问她。

郑苹接过。母女俩还是第一次一起抽烟。郑苹知道母亲会抽烟，但从未见过。郑母抽烟姿势很漂亮，纤长的手指夹着，但一看便是花架子，烟多数吐了出来，并不真吸进去。两人不说话，各自朝着一边抽烟。很快抽完了，郑母把烟头在墙上掐灭。

"进去吧。"她道。

话剧演得很顺利，台下几乎是座无虚席。不少是二十年前繁漪的粉丝，专程冲着她来的。隔了这么久，周朴园和繁漪都还是当年的面孔。舞台会转，像地球一样，到了一定时候又会转回来，人都还站在原地呢。演员有新旧之分，观众也是如此。新观众看的是热闹，老观众看的是情怀。逝去的年华是本书，翻一页过去，便在心上留道印迹，一页一页，密密麻麻。还未开演，心里已是满的，及至看见人，岁月的感觉袭上心头，立刻便溢出来，哭与笑，喜与悲，台上台下都是相连的。

很快，演至结尾高潮处。繁漪痛苦地："萍，你说，你说出来；我不怕，我早已忘了我自己。（向周冲）你不要以为我是你的母亲，你的母亲早死了，早叫你父亲压死了，闷死了。现在我不是你的母亲。她是见着周萍又活了的女人，她也是要一个男人真爱她，要真真活着的女人！"

周冲心痛地："哦，妈。"

周萍对着周冲："她病了。（向繁漪）你跟我上楼去吧！你大概是该歇一歇。"

"胡说！我没有病，我没有病，我神经上没有一点病。你们不要以为我说胡话。我忍了多少年了，我在这个死地方，监狱似的周公馆，陪着一个阎王十八年了，我的心并没有死；你的父亲只叫我生了冲儿，然而我的心，我这个人还是我的……"

繁漪说到这里，忽然停下来，走到台前。饰演周冲的是个年轻演员，经验不足，见她对白说到一半，与排练时不符，便也愣在那里，不知所措。繁漪对着台下，哀伤地望向远处，一动不动。灯光打在她的脸上，五官像瓷器般纹理细腻，透着光，很美。剧场里静寂一片，连繁漪轻轻的一声叹息，都听得清清楚楚。她说下去："就只有他才要了我整个的人，可是他现在不要我，又不要我了！"

这句对白，她本该是对着周萍说的，此刻却是对着台下，第一排的观众都看到她眼里噙的泪了。她停顿一下，又说了一遍："他又不要我了！"话冲出口那瞬，喉口立时便哑了，什么东西涌到鼻尖，涩得发苦。每个字都似是带着翅膀，在剧场内盘旋，还有回音。台上站着好几个演员，观众却只盯着她一人看，她是舞台的中心。有熟悉《雷雨》的，已觉出些不对，但又怀疑是新版的噱头，故意这么演的。

繁漪说完那句，停下来，静静地看着前方。"他又不要我了！"她满脑子都是这句，接下去的台词，竟是一点也想不起来了。她完全不担心，反而一身轻松，想，索性就这么一直站着吧。脑子里是空白的。她又往前跨一步，再一步，脚像踏在云朵里，整个人似是飞了起来。跳下舞台那瞬，她眼前闪过他的脸——是初见面时的那张青青涩涩的脸，孩子似的纯真眼神，看她时有些露怯，看一眼，停一停，再看一眼，反倒不及她大方。他替她把行李拿到宿舍。她听到别人叫他的名字，骆以达，骆以达，她心里念了两遍，顿时便记住了。他笑的时候，居然还有酒窝，左边那个深，右边的要浅一些，不对称，但依然好看。她觉得自己很没有出息，这当口还想着他。这场戏没有他，他该是坐在后台，揣着那张去澳洲的登机牌。她晓得他有苦衷，这些年，他每回都有苦衷。否则他早娶了她。可又怎么样呢？他终究是没有。苦衷在她看来，跟借口差不多。天底下又有多少恋情是一帆风顺的？那些负心的，谁的嘴里又倒不出几汪苦水来？她竟忍不住想笑了，不知是笑别人，还是笑自己。

她直直地往前倒去。舞台很高，摔下去必死无疑。她想，比喝农药好，演员死在剧场里，那是最妙的结局。忽然，一双手抓住了她。众人惊呼声中，周朴园变戏法似的出现了，牢牢抓住繁漪。她兀自没有反应过来，及至被他抱在怀里，闻到他身上那再熟悉不过的味道，不由得呆了。他抱得她那样紧，完全不管不顾地。她几乎要透不过气来，一阵眩晕，想，这是梦吧？肯定是，否则他怎么会当着这么多人的面抱她？这么大的场合，这么亮的灯光，这么多双眼睛看着，不是梦是什么？她听到他的心跳声，还有自己的，扑通扑通。也不知过了多久，她终是忍不住，眼泪夺眶而出，像个孩子那样哭了起来。

晚上9点半，慈善酒会准时开始。就在大剧院楼上的望星空宴会厅，布置得金碧辉煌，正中是怡基金揭幕酒会几个大字。郑母换了套衣服出来。周父揽着她，笑吟吟地招呼客人。有客人问起郑母，身体怎么样。郑母还未回答，周父已抢在前头："为了穿旗袍漂亮，连着十来天都不吃主食，女人就爱这么作践自己。"说着朝郑母看："你呀，早劝过你了，演戏也是体力活，不吃饭，别昏倒在台上才好。被我说中了吧？"

郑母不语，望向远处角落里的骆以达。他也在看她。

"最后一次了，"入座后，郑母对丈夫道，"明天就去办手续。"

"那他呢？"周父问。

"他要是坐牢，我每天探监便是。"她淡淡地道。

周父嘿的一声，拿起酒杯，微笑着朝旁边客人让了让，再转过来，眼里笑意全无："随你。"

郑苹是主持人，先说了段开场白，便请周父上台致辞。周父说得很简短："我夫人名字里有个怡字，所以我设立了这个怡基金，主要是想帮助那些无父无母的孤儿，让他们能够健康地成长，能够上学。这件事具体实施起来会有难度，但我一定竭尽全力，持续做下去。"

掌声过后，台上的LED屏幕便开始播放关于怡基金的宣传片。PPT是郑苹请专业人员做的，一共二十分钟。郑苹走下台，坐到母亲身边，见她脸色兀自有些发白，神情倒是透着悦色。刚才那瞬，心都跳到嗓子眼了，也亏得骆以达反应快，否则后果真是不堪设想。郑苹又想，在那么多人面前那样，这比盖一百个章都管用，是板上钉钉的意思。酒会还没开始呢，那边倒已先揭了幕。就不晓得接下去会怎样。

忽地，屏幕上出现偌大的三个字：伪君子！

众人一阵哗然。伪君子用了血红的特大号字体，占了屏幕的大半，甚是醒目。紧接着，又是一句："踩在尸体上发财的无良商人。"后面有文字说明，几年前周父公司的一个楼盘在建筑过程中，发生倒塌事故，造成十来名工人死亡，结果只是草草了结，无人追究。还配有照片，先是一张工地事故现场的，惨不忍睹。接下去连着几张，是家属哭天抢地在周父公司门口讨要说法，被保安强行拉走。再接着，是已竣工的楼盘正面照，坐落在黄浦江畔，广告语是"坐拥极致，享尽奢华"，与前面形成鲜明对比。最后一张照片，是该楼盘获得年度沪上最佳楼盘的称号，周父上台领奖，意气风发。

后台放映人员兀自不知，前台一干人也是呆了，忘了该如何应对。周游冲到后台，嚷着："你他妈给我停下来！"急急地按下停止键。放映员才知道闯祸了。这么一来一回，也已是过了三四分钟。

现场顿时鸦雀无声，众人面面相觑。饶是周父久经沙场，这会也是脸色铁青。郑苹匆匆拿出备用的 U 盘，交给放映员。音乐声中，屏幕上出现一群孩子，举起手，殷切地捧出一颗红心，映衬着怡基金几个大字，蔚为壮观。她再看换下的那个 U 盘，外观与她原先的一模一样，里面的 PPT 文件名也完全相同，很明显是被人调了包。早上起来还在电脑上检查过一遍，并无异样。郑苹不禁朝张一伟看去。他也在看她，目光在半空中相接，干涩得像是深秋地上的落叶——U 盘自然是他换下的。日子也是他算好的，不早不迟，恰恰是酒会的前一晚。U 盘就放在写字台上，趁她上厕所、洗漱，或是准备早餐的时候，机会多的是。她转过头，再不与他相对，心里忽然羞愧得要命，满脑子都是自作多情这个词。他又怎会真喜欢上她？要说喜欢，八年前就喜欢了，哪会等到现在？是她多心了。女追男隔层纱、日久生情、精诚所至金石为开……这些对他统统都不适用。他对她的心，与八年前退还纸鹤那刻绝无二致。

宣传片结束后，大厅响起轻柔的华尔兹音乐。周父站起来，上身微躬，伸手向郑母邀舞。郑母迟疑了一下，还是与他相握。两人到舞池中央，缓缓起舞。郑母瞥过一旁的骆以达，见他脸上带着微笑，便也报以微笑。此时此刻，两人再无嫌隙，彼此心照。

"知道我第一次见到你是什么时候吗？"周父在她耳边道。

郑母不语。周父径直说下去："我猜你肯定想是在人艺舞台上。其实不是，比这个更早，是你大二那年，我刚好去上戏办事，看你们在排练《雷雨》，那时你演的是四凤。你一直以为我是看了你演的繁漪才喜欢上你的，我也从没跟你说过,其实比起繁漪,我更喜欢你演的四凤。男人嘛,说到底口味都差不多,周萍不也是喜欢四凤?周冲就更别说了。繁漪那样的脾性,放在舞台上出彩,生活里就有些过了。还是四凤好,简简单单。"他说着又加上一句:"女人还是简单些好,自己舒服,别人也舒服。你说呢?"

郑母依然不说话。

"你再考虑一下,"周父劝她,"那么多年都过来了,也不急于一时。"

"不用考虑。"郑母回答。

周父朝她看了一会,叹了口气,伸手在她肩上捋了捋:"你这人啊……"喉口一紧,后面的话居然没跟上,像被什么绊了一下。这对他来说已是绝无仅有的了,便是当年与第二任妻子谈判,他也不曾这样。那女人干部家庭出身,思路清楚,口才也好,摆出要让他净身出户的架势。他脸上是笑的,手段是硬的,到头来也没让她占着一丁点便宜。他心里清楚,没有那女人,他无论如何到不了今天的光景。那段婚姻在他眼里只是场交易,所以他能硬起心肠。但此刻情形完全不同。他对她,别说手段,便是狠话,都扔不出一句。

"我,对你不好吗?"他想问她。瞥见她并不看他。顺着她目光滑去,那头是骆以达。心里嘿的一声,把那句话咽了回去,脸上兀自笑容不变。他是主人家,开第一支舞。接着,宾客们也开始纷纷起舞。

张一伟来到郑苹座位边,伸出手:"跳支舞?"

郑苹不动:"没精神。"

"有话跟你说。"他道。

"说吧,我听着。"她头也不抬。

他停顿一下,在她身边坐下来:"我不预备说对不起……"郑苹哈的一声,竟有些好笑了,心想这男人连道歉也懒得敷衍了。"没关系,"她道,"说不说都一样,反正我也不会接受。"又想自己这话仍然像是赌气,该更无所谓些才对。索性不睬他,拿起香槟喝了一口,头转向另一边。停了几秒钟,终究是忍不住,又别回来,对他道:"你另找个位子坐吧。"

"我晓得,你现在很生气。"他看着她,"不过我这么做,你该明白的。"

"嗯,"她点头,"替天行道嘛。"

他不理会她的嘲讽,停了停,又道:"其实我今天想做两件事,除了刚才那件,还有一件。"

郑苹心念一动，瞥见他裤袋那里凸起一块，似是有什么东西。"求婚啊？"她笑笑，"口袋里装的是戒指？啧啧，你张一伟梁山好汉似的人物，原来也会做这种事。拿出来我看看，当众求婚，钻石总不至于太小吧？不过也难讲，你这人不能以常理论之，到时候掏颗玻璃球出来，也不是没可能的。我要是不答应，你准会说，你凭什么不答应？凭什么这么嚣张？你有什么了不起？你头上长角么？"她学着他之前的语气，笑吟吟地一路说了下去。

他有些诧异地看她，认识她到现在，还是第一次见她这么促狭。她霍地停下，朝他看："你是不是觉得我特别好欺负？"他一怔，还不及回答，她又道："嗯，不能叫好欺负，应该叫自作自受，或者是傻到极点才对。"她说到这里，鼻子一酸，强抑着不让眼泪流出来，嘴上却是愈发凌厉起来："你知道吗？去年年底你跑来找周游爸爸，那天我刚好也在，就在你们隔壁。"

他一愣，脸色顿时变了。

"其实我也不是存心偷听你们说话，可你这个人呀，就算是问别人要钱，也是一副闹革命的模样，好像别人前世欠了你的，不给不行。"她嘲弄地迎住他的目光，"我只是不明白，你不是恨他入骨吗？道不同不相为谋，怎么会跑来问他要钱？你的原则呢？你的铮铮傲骨呢？怎么，那阵子没喝牛奶，比较缺钙，是不是？"

张一伟不说话。郑苹瞥见他嘴唇咬得很紧，隐隐有牙齿摩擦的声音，脸上一阵青一阵白，完全被刺痛的神情。她晓得这几句话的杀伤力。她以为自己会藏着一辈子不说，女人对着心爱的男人，嘴巴原本就是去芜存菁的。她甚至都快忘了这些了。如果不是此刻，他让她难受得想死，她真的会憋一辈子的，睁只眼闭只眼，不去想个究竟。他是怎样的人，对别人怎样，于她又有什么关系呢？她只要他对她的一颗心，就足够了。可到底是落空了。她感到一阵报复的快感，却又有什么东西在胸口直沉下去，很爽，却又很憋屈，是自暴自弃的心情。

"是因为我妈的病，否则我妈只有等死。不为别的。"他看着她，一字一句地迸出。

"他没答应，所以你就更加恨他了，对吗？"

"他答不答应，我都恨他，这是两码事。"他沉声道。

郑苹嘿的一声，完全不给他台阶下："也就是说，就算他把钱给你了，你也不会给他好脸色，照样骂人家为富不仁、坏事做绝。你不觉得你很可笑吗？我倒要问问你，你这么做，是把自己放在什么位置？你凭什么这么了不起，这么嚣张？你是上帝么？你头上长角么？"

他被她问得有些呆住了。"所以呢？"他道，"我应该像你一样，拿了人家的好处，就把自己原先姓什么都忘了，是吗？"

"那也比你好，至少我不会说一套做一套，又当婊子又立牌坊。"这话出口，她自己都是一惊，有些恶毒了。

他沉默了一下："既然如此，你干吗那么恨你妈？我猜你将来也是走你妈的老路，嫁个小开。周游不错啊，现在先吊足他胃口，弄得他服服帖帖。女人都喜欢玩欲擒故纵，你郑小姐属于玩得出神入化的那种。站在男人的角度，我劝你见好就收，差不多就行了，别把篷扯得太足，当心断掉。不过也难讲，你做事那么有分寸，应该也没问题。少了个老爸，现在又多了个老爸，还赚个未来的老公，蛮好。别看你面上棱角分明、咋咋呼呼的，其实骨子里很会为自己打算。我挺佩服你。"

"什么意思？"郑苹看他。

"没什么意思，"他耸耸肩："夸你呀，只要实惠，不要牌坊。多灵光。"

两人对视一眼，便立刻把目光移开。其实是不敢与对方互望，你一言我一语的，每句话都是刀刃朝着外面，轻轻一擦便能看见血光。说的时候很畅快，像把前一阵肚子里积的东西一股脑吐了出来，剥皮拆骨。及至吐出来，又觉得浑身空落落的，没有一丝力气。两人都不曾料到会从对方嘴里听到这些。那些话，完全不由自主地，蹦一句出来，又蹦一句出来。其实是把双刃剑，这边受伤，那边也在流血，两败俱伤的架势。

"我从没说过自己有多么高尚。"半晌，郑苹说了句。

"我也没有！"他忽地提高音量，倒把她吓了一跳。抬头看去，见他眼睛布满了血丝，竟红得有些怖人，那一瞬，五官也与平时不同，声音也因为绷得太紧而沙哑了，整个人似是陡地老了六七岁。他下意识地抓着头发。"我也没有，我也没有……"他重复着这句话，像是喃喃自语，又像是辩解什么，眼神定定的，眼珠动也不动。郑苹被他这模样惊得呆了，拿手去抚他肩膀。他一让，她扑个空。停了停，又去抚，这次他不动，她触到他微颤的肩头，心里难受得很。她原本是打算在他面前做一世乖女孩的。他与她，都是一样的境遇。她看他，有时候其实像在照镜子，又像左手跟右手下棋，再怎样七拐八绕，都是差不多的路数。这手棋还未落定，下一手已晓得会怎样。这些年她想起他，脑子里最先冒出的，便是怜惜二字。这二字通常是用在女人身上，可不知怎的，他那样高大健硕的一个男人，竟会让她有这样的情感。此时此刻，更是如此。她不自禁地在他肩上拍了两下。他霍地站起来，拿过服务生端来的一杯酒，头一仰，一饮而尽，说声"我去洗手间"，转身便走。郑苹在座位上呆了半晌，一抬头，瞥见邻座周游似笑非笑的目光，猜他一直关注着这边，忙把头别开。周游已走了过来。

"你是前世欠了他的，我是前世欠了你的。"他摇头。

"刁瑞呢？"郑苹岔开话题，"刚才看见你和她在跳舞。"

"给了她一张空白支票，让她随便填。"

"结果呢？"

"没要，还给我了，说爱的是我这个人，不是钱。"

"那挺好。"

"这话要是真的，母猪都会上树。"他嘿的一声。

郑苹也笑笑："看来真的要喝你喜酒了。"

"还要谈。我没那么容易妥协。"

"你爸怎么说？"

"说了，这事让我自己摆平。如果摆不平，就自己兜着。"

郑苹知道这话不假。周父待她母女宽厚，对周游却向来严苛。膝下只他一个儿子，偌大的家业将来都要交给他，老派的想法，自是要多管教些。想着安慰他两句，周游已说了下去："要是我真的进去了，老头子发发功，也许只关个三五年就出来。到时候我还不到三十，生意不管了，家产也去他妈的统统不要了，照旧画我的画。你愿不愿意等我？"

郑苹怔了怔，见他一脸认真，话说得又是这般孩子气，不禁心头一酸，嘴上道："到时候你小貂蝉都出来了，哪里还有我的事？"

刁瑞走过来，朝郑苹打招呼："郑姐。"郑苹点点头，识相地走开了。听见周游在身后道："寻个地方再聊聊。"刁瑞哈的一声，不说好，也不说不好。心里叹了口气，想这世上真正称心如意的人只怕也不多，在旁人眼里，周游算得上天之骄子了，却只有她晓得，遗憾的事情不止一桩。又听周游隐约说

— 260 —

了句"上天台聊",心想眼看着就是一场雷阵雨,上天台做什么。

现场督导提示郑苹上台——抽奖环节到了。

郑苹走上台,说了流程。每人的请柬后面有个号码,已统统输入电脑,依次抽奖。先是三等奖和二等奖,热闹了一番,最后大奖是一辆宝马X6,由周父亲自抽取。他上台来,大屏幕滚动号码,他按下鼠标,又滚动了几下,落定在一个号码上。

"七十五号。"郑苹道,"请这位幸运儿上台来。"

台下并无动静。郑苹又说了一遍:"请七十五号的先生或是女士到台上来,恭喜您获得了大奖。"依然无人响应。众人正纳闷间,忽见一人站起来,缓缓地走上台——正是张一伟。

郑苹不与他对视,退到一边。周父亲自为他送上车钥匙与鲜花,握手那一瞬,靠近他,轻声说了句:"本来是X3,听说你来,临时改成X6了。"张一伟怔了怔,瞥见周父眼镜后那道光闪得狡黠,停顿一下:"这算是贿赂吗?"他问。

"你说是,那就算是吧。"周父微笑着,示意他面向台下,接受众人的鼓掌。郑苹偷偷朝他看,见他低着头,似在思忖。X6最低配也要百把来万,周父这礼送得不小。不由得又有些担心,怕这人现在闹将开来,那便不好收拾。忙拿起话筒:"让我们再次以热烈的掌声向这位先生表示祝贺。"目光依然避开他,倒不是为了别的,而是怕他难堪,拿着那把特制的大钥匙,在她面前下不来台,别当众做傻事才好。

张一伟到底还是拿过了她的话筒,对着台下众人:"这辆车,明天我会开到二手市场卖掉,就当是周总托我转交给那些家属的赔偿金。"

此言一出,台下俱是哗然。与此同时,屋外传来响亮的一记雷声,使得厅里几乎一震。张一伟不再停留,径直下了台。郑苹不自禁地朝周父望去,见他笑容不变,也走下台来。郑苹又朝四处张望,没见到周游和刁瑞。没来由地有些担心,想,不会真去天台了吧?周游再怎么说说笑笑,那件事到底是有些惊心动魄的,况且又是夜里,又是天台,还下着雨,这气氛竟有些森然了。

郑苹给周游打电话,那头接起来:"什么事?"郑苹问他在哪里。他回答:"动之以情晓之以理呢。"郑苹关照:"吓唬吓唬就行了,别太过分。"那边扔下一句"我晓得",挂了。

　　酒会结束,客人陆续离席。周父与郑母站在大厅门口送客。张一伟独自坐在角落里,郑苹远远望着他,并不上前。他应该感受到了她的目光,也不抬头。两人僵持了一会。张一伟站起来,四处张望,应该是找他母亲。郑苹缓缓走过去。

　　"伯母呢?"她找个由头开口。

　　"大概去厕所了。"他看表,"去了有一阵了。"

　　"我替你找找。"郑苹说着,又朝他看一眼。他说声"谢谢",她道"不用"。两人客气得过了头。她去了附近的卫生间,并没看见人。又见客人已走了六七成,大厅门口也只剩下郑母一人,上前问她:"周伯伯呢?"郑母回答:"张一伟妈妈找他有事,两人走开了。"郑苹便有些意外,想这两人竟然也有话说。这时手机响了,接起来,是导演,说他一个包落在后台上,让她替他先收着:"下周我去话剧社拿。"郑苹答应了,踱到后台,一个人也没有。拿了东西正要离开,忽听见隔壁有人说话:"你让我放过他,不如先劝他放过我。"正是周父的声音。

　　郑苹愣了一下,悄悄走近,隔着一扇偏门,果然见到周父与张母站在里头。背着光,两人的脸都浸在阴影里,看不甚清。

　　"算我求求你,行不行?"张母恳求的口气。

　　周父嘿的一声,"你不用求我。反过来倒是我要求你,你儿子是要把我往绝路上赶啊。"

　　"我求求你。我从来没有求过你吧?当年你要和那女人结婚,我一句话不说,全由得你。八年前,你撞死我男人,我也没有求你,没要你一分钱……"

　　"我要给的,是你自己不要!"周父打断她,沉声道,"你一个女人带个孩子,我晓得你艰难,房子给你,钞票也给你。是你自己憋着一口气,死活不要。我晓得你的心思,是存心不领我的情,把我变成个大恶人。既然如此,你生你的病,又何必让你儿子来求我?"

　　"什么?"张母惊讶道,"几时的事情?"

　　周父咦的一声:"原来你不晓得。你儿子只当我不答应,嘿,他也不想想,单凭郑苹那小丫头,能请到那么好的大夫治你的病?还有几千块钱一晚的VIP病房,上海滩那么多有钱人,多少人排着队等,怎么就单单轮到你?

我也算仁至义尽了。这些年睁只眼闭只眼，倒被人欺得得寸进尺。刚才的情形你也看见了，当着那么多人的面。是他不仁在先，别怪我不义了。"

"他是小孩子，你别跟他计较。我求求你。"张母依然是恳求。

周父冷哼一声，并不回答。

张母似是哽咽了一下："是我不好，不该让他知道我们之前的事情。这孩子脾气犟，想事情一条筋，心疼我这些年吃的苦，况且他同他爸爸关系又好……"

周父又是哼的一声："怎么你没说吗？我是陈世美没错，为了千金小姐抛弃糟糠妻，这些你告诉他也没什么。怎么他爸爸的事你倒不说了？他是怎么撞到我车子的，监控拍得清清楚楚，我是顾及你，才没说的。现在你儿子反倒为这个恨得我咬牙切齿。"

"你让我怎么说？"张母哽咽道，"告诉他，他爸爸其实是碰瓷，存心讹人钱吗？你不晓得，他爸爸是多么老实巴交的一个人，我们早上卖煎饼，少找别人一块钱，他都要追上去还给人家。要不是实在过不下去，也不至于……"说到这里，她已是泣不成声。

"你不要同我说这个。"周父似是有些不耐烦，"现在我也被你儿子弄得快过不下去了。你哭哭啼啼算怎么回事？你这个女人，你不要以为这样，我就会心软。你儿子现在就是我的眼中钉肉中刺，非拔掉不可。机会我给过他很多次，是他自己不识趣。"

"你……"

"好歹夫妻一场，将来你养老送终，总包在我身上便是。"

屋外又是一记响雷，震得人耳膜发疼。

郑苹怔在那里。这一天里发生的变故太多，脑筋都转不过来了。她想起周游说他父亲以前在苏北老家有个妻子，没想到竟然是张母。一场车祸撞死两个男人，剩下两个女人，一个后来嫁给了他，一个竟是他前妻。都说戏台上是无巧不成书，现实生活竟更是匪夷所思了。她还是第一次听周父这么阴恻恻地说话，背上不自禁地起了冷汗。

停了半晌。张母似是下了很大的决心："你听我说，其实，他是你的儿子。"

郑苹闻言一惊。只得周父嘿的一声，似是好笑："你觉得我会相信吗？"

"我不骗你。他是 1987 年 6 月生的，你自己算日子。你 1986 年 9 月最后一次回的老家，11 月就写信来说要离婚。我恨你变心，就没跟你说这事。本来想打掉的，医生说我体弱，这胎打掉，弄不好以后就不能再生。你再想想，这孩子的长相，是不是像极了你年轻时的模样？"

周父不语，似是沉吟。

"你如果还是不信，就去验 DNA，这总做不得假吧？"张母急得声音都有些哑了，"本来我想瞒你一辈子的，可今天再不说，我怕你害了自己亲生儿子。"

周父蹙着眉，依然是不语。沉默了片刻，他缓缓地道："你去跟他说。"

张母答应了。

他又叮嘱道："还有他爸——你前面那个男人的事，也一并跟他讲清楚。"

张母犹豫了一下："这又何必？"

周父嘿的一声："教他晓得这世界不是他想当然的模样。人跟人的边缘，不是铅笔描的那种，而是水彩颜料晕染出来的，泾渭哪有那么分明？要做我儿子，这层先要想明白。"

郑苹匆匆离开了。回到宴会厅，见张一伟还坐在那里。很快，张母走了过去，拉住儿子说话。没说几句，张一伟的脸色便变了，霍地站起来，说："不可能！"张母又拉他坐了下来。郑苹冷眼旁观，想，换作是她，这会肯定也接受不了。八年前跟着母亲刚到周家那阵，她天天算着周父上班的时间才出房间，连跟他打照面都觉得尴尬。仇人一下子变成亲近的人，那感觉真是要命，更何况那个还是他的亲生父亲。郑苹心里叹了口气，想，够这人难受一阵了。朝四周打量，依然没见到周游和刁瑞。

"我不信，你骗我！"张一伟忽然大叫一声，起身朝外冲去。张母叫他名字，他只是不理，转瞬便出了宴会厅。张母呆坐在当地，神情委顿。郑苹停了停，上前："伯母，没事吧？"

张母摇了摇头。郑苹给她拿了杯水，她接过，说声"谢谢"，有气无力地。郑苹细看她，与母亲差不多年纪，却似大了七八岁还不止。女人一辛苦，就显得苍老。张一伟说他母亲性子倒比他父亲更像个男人，里外都靠她操持。郑苹想也是如此。年纪轻轻便被丈夫抛弃，带着儿子再嫁，个中苦处自是难以言喻。偏偏第二任丈夫又是早逝。她一人把儿子拉扯大，便是境遇再糟，负心男人的钱,她也是决计不收。硬气如此,却又得了绝症。郑苹想到这里,对眼前的老妇人更多了几分敬重:"伯母你坐一会,我去给你们叫辆车。"

一道闪电从眼前划过,即便是室内,也觉得刺眼,像一条金龙舞过。接着,啪,一个惊雷,在头顶炸开。

与此同时,听到一人惊呼:"有人被雷打中,从楼上摔下去了!"

宴会厅里顿时乱作一团,都问:"怎么回事,是谁?"众人七嘴八舌。很快,有人补充:"是两个人,一男一女,从天台摔下去了!"郑苹一惊,立刻有种不祥的预感。果然一会,又有人冲进来,惊慌至极的神情:"是周总的儿子,被雷劈到,这么高摔下去,人都摔脆了。还有个女的,演四凤那个,都烧得不成……"这人话到一半便打住,看见周父站在一边,顿时期期艾艾:"周总,这个,周总……"

周父脸色惨白,身体抖了两抖,强自撑着。有人报了警。一会,他一个随行匆匆进来,走到他边上耳语了几句。周父先是不动,嘴唇突然像抽风那样抖动起来,想说话,却又发不出声。他立时便要冲出去,被人死死拉住。他挣扎了几下,便不动了,就那样定定地站着,眼睛成了两个黑洞,完全没有神气,也不知看向哪里。半晌,整个人剧烈地颤抖起来,撕心裂肺地叫一声:"啊……"

正混乱之际,又有人叫:"那辆车,中奖的车,撞到电线杆上了!"

众人又是一惊。还没反应过来,张母已叫了出来:"一伟,一伟……"

"人怎么样?"又一人问。

"人都从车里飞出来了,怕是不行了。"

又一道闪电划过。啪!雷声像是打在人的心上,把五脏六腑都要惊得蹦出来。那一瞬,郑苹脑子忽然一片空白,莫名地,手脚开始发麻。张母疯也似的冲出大厅。周父终究还是撑不住了,整个人瘫在地上。旁人七手八脚,抬手的抬手,抬脚的抬脚。郑母的声音:"掐人中……"郑苹怔怔地站在那里,傻了似的,忘了接下去应该干什么。眼前发花,只见到人在动,机械得像木偶似的。世界似是变成了黑白色,线条冷峻,简约是简约,看久了一颗心便空荡荡的。她记得有一次周游教她画素描,白布上放本书。她觉得颜色太单调,不好画。他说素描最重要的就是区别黑白灰的层次感。他说,不能只盯住一个地方,否则会失衡,从桌子到白布,到书,再到书的每一页,都要连起来看,要对比着画。她依然是不喜欢,说宁可学水彩画,鲜艳些。他说:"把那些颜色都卸下来,才是这世界真正的样子。你以为这世界是五颜六色的吗?你闭上眼睛,想一想,这世界是什么颜色?"她竟真的闭上眼睛,却被他趁机在脸颊上亲了一口。他为她画的肖像,她放在抽屉里。隔了几年,纸张有些发黄了,上面那个少女手托腮,脸朝这边,眼睛却瞧向另一边。画的右下角有一行小字:给亲爱的苹。那时她嫌这话肉麻,死活要擦掉,周游把家里所有的橡皮擦都藏了起来。那天,两人闹得很欢,真像两个孩子了。

　　警车和救护车很快到了,三具尸体被抬走。郑苹站在一边,没撑伞,雨水顺着额头落到颈里。雷声与闪电不断,天空像在放着巨大的鞭炮,还有烟花。郑苹奇怪自己竟然一滴眼泪也没有流,就像八年前,看到父亲的尸身那一刻,泪腺像被堵住了似的,怎么也哭不出来。那天,她想,索性就让雷把我打死吧。又想,跟父亲说的最后一句话是什么呢?是那句"买好小笼快点回来"。从那以后,她再也没有吃过小笼。

　　一个小盒子从张一伟的裤袋里掉出来。郑苹捡起,打开一看,是一只金子打造的小仙鹤,大拇指那么大小,十分精巧。刚才她对他说"不会是戒指吧",原来竟是这个。盒子里还附了张字条,是他的笔迹:"本来也想叠一罐纸鹤的,可我这人手笨,等做好恐怕头发都白了。别人都讲心意是最珍贵的,金的银的反而俗气。我想,俗气就俗气吧,不喜欢也请你收下。等将来有机会,你教我叠纸鹤,我叠一屋子心意给你,好不好?"

　　郑苹看着,怔怔地一动不动,似是痴了。渐渐地,有液体从脸上流下来,不知是雨水,还是别的什么。一张纸随风飘了过来,落在她脚下,正是《雷雨》的海报。那一众人大大小小的脸,被雨水淋个透湿,又因是抛光的材质,五官都完全不像了,俱是望着天空,哭笑都看不甚清,脸浮凸起一片,蒙蒙眬眬的神情——看久了,竟觉得有些可笑了。

尾声

　　周父与郑母离婚后,找了个老和尚,不久便皈依了。他变得话很多,逢人便说:"早晓得就让他画画了,学什么生意?是我害了他,该遭雷劈的是我……"初时人们还劝他几句,见他说得多了,便也烦了,索性由他去。

　　警察看了那晚天台的监控录像,周游和刁瑞先是说话,渐渐地,似是吵架了，周游推了刀瑞一把，她没站稳，便到了天台边上。两人越吵越凶。忽然一个闪电，刀瑞被雷劈中，一个趔趄，便朝楼下跌去。周游上前拉她，结果两人一起摔了下去。警察由此排除他杀，裁定这是一场意外。至于张一伟，法医在他体内验出酒精含量超标，属于酒驾。

骆以达进了戒毒所，郑母每周去看他一次。郑苹问她几时办证。她说倒不急了，这把年纪，领不领证，心意都在那儿。她也去看过周父，说他变了个人似的，生意也不做了，听了师父的话，要洗清前世今生的孽，全副家当都投进怡基金。

"唉，"郑母说起他便叹息，"白发人送黑发人。"

郑苹心想，黑发人其实是两个。

《雷雨》下档后，话剧社开始排《茶馆》。老耿演黄胖子。一次午饭后，他来找郑苹。

"我想演王掌柜，您看行不行？"他开门见山。

郑苹有些意外："这个——都安排好了，不好意思啊耿叔。"

他摸了摸头："本来也没什么，演了那么多年配角了，被人家叫千年老龙套，都习惯了。可人就是有这毛病，演了一回主角，尝了甜头，就觉得还是主角好啊。"他说着，看向郑苹桌边那部手机："手机修得还行吧？"

郑苹一怔："蛮好的。"

"里面的照片啊视频啊，还清楚吧？"老耿朝她看。

郑苹又是一怔。

"您别误会，我没别的意思。"老耿道，"我是这么想的，您当初让我演周朴园，也是想圆您父亲的一个梦，长相和主角配角没多大关系，关键是演技，您是这个意思，对吧？黄胖子刘麻子我都演了八百多回了，为什么？就因为我长得不正气。换了别人会这么想，可您不一样啊，您能让我演周朴园，就能让我演王掌柜。您就再给我一次机会。"

郑苹不作声。半晌，道："我要是觉得不合适呢？"

"那也没法子。"老耿有意无意地又朝桌上的手机看去，"您是老板，让我演什么，我就演什么，这是做演员的规矩。我规矩了几十年了，总不见得为这个就怎么样，免得将来人不在了，被人戳着脊梁骨骂不仗义。人是走了，看不到也听不见，可身后的名声也要紧啊，我们中国人都看重这个。您说是不是?"

郑苹嘿的一声。

老耿继续道:"您别笑话我。当初我还劝您呢,说开辟新路子也要有个度,什么角色该什么人演,都有一定路数。讲起来也难为情,都到这把年纪了,戏台上过了半辈子,以为什么都想开了,人生如朝露,富贵如浮云,谁晓得临老了,反倒是看不透了,托您的福演了回正角,竟把心思给演活了,勾出了瘾。您说得有道理,谁说主角就该长成这样,配角就该长成那样呢?天底下的人,要是一眼就能分个好坏忠奸,那岂不是成了笑话?照我说,每个人其实都该是看不透的,看着这样,其实那样。演员要能把这层意思演出来,那就是了不起……"

郑苹听着,不觉有些走神。瞥见老耿的嘴巴不停地动,久了,就有些倦意,以至于他说什么,反倒不甚在意了。窗台上那盆蝴蝶兰开得正娇,粉紫的花瓣仿佛要振翅飞去,姿势摆得极好——终是个样子罢了。盛夏的午后,容易犯困,不自觉便打了个呵欠。老耿停在那里,朝她看,最后那句是"您父亲要是还在世,王掌柜必然也想演的"。

郑苹朝窗外看去,这角度正对着门口那块招牌:郑寅生话剧社。她依然不语。余光瞟见老耿依然等着,也不催促,恭恭敬敬地,是鲁贵候着周朴园时的模样。忽然间,门开了,一人走了进来。近前一看,竟然是父亲,还是八年前的模样。郑苹顿时呆住了,一句话也说不出来。父亲也不说话。父女俩就那样互望着。一会,父亲转身出去,她急得去拉他衣角:"爸,别走!"父亲朝她笑笑,说了声"你好好的",依然走了出去。郑苹想追出去,身体却似不听使唤,只是在原地,只得大叫:"爸……"

整个人一震,双足在地上一蹬,睁开眼睛,哪里有半个人影?原来是个梦。本想闭目养会神,谁知竟睡着了。郑苹想着梦里的情景,觉得脸颊凉凉的,一摸,竟全是泪水。

隔日便换了个新手机。排练时拿在手里,老耿见了,笑说:"早该换了。"又问:"旧手机呢?"郑苹说:"扔了。"话一出口,下意识地朝他看。

"新手机挺漂亮。年轻女孩子就该这样,多好。"老耿说着,那边导演叫黄胖子,他应了一声,上场了。

郑苹走到窗前。街边的梧桐开花了,萼片状的浅黄色花瓣微微卷曲着,从楼上往下看，仿佛铺满整条马路，美得清雅，毫不张扬，为这干巴巴的城市添了几分趣致，让人看了便觉得舒心，仿佛随那尖尖的花瓣一起生长出来的，还有些别的什么。

发表于《人民文学》2014 年第 12 期

转载于《新华文摘》2015 年 3 月

《小说月报》2015 年第 2 期

《北京文学·中篇小说月报》2015 年第 1 期

入选 2014 年小说学会中篇小说排行榜

文学的加法

相 宜

　　两年前，我在网络社交平台上看到好友分享的一篇转发率很高的日记，这篇日记打动了很多读者，其中也包括我，人们由此唏嘘爱与生活，同时也心存希望。故事的名字是《星空下跳舞的女人》，作者滕肖澜。

　　这是我第一次看到滕肖澜笔下的上海故事，如今想来是有些奇妙，这一次文学的会心并不是在传统书香间，而是在快节奏的社交平台上。近日读到她的《纯文学不妨试试"做加法"》，便明白了她在坚守专业精神，耐住寂寞"减法"的同时，已经开始为自己的创作尝试加法，选择性地参与网络，使我得以成为她的读者。喧闹之中，我放慢脚步，随着字符顺流而下，进入上海的情境中。故事讲述的是主人公"我"与一位精致老妇人一次次邂逅的故事，在相遇与相知中，"我"从老妇人身上感受到一个女性超然美好的生命可能，并且把"为了深爱的人也要美丽地活下去"的生活哲学贯通到自己的生活中，收获了美满结局。故事简单，内核却丰富，因为滕肖澜的文字有种魅力，于平淡中勾勒出生活的动与静，发现简单生活中闪着精神质地的光芒。如今读滕肖澜读得更多了，同为生活在上海的女性，我似乎更能亲近与理解这些散发人间烟火气息的故事，在平淡又灵动的氛围中，感知女性的柔韧，日常生活中的落地有声。已为人母的滕肖澜，人生更柔软更扎实，将对生活的加法和善意、对人性的挖掘汇入笔下文字，她从生活中走来，又走向生活。

生命的底色

滕肖澜是知青子女。小时候，父母在江西南昌插队，她在上海外婆家与舅舅一起生活，十岁时，她去到父母身边，五年后考回上海读书，从此在上海扎根。因为童年常与家人分离的生活经历，滕肖澜勤奋而柔韧，独立又敏感，在文学创作中，她对知青子女生活状态的感知与勾勒显得敏锐而丰富。

滕肖澜的早期作品《我的爱，和我一样》叙述的是无血缘兄妹丁文对丁戈近乎病态的感情纠缠，故事有些流于形式。与之相比，辅线塑造的丁戈女朋友苏华这个人物更为饱满。父母在新疆插队，苏华考回上海读大学，住在叔叔家。滕肖澜通过几个片段便把知青子女的心理和生活勾勒得入木三分。苏华在叔叔家里教堂妹功课，面对堂妹稚嫩却带着优越感的疑惑，她的回应是自我保护式的攻击；她愤而投诉火车站讥讽父母是外地人的工作人员；在拥挤的公车上占着自己应有的位置，冷眼看待上海妇女的嫌恶嘴脸。苏华美丽优秀，自尊自立，她憋着一口气，像个要抢回被夺走的玩具的孩子，要为父母和自己失去的人生讨个公道，她以自己的实力证明她比许多上海人更优秀。苏华身上带着一股冰凌似的锐利无情，她与丁戈从美国凯旋，将把父母接去美国定居，她急于证明自己的成功，洋洋洒洒设宴，故意刺激当年以房子太小为由不让她作为知青子女返沪的叔叔和婶婶。在幼稚和冷峻背后，谁又能体会到知青子女与家人一次次分别时的痛苦、寄人篱下的隐忍、为了能回到上海付出的加倍努力？谁又能记住知青一代，那飘散在祖国大地上破碎失落的青春与人生？

动荡飘摇的年代，一代人无处安放的人生，作为知青子女，滕肖澜看得清清楚楚，感受得痛心彻肺。在《去日留声》中，滕肖澜以一个知青家庭为模本，描述了知青及其后代返城后的生活状态和他们与时代、社会的错位得失。故事以文思清为第一人称展开，主要刻画了父亲文老师与"我"之间微妙的父女关系，生活平淡琐碎却暗潮汹涌，弟弟文思远、丈夫老祝以及父母知青时期朋友的境况交织交错，过去的岁月依然在当下发生作用，在每一个人身上产生回响。动荡的知青岁月让天才文老师留在安徽教中学，时光让这个有学问的上海男人变成了一个喜欢抱怨、胡思乱想、偏执的小老头。他珍惜退休前突然调回上海、被逆转了的人生，同时又常常悔不当初，让文思清以初中会考第一的成绩考取上海的中专，留沪失败之后又过继给没有子嗣的小舅子。那个时代的人们害怕变幻莫测的时光，他们睁大眼睛期盼，牢牢抓住生活中的每一丝机会，因为他们知道每一种可能都会衍生出一种新的人生。文思清理解父亲的选择，童年时鞭策着自己夜以继日、不断奔跑的，正是那些贴在写字台前，写着"我要回上海""不想一辈子留在这里，你就必须努力"的小字条。同时，被过继成为舅舅的孩子这件事一直是父亲心中永远的痛，成为父女关系中不忍触碰又无法绕开的敏感地带。当千言万语难以说尽的期盼——"一家人争取在上海团聚"变成现实，生活中的柴米油盐却因经历过太多的伤痛而变得敏感，脆弱，与父辈的相处变成了战战兢兢和斗智斗勇。文老师在时隔三十年的老同事聚会中重遇故知，看到当年意气风发的同伴如今沧桑种种，感慨万千之下，开始有了平常心，开始学习与生活共处，与时光和解。

后知青时代的生活样貌不像知青时代般波澜壮阔和盲目冲动，生活中的种种暗潮被滕肖澜刻画得真实而饱满，生活被一层一层剥开，显现出时代的复杂与人性的幽微变化。正如她在创作谈中所说的："那段经历，终生影响着他们的心态、价值观、处世态度，过分自尊或是自卑，敏感、多疑，缺少安全感。"有些人生还在大风大浪中摇曳，有些人生已经掩埋在历史的尘埃中，有些人生如烟随风而去，有些人生被白纸黑字打捞铭记。滕肖澜用生命记忆勾勒描绘出渐渐远去的时光，让人直面知青时代的精神困境与后知青时代的现实困境。滕肖澜站在自己厚重的生命底色上淡妆浓抹，为知青家庭立言立心，以笔触照耀生活。这是一抹温暖柔韧的色彩，这片底色能承载琐碎的生活、复杂的人性和飞扬的理想。她谦逊、温和，以善意和智慧在生命的底色上，一笔一笔勾勒描绘出一个个平淡又汹涌、刺激又归于平静的美丽日子。

美丽的日子

《梦里的老鼠》是滕肖澜的第一篇作品，这篇小说如今看来虽然略显稚嫩，却已然能看出滕肖澜对细节的刻画能力和对世俗生活的还原力。她关注自己所关注的生活，描绘了一个洗心革面的女性身为妻子的责任、身为后妈的不易、身为弟妹的机智、身为情人的柔情和在一地鸡毛的生活中的表现。滕肖澜擅长抒写女性的日常生活，她以写实的笔触把上海霓虹灯下曲折弄堂里的小人物、小日子、小生活、小碎片刻画得玲珑有致。正如滕肖澜所说的："也许在许多人的眼里，上海是烂漫多姿的，像颗夜明珠，美艳不可方物。而在我看来，上海只不过是个过日子的地方，很实实在在的地方，绝非五彩斑斓，而是再单调不过的颜色。日出而作，日落而息，柴米油盐，鸡鸡狗狗。"

《美丽的日子》是滕肖澜的代表作，也是最能体现她抒写上海市井生活功力的作品。小说讲述的是家庭关系中最复杂、最敏感的婆媳关系，准确地说是上海婆婆和外地准媳妇之间斗智斗勇的生活故事。一般而言，这样的故事往往会过于世俗琐碎，但是滕肖澜笔触平淡，清新、细腻又温暖，叙述中团着一股暖暖的来自生活的和气。卫老太把"上海过日子的意思，精致的简朴，絮叨的讲究"一一传授给姚虹，希望打造出适合这个家庭、能融入上海日常的"完美媳妇"。姚虹像一滴水，打破了卫家原来单调沉闷的生活氛围，整个家因为有了年轻女人的搅拌，变得完整而丰富。时间在"过日子"中流逝。姚虹还是太心急，在老乡杜琴的指导下，她假装怀孕来催化婚期。信以为真的卫老太满心欢喜，母性让她们在生活中亲近共处，"两个女人在天井里晒太阳，一个缠线，一个绕团。冬日的阳光洒在两人脸上，洋洋洒洒的，很美很温柔"。滕肖澜雕琢笔下生活的每一个细节，精心打造人物的每一句对话，看起来风轻云淡，寥寥数笔便把人心打动了。之后卫老太发现真相把姚虹赶走，姚虹在公园如老僧入定的决绝姿态让她想到了年轻时的自己，正如她的坚持和自我牺牲终于换来丈夫的抚恤金，姚虹渴望留在上海的执着也终于换来卫老太的谅解。当故事进入尾声，一切即将归于平淡和安宁，滕肖澜又不动声色地抛出一颗炸弹，姚虹递红包的心机和扎根上海的决心，出发点来自母性，在家乡的女儿满月终有一天会成为上海的满月。一地鸡毛终究变成一地阳光，滕肖澜了解上海，理解人性。

去年发表的中篇小说《上海底片》发生在21世纪初上海澄澈的夏天，因为与大伯的会面，因为毛头，因为王曼华，"我"走进了一个全新的、有趣的世界，"我"在镜头中看到了上海生活的多棱面，看到了毛头对王曼华奉献的爱，也看到了王曼华摇曳在外国人身边曼妙身影中的失落与不堪。这个夏天的故事勾连了上海的面子和里子。王曼华之死，让生活中所有琐碎的片段因为充满感情而被记录在底片中，被镌刻在记忆里，捧在心尖上，想起来时，世界便打开了，仿佛处处都有光，光下是深深的阴影。"上海人眼里的上海，并不是直升机航拍下的那个不夜城。真正的上海人的日子，航拍是不屑于拍摄的，是掠过的。只有身在其中，才能体会到上海人的不易与艰苦"。滕肖澜正是在轻缓的叙述中抛出一颗又一颗生活的秘密炸弹，或许轰然爆炸鸡飞狗跳，或许永远伫立绕不开忘不掉。她的作品常以女性为主，挖掘人性美好的闪光，正因为这一点闪光、一点善意，生活的琐碎也随之化作直抵人心的美丽。

文学的加减法

老陶在日复一日的寂寞和与子女无法沟通的孤单中不断想起去世老伴的好，失眠的朴实的老陶走向马路旁的发廊，他犹豫着，看到里面有一个清新如百合的姑娘，心动了动，走了进去（《老陶的烦心事》）。刘文贵的妻子不愿意生育，"小老婆"于胜丽算好那几天是排卵期，趁他洗澡的时候，心动了动，用针在避孕套上扎了几个洞（《月亮里没有人》）。庞鹰伸手到床头柜，摸到微型摄像机的尾部，是开关，心动了动，关下它（《倾国倾城》）。这番话在她心里存了许久，以为这辈子都没机会向亲生女儿解释了，现在一下子说了出来，百感交集，心动了动，眼圈都有些红了（《双生花》）。

作家要在平淡无奇的日常生活中发现潜伏的异化、暗流的人性幽微，探寻人性更隐秘的深处，找到那一个个变形的、裂开的瞬间，透过现象直抵世界与人性的本质。滕肖澜叙述的人生走向往往是现实的，再怎么心动最终也要回归现实，其中人性裂变的汹涌波澜，都表现得不动声色。她笔下的人物大多是从善意出发，在生活的不同面向又会和周遭发生冲突，于是人性内核爆炸，迸溅，延伸出来的那一点点被滕肖澜捕捉到。她着力于此，一层一层开启人心，从日常的、琐碎的人间烟火中写出人性人心变形异化的那一个瞬间，让人物因为这个瞬间得到了丰满和升华。这就需要一个作家专注于生活，坚守专业，拒绝诱惑，耐得住寂寞，对于滕肖澜来说正是文学的减法。

文学的减法对于滕肖澜来说并不是挑战。成为专职作家之前，她在上海浦东机场工作，是一名地勤人员。因为对机场的熟悉，她的作品中许多场景都设置在机场，例如长篇小说《双生花》中贺圆的工作就是机务维修，《这无法无天的爱》中谭心和郭钰正和滕肖澜一样都在平衡室工作，用其中的话来解释"配载平衡就是把飞机的重心调到一个最佳位置，让飞机保持平衡不掉下来"。滕肖澜在陆地上做着与飞翔有关的工作，她以绝对的专注、耐心与细心保证飞行安全，在十五年的时光中，工作融入了她的生活，"保持平衡"不仅是工作核心，也是她的生活哲学。

　　滕肖澜坚守着文学的减法，又在这种专注中放眼生活，着力于人性幽微的变化，从而展开复杂的故事。正因为出色的文学技法、不动声色的表达、精心打造的细节、暗潮汹涌的情节、反复推敲的对话，故事才显得平淡自然又富有层次，读者走进了创作氛围，却看到生活的深处和文学的力量。在日常生活中加入艺术的新元素，这就是滕肖澜的文学加法。她笔下所有的细节、所有生活走向正是为了抒写对人性的发掘。滕肖澜在平凡的日子里写出不平凡，她匍匐在上海的地面，抬头仰望天空，在文学中找到了平衡。我期待滕肖澜打破原有的平衡状态，对人性的发掘不要止步于让笔下的人物死亡，而是直面人生的无路可走，直面人性的幽暗异变。期待她继续坚持自己对细节的执着与人性的挖掘，同时走进更广阔的空间，寻求新的元素，尝试更多的创作手法，寻找艺术与生活贯通的无限可能。我相信在文学的加减法之间，滕肖澜能走出自己的路，不忘初心，一往无前。

滕肖澜创作年表

2001 年 11 月	《梦里的老鼠》《美女杜芸》	《小说界》
2003 年 1 月	《我的爱，和我一样》	《小说界》
2003 年 3 月	《烦恼是一种感觉》	《萌芽》
2004 年 5 月	《十朵玫瑰》	《钟山》
2005 年 1 月	《四人行》	《钟山》（头条）
2005 年 8 月	《月亮里没有人》	《人民文学》
2006 年 1 月	《童话》	《钟山》
2006 年 4 月	《蓝宝石戒指》	《人民文学》（头条）
2006 年 9 月	《爬在窗外的人》	《中国作家》
2006 年 9 月	《讨债》	《小说界》
2006 年 11 月	《叶儿随风去》	《小说月报·原创版》
2006 年 12 月	《你来我往》	《人民文学》（头条）
2007 年 1 月	《老陶的烦心事》	《收获》
2007 年 6 月	《咕佬肉》	《青年文学》（封面作家）
2007 年 7 月	《我是好人》	《飞天》（头条）
2007 年 9 月	《姹紫嫣红开遍》	《人民文学》（头条）
2008 年 1 月	《这无法无天的爱》	《钟山》
2008 年 3 月	《荒诞的事》	《小说界》
2008 年 11 月	《恋人》	《小说月报·原创版》
2008 年 12 月	《美哉人生》	《西部华语文学》（作家班专号）
2009 年 3 月	《倾国倾城》	《人民文学》

2009年3月	《我的宝贝儿》	《上海文学》
2009年3月	《城里的月光》	《小说月报·原创版》长篇小说专号
2009年9月	《年年岁岁》	《钟山》
2009年9月	《女主角》	《红豆》
2009年11月	《爱会长大》	《收获》
2009年12月	《目击证人》	《鸭绿江》
2010年1月	《夏天，有客到》	《小说界》
2010年2月	《小么事》	《上海文学》（头条）
2010年5月	《美丽的日子》	《人民文学》（头条）
2010年7月	《快乐王子》	《北京文学》
2010年9月	《星空下跳舞的女人》	《钟山》
2010年10月	《百年好合》	《中国作家》
2010年10月	《人间好戏》	《作品》
2011年4月	《天堂再见》	《作品》
2011年4月	《拈花一剑》	《上海文学》
2011年5月	《大城小恋》	《收获》
2011年7月	《寻人启事》	《鲤·偶像》
2011年9月	《正在害喜》	《江南》
2012年9月	《握紧你的手》	《长江文艺》（头条）
2012年9月	《规则人生》	《小说界》（头条）
2013年11月	《奶妈》	《西部》
2013年7月	《去日留声》	《十月》（头条）
2013年9月	《上海底片》	《上海文学》（头条）
2014年12月	《又见雷雨》	《人民文学》
2015年5月	《乘风》	《钟山》长篇专号
2016年1月	《在维港看落日》	《收获》
2016年9月	《再见，青春》	《萌芽》